♫ Tini Wider ♫

Ein Lied, mein Leben und was sonst noch schiefgehen kann

Über die Autorin

Tini Wider, ursprünglich aus Österreich, lebt und arbeitet seit sieben Jahren im Westen Kanadas. Sie genoss eine Ausbildung zur Filmproduzentin an der Filmakademie Wien, wo sie auch das Fach »Drehbuch« belegte. Die Liebe zum Schreiben schlummerte viele Jahre in ihr, nur um jetzt umso heftiger zu erwachen.

Ein Lied, mein Leben und was sonst noch schiefgehen kann ist ihr zweiter Roman.

Über die Designerin

Wenn die Lieblingsbeschäftigung zum Traumjob wird.

Ich liebe Bücher – ihren Geruch, das Rascheln ihrer Seiten, das Gefühl von Papier unter meinen Fingern, ihre Geschichten und natürlich ihre wundervollen Cover. Daher entstand aus dieser Liebe irgendwann der Wunsch, selbst Buchcover zu gestalten.

Bereits seit früher Kindheit bin ich in verschiedenster Weise kreativ tätig. Dabei lasse ich meiner Fantasie freien Lauf, lasse mich immer wieder von meiner Umwelt, meinen Mitmenschen, Formen und Farben inspirieren und entdecke jedes Mal neue kunstvolle Dinge. Deshalb gestalte ich auch alle meine Designs mit Herz und Seele und kann mir keinen schöneren Beruf vorstellen.

Eure Florin von 100covers4you.com

♫ *Tini Wider* ♫

Ein Lied, mein Leben
und
was sonst noch
schiefgehen kann

Bibliografische Information der Deutschen Nationalbibliothek. Die Deutsche Nationalbibliothek verzeichnet diese Publikation in der Deutschen Nationalbibliografie; detaillierte bibliografische Daten sind in Internet unter http://dnb.dnb.de/ abrufbar.

Impressum
Dieser Titel ist auch als eBook erschienen

#315-7478 Byrnepark Walk, Burnaby, BC, V3N 0B5
E-Mail: hallo@tinischreibt.com   Web: www.tinischreibt.com

Lektorat: Claudia Fluor/Schreibweise
c.fluor@schreib-weise.ch
Libri Melior, Janine Weyer
info@libri-melior-lektorat.de
Cover: © Copyright by Florin Sayer-Gabor
info@100covers4you.com

Verlag und Druck: tredition GmbH, Halenreie 40-44, 22359 Hamburg
ISBN: 978-3-347-15194-9 (Paperback)
978-3-347-15195-6 (Hardcover)
978-3-347-15196-3 (e-Book)

*Dieses Buch ist meiner Uroma Antonia
gewidmet, die mich seit jeher auf ihre ganz spezielle
Weise begleitet.*

Dieses Buch enthält **Triggerwarnungen**
auf letzter Seite gegenüber der Deckel-Innenseite.

1

»Schau nach vorne, Lilly. Du musst dich jetzt auf deinen neuen Weg konzentrieren. Lass alles hinter dir und gib dir selbst eine Chance.« Meine Augenbrauen schossen automatisch nach oben. Mir selbst eine Chance geben? Das konnte sie doch nicht ernst meinen. Mann, Oma, das musste doch auch in deinen Ohren wie ein kitschiges Selbsthilfebuch klingen. Seufzend starrte ich wieder in den Regen, der gegen das Glas vor mir peitschte. Die Lichter der Großstadt flogen in rasender Geschwindigkeit an mir vorbei.

Glückskeksweisheiten waren eigentlich nicht die Art Rat, die ich normalerweise von meiner Oma Mathilda erhielt. Meine Oma Math war im Grunde richtig cool, um nicht zu sagen unkonventionell. Die Scheibenwischer gaben dem Bild einen mechanischen Rhythmus. Hin und her, hin und her. Wie mein Leben im Moment. Ich hatte keine Lust zu antworten, geschweige denn eine Unterhaltung zu führen, und verfolgte krampfhaft die Wischblätter vor mir. Hin und her ... Mit wenig Erfolg versuchte ich, alle Eindrücke emotionslos auf mich wirken zu lassen.

Oma wandte sich mir zu, tätschelte meinen Oberschenkel, und das Auto machte einen gewagten Schlenker. Erschrocken stützte ich mich mit beiden Händen am Armaturenbrett ab.

Zu meiner Erleichterung konzentrierte sie sich jetzt wieder auf die Straße, während sie sprach.

»Es war eine gute Entscheidung, Lilly. Du weißt ja, was ich von eurer trauten, Niederzwehrener Zweisamkeit halte. Gehalten habe. Na, eigentlich noch immer halte.« Ihre bunt beringten und makellos manikürten Finger öffneten und schlossen sich um das Lenkrad.

Niederzwehrener Zweisamkeit. Sie benutzte immer so einen abfälligen Tonfall, wenn sie über unseren kleinen, aber feinen Stadtteil herzog.

Zugegeben, er war eher ländlich und kleinbürgerlich, aber wir fühlten uns dort wohl. Niederzwehren war unser Zuhause. Bis vor kurzem war es *unser Zuhause* gewesen. Mit einem tiefen Seufzen musste ich mir eingestehen, dass es jetzt keine Niederzwehrener Zweisamkeit mehr gab.

Es gab überhaupt keine Zweisamkeit mehr.

Es gab nur noch mich. Was sollte dieses blöde Wort überhaupt? Bei dem Gedanken zog sich mein Herz unweigerlich schmerzhaft zusammen. Ich zwang mich, in den Fußraum zu starren, und beobachtete angestrengt meine Stiefelspitzen.

Auch wenn sich die Tränen wie selbstverständlich in meine Augen arbeiteten, gelang es mir unter großer Kraftanstrengung, sie zurückzudrängen. Ich bedachte meine Oma Mathilda mit einem schnellen Seitenblick.

»Es wird eine Umstellung, das gebe ich ja zu. Aber es bietet dir auch so viele Möglichkeiten«, versuchte sie mich unermüdlich zu überzeugen. Hochgewachsen und schlank, wie sie war, ähnelte sie Mama so sehr, dass ich mich erneut fragte, ob ich wirklich mit den beiden verwandt war.

Bei dem Gedanken an Mama verkrampfte sich mein Herz unvermeidlich noch weiter, und meine mühsam bewahrte Fassung kam kurz ins Stolpern.

Meine Mama ...

Bewegungslos starrte ich Omas schön geschwungenes Profil an und konnte die Tränen im letzten Moment zurückblinzeln.

Sie ignorierte meinen Gefühlsausbruch gekonnt.

»Möglichkeiten, die dir bisher alle verwehrt waren. Glaube mir, diese Stadt steckt voller Potenzial. So wie du.«

So wie ich. Na klar.

Sie sah wie immer toll aus und hatte ihr langes weißes Haar, wie so oft, kunstvoll hochgesteckt. Zwei Handbreit der Spitzen waren pechschwarz gefärbt und kamen durch diese Frisur noch besser zur Geltung. Sie duftete immer nach einem exquisiten Parfüm, und ich fragte mich jedes Mal, wie viele verschiedene Sorten sie eigentlich besaß. Es kam mir vor, als wäre es niemals derselbe Duft. Niemals. Eintönigkeit war meiner Oma verhasst.

Mein Blick ruhte weiter auf ihrem Gesicht, bis der Inhalt dessen, was sie mir gerade mitteilte, in meinen Gedanken ankam:

Diese Stadt steckt voller Potenzial.

Diese Stadt. Berlin. Ein Schauer der Angst lief meinen Rücken hinunter. Diese Riesenmetropole jagte mir hauptsächlich Angst und Respekt ein. Ich wollte wieder in meine sichere und gemütliche Zweisamkeit zurück.

Wie immer schienen Omas feine Antennen meinen Blick aufzufangen, denn sie drehte den Kopf zu mir und lächelte mich liebevoll an. Alarmiert nahm ich einen roten Lichtschein im Augenwinkel wahr.

»Oma!«, rief ich, und sie legte instinktiv eine Vollbremsung hin. Die Reifen quietschten laut auf, und ich wurde mit voller Wucht in den Gurt gedrückt.

Von hinten kreischte viel zu nahe das Bremsgeräusch eines Autos auf dem Asphalt. Ohne nachzudenken, hob ich schützend die Arme vors Gesicht und machte mich in Erwartung eines Aufpralls ganz klein. Aber überraschenderweise geschah nichts. Mathilda räusperte sich. Sie wandte sich nach hinten und entschied, dass alles wieder in Ordnung war.

»Hoppla. Na, ist ja noch mal gut gegangen«, trällerte sie in fröhlichem Tonfall. Ungläubig beobachtete ich, wie sie einen Knopf am Radio drückte.

Kurz darauf drang beschwingte Jazzmusik an meine Ohren.

Oh, Oma Math. Daran würde ich mich wohl gewöhnen müssen.

Mit aufgerissenen Augen und wild klopfendem Herzen starrte ich wieder aus dem Fenster. *Berlin-Charlottenburg* erhaschte ich auf einem Schild, als wir einer Ausfahrt folgten. Oma wechselte schon wieder drei Spuren in einem Zug und plapperte beschwingt weiter:

»Erst mal bleibst du ohnehin bei uns. Dann suchen wir noch nach einer Lehrstelle, nicht wahr? Arvo hat da vielleicht eine Idee. Kann sein, dass wir demnächst in die Schweiz müssen, für den Dokumentarfilm, du verstehst.«

Ich verstand, krallte aber nur die Finger in den Schaumgummi des Autositzes. Die Fahrt durch die Großstadt ging unbarmherzig weiter. Mathilda navigierte uns mit schlafwandlerischer Sicherheit durch den Verkehr. Zumindest gab sie mir somit keine Chance, meinen trüben Gedanken nachzuhängen. Überleben stand im Moment ganz oben auf meiner Liste. Mit einem Quietschen brachte Oma ihren *PT Cruiser* zum Stehen und riss mich etwas unsanft aus meinen Gedanken.

Leicht benommen, sah ich mich um und nahm die Umgebung nur langsam wahr.

»So, meine Liebe. Willkommen in deinem neuen Leben«, strahlte sie mich an. Ich spähte hinaus in den Regen. Mein neues Leben. Warum musste sie alles immer so darstellen, als stünden wir auf einer Bühne? Zugegeben, ihr Hang zum Drama war nichts Neues für mich. Meistens fand ich ihre Exaltiertheit amüsant, außer ich war selbst Teil der Inszenierung. Wir parkten vor einem Häuserblock, der nur aus Wohneinheiten bestand. Solche Bauten gab es in unserem kleinen Stadtteil, der bis jetzt mein Zuhause gewesen war, nicht wirklich. Das Flair der Großstadt traf mich mit voller Wucht. Natürlich war ich schon früher in Berlin gewesen und erkannte die Straße wieder, in der Omas Wohnung lag.

Im Grunde mochte ich die Metropole eigentlich auch ganz gern, aber ich war ja immer nur zu Besuch gewesen. Hier für längere Zeit zu wohnen, war schon eine ganz andere Nummer. Ich seufzte. Oma steckte den Kopf ins Wageninnere.

»Na, komm jetzt, Süße.« Ergeben nickte ich und kletterte aus dem Auto. Ich wollte etwas Passendes antworten und Hoffnung schöpfen, aber jeder Versuch scheiterte allein schon bei dem Gedanken. Meine Oma würde mir das aber nicht übel nehmen. »Danke, Oma«, war deshalb alles, was ich herausbrachte.

Tief in mir machte sich die dunkle Gewissheit breit, dass ich ab jetzt einen großen Teil meiner nahen Zukunft an diesem Ort verbringen würde. Diese Vorstellung schob ich vorerst schnell von mir weg. Verzweiflungspanik konnte ich jetzt überhaupt nicht gebrauchen. Oma nickte mir aufmunternd zu und lud meine zwei Koffer aus dem Wagen. Einen davon nahm ich ihr ab und schulterte meine Gitarre. Mir fiel auf, wie fit und agil sie für ihr Alter war.

Es regnete in dünnen Schnüren, und ich zog den Kopf ein, als ich ihr durch das Haustor folgte. Wir quälten uns die fünf Stockwerke nach oben, einen Aufzug gab es nicht.

Oma redete ununterbrochen weiter, ich bekam aber nur wenige Details richtig mit. Hauptsächlich schnappte ich Begriffe wie Chance, Talent, Möglichkeiten und ähnliches Geschwafel auf.

Erstaunt stellte ich fest, dass meine Oma, im Gegensatz zu mir, nur ein klein wenig mehr als sonst atmete. Sie grinste, als sie mein Keuchen bemerkte, dann wanderte ihr Blick zu der Gitarre. Mit einer theatralischen Geste, die wohl die ganze Stadt einschließen sollte, verkündete sie:

»Jetzt, mein Schatz, steht dir endlich die Welt offen. Du wohnst jetzt in Berlin, Schmelztiegel der Kulturen, und vor allem Musik an allen Ecken und Enden. Vielleicht findest du den Weg auf die Bühne ja doch noch.«

Sie zwinkerte mir zu, was ich mit einem Schnauben quittierte. Sie wusste sehr wohl, dass ich niemals im Leben irgendwo anders als vielleicht in meinem Badezimmer auftreten würde. Selbst Mama hatte jahrelang erfolglos alles versucht, um mir zu helfen. Die wenigen Male, auf die ich mich dann doch eingelassen hatte, hatten ausnahmslos in einer Katastrophe geendet.

Unweigerlich stieg eine lang verdrängte Erinnerung vor meinem inneren Auge auf. Die liebevolle Stimme meiner Mutter hallte beinahe hörbar in meinen Gedanken wider ...

»Lillymaus, du hast so eine außergewöhnlich schöne Stimme. Bist du dir sicher, dass du es nicht zumindest einmal versuchen willst? Es ist kein großes Publikum, beinahe wie zu Hause, nicht? Ein vergrößertes Badezimmer sozusagen.« Mama sah mich eindringlich mit ihren hellen Augen an und hielt meine Hände fest in den ihren. Damals war ich etwa acht Jahre alt. Mein Gitarrenlehrer war hin und weg von meinem Talent, wie ich in nur wenigen Monaten sowohl klassische als auch Popsongs nur nach Gehör nachspielen konnte. Ich sei die perfekte Schülerin. Ich erinnerte mich noch sehr genau an den Moment, in dem ich zum ersten Mal eine Gitarre in die Hand nahm. Es fühlte sich an, als hätte ich endlich einen fehlenden Körperteil wiedergefunden, von dem mir erst in dem Augenblick bewusst wurde, dass ich ihn vermisste. Endlich ergab die Welt so richtig Sinn für mich.

Mama merkte schnell, wie viel Spaß ich dabei hatte, und meldete mich zum Unterricht an. Kein einziges Mal musste sie mich zum Üben anregen oder an die Stunde erinnern. Meist war ich schon vor ihr fertig und drängte sie, um ja nicht zu spät zu kommen. Allerdings änderte sich diese Begeisterung schlagartig, wenn mir mehr als eine Person zuhörte. Öffentliches Auftreten fand ich völlig unnötig, es stellte den blanken Horror für mich dar. Anfangs war das auch kein Thema, aber da ich so schnelle Fortschritte machte, versuchten Herr Fender, mein Lehrer, und meine Mama, mich doch irgendwie dazu zu überreden.

»Nur ein Klassenabend. Kein großes Publikum«, sagten sie. Ich wehrte mich mit Händen und Füßen dagegen, bis sie schlussendlich aufgaben. Sie hätten mich schon auf die Bühne tragen müssen.

Ein paar Jahre später versuchte ich es doch einmal in der Schule, was in einem ausgemachten Desaster endete. Ich saß mit der Gitarre auf der kleinen Bühne der Aula unserer Schule, und meine Stimme versagte mir komplett. Meine Hände schwitzten, die Gitarre wäre mir beinahe aus der Hand gerutscht. Keiner nahm Notiz von mir, weil die Vorführung nur als Hintergrundmusik gedacht war. Herr Fender meinte, das sei eine gute

Idee. Von wegen. Mit rasendem Puls und hochrotem Kopf murmelte ich etwas von einer Erkältung oder Heiserkeit und flüchtete nach Hause. Meine Mama hatte das aber sehr wohl beobachtet. Später kam sie in mein Zimmer und setzte sich an mein Bett. Ich hatte die Nase wie immer in einem Buch vergraben.

»Lilly«, begann sie mit sanfter Stimme. »Was genau geht in dir vor, wenn du auftreten sollst? Nicht, dass ich das jetzt ändern möchte, aber ich würde es gerne verstehen. Du schreibst so schöne Lieder und drückst dich so wundervoll mit der Musik aus, aber der Schritt, es vor Publikum zu präsentieren, scheint wohl stark blockiert zu sein.« Mein erster Impuls war, mit Widerstand zu reagieren, aber ihr Gesicht zeigte echtes Interesse und Mitgefühl. Meine Mama eben. Man konnte ihr schwer böse sein oder allzu lange trotzig bleiben. Ich nagte an meiner Unterlippe und rümpfte die Nase. Wie sollte ich diesen Gefühlshaufen nur klar formulieren?

»Ich bin nicht sicher. Es ist, als ob meine gesamte Energie aus mir herausströmt. Alles, was sonst einfach und selbstverständlich ist, ist auf einmal verschwunden. Im besten Fall bekomme ich Schweißausbrüche oder Herzklopfen.«

Ich gab ein sarkastisches Lachen von mir, aber Mama sah mich weiterhin aufmerksam an, und so fuhr ich fort:

»Das ist dann wenigstens eine Reaktion, aber meistens ist alles einfach ... fort. Verstehst Du? Meine Stimme vorhin war einfach ... wie weggeblasen.«

Sie nickte bedächtig und schien etwas abzuwägen. Für einen Moment öffnete sie den Mund, wie um etwas zu sagen, überlegte es sich dann aber doch anders. Damit war wohl alles gesagt. Ich sah sie an. Sie nickte nur und verließ dann mein Zimmer.

Ihre Reaktion kam mir damals ein wenig untypisch und seltsam vor, aber ich vertiefte mich wieder in mein Buch. Das Thema Auftritt samt Auftrittsangst war für mich seitdem ein für alle Mal beendet. Heilfroh darüber, dass Mama es nie wieder ansprach, vergrub ich die Angelegenheit im tiefsten Winkel meines Herzens.

»Lilly?« Oma Maths Stimme riss mich aus meinen Erinnerungen. So viel zum Thema öffentliche Auftritte. Keine zehn Pferde würden mich dazu bringen, jemals wieder eine Bühne zu betreten. Schon gar nicht in einer Riesenstadt wie Berlin. Meine Oma war toll, aber ihr fehlte das Verständnis für mein Problem.

Ich stand immer noch auf den letzten zwei Stufen, die zum fünften Stock führten, und schüttelte den Kopf, als mir bewusst wurde, dass Oma mich erwartungsvoll ansah.

»Was? Oh, ich ... Entschuldige bitte ...«

Krampfhaft legte ich mir eine Verteidigungsrede zurecht, die mich vor ihren Versuchen, mich auf eine Bühne zu bringen, für immer bewahren sollte, doch überraschenderweise wechselte sie völlig kommentarlos das Thema. Entweder wollte sie mich absichtlich missverstehen oder sie deutete mein Stottern als simplen Verlust meiner Kräfte.

»An die paar Stufen gewöhnst du dich noch.«

Sie lächelte verschmitzt, öffnete die große Flügeltür zu der wunderbaren Altbauwohnung und flötete:

»Arvo, Liebling. Wir sind hier.« Ich vernahm Schritte auf dem knarrenden Parkettboden, und der kleine drahtige Mann meiner Oma, Arvo, kam uns mit weit ausgebreiteten Armen entgegen.

Er küsste erst Mathilda auf die Wangen, dann nahm er mich in den Arm. Wie immer wunderte ich mich über seine kurzen, leicht abstehenden schneeweißen Haare, die immer ein wenig zu leuchten schienen. Ich schmunzelte, als er mich wie immer bei meinem vollen und meinem Kosenamen begrüßte.

»Gillian-Lilly. Komm her, mein Herzblatt.« Es tat gut, so innig von ihm gedrückt zu werden, auch wenn das den aufkommenden Weinkrampf nicht unbedingt stoppte. Im Moment war ich emotional so aufgeladen, dass beinahe jede Gefühlsregung mit einer Tränenflut einherging.

Arvo legte einen Arm um mich und schob mich durch den Flur, am Wohnzimmer und der Küche vorbei.

»Du bleibst natürlich hier bei uns. Dein Reich wird das Gästezimmer, ja? Ich habe schon alles vorbereitet.« Er erwartete offenbar keine Antwort, zog mich mit sich, und so nickte ich nur dankbar. Im Vorbeigehen erhaschte ich, wie immer omnipräsent, vor allem Fotografien von meiner Oma, die Ausschnitte ihrer beinahe gesamten Karriere darstellten. Wunderschöne Schwarz-Weiß-Aufnahmen, aber auch Filmplakate, Theaterankündigungen und Teamfotos.

Eines hatten sie alle gemeinsam: Mathilda, der Star.

Gut, sie war kein international gefeierter Superstar, aber sie konnte einige nationale Erfolge verbuchen und benahm sich manchmal wie eine absolute Diva. Wenn ich diese Selbstdarstellung so sah, fragte ich mich jedes Mal, ob wir wirklich miteinander verwandt waren. Mama und ich waren ganz anders. Wir mieden das Rampenlicht tunlichst, ich wurde sogar panisch.

Nun stand ich in dem kleinen, aber gemütlichen Zimmer und stellte leicht verwundert fest, dass ich den Geruch nach Holz und Omas Parfüm als sehr angenehm empfand. Arvo hatte meinen Gitarrenkoffer vorsichtig abgestellt und die Koffer neben der Couch platziert. Diese war schon für mich vorbereitet, samt Kissen und Bettdecke. Der *Hello Kitty*-Bezug entlockte mir ein Schmunzeln. Diese Phase hatte ich schon vor einigen Jahren hinter mir gelassen, aber Oma und Arvo hatten die Bettwäsche dennoch behalten. Mir fiel auf, dass ich mich gar nicht mehr erinnern konnte, wann ich das letzte Mal bei ihnen zu Besuch gewesen war. Arvo drückte sanft meinen Arm.

»Du kannst dir das Zimmer dann noch besser für dich einrichten. Persönlicher und so, nicht wahr? Aber für den Anfang reicht das – hoffen wir zumindest.« Liebevoll und mit Sorge im Blick schlenderte er zur Tür, als Oma ihren Kopf hereinstreckte.

»Ich muss mich kurz hinter den Laptop klemmen. Recherche. Hast du alles, was du brauchst? Arvo ist ja auch noch da, nicht wahr, mein Lieber?«

Beide strahlten mich erwartungsvoll an. Dankbar nickte ich und ließ mich auf die Couch sinken. Oma war schon mit wehenden Gewändern ins Wohnzimmer zurückgeschwebt. Arvo stand noch etwas unschlüssig im Türrahmen.

»Wenn du Hunger hast, der Kühlschrank ist gefüllt.« Ich streckte meine Hand aus, er kam wieder zu mir, ergriff sie und drückte sie fest. Ein warmes Gefühl breitete sich in meinem Bauch aus.

»Danke.«

»Mein Schatz, natürlich. Ehrlich gesagt weißt du gar nicht, wie sehr sich Mathilda darüber freut, dass du hier bist.« Er schüttelte den Kopf, als könnte er gar nicht glauben, dass ich leibhaftig da war, drückte meine Hand noch einmal und ging dann aus dem Zimmer.

Als die Tür leise ins Schloss fiel, löste sich ein tiefer Seufzer in meinem Innersten. Überrascht stellte ich fest, dass ich überhaupt nicht mehr müde war, also erhob ich mich und trat ans Fenster. Die Lichter der Großstadt funkelten verführerisch und verheißungsvoll. Von hier aus, im warmen Zimmer stehend, erlaubte ich mir, einen Funken Hoffnung zu schöpfen. Vielleicht war das alles doch eine Chance auf ein neues Leben. Ein Leben, wie ich es mir bisher nie vorstellen konnte und auch nicht wollte.

Die vielen Lichter verschwammen vor meinen Augen, und ich musste blinzeln. Mein Kopf rotierte vor Gedanken und neuen Eindrücken. Ein winziger Glimmer von Energie schien sich in mir zu entfachen. Ich musste irgendetwas tun. Schlafen war im Moment keine Option mehr, dafür war ich viel zu aufgekratzt. In meinen Fingern kribbelte es regelrecht, und ich öffnete und schloss die Hände zu Fäusten. Es war noch nicht sehr spät, deshalb tat ich das, was mich normalerweise immer beruhigte, und packte meine Gitarre aus. Auch wenn sich Oma und Arvo ganz lieb um mich kümmerten, konnten sie die Leere in meinem Inneren nicht vollständig füllen. Diese Emotionen galt es jetzt aus- und durchzuhalten.

Planlos spielte ich ein paar Melodien, die mich sonst immer beruhigten, aber es funktionierte nicht wirklich. Nach ein paar Fehlversuchen sang ich ein paar Mal hintereinander, nicht allzu laut, aber voller Inbrunst, *What's going on* von den 4 Non Blondes. Danach fühlte ich mich ein klein wenig besser. Mama hatte immer den Kopf geschüttelt, wenn ich ein Lied, das in ihren Ohren wunderbar klang, zum wiederholten Male und bis zur Perfektion geübt hatte. Ich wusste von meinen früheren Besuchen, dass Omas Schlafzimmer am anderen Ende des Flurs lag, und fühlte mich sicher vor fremden Ohren.

Es bestand keine Gefahr, dass mich irgendjemand hören könnte, und ich ließ meinem Talent und vor allem meinen Gefühlen freien Lauf. Ich klammerte mich regelrecht an meine Gitarre und spielte mit Feuereifer abwechselnd Popsongs und klassische Etüden, ohne Plan und Ziel. Dabei konnte ich regelrecht spüren, wie sich mein Körper Ton für Ton entspannte und die Sorgen ein Stück weit von mir abfielen. Sie wurden dadurch nicht kleiner, aber der riesige Problemberg, der mein Leben im Moment war, schien zumindest ein wenig überwindbarer.

Atemlos hielt ich inne und tastete nach dem Anhänger, der in der Form eines Notenschlüssels um meinen Hals lag. Das Metall fühlte sich warm an und schmiegte sich angenehm an meine Haut.

Ein leises Klopfen ließ mich aufschrecken.

Arvos weißer Haarkranz schob sich durch den Türspalt.

»Lilly, das klingt einfach fantastisch. Ich wusste ja, dass du spielen kannst, aber das ist einfach allererste Sahne.« Verlegen blinzelte ich und schob mir eine Haarsträhne hinter das Ohr. Er räusperte sich.

»Was ich sagen wollte … Mach dir keine Gedanken wegen der Lautstärke. Diese Wohnung hat dicke Wände, und wir haben auch keine Nachbarn im Moment. In diesem Sinne, lass die Sau raus.« Er zwinkerte vergnügt und murmelte noch etwas von Starqualitäten, während er die Tür hinter sich zuzog. Musik an allen Ecken und Enden, hatte Oma Math vorhin gesagt.

Vielleicht hatte ich ja doch eine Möglichkeit und konnte meine Auftrittsangst überwinden. Der Notenschlüssel auf meiner Haut pulsierte in einem gleichmäßigen Rhythmus. Nein, es war natürlich mein Herz, das gegen meine Brust schlug, nicht der Anhänger.

Bei dem Gedanken, vor Publikum zu spielen, klopfte es gleich noch einmal so schnell. Und doch war an meinem letzten Abend in meiner Heimatstadt etwas ganz Außergewöhnliches passiert. Aber das war bestimmt nur purer Zufall gewesen. Ich konzentrierte mich wieder auf die Musik und wischte die Erinnerung fast ärgerlich aus meinen Gedanken. Nur weil es einmal geklappt hatte, bedeutete das noch lange nicht, dass ich es wieder schaffen würde.

Meine Finger hatten bei diesen Gedanken wie von selbst zu einer Melodie gefunden. Immer wieder die gleichen Akkorde, die spielerisch regelrecht ineinanderflossen. Mit geschlossenen Lidern gab ich mich ganz der Harmonie hin.

Wie so oft tauchten die smaragdgrünen Augen meiner Mama vor meinem inneren Auge auf und inspirierten mich zu einer neuen Komposition. Ich wollte nicht nur ein Lied spielen, das ich schon in- und auswendig kannte. Das Bedürfnis, etwas ganz Neues und Originelles zu erschaffen, übernahm meine Gefühle und Gedanken.

Erst lose, nicht zusammenhängende Tonfolgen und Liedfetzen entwickelten sich ganz von selbst und fügten sich langsam, aber sicher in ein Lied, das meine Stimmung perfekt ausdrückte. Die Melodie, die bei der Erinnerung in mir entstanden war, fühlte sich einfach richtig und gut an. Mein persönlicher Erfolg, wie ich das erste Mal vor echten Menschen voller Leidenschaft gespielt hatte, gepaart mit der ziehenden Leere, begleitete mich durch ein Tal der Emotionen, das ich so noch nicht durchlebt hatte.

Anfangs noch mühsam und schmerzhaft, dann immer leichter und beinahe wohltuend legte ich all diese Empfindungen in diese eine ganz bestimmte Melodie. Es gab nur noch die Gitarre, meine Finger, die die Akkorde und Töne ausprobierten, und meine Stimme. Alles andere trat völlig in den Hintergrund. Ich spürte nicht, wie meine Fingerkuppen schmerzten und mein Nacken von der einseitigen Haltung langsam steif wurde. Die Sorgen und Ängste, wie mein Leben weitergehen würde, wurden nebensächlich. Der Schmerz und die Liebe, die ich für meine Mutter empfand, trieben mich immer weiter an.

Diese Art von Kompositionsrausch überkam mich normalerweise nicht aus heiterem Himmel und nicht einfach ohne Grund. Es gab diese besonderen Momente, in denen ich mich so gut mit Musik ausdrücken konnte, und dieses Mal schien das der einzig logische Weg zu sein.

Nach Stunden lehnte ich mich ausgelaugt, erschöpft aber zufrieden zurück. Es war fast Mitternacht, als ich das Gefühl hatte, dass ich nun eine gute erste Version dieses Liedes vor mir liegen hatte. Mir war klar, dass ich die Details möglichst schnell zu Papier bringen musste, um ja nichts zu vergessen.

Also notierte ich die Melodie, Textzeilen und Akkorde auf einem Notenpapier, das immer griffbereit in meiner Gitarrentasche lag.

Den Song betitelte ich ganz schlicht mit *Issymama* und schlief dann seit Langem tief und fest und ohne schlechte Träume ein.

2

»Lilly.« Eine sanfte Männerstimme flüsterte in mein Ohr.

»Lilly, Schätzchen.« Blinzelnd öffnete ich die Augen und sah in Arvos freundliches Gesicht. Wieder einmal fiel mir der ungewöhnliche Farbton seiner Augen auf, der mich immer an Karamellbonbons erinnerte.

Besonders jetzt, im hellen Morgenlicht, strahlte sein Gesicht regelrecht, geziert von unzähligen Lachfältchen, die ihn immer so zufrieden erscheinen ließen. Die schlohweißen Haare umrahmten seinen Kopf wie ein Heiligenschein, und ich kniff die Augen zusammen, um gegen das etwas unwirkliche Bild anzukämpfen. Wann war ich denn eingeschlafen? Ich rappelte mich auf, stützte mich auf die Ellenbogen und rieb mir ein wenig umständlich die Augen.

»Was? Wie spät ist es denn?« Hatte ich etwas vergessen? Meine Erinnerungen waren noch ein wenig trübe.

»Nein, Süße, alles in Ordnung. Mathilda und ich müssen ganz spontan für ein paar Tage in die Schweiz. Wir haben dort Zugang zu einer Location, die wir unbedingt für den Dokumentarfilm brauchen.«

»Oh.« Na klar, der Dokumentarfilm. Der bestimmt offensichtlich sein und Omas Leben ungemein, aber daran würde ich mich wohl oder übel gewöhnen müssen. Mein eigenes geregeltes Arbeitsleben war im Moment ohnehin auf Eis gelegt, also warum nicht? Ich nickte verschlafen.

»Kein Problem. Macht euch um mich keine Gedanken, ich komme schon zurecht.« Das meinte ich ganz ehrlich. Die Vorstellung, für ein paar Tage allein zu sein, behagte mir sehr. Arvo blickte mich mit schräg gelegtem Kopf sorgenvoll an. Oma streckte den Kopf zur Tür herein. Sie war schon vollständig angekleidet.

»Alles klar, Lilly? Das ist so eine einzigartige Gelegenheit, die wir uns nicht entgehen lassen dürfen. Aber es wird nur ein paar Tage dauern, dann sind wir wieder zurück.« Ich nickte noch einmal mit Nachdruck. Ich war doch kein kleines Kind. Am wenigsten wollte ich ein Hindernis sein oder Omas und Arvos Leben auf irgendeine Weise erschweren. Eilig kam sie zu mir und legte eine Hand an meine Wange.

»Lass dir Zeit. Leb dich ein und mach es dir gemütlich. Ich rufe dich an, wenn wir da sind. Oder Arvo. Einer von uns meldet sich auf jeden Fall bei dir, in Ordnung?« Arvo nickte und warf mir einen noch immer besorgten Blick zu, wandte sich dann aber der Tür zu. Innerhalb weniger Minuten waren beide verschwunden. Ich sank zurück in mein Kissen, und die Stille des Appartements umhüllte mich wie ein sanfter Nebel. Unschlüssig, was ich nun tun sollte, verharrte ich im Bett. Ich hatte hier im Grunde nichts zu tun, keine Aufgabe oder Beschäftigung, der ich nachgehen musste.

Leb dich ein ...

Na, bitte sehr, dann würde ich mich jetzt eben einleben. Nachdem ich aber nichts Konkretes zu tun hatte, beschloss ich, noch eine Runde im Bett zu bleiben. Zählte das als *einleben*? Meine Finger fanden, wie so oft in letzter Zeit, den Notenschlüssel und befühlten die glatte Oberfläche. Die Bilder dieses denkwürdigen Abends vor zwei Tagen stiegen vor meinem inneren Auge auf. Es waren nur zwei Tage, und doch kam es mir vor, als wäre es eine Ewigkeit her. Wie ich das erste Mal in meinem Leben ohne Hemmungen eine Art Konzert am Lagerfeuer gab. Ich, ein Konzert.

Oh, Mama, wenn du das gesehen hättest.

Ein wohliges Gefühl machte sich in mir breit. Alles hatte damit begonnen, dass mich Gaby, meine ehemalige Klassenkameradin, zu dieser Abschlussparty eingeladen hatte ...

Erst vor wenigen Tagen war ich noch in Niederzwehren, kam abends von der Arbeit nach Hause und fand ein kleines Päckchen vor der Tür.

Verwundert betrachtete ich die handtellergroße Schachtel, die in braunes Papier eingewickelt war. In fein säuberlicher Handschrift standen da mein Name und die Adresse. Mit nur einem Blick erkannte ich die Handschrift meiner Mutter. Der Schreck fuhr mir in den Magen, mein Herz raste. Filme und Bücher, in denen Menschen wiederauferstanden oder doch nicht gestorben waren, kamen mir in den Sinn. Botschaften aus dem Jenseits, Geister, die noch eine Aufgabe zu erledigen hatten … Gab es so etwas wirklich? In meinem Kopf schossen wirre Gedankenfetzen hin und her, mein Magen verkrampfte sich zu einem Knoten. Mit zitternden Händen hob ich das Paket auf, unfähig, etwas damit zu tun. Oh, Issymama.

»Hey, Lilly.«

Ich wirbelte herum. Welches Gespenst ich erwartet hatte, wusste ich selbst nicht, aber vor mir stand ein echter Mensch, nämlich meine Freundin Gaby. Freundin im weitesten Sinne. Wir hatten nur mehr sporadischen Kontakt, nachdem ich meine Lehre angefangen hatte. Hauptsächlich war ich schuld daran.

Gaby hatte immer wieder versucht, mich in so manche Aktivität zu integrieren, aber ich hatte meistens abgelehnt. Mittlerweile war sie im letzten Schuljahr. Gaby bemerkte meinen entsetzten Gesichtsausdruck.

»Sorry, ich wollte dich nicht erschrecken.« Schnell versteckte ich das Päckchen hinter meinem Rücken, was total unsinnig war, aber instinktiv wollte ich es beschützen. Unsinnig, ja, aber intuitiv richtig. Gaby hob eine Augenbraue. Das Päckchen hatte sie wahrscheinlich nicht einmal bemerkt, bis ich es so geheimnisvoll verborgen hatte. Sie schüttelte den Kopf und lächelte. Ich wollte mich schon umdrehen, aber ich las kein Mitleid, sondern echtes Interesse in ihrem Gesicht. Um eine neutrale Miene bemüht, versuchte ich mich an einer Unterhaltung.

»Gaby. Na, wie ist es in der Schule?«

Zum Glück überging sie meinen holprigen Kommentar.

»Der Abschlussjahrgang veranstaltet eine Party am See, und wir wollten dich einladen. Du kennst die meisten von uns ja noch.«

Sie wartete nicht auf eine direkte Antwort, sondern kramte eine handgeschriebene Einladung aus ihrer Tasche und reichte sie mir. Ein wenig überrumpelt, nahm ich den Zettel entgegen. Diese Einladungen zu Partys waren mit den Jahren immer weniger geworden. Wenn ich ganz ehrlich war, hatte ich einfach nie das Bedürfnis gehabt, mich mit Gleichaltrigen abzugeben. Mama und ich waren eine vertraute Einheit gewesen, die mir genügt hatte. Sie und ich gegen den Rest der Welt. Obwohl es nicht wirklich etwas oder jemanden gegeben hatte, gegen den wir angekämpft hatten.

»Ich weiß, wir haben in letzter Zeit nicht mehr so viel Kontakt gehabt, aber vielleicht hast du diesmal doch Lust zu kommen. Ist ganz unverbindlich. Vielleicht ist das eine gute Ablenkung.« Als mein Blick starr wurde, schlug sie eine andere Richtung ein. »Na, wir würden uns jedenfalls echt freuen, wenn du kommst.« Mein Mund stand leicht offen, mit einer Hand umklammerte ich das Päckchen, mit der anderen drehte ich unschlüssig die Einladung hin und her.

»Oh. Ja, danke.« Gaby strahlte mich an und wandte sich zum Gehen. Sie winkte mir noch und entfernte sich mit schwingenden Schritten.

Immer noch erstaunt, blickte ich auf das Papier. Das war seltsam, aber auch sehr nett. Ein warmes Gefühl machte sich in meiner Magengegend breit. Eine Party. Aber was sollte ich dort schon tun? Es wäre eine Ablenkung, und Ablenkung war etwas, das mir im Moment ziemlich gelegen kam. Seufzend betrat ich die Wohnung und legte die Einladung achtlos auf den Vorzimmerschrank. In der Küche angekommen, platzierte ich das Päckchen behutsam in der Mitte des Tisches und ignorierte es ganz absichtlich. Wie eine Motte das Licht, umkreiste ich den Küchentisch, strich mir ein Butterbrot, goss mir einen Saft ein und betrachtete das braune Papier eingehend. Eine Stimme in mir schrie regelrecht: *Mach es endlich auf.* Aber dann meldeten sich sofort die Zweifel: *Sei vorsichtig. Du hast keine Ahnung, was das sein könnte.* Was sollte es denn sein? Es machte jedenfalls keinerlei Geräusche oder gab kein verdächtiges Ticken von sich. Ein wenig später holte ich meine Gitarre und spielte dem Päckchen etwas vor. Das kam mir allerdings irgendwann so albern vor, dass ich endlich den Mut aufbrachte und vorsichtig die Klebestreifen löste. Zum Vorschein kamen ein kleines, unscheinbares Holzkästchen mit Klappdeckel und ein Brief. Ich erkannte auch hier die Handschrift meiner Mutter. Es war ein wenig unheimlich, aber es passte auf seltsame Weise gut zu ihr. Sie hatte so viele Erlebnisse hinter einer Wand aus Liebe, Zuneigung und Beschützerinstinkt vergraben und dabei ein großes, undurchdringliches Geheimnis erschaffen – vor allem, was ihre Vergangenheit anging. Ab dem Zeitpunkt ihrer Schwangerschaft mit mir war alles eine undurchsichtige Wolke gewesen, über die sie nie etwas preisgegeben hatte.

Alle Versuche, mehr aus ihr herauszukitzeln, waren kläglich gescheitert. Tja, irgendwann schien sie wohl doch das schlechte Gewissen eingeholt zu haben.

Oh, Issymama.

Es war so typisch für sie, etwas so Wichtiges auf so eine etwas unpersönliche Weise zu vermitteln. Sie hätte das nie Angesicht zu Angesicht geschafft. Was heißt hätte, sie *hatte* es nie über sich gebracht. Mit zitternden Fingern faltete ich den Brief auseinander. Es war ein Bogen Papier mit dem Logo der Arztpraxis. Langsam begann ich zu lesen.

Meine liebe Lillymaus,
   als ich dir von deinem Vater erzählt habe, habe ich dir einiges an Informationen vorenthalten. Du weißt, wie sehr ich mich seit jeher dagegen sträube, dir von diesem Teil meines Lebens zu berichten, aber wir wissen beide, dass mir die Zeit davonläuft. Ich habe immer auf den geeigneten Moment gewartet und ihn regelmäßig verpasst.

*Aber erst einmal das Wichtigste vorweg: Du bist ein Kind, das
aus reiner Liebe entstanden ist. Zumindest ganz sicher von meiner
Seite. Nein, lass mich das besser formulieren: Auch von seiner Seite,
da bin ich mir sehr sicher. Du warst nie Zufall oder ein Unfall. Ich
war ehrlich gesagt nicht sehr überrascht, als ich herausfand, dass
ich mit dir schwanger war. Es war natürlich ein Schreck und ein
Ereignis, das mein Leben verändert hat, aber es hat auch hundertprozentig genau gepasst für mich. So habe ich immer empfunden.*

Ich hob die Augenbrauen und zwang mich, den Absatz noch einmal
zu lesen. Das klang völlig anders als jede Andeutung, die sie jemals hatte
fallen lassen. Ich sog scharf die Luft ein. Wollte ich denn überhaupt wei-
terlesen? Eine Gänsehaut überzog meinen Körper. Ja, natürlich wollte
ich schon seit Jahren wissen, wer mein Vater war, aber nicht so. Nicht so
unvorbereitet. Ich wollte meiner Mutter in die Augen sehen, ihre Miene
dabei beobachten. Ärger stieg in mir auf. Sie hätte die ganze Geschichte
einfach auf sich beruhen lassen können. Aber alles war anders, alles war
völlig durcheinandergeworfen.

Das Gefühl der Trauer wurde von heftiger Wut abgelöst, aufgebracht
darüber, warum gerade *uns* so etwas zustoßen musste. Es war so verdammt
unfair. Meine Augen flogen über den Brief, der offenbar endlich mehr Informationen beinhaltete. Informationen zu einem Thema, das ich schon seit
Jahren begraben hatte. Lange Zeit hatte ich meine Mutter diesbezüglich bearbeitet. Alle Versuche hatten völlig erfolglos geendet, ich hätte genauso gut
eine Unterhaltung mit unserer Kaffeemaschine führen können.

Ein einziges Mal war sie schwach geworden, und ich hatte andächtig zugehört, wie sie von der Liebe zu meinem Vater erzählt hatte.

Nachdem meine Mutter diese Bombe hatte platzen lassen, war der In-
formationsfluss schnell wieder versiegt. Sie hatte sich in gewohnter Manier
verschlossen und alle Versuche meinerseits gekonnt abgeblockt. Ich hatte
darauf gebrannt, noch mehr Details zu erfahren, aber sie hatte jedes Mal nur

energisch den Kopf geschüttelt und war zurück in ihre Kissen gesunken. Damals hatte sie so unheimlich müde und krank ausgesehen. Ihre Augen hatten erschreckend matt und fast grau gewirkt.

Normalerweise waren sie mir immer ein wenig unwirklich erschienen, manchmal hatten sie wie das zarte Grün des Frühlings gestrahlt. Im direkten Sonnenlicht hatte sie immer etwas Feenartiges an sich gehabt. Rotblond und grüne Augen, klassische helle Haut, fast durchscheinend, dass man die Adern unter der Haut ihrer Schläfen hatte pulsieren sehen. So zerbrechlich und so schön. Aber jeder Glanz war aus ihrem Gesicht verschwunden. Es war das erste Mal gewesen, dass mir so richtig bewusst geworden war, wie ernst unsere Lage war.

Ihre Lage. Und wenn sie wieder einmal eingeschlafen war, hatte ich es nicht übers Herz gebracht, sie zu stören.

Doch ihr schlechtes Gewissen hatte gewonnen. Wenn auch nicht persönlich, dann in einem Schreiben. Ich konzentrierte mich wieder auf die Zeilen vor mir.

Die Tage und Nächte, die ich mit Wolf verbrachte, waren mitunter die wunderbarsten Stunden meines Lebens. Es kam mir im Nachhinein vor, als wären wir wie zwei Magnete, die unaufhaltsam und unausweichlich aufeinander zusteuerten, ohne uns dagegen wehren zu können. Oder besser, sich wehren zu wollen.

Ich verliebte mich in der Sekunde, in der er meine Hand nahm und mich auf diese Couch zog. Wie schon erwähnt, war es auf seltsame Weise wenig verwunderlich für mich, dass ich danach schwanger wurde. Auch wenn das unlogisch und irgendwie kitschig klingt. Allerdings war mir von Anfang an klar, dass dein Leben nicht so wie meines verlaufen würde.

Ich konnte gar nicht anders und musste dich von dieser falschen Glitzerwelt fernhalten. Ich sehe ein, dass diese Einstellung aus heutiger Sicht vielleicht ein wenig zu extrem war, aber glaube mir, zu

diesem Zeitpunkt war mir nur diese Entscheidung möglich. Bitte,
meine liebe Lilly, ich hoffe, du findest die Kraft, mir zu verzeihen,
dass ich so lange damit gewartet habe.

Ich ließ das Papier sinken. Tränen schwammen in meinen Augen. Es war wirklich ein schönes Gefühl, bestätigt zu wissen, dass man als Kind gewollt war. Zugegeben, sie hatte mich nie glauben lassen, dass ich ein Unfall wäre, aber so klar hatte sie sich noch nie ausgedrückt. Auch wenn das alles sehr verrückt und abgefahren war, war es doch typisch für meine Mutter. Ein kleiner, unvollendeter Kreis schloss sich endlich in meinem Inneren. Der, der immer davon überzeugt gewesen war, dass ich unabsichtlich in die Welt gesetzt worden war.

Die alleinerziehende Mutter überfordert, vom Kindsvater verlassen. Nun taten sich ganz neue Perspektiven auf. Obwohl Mama so etwas nie konkret erwähnt hatte, hatte sich dieses Bild über die Jahre unweigerlich in mir manifestiert. Ich seufzte und blinzelte die Tränen weg, denn der nächste Satz sprang mir regelrecht ins Auge.

Wolf hat mir damals diesen Anhänger geschenkt.

Ich kramte in der Schachtel und entdeckte ein kleines blaues Stoffknäuel. Mit zitternden Fingern und ganz vorsichtig entfaltete ich das weiche Material.

Darin eingeschlagen war ein silberner Anhänger, auf dem ein wunderschöner Notenschlüssel prangte. Er war schon etwas oxidiert und schwarz an manchen Stellen, wobei das der Schönheit keinen Abbruch tat. Im Gegenteil, er erschien auf seine ganz spezielle Weise authentischer. Mit den Fingerspitzen betastete ich sachte die Oberfläche und entdeckte dabei, dass es auf der Rückseite einen filigranen Schnappverschluss gab.

Eine kleine Ewigkeit verstrich mit erfolglosem Herumprobieren, als hätte das Ding ein Eigenleben und wehrte sich gegen mich. Ich wollte beinahe schon aufgeben, als ich den Mechanismus schließlich doch noch überzeugt hatte, mir zu gehorchen. Der Anhänger öffnete sich mit einem leisen Klicken in zwei Hälften. Es war eine Art Medaillon, in das man ein Foto stecken konnte. Allerdings war da nur ein winziges Stück weißer Stoff mit kleinen, rostroten Flecken. In meinem Kopf wirbelten wirre Gedanken umher, aber ich kam zu keinem logischen Schluss. Schließlich widmete ich mich wieder dem Schreiben meiner Mutter.

Wenn du diesen Anhänger näher betrachtest, wirst du feststellen, dass darin ein kleines Stück Stoff versteckt ist. Nun, dein Vater schwört, dass Janis Joplins Blut darauf ist und es ihm Glück gebracht hat. Also, nicht nur einfach Glück. Er meinte, es stecke irgendwie »mehr« darin. Wie immer man »mehr« interpretieren mag. Außerdem sollte er nie in die falschen Hände geraten, da er Gutes wie auch Schaden anrichten kann. Na ja, wie das mit »Schaden« gemeint ist, weiß ich leider auch nicht genau. Ich finde, solchen übernatürlichen Quatsch muss man mit Vorsicht genießen, aber wem erzähle ich das? Wie du weißt, sind meine Ansichten eher von der Naturwissenschaft geprägt, aber ich muss gestehen, dass es etwas mit diesem Schmuckstück auf sich hat. Trage es nicht leichtfertig. Immer, wenn ich es um den Hals hatte, sind … na ja … sonderbare Dinge passiert. Wie auch immer, dein Vater meinte, dass er seine Auftrittsangst damit und nur damit überwunden hat. Ich kann mir vorstellen, wie das für dich klingen mag, aber es war mir wichtig, dass du das erfährst.

Nach unserer letzten gemeinsamen Nacht wollte er, dass ich den Anhänger immer bei mir trage. Anfangs tat ich das auch, aber ir- gendwann war mir das Ding unheimlich. Für einige Zeit verwahrte ich es bei mir im Zimmer auf. Als dein musikalisches Talent auf einmal so stark aus dir herausbrach und du dazu noch diese Panik vor Auftritten entwickelt hast, war mir klar, wer der eigentliche

Eigentümer dieses Talismans sein sollte. Du kannst dir nicht vor-
stellen, wie oft ich ihn dir schon geben wollte. Allerdings wäre damit
unweigerlich verbunden gewesen, dir die Wahrheit über deinen
Vater zu sagen.

Die Zeilen waren mit Kugelschreiber auf Papier gebracht, aber an dieser
Stelle hatte sie eindeutig geweint. Es war an mehreren Stellen wellig und
aufgeweicht.

Wie oben erwähnt, bin ich ständig vor dem richtigen Zeitpunkt
davongelaufen. Und nun hat mich dieser Zeitpunkt eingeholt. Bitte
sei mir nicht böse, meine liebe Lillymaus. Ich habe das alles getan,
um dich vor etwas zu schützen, dem ich dich nicht aussetzen woll-
te. Ich kann mir vorstellen, wie durcheinander du jetzt sein musst,
und ich wäre so gerne an deiner Seite. Es tut mir unendlich leid,
dass ich nicht mehr bei dir sein kann. Was immer dein nächster
Schritt sein wird, ich bin überzeugt davon, dass du instinktiv den
richtigen Weg finden wirst. Ich bin immer in deinem Herzen.

Deine Issymama

Einige Tränen tropften auf den Brief, und ich musste ihn schnell beisei-
telegen. Obwohl mir diese Nachricht aus dem Jenseits schmerzhaft die Lü-
cke, die meine Mutter hinterlassen hatte, aufzeigte, fühlte sich diese neue
Information meinen Vater betreffend auch unglaublich aufregend und be-
freiend an. Ich war nicht irgendein ungewollter Unfall, sondern entstanden,
weil sich zwei Menschen geliebt hatten. Das klang kitschig, und kurz kam
mir der Gedanke, dass meine Mama das nur erfunden hatte, um mir ein gutes Gefühl zu geben. Diese Idee schob ich aber schnell weit von mir weg. Ich
hatte meine Mutter verloren, aber meinen Vater gefunden. Gut, noch nicht
so ganz, aber doch irgendwie. Es gab zumindest eine Spur.

Ich setzte mich in meinem Bett auf, nahm die Kette vom Hals und betrachtete den Notenschlüssel eingehend. War es nicht ein ganz gewöhnliches, wenn auch sehr hübsches Schmuckstück? Doch Mamas Brief hatte etwas angedeutet, was ich überhaupt nicht einzuordnen vermochte. Was hatte sie mit *sonderbar* und *unheimlich* gemeint? Ich konnte mir keinen Reim darauf machen. Und dann war da natürlich mein erster, sozusagen öffentlicher Auftritt am Lagerfeuer ...

Die Party hatte ich komplett verdrängt, bis ich die Einladung auf dem Küchentisch wiederfand.

Solche Veranstaltungen waren einfach nichts für mich, außerdem hatte ich nur mehr sehr losen Kontakt zu meinen Klassenkameraden, seit ich meine Lehre begonnen hatte. Kurz stutzte ich, denn ich konnte mich nicht erinnern, dass ich den Zettel dort hingelegt hatte.

Schulterzuckend griff ich danach, um ihn wegzuwerfen, als im gleichen Moment eine Textnachricht von Gaby auf meinem Handy eintraf.

Gaby: *Vergiss nicht. Heute Party am See.* Dazu noch ein paar Smileys und Emojis.

Was für ein seltsamer Zufall. Ich war kurz davor, eine Ausrede zu erfinden, die mit Kopfschmerzen oder allgemeiner Unpässlichkeit zu tun hatte, als meine Hand ganz unbewusst den neuen Anhänger mit dem Notenschlüssel fand, der an einer Kette um meinen Hals lag. Sekunden später hatte ich zu meinem eigenen Erstaunen geantwortet.

Lilly: *Okay, bis später.*

Ungläubig starrte ich auf den Text, den ich abgeschickt hatte. Alles gut, Lilly, beruhigte ich mich selbst, was mir nicht wirklich gelang. Ich konnte immer noch kurz davor absagen oder einfach nicht hingehen. Den Tag über verbrachte ich abwechselnd vergraben in einem weiteren Jane Austen Roman, den ich schon unzählige Male gelesen hatte, und dem Song, an dem ich gerade arbeitete. An der ersten Fassung musste ich auf jeden Fall noch feilen, denn der Song war noch lange nicht fertig, aber ein paar

Teile klangen auch für mich ganz brauchbar. Als der Abend näher rückte, fand ich mich vor dem großen Spiegel neben meinem Kleiderschrank wieder. Was zog man denn auf so eine Party an? Auf keinen Fall wollte ich aussehen, als hätte ich mich für diesen Anlass aufgebrezelt.

Seufzend entschied ich mich für kniehohe, feste Stiefel und einen Rock, der für meine Begriffe fast schon gewagt kurz war und somit nicht ganz so brav wirkte.

Für die Arbeit zog ich mich praktisch und bequem an, also Jeans und Shirts. Nur manchmal, wenn Mama und ich ins Kino gegangen waren, hatten wir uns in Schale geschmissen, was aber im Vergleich zu manchen Mädchen in meiner Altersklasse immer noch etwas nerdig wirkte.

Edle Bücherwürmer der Extraklasse hatten wir uns gegenseitig geneckt.

Ich band meine Haare zu einem Pferdeschwanz zusammen, das musste genügen. Sie sahen ohne direktes Licht viel dunkler aus, das Rotblond wirkte auf eigenartige Weise intensiver und weniger blond, was ich recht gern mochte.

An der Haustür angekommen, verabschiedete ich mich wie immer von Mama. Diese Angewohnheit steckte tief in mir, und es fühlte sich so vertraut an, dass ich es aufgab, mich dagegen zu wehren.

Sie hätte das bestimmt so gewollt. So winkte ich zum Abschied sogar noch in die ungewohnte Leere und konnte ihren ironischen Kommentar fast wirklich hören:

Leg aber nicht gleich alle Jungs auf einmal flach, ja? Immer schön einer nach dem anderen, ja, Schatz? Ich konnte gar nicht anders, als grinsend und in einer Mischung aus wehmütig und einigermaßen gut gelaunt, das Haus zu verlassen.

Mit dem Fahrrad waren es nur zwanzig Minuten bis zum See, und ich genoss den Fahrtwind in meinem Gesicht. Die Straßen waren bis auf ein paar wenige Fußgänger wie leer gefegt, und die Dämmerung tauchte die Stadt in ein angenehm schummeriges Zwielicht.

Unser kleiner, aber feiner Teil der Stadt, in dem wir wohnten, war voll mit schnuckeligen Fachwerkhäusern, und viele der Straßen waren noch mit buckligem Kopfsteinpflaster ausgelegt. Manchmal war es kaum zu glauben, dass man sich nicht in einem viel früheren Jahrhundert befand.

Ich liebte jede einzelne Ecke hier. Niederzwehren war der ideale Heimatort für mich und ...

Ich brach den Gedanken ab. Für mich. Nur mehr für mich. Ich konzentrierte mich wieder auf die Straße vor mir. Es hätte sich ein wenig unheimlich oder beklemmend anfühlen können, aber in mir machte sich heimelige Geborgenheit breit. Die Zufahrt zum See war ein kleiner, wirklich holpriger Feldweg, deshalb stieg ich ab, um mein Rad zu schieben.

Da es keine richtige Möglichkeit gab, es abzusperren, versteckte ich es im Gebüsch. Nach wenigen Schritten tauchte der See vor mir auf, der in der untergehenden Sonne still glitzernd dalag. Das Bild war atemberaubend, und ich hielt erstaunt inne.

Die Abschlussklasse hatte ganze Arbeit geleistet. Der hölzerne Steg, der zum Wasser führte, war stimmungsvoll und wunderschön mit Hunderten von winzigen Lämpchen erleuchtet.

Die letzten Sonnenstrahlen verschwanden, und die Dekoration kam so richtig zur Geltung. Auch die umliegenden Büsche und Bäume erstrahlten in fast romantischer Atmosphäre. Auf Tischen standen allerlei Leckereien wie Chips, Cracker und eine riesige Schüssel mit Bowle bereit.

Junge Leute standen überall in Grüppchen verteilt und unterhielten sich hervorragend. Es waren nicht wahnsinnig viele Menschen, und doch überrollte mich in diesem Moment die Panik.

Was wollte ich hier nur? Am besten drehte ich hier und jetzt auf der Stelle wieder um und machte, dass ich davonkam. Niemand würde mich vermissen. Jetzt konnte ich mich noch ganz leicht ungesehen verdrücken.

Entschlossen wandte ich mich um und blickte direkt in Gabys Gesicht. Sie strahlte mich mit ihren blitzblauen Augen an und umarmte mich herzlich.

»Lilly. So schön, dass du gekommen bist. Komm mit. Erinnerst du dich noch an Birgit? Möchtest du eine Bowle?« Sie zog mich mit sich und drückte mir einen Becher in die Hand, den sie mit einer Kelle aus der Schüssel füllte, die voll mit darauf umherschwimmenden Früchten in einer rosafarbenen Flüssigkeit war.

Ich nippte daran und fand, dass das Getränk nicht sehr stark war und erstaunlich fruchtig schmeckte. Ab diesem Moment gab mir Gaby keine einzige Chance, aus ihrem Umkreis zu entfliehen. Sie hatte mich offensichtlich zu ihrer Schutzbefohlenen auserkoren, und so blieb das für den Rest des Abends. Um ganz ehrlich zu sein, war das gar nicht so übel und irgendwie süß, wie sie sich um mich kümmerte.

Zudem fiel mir auf, dass mir niemand sein Beileid aussprach. Keine betretenen Momente, in denen niemand wusste, was zu sagen war. Ich fühlte mich wie ein ganz normaler Teenager auf einer ganz normalen Party.

Wir unterhielten uns über gemeinsame Erlebnisse aus der Schulzeit, und ich erfuhr, wie es meinen Klassenkameraden in den letzten Jahren ergangen war. Ich wiederum erzählte von meiner Lehrzeit im Laden der Jupiters. Die Zeit verging wie im Flug, und schließlich ließen wir uns an dem großen Lagerfeuer nieder, das nahe dem Seeufer entfacht worden war. Jemand spielte auf einer Gitarre, und ich starrte fasziniert und schon ein wenig müde in das knisternde Feuer vor mir. Das Holz knackte, Funken stoben auf und verloren sich in der Schwärze der Nacht. Gaby plumpste neben mir auf den Boden und grinste mich an. Ich lehnte mich zu ihr.

»Danke.« Sie hob den Blick und lächelte.

»Kein Thema. Ich hatte so ein Gefühl, dass diese Party das Richtige für dich sein könnte.« Ich nickte nur. Ihr Gefühl hatte sie nicht getäuscht. Die Stimmung wurde immer ausgelassener, denn der Junge an der Gitarre war richtig gut, und ich begann sogar leise mitzusummen. Nach einem grandiosen *Wonderwall* stellte er das Instrument zur Seite und bat Gaby, ein Auge darauf zu haben, denn er müsse für kleine Rockgitarristen. Die Meute ums Lagerfeuer verlangte aber nach mehr. Gaby stieß mich an.

»Lilly, was ist mit dir? Du spielst doch auch, oder?« Ich schüttelte lachend den Kopf und hob beide Hände abwehrend in die Höhe.

»Nö, nö. Leider nein.«

Ja, zu Hause und ohne Publikum komponierte ich und spielte mir die Finger wund, aber sonst bekam keine Menschenseele, außer meiner Mama und meinem Gitarrenlehrer, mein Talent zu hören.

Und dann war an diesem Abend doch etwas völlig Seltsames mit mir passiert. Gaby stand da und stemmte die Hände in die Hüften.

»Zufälligerweise weiß ich aber sehr genau, dass du spielen kannst. Hey, Fritz?«, rief sie dem Jungen hinterher. Dieser wandte sich um und sah regelrecht besorgt aus. Ich konnte ihm das gut nachfühlen, ich würde meine Gitarre auch nicht einfach so jemandem in die Hand geben.

»Nicht für mich, ich würde das nicht wagen, aber Lilly ist vom Fach. Bitte«, flehte sie ihn an. Sein Blick streifte mich, und er schien mich erst jetzt richtig zu erkennen. Er hob die Hände und deutete mit dem Finger auf mich.

»Ja, sie schon. In Ordnung, aber geh vorsichtig um mit meinem Baby.« Ich wollte eigentlich ablehnen, nickte aber, weil er so sorgenvoll aussah, und deutete eine »Großes Indianerehrenwort«-Geste an. Fritz grinste. Gaby nahm die Gitarre und drückte sie mir in die Hand. Eine merkwürdige Stille trat ein, und mir wurde bewusst, dass ich jetzt nicht mehr so einfach aus der Nummer herauskam. Alle starrten mich erwartungsvoll an. Mit leicht aufkommender Panik blickte ich in große Augen und schüttelte immer noch den Kopf.

»Nein, wirklich, ich ...«

Keine einzige Reaktion im Publikum, außer diesem verdammten erwartungsvollen Schweigen. Mein Magen krampfte sich zusammen, meine Hände wurden schweißnass. Es war wie immer, ich konnte unmöglich vor Leuten spielen. Mist. Allerdings kam mir in dem Moment auch keine Ausrede in den Sinn.

»Nein ...«

Die Stimme versagte mir, ich konnte nur noch flüstern. Es war, als wären alle Anwesenden zu Stein erstarrt. Niemand bewegte sich. Nur das Feuer knackte zweimal laut, ein paar Holzscheite brachen in sich zusammen, und wieder stoben Funken weit hinauf in den dunklen Himmel.

Unmöglich.

Ich konnte das nicht. Wie von selbst wanderten meine Finger zu dem Anhänger, der warm und angenehm auf meiner Haut ruhte.

Ein beruhigendes Gefühl der Entspannung durchflutete meinen Körper. Zugegeben, es war ein wenig verrückt.

Gaby stupste mich vorsichtig mit dem Ellenbogen an. Die Leute unterhielten sich mittlerweile wieder ganz ungezwungen.

Oder hatten sie das die ganze Zeit über, und ich hatte mir ihr Schweigen nur eingebildet?

Ich nahm die Gitarre und legte die Finger in die richtige Position, dann holte ich tief Luft. Erst stimmte ich einen Akkord an, dann noch einen. Die Leute applaudierten, obwohl ich noch gar nicht richtig begonnen hatte. Aber es klappte unfassbarerweise ganz gut. Meine Finger fanden wie von selbst zu den richtigen Stellen.

Patience von Guns N' Roses. Vorsichtig und zart sang ich die erste Strophe. Einige Leute summten mit. Nicht viele konnten den Text, aber mit jeder einzelnen Zeile, ja mit jedem einzelnen Akkord fiel es mir immer leichter, zu spielen und zu singen.

Der Anhänger schien im Takt des Liedes sanft zu vibrieren, doch das schrieb ich meinem aufgeregten Herzschlag zu.

»Wusste ich es doch«, meinte Gaby triumphierend. Ich sah sie an. Sie hatte ja gar keine Ahnung, was für ein bahnbrechender persönlicher Erfolg das war. Das musste ich unbedingt meiner ...

O nein, das tat weh. Mein Herz versetzte mir einen Stich. Zum Glück begannen die Partygäste, mir Liedtitel zuzurufen. Die perfekte Ablenkung, und ich konnte beinahe alle bedienen. Die meisten Songs hatte ich im Ohr, und die Menge füllte die Textzeilen, die mir fehlten. Ich war richtig aufgekratzt und konnte gar nicht mehr aufhören. Eine unfassbare Energie durchfloss meinen Körper, und ich schien mit einem Mal eine unendliche Quelle davon zu besitzen. Das Beste daran war, dass ich unheimlichen Spaß dabei hatte, einfach wild draufloszuspielen.

Das Feuer brannte allmählich nieder, und langsam räumten alle gemeinsam auf. Ich spielte immer noch ein Lied nach dem anderen. Gaby trat zu mir und lächelte.

»Fritz hätte gerne seine Gitarre wieder.« Erstaunt blickte ich zu dem blonden Jungen mit den halblangen Haaren.

»Oh. Na klar. Vielen Dank«, murmelte ich verlegen und reichte ihm sein Instrument. Er nahm es dankbar entgegen und nickte mir anerkennend zu.

»Was du da aus meiner Mary herausgeholt hast, ist ... ja ... mir fehlen die Worte.« Ich grinste, denn auch mir fehlten die Worte. Gaby legte mir einen Arm um die Schultern, mit einem breiten Lächeln im Gesicht. »Ja, unsere Lilly. In ihr steckt so viel Potenzial, nicht wahr?« Nachdem wir aufgeräumt hatten, machten sich alle fröhlich plaudernd auf den Weg zurück in die Stadt. Wir schlenderten gemeinsam über den Feldweg, und ich befreite mein Fahrrad aus dem Gebüsch. Einer nach dem anderen verabschiedete sich und verschwand hinter Haustüren und Eingangstoren. Gaby wohnte nur ein paar Minuten von mir entfernt. Als wir vor einem schnuckeligen Fachwerkhaus samt Vorgarten und schmiedeeisernem Gartentor ankamen, umarmten wir uns noch einmal herzlich.

»Danke, Gaby. Das war echt nett«, nuschelte ich verlegen. Sie lächelte auf ihre ganz eigene Weise und winkte mir zum Abschied. Mit einem Mal erfüllte mich eine zarte, hoffnungsvolle Stimmung. Ja, die Trauer steckte tief und fest, und ich war erst ganz am Anfang eines langen Weges, aber vielleicht war da ein kleines Licht am Ende des Tunnels.

Vielleicht ...

Ich drehte den Anhänger im Licht der Morgensonne und ließ die Reflexion an der Wand funkeln. An diesem Anhänger hingen so viele neue Informationen, die ich noch nicht richtig verarbeitet hatte. Mein Herz schlug ruhig gegen meine Brust, und doch hatte ich das seltsame Gefühl, der Notenschlüssel pulsierte im selben Rhythmus. Selbst jetzt, als er in meiner Hand lag, schien eine Energie davon auszugehen. Warum hatte Mama nur so lange damit gewartet, ihn mir zu überlassen? Es war doch nur ein hübsches Schmuckstück, oder? Warum hatte sie mir das Geheimnis um meinen Vater nicht persönlich preisgeben können? Ich drehte mich um und vergrub das Gesicht in dem Kopfkissen. Wie so oft, wenn mir alles zu viel wurde, löste sich ein Schrei aus meiner tiefsten Seele. Erst Mamas Krankheit, dann warf sie mir nach Jahren der Geheimniskrämerei den Namen meines Vaters vor die Füße, schließlich ihr Tod und im nächsten Moment saß ich in Berlin bei meiner Oma Mathilda. Es war doch verständlich, dass ich ein wenig neben der Spur lief.

Mit aller Macht verdrängte ich die ewig kreisende Frage des Warums. Es half nichts, hier und jetzt konnte ich ohnehin nichts dagegen tun. Mit dem Kissen über dem Kopf lag ich noch lange unbeweglich da und wartete auf etwas, das nicht kam.

3

Der Straßenlärm der Großstadt riss mich wieder in meine neue Umgebung. Wobei das nicht ganz richtig war.

Die lauten Geräusche, die von unten heraufdrangen, wurden mir erst nach einiger Zeit so richtig bewusst.

Obwohl die Wohnung im fünften Stock lag, konnte man sehr klar Motorengeräusche und sogar ab und zu laute Stimmen vernehmen. Jetzt war ich endgültig wach und hatte auch genug von meinem Bad im Selbstmitleid. Mit einem Seufzer krabbelte ich aus dem Bett und tapste in die Küche. Es gab eine ganz wunderbare Kaffeemaschine, die mich eine geschlagene halbe Stunde beschäftigte, aber am Ende mit einem Cappuccino samt perfekter Milchhaube belohnte. Auf dem Küchentisch lag ein iPad mit einem Post-it darauf, auf dem das Passwort zum Entsperren stand. Ich vertiefte mich in Online Nachrichten und scrollte mich ein wenig durch Instagram.

Instagram war das einzige soziale Netzwerk, das ich für mich als passend eingestuft hatte. Alles andere war mir viel zu zeitaufwändig. Schon allein an den vielen bunten Instabildern konnte man ja stundenlang hängenbleiben. Vor allem, da meine Lieblingsbeschäftigungen schon immer die Musik und das Lesen waren, hatte ich immer versucht meine Online Zeit recht stark zu begrenzen. Heute gelang es mir doch eher schlecht als recht. Ich nippte abwechselnd an meinem Kaffee und kaute an einem Apfel, während ich schlussendlich ohne richtiges Ziel im Internet surfte. Irgendwann, bewusst oder unbewusst, stolperte ich über Fotos und Artikel vom Wolf.

Natürlich.

Die letzten Tage waren so turbulent gewesen, dass sich das Thema

Wie-bitte-ich-habe-einen-leiblichen-Vater? von ganz allein völlig in den Hintergrund geschoben hatte. Jetzt allerdings, wo sich meine Wohn- und Lebenssituation zumindest temporär geklärt hatte und sich somit etwas beruhigte, drängte diese verrückte Enthüllung meiner Mutter langsam aber sicher wieder an die Oberfläche. Ich saß in Omas Küche und starrte an den wunderschönen weißen Küchenschrank, der penibel sortiert und voll gestellt mit Utensilien war, die ich aber eher Arvos Kochleidenschaft zuschrieb, als die meiner Oma Math. In meinem Kopf kreiste ein Satz, den ich immer wieder versuchte zu verdrängen.

Der Wolf ist mein Vater. Der Wolf?

Ist der Wolf wirklich mein Vater? Hatte sie deshalb alles so akribisch von mir ferngehalten? Er war nun mal ein ziemlich bekannter Musiker und wir, nun ja, wir waren die Niederzwehrener Zweisamkeit. Seufzend tippte ich auf das iPad und starrte auf die letzte Seite, die ich geöffnet hatte. Zum wiederholten Male googelte ich *den Wolf*. Deutschlandweiter Superstar. Was hieß deutschlandweit? Er war über die Jahre auch international bekannt geworden. Zwei Singleauskopplungen hatten es sogar an die Spitze der britischen Charts gebracht. Außerdem produzierte er seit Jahren sehr erfolgreich junge Musiker, die sonst höchstwahrscheinlich unentdeckt geblieben wären.

Er hatte ein untrügliches Gespür für Talent.

Ich sprang auf, rannte in der Küche hin und her und fixierte das iPad mit bösen Blicken, bis ich es schließlich umdrehte. Die Neugier war aber zu stark und ich schnappte mir das Tablet wieder.

Unwillig scrollte ich mich durch noch mehr Bilder, von inszenierten Studiofotografien bis Schnappschüssen war alles vorhanden. Ich studierte eingehend einige der Aufnahmen von ihm, die mir besonders ins Auge stachen. Zugegeben, er sah wirklich gut aus, auch auf den aktuelleren Fotos.

Er war vorteilhaft gealtert, wie man so schön sagte. Außerdem besaß er sehr offensichtlich die Gabe, sich fast ausnahmslos effektiv in Szene zu setzen. Komischerweise wirkte es nie gestellt, selbst auf spontanen und unscharfen Bildern machte er stets einen coolen und lässigen Eindruck.

Auffallend war, dass er beinahe immer die schwarzen Haare halblang, wahlweise zu einem Samuraischwanz gebunden und mit oder ohne Kopftuch trug. Gerne auch mit Sonnenbrille. Auf beinahe allen Bildern durchbohrte mich der Blick seiner dunklen Augen, seltsamerweise sogar auf den Aufnahmen, auf denen er eine Sonnenbrille trug. Meist hatte er einen Dreitagebart, der seine markanten Gesichtszüge noch männlicher und ein wenig arrogant wirken ließen. Ein Vollblut Rockstar eben. Oder das war zumindest das Image, das er hier perfekt vermittelte. Vielleicht war er ja eigentlich tief in seinem Inneren ein sensibler Künstler mit Auftrittsangst und Selbstzweifeln. Ich musste schmunzeln bei dem Gedanken, denn das ging so gar nicht mit dieser gloriosen Rockstarinszenierung einher, die mir hier entgegenstrahlte.

Ich widmete mich seiner Biografie. Nie verheiratet, unzählige Affären, angedichtete Kinder, er hatte einen richtig guten Rockermythos um sich herum erschaffen. Aber schlau wurde ich daraus nicht. Was mich am meisten verunsicherte, war, dass ich keinerlei Beweise hatte. Ich konnte jetzt schlecht bei ihm vorbeigehen und sagen: Also, meine Mama sagt, du bist mein Papa. Sie hatte das so aus dem Nichts heraus erzählt und manchmal kam es mir sogar vor, als ob ich mich vielleicht verhört hätte. *War das nur ein Traum oder Wunschdenken gewesen?* Ganz tiefes Wunschdenken, weil ich nie wieder die Chance bekommen würde, mich mit ihr über das Thema Vater zu unterhalten? Über den gesamten Teil ihres früheren Lebens. Es war so sinnlos darüber nachzugrübeln, beschloss ich.

Aber dann gab es ja diesen Anhänger und den Brief. War das Beweis genug oder die Worte einer Frau, die im Sterben lag? Mit dem Tablet in der Hand wanderte ich schließlich ins Badezimmer und stand vor dem großen runden Spiegel. Auch mit wenig Fantasie war das, was mir da entgegenblickte, tatsächlich mehr oder weniger eine weibliche Variante des Wolfs. Ich war genau der gleiche dunkle Typ, bis auf meine Haarfarbe natürlich. Große mandelförmige Augen und ein fast bronzefarbener Hautton. Was hart und kantig bei ihm war, war bei mir weich und feminin. Auch wenn meine rotgoldene Haarfarbe völlig anders war, so waren die Form des Gesichts, die Anordnung der ungewöhnlichen Augen und auch die Nase absolut identisch. Die Augenfarbe unterschied sich ebenfalls, denn meine waren Haselnussbraun oder Grün, je nach Lichteinfall, und seine Dunkelbraun, beinahe Schwarz. Mir wurde erst jetzt bewusst, dass ich die Luft angehalten hatte. Langsam atmete ich aus und ließ das Tablet sinken. Ich hatte keinen Schimmer, wie ich mit dieser ganzen Situation umgehen sollte. Kurz war ich gestern Abend versucht, Oma einzuweihen, aber die war permanent von ihrem Projekt abgelenkt gewesen und später war ich dann selbst in meiner Musik völlig abgetaucht. Ich verdrängte alle Fragen und Gedanken, die unentwegt in meinem Kopf umherkreisten und beschloss etwas zu unternehmen. Hier mit dem doofen Internet, mit all seinen Bildern direkt vor meiner Nase, würde ich langsam aber sicher durchdrehen. Am besten wäre es, überlegte ich, einfach die nähere Umgebung zu erkunden. *Leb dich ein*, hatte meine Oma gesagt.

Es konnte ja nicht schaden, sich ein wenig mit der Nachbarschaft vertraut zu machen. Arvo hatte auf einem weiteren Post-it notiert, dass ich das Fahrrad im Hof benutzen dürfte und das war genau das, was ich jetzt brauchte.

Die Großstadt jagte mir allerdings einen Heidenrespekt ein und so suchte ich mir erst einmal den schnellsten und sichersten Weg mit dem Fahrrad zum Tiergarten online heraus. Dort, wo Bäume standen, erschien es mir sicherer, als wahllos kreuz und quer durch den Stadtverkehr zu fahren. Vor allem war der Tiergarten relativ nahe gelegen. Während der ersten paar Meter auf dem ungewohnten Fahrrad verhielt ich mich etwas übervorsichtig, aber schon nach wenigen Minuten fühlte ich mich erstaunlich sicher und pudelwohl.

Ich stöpselte mir epische Filmmusik in die Ohren, die mich sofort in gute Stimmung versetzte und genoss die Fahrt. Der laue Fahrtwind tat sein Übriges und blies auch die letzten trüben Gedanken aus meinem Kopf.

Überraschenderweise waren die Straßen, und vor allem die Radwege, so breit, dass ich mich fragte, wovor ich mich eigentlich so gefürchtet hatte. Zufrieden stellte ich fest, dass die Entscheidung in und durch einen Park zu fahren, herrlich und genau das Richtige für mich war. Die Sonne strahlte mit dem blauen Himmel über mir um die Wette und ich folgte dem ausgeschriebenen Fahrradweg, bis ich schließlich am Potsdamer Platz ankam.

Das riesige Areal eröffnete sich mir ein wenig unvermittelt, als mir dann richtig bewusst wurde, wo ich mich eigentlich befand. Das Gelände war wahnsinnig groß und ich blieb ein paar Minuten stehen, um diese ungewohnte Weite auf mich wirken zu lassen. Was für ein krasser Unterschied zu meiner kleinen Welt, die ich ungewollt verlassen musste. Ich stieg ab und schloss das Rad bei einem Fahrradständer ab.

Riesige Häuser mit Glasfronten, die die umliegenden Gebäude und die Sonne widerspiegelten, wuchsen in den Himmel. Man musste den Kopf in den Nacken legen, um bis an ihr Ende sehen zu können. Im Zentrum thronte das überdachte imposante Sony Center mit dem Kino, den Restaurants und Bürogebäuden. Ohne Eile schlenderte ich am prominenten Eingang des Potsdamer Bahnhofs vorbei, blieb schließlich an den Resten der Berliner Mauer stehen und las mich ein wenig durch die Geschichte. Es war eine Sache, so etwas in der Schule vorgesetzt zu bekommen, aber es war etwas ganz anderes, ein Stück Historie direkt berühren zu können. Ich meinte sogar, etwas von der verbindenden Energie spüren zu können, die dieser Ort angeblich auszustrahlen vermag.

Unbewusst sang ich Mamas Lied, das gestern aus mir heraus explodiert war, leise vor mich hin. Ich konnte einfach nicht widerstehen, legte meine Hand auf ein Mauerteil und schickte Mama ein paar gute Gedanken.

Stell dir vor, Issymama, ich bin in Berlin. Bei Oma.

Ich konnte ihren zweifelnden Gesichtsausdruck direkt vor mir sehen und musste trotz allem schmunzeln. Immer wieder hatte ich gebettelt, doch öfter zu Oma und Arvo fahren zu dürfen, aber bis auf die wenigen Besuche blockte sie das jedes Mal mit den unsinnigsten Gründen ab. Da die mysteriöse Geschichte um meinen Vater jetzt ein wenig klarer war, verstand ich auch besser, weshalb sie so vehement dagegen war.

Es war ganz einfach, denn der Wolf lebte auch in Berlin. Selbst in einer Millionenstadt konnte man sich über den Weg laufen.

Ach, Issymama, wäre das denn so schrecklich gewesen?

In diesem Punkt verstand ich sie so überhaupt nicht. Eine Hand an der Mauer, die andere an meinem Anhänger, stand ich da und bildete mir ein, in einer Art Kreislauf zu stehen. Mein Herz pochte und eine seltsame Welle gemischter Emotionen erfasste mich.

»Man kann die Energie richtig spüren, nicht wahr?«, sagte eine sanfte weibliche Stimme hinter mir. Schnell zog ich meine Hand zurück und wirbelte herum. Etwas peinlich berührt murmelte ich nur etwas Unverständliches.

»Mmh.«

Wie lange stand sie schon da? Und hatte sie mein Gesinge auch gehört?, schoss es mir durch den Kopf. Im Grunde war das ja völlig gleichgültig, aber ich konnte solche Gedanken einfach nicht abstellen.

»Entschuldige, ich wollte dich nicht stören oder nerven«, fuhr sie in heiterem Plauderton fort. Ich lächelte schüchtern in das Gesicht eines wirklich außergewöhnlich hübschen Mädchens, das in etwa so alt wie ich schien. Höchstens vielleicht zwei Jahre älter. Wie konnte sie jemanden nur so unvermittelt ansprechen? Wie man so viel Selbstbewusstsein besitzen konnte, war mir seit jeher ein Rätsel. Meine Hand krallte sich jetzt regelrecht, wie eine Ertrinkende an einen Rettungsring, um den Notenschlüssel. Verstohlen musterte ich ihr Gesicht. Perfekt oval geformt, wunderschöner makelloser Teint, dunkelbraune warme Augen, schön geschwungene Lippen und die Nase nicht zu groß oder zu klein, wirkte sie fast ein wenig unwirklich. Sie sah aus wie ein Model aus den Zeitschriften oder auf Plakaten, mit dem Unterschied, dass ein sympathisches Lächeln ihre Lippen umspielte.

Sie grinste mich noch einmal an, zuckte mit den Schultern und wandte sich von mir ab, dabei fielen ihre braunen Locken ihr weich und luftig und ebenso wunderschön um die Schultern.

Ich war hin- und hergerissen zwischen Erleichterung und der Verwunderung, mit wie viel Ungezwungenheit sie mich angesprochen hatte. Was immer mir in diesem Moment den Mut verlieh, ist mir bis heute unklar, aber ich stockte nur sehr kurz und antwortete dann lauter:

»Ja. Es ist seltsam, als ob tatsächlich zwei Kräfte ineinanderfließen würden.«

Das Mädchen hielt sofort in ihrer Bewegung inne, als ob sie nur auf eine Reaktion meinerseits gewartet hätte. Ich hielt den Atem an. Hatte sie denn darauf gewartet? Und wenn, auf was genau? War meine Antwort jetzt etwas fürchterlich Dummes gewesen? Warum klopfte mein Herz eigentlich so schnell? Klar, ich sprach so gut wie nie mit Fremden. Nicht einmal bei meiner Arbeit in Niederzwehren musste ich das tun, Frau Jupiter war immer zur Stelle gewesen, wenn es um Kundeninteraktion ging.

Das Mädchen wandte sich jetzt wieder mir zu und sah mir direkt in die Augen. Mein Kopf fühlte sich heiß an und ich biss mir auf die Lippen. Mittlerweile verfluchte ich innerlich meinen kleinen Mutanfall. Nervös schob ich eine Haarsträhne nach hinten. Sie hatte eine knallenge, an einigen Stellen bewusst zerrissene Jeans an und trug ein Crop Top, auf dem in breiten roten Buchstaben das Wort *Flawless* gedruckt war. Auf ihrem Gesicht breitete sich nun ein überraschend strahlendes Lächeln aus.

Es wirkte eine Spur verschmitzt und machte sie unsagbar sympathisch, so dass ich nicht anders konnte und meine generellen Zweifel Fremden gegenüber einfach wegwischte. Zumindest in diesem Fall. Unsicher lächelte ich zurück und zuckte mit den Schultern.

»Glaubst du an Zufälle? Ich nämlich nicht, ich glaube, dass alles vorherbestimmt ist. Du und ich hier, zum Beispiel, absolut gewollt. Von wem? Keine

Ahnung. Aber es steckt etwas dahinter«, sprudelte es in fröhlichem Ton aus ihr heraus. Meine Augen weiteten sich bei jedem Wort, das sie sprach.

Oje. War das vielleicht so eine Fanatikerin, die auf der Suche nach Mitgliedern für ihre Religionsbewegung war?

Ich wich instinktiv einen halben Schritt zurück. Mist, sie bemerkte meine Reaktion natürlich sofort.

Immer noch gut gelaunt, ließ sie sich aber nicht beirren. Im Gegenteil, sie sah höchst amüsiert aus.

»Jetzt hältst du mich bestimmt für verrückt. Klar, kein Problem.« Sie strahlte mich immer noch an und streckte mir ihre Hand entgegen.

»Na, vielleicht bin ich ein wenig speziell, ich arbeite schließlich da oben in einem Plattenlabel. Da muss man schon etwas abgedreht sein, um überleben zu können. Mein Name ist Jamie. Tychberger. Mit Ypsilon.« Ich schüttelte ihre Hand und starrte ihr in die perfekt geschminkten Augen. Sie sah mich so erwartungsvoll an, dass ich ihr meinen Namen trotz Sektengefahr verriet.

»Lilly. Lilly Gaesegg.«

»Na dann, Lilly Gaesegg. Was bringt dich hierher? Warte, lass mich raten.« In ihren Augen blitzte es, sie warf die Locken über die eine Schulter und tippte mit dem Zeigefinger auf ihre Unterlippe. »Ich muss gestehen, ich habe dich vorhin beim Singen belauscht und das klang ja wirklich ganz fantastisch. Also nehme ich an, du bist Musikerin, hast einen Song im Gepäck, den du bei unserem Newcomer Wettbewerb einreichen möchtest? Stimmt's oder hab ich Recht?«, triumphierend sah sie mich an.

»Newcomer was? Ach, nein, bestimmt nicht«, wehrte ich ab. Völlig unvermutet hakte sie sich jetzt bei mir unter und zog mich in Richtung Sony Center.

»War es das, was du gerade gesummt hast? Das klang unheimlich schön. Was für ein Instrument spielst du? Und auf welchem komponierst du deine Lieder?«, überrumpelte sie mich mit einer Frage nach der anderen.

»Äh. Gitarre.« War alles, was ich herausbekam. Sie nickte.

»Natürlich. Gitarre ist perfekt.«

Gitarre ist perfekt? Perfekt für was? Für wen?

Sie musste meinen irritierten Blick bemerkt haben, denn sie ergänzte: »Gitarre ist auch mein Lieblingsinstrument.« Inzwischen steuerten wir auf die große Glastür eines der Bürogebäude zu. Ich blieb abrupt stehen.

»Was ist das für ein Wettbewerb?« Jamie drehte sich zu mir um und starrte mich ungläubig an. Sie schüttelte den Kopf und zog ihr Smartphone aus der hinteren Hosentasche. Sie wischte und tippte darauf herum. Dann präsentierte sie mir eine Webseite, auf der mit großer Überschrift stand: *Der Wolf sucht dich und deinen Song!* Darunter gab es dann noch Details, wie man am besten mit dem Verlag in Kontakt treten konnte.

Der Wolf.

Mir fiel die Kinnlade hinunter. Natürlich hatte ich bei meinen Recherchen irgendwo gelesen, dass er ein großes Label hatte und sein Büro am Potsdamer Platz lag. Hatte mich eine Fügung hierherkommen lassen? War es so, wie diese Jamie gesagt hatte? *Was für ein ausgemachter Blödsinn war das denn?* Ich war absoluter Realist. Aber ohne mein bewusstes Zutun formte sich eine Idee in meinem Kopf langsam aber sicher zu einem vagen Plan. Ich könnte doch tatsächlich mein Lied einreichen und so versuchen, in Kontakt mit dem Wolf zu treten. Zumindest war das eine scheinbar bessere Lösung, als einfach so in sein Büro zu marschieren und ihn nahezu ohne Beweise mit den Tatsachen zu konfrontieren. Mit was genau würde ich ihn überhaupt konfrontieren?

Im Grunde hatte ich doch gar keine Tatsachen, geschweige denn handfeste Beweise. Wahrscheinlich wehrte eine Armada von Anwälten eine Vaterschaftsklage nach der anderen ab, noch bevor der Wolf davon überhaupt erfuhr. Die Idee mit dem Song kam mir recht gelegen und mit jeder Minute immer besser vor. Allerdings musste ich jetzt improvisieren. Jamie hatte schon das Thema gewechselt und erzählte von der Partyszene in Berlin. Irgendwie musste ich ihre Aufmerksamkeit wieder zu dem Wettbewerb lenken.

»Also, ich hatte leider noch keine Gelegenheit ein Demoband aufzunehmen, bin da aber dran. Wann genau ist denn der Abgabetermin?«

Jamies Augen leuchteten.

»In einer Woche. Das schaffst du bestimmt. Ich könnte, also ich weiß, wir kennen uns nicht wirklich, aber wenn du Hilfe brauchst …«

Es kam mir sehr seltsam vor, dass sie mich so unverwandt unterstützen wollte.

»Okay. Sieh mal, ich muss wieder ins Büro, aber hier ist meine Nummer.« Sie kramte einen Zettel aus ihrer Hosentasche, kritzelte eine Nummer darauf und übergab mir diesen.

»Ruf mich an, wenn du das Gefühl hast, du steckst fest. Oder warum auch immer. Schicksal. Fügung. Egal. Nenn es, wie du willst.«

Sie grinste über das ganze Gesicht. Dann drehte sie sich mit Schwung um und verschwand mit federnden Schritten und wippenden Locken in dem Gebäude. Verdattert sah ich ihr hinterher. Das war nun mehr als eigenartig gewesen.

Vielleicht war das der berühmte Unterschied zur Kleinstadt? Die sagenhafte Millionenmetropole mit ihren zufälligen schicksalhaften Begegnungen? Ich konnte mir keinen Reim darauf machen. Vielleicht war sie ja auch einfach nur ein netter Mensch. Ich scannte den Platz ab, da ich nicht mehr sicher war, wo ich mein Rad abgestellt hatte. Nach ein paar Schrecksekunden erinnerte ich mich aber, aus welcher Richtung ich gekommen war und entdeckte es. Im Geist hatte ich schon ganz automatisch wieder damit angefangen, an dem Lied weiterzuarbeiten. Was ich jetzt brauchte, war meine Gitarre. Es war im Grunde die beste Ablenkung, die ich mir wünschen konnte. Es war eine klare Aufgabe mit einem Ziel vor Augen. Ich würde in die Wohnung zurückfahren und an dem Lied für Mama arbeiten.

Es kribbelte in meinen Fingern, wie ich es schon lange nicht mehr gespürt hatte. Alle anderen Fragen verdrängte ich vehement in den Hintergrund. Wenn das Schicksal das alles so eingefädelt hatte, dann war dem so.

Basta. Warum nicht? Warum sollte mir nach all den Katastrophen nicht auch etwas Gutes widerfahren?

Seltsamerweise fühlte sich der Anhänger um meinen Hals schwer und kühl an.

4

Ein Lied für einen Wettbewerb also. Warum eigentlich nicht? Klang das nicht schon wieder verdächtig nach Schicksal, dass das Label von Wolf so etwas veranstaltete?

Auf dem Weg in die Wohnung überlegte ich, welche meiner Kompositionen am besten dafür geeignet wäre. Obwohl ich mich eigentlich schon ganz spontan für Mamas Lied entschieden hatte, wollte ich noch ein wenig das Für und Wider abwägen. Als ich dann wieder oben im fünften Stock angekommen war, machte ich mich, ohne zu zögern, ans Werk. Das Grundgerüst des Liedes stand ja schon und ich musste es nur ein wenig ausschmücken, daran feilen und ein paar Details hinzufügen.

Ich sah das Gesicht meiner Mutter vor meinem inneren Auge, so klar und deutlich wie nie zuvor. Es war, als wäre ein bis jetzt stotternder und schwerfällig laufender Motor endlich wieder richtig angeworfen worden. Eine Kraft, die mich wieder antrieb und jetzt sicher durch die unterschiedlichsten Emotionen navigierte, die ungebremst in mir aufstiegen, wie Blubberbläschen im Sekt. Ich wollte auch nichts hinterfragen oder analysieren, sondern klammerte mich nur an diese eine Idee.

Dieses Lied über Mama, das zu einem Weg werden könnte, mich meinem Vater zu nähern. Dann würde er mich vielleicht bemerken und ich würde vielleicht mit ihm in Kontakt treten können. Und dann würde vielleicht ...

Weiter kam ich mit dieser Gedankenkette nicht. Es war zu absurd und unvorstellbar. Den gesamten Tag und Abend verbrachte ich damit, an Akkorden und Textzeilen herumzutüfteln und es immer weiter zu perfektionieren.

Ich verlor mich mit einer Leichtigkeit und Leidenschaft in der Musik und legte meine ganzen Gefühle in den Song. Es war ganz einfach, mir Mamas unverwechselbares Lächeln und ihre klaren grünen Augen vorzustellen. Sie wäre furchtbar stolz auf mich gewesen, wenn sie mein Werk gehört hätte, da war ich mir ganz sicher. Außerdem hatte ich seltsamerweise immer das Gefühl, dass sie ganz nahe bei mir war. Ein wenig vermochte die Musik anscheinend die Leere zu füllen, die ich verspürte, wenn mir bewusst wurde, dass ich sie nie wieder sehen oder umarmen konnte. Es hatte etwas ungemein Tröstliches, an sie zu denken und die Musik aus mir heraufließen zu lassen.

Nach Stunden dieser intensiven Beschäftigung sank ich erschöpft in die Couch zurück und bemerkte erst jetzt, wie spät es mittlerweile war. Zwischendurch hatte ich mir einmal ein Glas Wasser aus der Küche geholt, war aber im Grunde voll und ganz bei der Sache geblieben. Hunger, Durst und Müdigkeit waren völlig in den Hintergrund gerückt. Allerdings machte sich das nun umso stärker bemerkbar. Nur ganz kurz schloss ich meine Augen, um zu entspannen. Ein wohliges Gefühl der Erschöpfung durchströmte meinen ganzen Körper und reichte bis in die Fingerspitzen. *Nur einen kleinen Moment ausruhen.* Schließlich hatte ich es ja geschafft, ich war halbwegs zufrieden mit dem Endresultat. Das Lied für Mama war in meinen Ohren recht annehmbar geworden. Da durfte ich mich kurz hinlegen.

Ein lauter Knall ließ mich erschrocken hochfahren. Es klang nach klappernden Mülltonen, unterlegt von laut brummenden Motorengeräuschen. Die Arme über den Kopf streckend, richtete ich mich auf und knackte mit den Gelenken. Tageslicht drang durch das Fenster zu mir herein. *Draußen war es hell?* Tatsächlich hatte ich die ganze Nacht in dieser unbequemen Stellung auf der Couch verbracht. Ich ließ meinen Kopf kreisen und erwartete schon Verspannungen oder ein Ziehen, aber erstaunlicherweise empfand ich keinerlei Schmerzen oder war auf irgendeine Weise ausgelaugt. Im Gegenteil, ich wunderte mich, wie energiegeladen und erfrischt ich mich fühlte. Es dauerte wie jeden Morgen eine Weile, bis ich mein Handy fand, aber schließlich entdeckte ich es mehr oder weniger direkt vor meiner Nase. Es lag stumm und mit schwarzem Display auf dem kleinen Tisch in meinem Zimmer. Seufzend steckte ich das Ding ans Ladegerät, da natürlich mal wieder der Akku leer war. Aber nicht einmal dieser Umstand konnte meiner guten Laune im Moment einen Abbruch tun. In der Küche machte ich mich an der Kaffeemaschine zu schaffen und hatte diesmal in nur wenigen Minuten einen perfekten Cappuccino fabriziert.

Gut gelaunt frühstückte ich Müsli und Toast. Nebenbei scrollte ich mich mit dem Tablet durch die Webseite, auf der man den *Newcomer Song* einreichen konnte. Allerdings stürzte das Programm bei dem Versuch, die Datei hochzuladen, fünfmal hintereinander ab. Genervt überlegte ich, was ich noch tun konnte. Sollte mein glorreicher Versuch, mit meinem leiblichen Vater in Kontakt treten zu können, an einem dummen technischen Problem scheitern? So schnell gab ich jedoch nicht auf. Auch wenn ich ein mulmiges Gefühl hatte, Jamie um Hilfe zu bitten, war es doch eine elegante und naheliegende Lösung, mein Werk doch noch in seine Nähe zu bringen. Nach einer ausgiebigen Dusche war mein Handy auch wieder auferstanden und ich schrieb Jamie eine Textnachricht.

Fertig. Bin leider am Upload gescheitert. Darf ich dir das File wirklich vorbeibringen? Die Antwort kam prompt ein paar Sekunden später. Sie gab mir den Namen und die Adresse von einem kleinen Kaffeehaus ganz in der Nähe des Potsdamer Platzes. Ich steckte einen USB Stick in meinen Laptop und kopierte das Audiofile, das ich schlicht mit *Mama* betitelte, darauf. In meinem Bauch kribbelte es ein wenig vor Aufregung. Es war immerhin ein sehr persönliches Stück, gewissermaßen ein Teil von mir, den ich der Welt hiermit preisgab.

Gestern Abend war ich einigermaßen zufrieden gewesen und hatte den Song schließlich mit einer speziellen Software notdürftig gemischt. Zur Sicherheit hatte ich eine Variante mit Gesang und eine instrumentale Version abgespeichert. Es war in meinen Ohren weit davon entfernt professionell zu klingen, aber für ein Demo reichte es allemal. Das hoffte ich zumindest. Bei dem Gedanken, es Jamie vorzuspielen, flatterte es gehörig in meiner Magengegend. Was, wenn der Wolf es schon bald hören würde? Bei dieser Vorstellung wurde ich ausgesprochen nervös und dementsprechend zappelig. Was würde er sagen? War er denn überhaupt persönlich an der Auswahl beteiligt? Bestimmt gab es eine Art Vor-Jury, die die Mengen an Einsendungen vorsortierte. Ein ganzer Haufen Fragen ballte sich in meinem Kopf zusammen. Glücklicherweise konnte ich das ja alles in Kürze mit Jamie besprechen. Mal sehen, wie lange sie so sympathisch und hilfsbereit bleiben würde. Aber warum nicht?, meldete sich sofort eine andere Stimme in mir, warum sollte sie nicht einfach nur nett sein? Schnell wie der Wind radelte ich durch den Tiergarten und fand das Kaffeehaus ohne Probleme. Von der Landpomeranze zum Stadtgirl.

In nur einem Tag.

Die *Backstube am Platz* war klein, aber bot, wohl gerade deswegen, eine extrem charmante Atmosphäre. Von außen wirkte das Gebäude eher schlicht. Hohe rechteckige braune Fenster waren in die großen sandsteinfarbenen Bausteine eingelassen.

Beherzten Schrittes trat ich ein und die heimelige Umgebung umhüllte mich von Kopf bis Fuß. Von der weiß gekachelten blitzsauberen Wand bis zu den appetitlich aussehenden Köstlichkeiten, die wunderschön drapiert waren und in der Auslage nur so auf mich zu warten schienen, strahlte der Laden eine moderne Gemütlichkeit aus.

Vor allem duftete es herrlich nach frischen Backwaren und Kaffee. Jamie stand bereits vor der Theke und schien noch unschlüssig zu sein. Ich trat neben sie und atmete den köstlichen Duft von gerösteten Bohnen genießerisch ein. Sie bemerkte mich sofort und hob den Blick. In ihrem Gesicht ging die Sonne auf.

»Lilly! Guten Morgen.« Dann tippte sie mit dem Finger gegen ihre

Oberlippe. »Ein Croissant? Schoko?« Man konnte mir wohl an meiner Miene ablesen, wie mir das Wasser im Mund zusammenlief.

»Ha. Wusste ich es doch! Zwei Schokocroissants, einen Café Latte und ...?«, sie sah mich fragend an.

»Einen Cappuccino bitte.« Ich kramte nach meiner Bankkarte, aber Jamie winkte nur ab.

»Das geht auf mich.« Wieder strahlten ihre Augen, so dass ich mich ganz besonders fühlte.

Ich überlegte kurz, ob das jedem Menschen gleich erging, der sie ansah, oder nur mir. Unsere Getränke waren im Handumdrehen fertig und wir setzten uns draußen vor den Eingang, wo ein paar Tische in einer Art improvisiertem Gastgarten aufgestellt waren. Ich ertappte mich bei dem Gedanken, dass ich es als ein unheimlich tolles Gefühl empfand, hier in der Großstadt, mitten in Berlin, zu sein. Ich nippte an meinem Kaffee und genoss nebenbei jeden einzelnen Bissen. Das Croissant war leicht und knusprig und die ofenwarme Schokolade schmolz in meinem Mund.

»Ein Gedicht, nicht wahr?« Ich musste lächeln und nicken, weil ich mir in dem Moment exakt das Gleiche gedacht hatte. Jamie sah mir in die Augen und fixierte mich einen Herzschlag zu lange für meinen Geschmack. Hatte ich Schokolade in den Mundwinkeln?

»Also. Was bringt dich denn nach Berlin?«

Wie wusste sie, dass ich nicht von hier war? Hatte ich etwas erwähnt? Ich spülte meinen Bissen mit einem Schluck Kaffee hinunter und runzelte die Stirn. Jamie hob ihre Hände abwehrend.

»Ich hab nur geraten. Aber du bist nicht nur wegen dem Newcomer Wettbewerb hier, oder?« Ich schüttelte den Kopf.

»Nein. Eigentlich nicht. Aber es stimmt, ich bin erst vor Kurzem hierher zu meiner Oma umgezogen.« Keine Ahnung warum, aber ich wollte meine ganze Vergangenheit, mit all diesen unangenehmen Erlebnissen, einfach hinter mir lassen und deshalb auch nicht laut aussprechen. Jamie nahm das ganz locker und selbstverständlich hin.

»Oh? Na wunderbar, dann kann ich dir ja auch alles zeigen.« Sie klatschte in die Hände. »Also nur, wenn du möchtest. Aber ich bin ein waschechtes Berliner Mädel und kenne mich bestens aus.«

»Wirklich? Also, ja, wenn du sonst nichts zu tun hast?« Das war wirklich nett und eine Welle der Dankbarkeit überrollte mich. Sie rührte derweil in ihrer Tasse.

»Was hast du denn schon gesehen von der Stadt?« Aber dann winkte sie ab.

»Egal, ich mache ohnehin die Jamiespezialtour mit dir. Die ist ein wenig anders als übliche Stadtrundfahrten.«

Sie grinste schelmisch und ich hob übertrieben fragend eine Augenbraue, aber erwiderte ihr Lächeln schließlich.

»Hast du dein Lied dabei?«, erkundigte sie sich ganz beiläufig, dabei hatte ich schon so darauf gewartet, dass sie endlich danach fragen würde. Ich griff in meine Hosentasche und holte den Stick hervor. In ihren Augen glitzerte es.

»Oh, kann ich es mal hören?«, flehte sie.

Oh. War natürlich irgendwie logisch, dass sie danach fragte. Mir wurde ein wenig übel. Wie immer, wenn ich etwas so Persönliches wie einen Song von mir preisgeben sollte. Ich unterdrückte den leichten Panikanflug und meine Finger tasteten wie selbstverständlich zu dem Anhänger. Jamie folgte meiner Handbewegung mit ihrem Blick, stutzte kurz, setzte an etwas zu erwidern, aber da reichte ich ihr schon mein Telefon mit der anderen Hand.

»Klar. Ich hab auch eine Version auf dem Handy abgespeichert. Nicht die beste, na ja, aber ... na, hör selbst.«

Ich stöpselte meine Kopfhörer an, schob auch diese in ihre Richtung und strich eine unsichtbare Haarsträhne hinter mein Ohr. Dabei fiel mir auf, wie dunkel ihre großen runden Augen waren. Die Farbe erinnerte mich an Bitterschokolade. Ob ihre Wimpern echt waren? Sie schienen übernatürlich lang und dicht, passten aber perfekt in ihr schönes Gesicht.

Ich drückte auf Play und beobachtete jede Regung in Jamies Miene, während sie aufmerksam zuhörte. Sie kniff ihre Lider zusammen und runzelte die Stirn, aber dann weiteten sich ihr Augen zusehends. Ihr Mund öffnete sich leicht und ich hätte schwören können, dass sie am Ende feuchte Augen hatte. Nervosität krabbelte meine Wirbelsäule hinauf, direkt in meinen Kopf. Ich fühlte, dass ich unweigerlich rot wurde.

Jamie hielt sich eine Hand vor den Mund und ergriff mit der anderen meinen Arm. Sie schüttelte langsam den Kopf und ich befürchtete schon das Schlimmste. Enttäuschung begann sich wie ein Klumpen in meinem Magen breitzumachen, aber, na ja, was hatte ich denn erwartet. Totale Begeisterung?

»Lilly. Lilly. Lilly.« Ich blickte zu ihr.

Da schwammen tatsächlich Tränen in ihren Augen. Jamie blinzelte und ein einzelner Tropfen kullerte ihre Wange hinunter. Konnte man so etwas kontrollieren? Bei mir gingen immer gleich die vollen Schleusen auf. Verstohlen wischte sie sich mit dem Handrücken die Träne weg. Ihre Wimperntusche vertrug das ohne Probleme.

»Lilly. Oh, mein Gott. Das ist wahnsinnig schön.«

Sie drückte meinen Arm.

»Du bist ja ein Riesentalent.« Ich dachte, ich hörte nicht richtig. *Riesentalent?*

»Bist du sicher?«, murmelte ich.

»Sicher? Mann, Lilly, das hat absolutes Hitpotenzial. Also wir müssen das unbedingt einreichen. Ich kümmere mich darum. Oder nein, wir machen das gemeinsam. Du hast das bestimmt selbst geschrieben, ja? Du kommst jetzt einfach mit, ja?«

Ich nickte bestätigend und nuschelte weiter.

»Ich habe versucht es auf die Webseite hochzuladen, aber, na ja, die Seite ist immer ...« Ich wurde unterbrochen. Denn Jamie machte eine wegwerfende Bewegung und fixierte mich.

»Ja?« Ich schluckte kurz und fühlte mich, als ob sie mich bei etwas ertappt hätte. Sie schien kurz zu überlegen und nickte dann langsam. Wenn ich es nicht besser wüsste, hätte ich Erleichterung in ihrem Gesicht gesehen, aber das war ein ganz absurder Gedanke. Jamie war die Person, die mich erst auf den Wettbewerb aufmerksam gemacht hatte und sie wollte mir doch helfen, also verwarf ich meine Gedanken sofort.

»Ja, wahrscheinlich haben zu viele Leute gleichzeitig auf die Seite zugegriffen. Das kann schon manchmal vorkommen. Vor allem jetzt, in der letzten Woche vor der Deadline, ist das kein Wunder. Aber ich verrate dir mal ein Geheimnis.« Sie sah sich um und fuhr in verschwörerischem Tonfall fort: »Die Songs kommen ohnehin alle in meinem Postfach an und ich kopiere sie dann auf das Netzwerk für die Jury. Macht also keinen Unterschied, auf welche Weise das Lied dort landet. Wir können das genauso gut persönlich machen. Hauptsache, es landet irgendwann vor ihren Ohren. Und dann bei Wolfs Ohren natürlich.« Am Ende plapperte sie wieder fröhlich, ohne Punkt und Komma, vor sich hin. *Der Wolf. Natürlich.* Da kam mir ein Gedanke und, ohne lange zu überlegen, platzte die Frage aus mir heraus.

»Du kennst den Wolf?«

»Den Wolf? Na, klar. Wer kennt ihn nicht? Außerdem ist er genaugenommen ja mein Boss, nicht wahr?«, geriet Jamie ins Schwärmen. Da wurde mir die ganze Tragweite erst so richtig bewusst. Natürlich, Jamie arbeitete in dem Label, Seite an Seite mit dem Wolf. Fast unmerklich fühlte ich einen eifersüchtigen Stich in meinem Herzen. Warum sie, und nicht ich? Warum durfte sie ihm so nahe sein?

»Kennst du … Ich meine, kennst du ihn denn sehr gut?«, tastete ich mich vor. Jamie sah mich an. Wieder schien sie sehr genau zu überlegen, was sie antwortete. Dann blitzte der Schalk in ihren Augen auf und sie winkte ab.

»Ach, er ist einfach toll. Was für eine charismatische Persönlichkeit. Manchmal ist er ein bisschen laut, aber das geht vorbei wie ein Sommergewitter.« Ich konnte nur stumm nicken. Sie schien wieder auf meine

Reaktion zu warten, aber ich war zu perplex, mir den charismatischen Wolf samt Gewitterausbruch vorzustellen. Dann tippte sie mir mit dem Finger auf die Nase und fuhr in leichtem Ton fort:

»Na, was heißt, gut kennen. Ich bin da auch erst seit ein paar Monaten. Er kommt und geht, brüllt rum, ich glaube, er hat mich noch gar nicht bemerkt.« Erstaunt hob ich die Augenbrauen.

»Ja, der kann schon ordentlich Gas geben, und die Einzige, die ihn so richtig unter Kontrolle hat, ist seine Sekretärin, Assistentin, keiner weiß genau, was sie ist, aber sie bietet ihm die Stirn.«

Aha. Das klang jetzt nicht sehr ermutigend. Ein cholerischer Altrocker, der von seiner Assistentin im Zaum gehalten wird und sonst alles kurz und klein schlägt, war nicht unbedingt das, was ich mir ausgemalt hatte. Auch wenn ich mir eigentlich noch gar nichts vorgestellt hatte, so ein Bild behagte mir rein gar nicht. Jamie versuchte in meinem Gesicht abzulesen, was in mir vorging, dann tätschelte sie beruhigend meinen Arm.

»Aber so schlimm ist er auch wieder nicht. Er kann schon manchmal recht laut sein, aber er ist eher die Art Hunde, die bellen, aber nicht beißen«, dabei kicherte sie ein wenig.

»Und du würdest ihm ja nicht alleine gegenüberstehen. Wenn, ich meine, wenn du gewinnen würdest, dann passiert das in einer großen Veranstaltung«, sie deutete in Richtung des Potsdamer Platzes.

»Mit Kameras und Presse und all dem Brimborium. Mach dir da mal keine Sorgen.« Ihr Blick wurde jetzt richtiggehend mitfühlend, als sie meinen entsetzten Gesichtsausdruck bemerkte. »Ich bin dann auch da, nicht wahr?«

Okay, ganz ruhig, Lilly. Vor allem musste ich erst einmal gewinnen, was ohnehin fast unmöglich war, und so nickte ich zaghaft.

»Komm, das macht jetzt überhaupt keinen Sinn, sich darüber den Kopf zu zerbrechen. Wirklich. Das können wir dann immer noch, wenn du in die engere Auswahl kommen solltest. Stimmt's, oder hab ich Recht?«

Jamie stand auf und stellte unsere Tassen und Teller in die dafür vorgesehene Plastikschale. Da ich immer noch murmelnd am Tisch saß, winkte sie mir heftig zu.

»Komm jetzt, Lilly. Erst müssen wir das gute Stück ja einreichen.«

Stimmt genau, ich könnte mein Lied auch einfach nicht abgeben

Ich könnte jetzt nach Hause gehen und die ganze Sache samt Wettbewerb, Vater oder Nicht-Vater, schlichtweg vergessen. Da hatte ich allerdings nicht mit Jamie gerechnet. Sie packte mich sanft aber bestimmt am Arm und bugsierte mich zielsicher aus dem Café hinaus in Richtung Potsdamer Platz. Überrumpelt ließ ich mich mitziehen und da waren wir schon auf dem Weg zum Plattenlabel. Wolfs Plattenlabel. Meinem leiblichen Vater, von dem ich bis vor wenigen Wochen gar nichts wusste. Meinem angeblichen Vater, wenn ich meiner Mutter glauben konnte.

Oh, Issymama, wenn das alles nicht verrückt war, dann weiß ich auch nicht. Meine Hand klammerte sich wieder an den Anhänger, der erneut zu pulsieren begann. Oder mein Herz schlug ... Ach, was wusste ich schon. Jamie hatte sich bei mir untergehakt und schritt jetzt mit großem Elan in Richtung der großen Drehtür eines der hochragenden Gebäude am Platz. Sie spürte wohl meinen Widerwillen, denn das ging mir alles ein wenig zu schnell. Vor allem, da ich gerade so wenig vertrauenerweckende Informationen über Wolfs Persönlichkeit in Erfahrung gebracht hatte.

In meinem Magen machte sich ein mulmiges Gefühl breit.

Natürlich wollte ich mein Lied hierherbringen und alles tun, um es bei dem Wettbewerb einzureichen. Trotzdem wehrte sich alles in mir dagegen. Diese zwiespältigen Gefühle in mir mussten sich in meiner Körperhaltung und Miene widerspiegeln. Jamie allerdings ließ sich davon kaum beeindrucken. Mit festem Griff und einem Strahlen im Gesicht zog sie mich immer weiter mit sich. Staunend sah ich mich in der großen Lounge um und mein Blick blieb an dem großen Logo hängen. *Wolf* stand da, ganz einfach, aber umso imposanter, in schön geschwungenen, eleganten schwarzen Lettern. Es erinnerte mich ein wenig an den Schriftzug des

Magazins *Rolling Stone*. Mit dem Unterschied, dass der Buchstabe ›f‹ von einem heulenden Wolfskopf geziert wurde. Schon zerrte mich Jamie weiter. Sie hatte unterdessen unentwegt weiter geplappert.

»Das ist Schicksal. So was von Schicksal. Verstehst du? Ich hab mir gleich gedacht, dass uns etwas verbindet. Unsere Wege waren getrennt, aber jetzt hat uns Fortuna zusammengebracht.« Sie grinste mich von der Seite an.

Fortuna also. Aha. Ich schwieg, denn mir fielen nicht viele Dinge ein, die ich hätte erwidern können. Sie zog jetzt eine kleine weiße Plastikkarte hervor und präsentierte sie mir stolz. Darauf stand Jamie Tychberger, Praktikantin, das Logo und ein Datum.

»Der Schlüssel zum Glück«, wedelte sie damit vor meiner Nase herum. Schon wieder leuchteten ihre braunen Augen voller Enthusiasmus. Ihre Begeisterung war richtig ansteckend und ich wagte ein kleines Lächeln. Wir stiegen in einen außergewöhnlichen verchromten und dementsprechend glänzenden Aufzug, der innen an drei Seiten verspiegelt war. Jamie drückte den Knopf für das oberste Stockwerk. Mein Magen hob sich ein wenig unangenehm, als sich die Kabine in Bewegung setzte, aber das konnte jetzt auch die Nervosität sein. Wieder hatte sich meine Hand ganz unbewusst über den Anhänger gelegt. Selbst unter dem T-Shirt liegend übertrug er eine seltsame Ruhe auf mich. Jamies Blick zuckte für den Bruchteil einer Sekunde zu der Hand auf meiner Brust, ihre Augenbrauen zogen sich zusammen und ich nahm meine Hand hastig weg. Wieder hatte ich das Gefühl, dass sie etwas sagen wollte, aber es sich dann anders überlegte.

Ein sanfter Dreiklang beendete die Fahrt, die Türen glitten lautlos und sanft auseinander und wir traten in einen Raum, in dem vor allem viele Schallplatten und CDs den ersten Eindruck prägten. Alles hier war ein Symbol des Erfolgs von Wolf als Künstler und Produzent. Wie als Beweise prangten sie eingerahmt an den Wänden oder standen in Regalen dicht an dicht aufgereiht. Wie in Omas Wohnung, schoss es mir durch den Kopf. War ich plötzlich regelrecht von Selbstdarstellern umzingelt?

Natürlich war es die Pflicht als Label und in dieser Branche so einen Auftritt zu präsentieren, überlegte ich dann. Es war allerdings schon ziemlich protzig und selbstherrlich. Vor allem verunsicherte mich diese überdimensionale Präsenz des Erfolgs über alle Maßen. Nicht so Jamie.

Die ging fröhlich winkend am Empfang vorbei, wo eine sehr attraktive rothaarige Dame mittleren Alters thronte, die Jamie zulächelte und nur mit dem Zeigefinger winkte. Im Vorbeigehen rief Jamie ihr zu: »Lilly gehört zu mir!«, was die Dame mit einem hoheitsvollen Nicken quittierte. Mich aber bedachte sie mit einem Blick, der mir heiß und kalt den Rücken hinunterlief. Ich drehte mich stirnrunzelnd um und bemerkte dabei, dass sie mich noch immer durchbohrte. Kurz überlegte ich, was ich gerade für Unterwäsche trug, und ob es welche mit peinlichen Wochentagen oder mit Häschenmuster darauf war, denn ich hatte das Gefühl, sie könnte durch meine Kleidung hindurchschauen.

Ich war sonst nicht sehr empfindlich, aber das hatte etwas Beängstigendes und Einschüchterndes an sich, so dass ich drauf und dran war, mich für etwas zu entschuldigen, von dem ich gar nicht wusste, was überhaupt mein Vergehen war. Wir bogen um eine Ecke und ich schüttelte den Kopf über mich selbst. Seltsamer rothaariger Bürodrache. Dann schoss es mir ein, dass das wohl die berühmt berüchtigte Assistentin sein musste.

»Okay. Setz dich hierhin und warte kurz«, Jamie deutete mit dem Zeigefinger auf eine kleine, aber bequem aussehende schwarze Ledercouch. Dann verschwand sie in einem Büro, nur um wenig später mit einem Blatt Papier zurückzukommen. Sie reichte es mir.

»Füll das aus und unterschreib hier.« Ich überflog die Fragen, aber es waren nur meine Daten gefragt, ob das Lied von mir war und die Zustimmung, dass ich bereit war mit dem Label zusammen zu arbeiten. Ich hätte ohnehin alles unterschrieben, denn es ging mir ja nicht wirklich um einen Plattenvertrag.

Jamie entfernte sich währenddessen mit schnellen Schritten, die ihre Locken fröhlich auf- und abwippen ließen.

»Bin gleich wieder bei dir«, flötete sie über ihre Schulter in meine Richtung. Die Frau erledigte wohl alles im Laufschritt. Nach zwei Minuten hatte ich den Zettel ausgefüllt und ließ meinen Blick im Raum umherwandern. Ich fand nur noch mehr Singles, Alben und manchmal auch Notenausdrucke über alle Wände verteilt. Es hatte etwas Nostalgisches und im Gegensatz zum Eingangsbereich fand ich das hier ganz sympathisch. Irgendwie authentischer. Die Musik war doch das, was mich wirklich beeindruckte, nicht die ganzen Preise und Verkaufszahlen. Der Wolf hatte viele wirklich tolle Lieder geschrieben. Texte mit Herz und Hirn, die mittlerweile als absolute Rockklassiker galten. Der kommerzielle Erfolg war gut und schön, war aber für mich nicht so wichtig. Vor allem, wenn man, wie ich, große Probleme mit öffentlichen Auftritten hatte. Solche Megakonzerte, wie sie der Wolf absolvierte, wären für mich ohnehin völlig unvorstellbar. Und doch, mein Spiel am Lagerfeuer hatte eindeutig eine Veränderung bewiesen. Vielleicht gab es irgendwann einmal bestimmt irgendwo einmal eine Möglichkeit, na ja, ...

Hier brach ich meine Gedanken bewusst ab. Einige Zeit verstrich und ich lauschte den typischen Bürogeräuschen, konnte von Jamie aber weder etwas hören noch sehen. Ich stand auf und nahm die Noten an der Wand genauer in Augenschein.

Für J stand da auf einem Blatt. Ich spielte die Akkorde in meinem Geist und kam zu dem Schluss, dass ich dieses Lied nicht kannte. Vielleicht war es ja eines seiner früheren Werke. Es hatte eine feine, vielleicht etwas melancholische, aber leicht eingehende Melodie. In meinem Kopf zumindest. Ich seufzte, drehte mich mit Schwung um und prallte mit voller Wucht gegen eine Person.

»Scheiße, verdammt«, fluchte der Jemand. Ich erkannte umgehend das Ausmaß des Malheurs, das ich angerichtet hatte und schlug mir vor Schreck die Hand vor den Mund. Sein schwarzes Metallica T-Shirt war über und über mit Kaffee getränkt und er tropfte außerdem fröhlich über seine schwarze Jeans auf den Boden.

»Oh, Mann. So eine Scheiße«, wiederholte er sehr ungehalten in meine Richtung und sah an sich hinunter. Mir hatte es sprichwörtlich die Sprache verschlagen. Wo war er nur so plötzlich hergekommen? Er war schlank und groß, aber ich war so konzentriert gewesen, dass ich ihn überhaupt nicht bemerkt hatte. Meine Finger strichen abwechselnd Haarsträhnen zurück und kratzten sich an der Nase.

»Sorry. Echt, ich hab dich nicht ...«, begann ich leise.

Er hob seinen Blick und dunkle Augen funkelten mich genervt an.

»Pass das nächste Mal besser auf.«

Sein Tonfall war überaus sauer. Ich hatte das doch nicht mit Absicht gemacht.

»Klar«, murmelte ich und beschloss auf der Stelle abzuhauen. Ich würde mich einfach später telefonisch bei Jamie melden. Ich machte mich noch kleiner, als ich mich fühlte, und verdrückte mich in Richtung Empfang.

»Oh, Oh, Will. Was ist denn da passiert?«, hörte ich Jamies fröhliche Stimme plötzlich hinter mir. Sie kicherte.

»Na, baden wir heute in Eau du Café, der Herr?«

Will. Was sollte das für ein Name sein? Willi vielleicht? Will brummte nur etwas von blödem Zusammenstoß, aber Jamie ließ ihn nicht gehen.

»Babe, ich muss dir unbedingt jemanden vorstellen. Komm, Lilly, wo willst du denn hin?«

Ich wandte mich um und ignorierte den jungen Mann, von dem jetzt eine deutliche Kaffeefahne herüberwehte. Jamie hielt ihn am Arm fest und strahlte uns abwechselnd an.

»William, das hier ist Lilly, sie ist gerade nach Berlin gezogen. Lilly, das ist William. Wir arbeiten zusammen. Also William arbeitet hier als Tontechniker und ich bin nur die kleine Praktikantin, die den Kaffee holt«, beendete sie die Vorstellungsrunde mit einem leichten Schmollmund. Ich stand nur da und starrte erst Jamie an und warf William dann einen verlegenen Blick zu. Was sollte ich jetzt tun, mich noch einmal entschuldigen?

Irgendwie war der Moment vorbei. Ich riss meine Augen auf und öffnete den Mund:

»Es tut mir ...«

»Hi.«

William hatte im selben Moment wie ich zu sprechen begonnen, sah mich kurz an und ich hätte schwören können, dass seine Mundwinkel nach oben zuckten. Das war aber vielleicht auch alles Einbildung, denn im nächsten Moment wandte er sich grummelnd ab.

»Ich geh mich jetzt umziehen«, und damit verschwand er mit langen Schritten.

»Also. Jamie, ich muss dann auch wieder los«, nuschelte ich und schaffte es mich ein Stück weiter in Richtung Ausgang zu bewegen. Sie drehte sich zu mir und legte den Kopf schief.

»Sehr begabter junger Mann. Muss man ein Auge drauf haben. Und so sexy, nicht?« Meine Augen weiteten sich. Äh, sexy? Jungs waren bislang für mich irgendwie nie wirklich ein echtes Thema gewesen. Ich konnte meine Klassenkolleginnen nie verstehen, wenn sie schwärmerisch jede Woche jemand anderes anschmachteten. Mein Leben mit meiner Mama und meiner Musik hatte nie einen Platz für eine weitere Person frei gelassen. Manchmal, wenn wir romantische Filme ansahen, hatte sich vielleicht hier und da ein Gedanke geregt, aber es waren vor allem keine passenden Kandidaten in Aussicht gewesen, sodass sich diese Sehnsucht nach einem Freund meist schnell verflüchtigte. Es war einfach nicht wichtig genug für mich gewesen.

»Hm, ja«, murmelte ich verlegen. Keine Ahnung, was man auf so eine Aussage antwortete.

»Hast du den Song abgegeben? Muss man da noch etwas online machen oder so?« Sie blickte mich an und stockte für einen kurzen Moment, als ich sie dies fragte.

»Ja, also nein. Ich habe alles erledigt. Da ich an der Quelle sitze, kann ich dir sofort sagen, wie der Stand der Dinge ist, wenn sich etwas tut Ja? Das ist doch super, oder?«

Ihre Finger streckten sich mir entgegen und ich wich zurück. Jamie grinste. »Gibst du mir noch das Formular?« Das was? Ach so, natürlich. Etwas beschämt reichte ich ihr den Zettel, der auch ein wenig Kaffee abbekommen hatte. Zufrieden faltete sie ihn zusammen und steckte ihn in ihre Gesäßtasche. Ich nickte.

»Danke, Jamie.« Ich fühlte mich immer noch ein wenig überrumpelt von ihrer bedingungslosen Unterstützung, aber auch dankbar, weil sie sich so für mich einsetzte.

»Was machst du heute Abend?«

Mich auf der Couch in den Schlaf weinen.

»Nichts Bestimmtes.«

»Spitze. Dann gehen wir mal schön aus, wir zwei. Schick mir doch deine Adresse und ich hol dich am Abend ab.« Mein Mund klappte auf und blieb so, aber mir fiel beim besten Willen keine Ausrede ein.

»Okay. Das wäre nett«, antwortete ich stattdessen.

»Findest du den Weg zum Aufzug? Keine Angst vor Donna, sie sieht nur so streng aus, aber in Wirklichkeit ist sie ein totaler Schatz.« Jamie konnte offensichtlich Gedanken lesen.

Kurz blitzte die Idee in mir auf zu fragen, ob der Wolf da sei, aber als ich zu Ende gedacht hatte, verließ mich mein Mut endgültig und ich bewegte mich langsam zum Ausgang.

»Tschüss, Lilly. Bis später. Vergiss nicht, deine Adresse. Ich muss jetzt mal überprüfen, ob sexy William sein T-Shirt schon umgezogen hat. Vielleicht braucht er ja Hilfe.«

Sie grinste schelmisch und ich lächelte etwas unsicher zurück, wobei mir dieses Getue ein wenig seltsam vorkam. Als sie mit mir vorhin im Kaffeehaus saß, machte sie überhaupt nicht so einen tussimäßigen Eindruck auf mich. Ich hatte eher das Gefühl, sie verstünde mich und meine Musik aus tiefster Seele. Nachdenklich und mit gesenktem Kopf drückte ich den Knopf am Aufzug. Donna, der Drache, war zum Glück nicht an ihrem Platz. Plötzlich schallte eine laute, tiefe männliche Stimme, offensichtlich verärgert über etwas, durch den Raum und ich zog meinen Kopf noch weiter ein. Hektisch drückte ich den Kopf noch ein paar Mal. Der Aufzug ließ sich dadurch natürlich nicht beschleunigen. Angestrengt lauschte ich, aber die Person war zu weit entfernt. Endlich glitt die Lifttür wieder mit diesem eindringlichen Dreiklang auf und ich trat in die Kabine.

Als ich mich umwandte und die Türen sich langsam schlossen, sah ich Donna mit dem Wolf zum Empfang gehen. Donna fing meinen Blick auf und legte den Kopf schief. Der Anflug eines Lächelns umspielte ihren Mund. Ich wunderte mich noch über ihre gelassene Haltung. Der Wolf hatte mich gar nicht bemerkt und brüllte lauthals.

»Frechheit. Niemals. Können Sie sich sonst wo hinstecken.« Ich war bei dem lauten Tonfall zusammengezuckt und hatte mich in die Ecke der Liftkabine gedrückt. Mein Herz klopfte mir bis zum Hals und ich atmete schneller. *Der Wolf*. *Laut und ziemlich imposant*. Da war er. Vielleicht war er ja doch ein Hund, der nicht nur bellte. Er war im selben Raum wie ich. Oder beinahe eben. Ich war nur froh, dass ich auf dem Weg nach draußen war und rannte in einem Affentempo zu meinem Fahrrad. Der Wettbewerb, Jamie, mein Lied, all das rückte in den Hintergrund. Nur ein Gedanke trieb mich an:

Nichts wie weg hier!

5

Die indirekte Begegnung mit Wolf hatte mich ziemlich aufgewühlt und dieser Zustand hielt noch lange an, auch nachdem ich in Omas Wohnung angekommen war. Hier wirkte alles noch so fremd und unvertraut auf mich und war meilenweit davon entfernt, eine echte Zuflucht für mich darzustellen. Ich sehnte mich fast körperlich schmerzhaft nach unserem Zuhause. Meinem Zuhause. Oder besser gesagt, sehnte ich mich nach meinem Leben, einem Leben, das so gar nicht mehr existierte. Unruhig tigerte ich mehrere Male durch den Flur in die Küche und wieder ins Wohnzimmer zurück.

Ob ich diesen Ort überhaupt je mein Zuhause nennen würde, war sehr zweifelhaft. Um mich irgendwie abzulenken, zwang ich mich, die Bilder, die an den Wänden hingen, eingehend zu betrachten. Vornehmlich zeigten sie Oma in jungen Jahren. Es schien ziemlich offensichtlich, dass sie ab einem gewissen Alter keine Aufnahmen mehr von sich machen ließ. Zumindest gab es keine im Angebot von ihr über vierzig.

Mir fiel ein Gespräch ein, bei dem sie einmal von Marlene Dietrich erzählt hatte und wie diese ihr strahlend junges Image selbst im hohen Alter weiter perfekt gepflegt hatte. Der Trick war, so gut wie keine Bilder von sich preiszugeben, die sie mit Falten oder sonst irgendwie unvorteilhaft alternd zeigten. Oder so ähnlich hatte ich es in Erinnerung. Wieder einmal wurde mir der große Unterschied zwischen Omas und meiner Einstellung zum Leben bewusst. Mir war es ziemlich egal, wie ich auf Fotos aussah. Gut, vielleicht nicht völlig gleichgültig, aber meine Devise war, sich möglichst unauffällig im Hintergrund zu bewegen. Trotzdem, oder gerade deshalb, bewunderte ich, mit welcher Selbstverständlichkeit und Natürlichkeit sie mit der Kamera interagierte. Unweigerlich fand ich mich schließlich vor dem wunderschönen Porträt von eben dieser Marlene Dietrich wieder, das prominent im Wohnzimmer hing.

Staunend entdeckte ich sogar eine persönliche Widmung darauf. *Für Mathilda. Folge deinem Weg. Nur du kannst deinen Weg gehen.* Ja, das klang ja alles recht wunderbar und inspirierend, Frau Dietrich, aber in meinem Leben überschlugen sich die Ereignisse derart, dass ich keinen Schimmer hatte, wo denn nun mein Weg eigentlich hinging. Erschöpft plumpste ich schließlich auf die große Couch und wurde dabei auf einen Stapel Fotoalben, die auf dem Tisch davor lagen, aufmerksam.

Sie waren allesamt in Leder gebunden, im gleichen dunkelblauen Einband mit goldfarbenen Verzierungen. Außerdem entdeckte ich eine Prägung mit einer Jahreszahl darauf. Jedes Album beinhaltete ein Jahr. Ehrfurchtsvoll strich ich mit den Fingerspitzen über das Material. Es sah sehr edel aus. So etwas hatte man gar nicht mehr im Zeitalter der digitalen Bilderflut. Ich klappte das oberste Album andächtig auf und da lächelte mir meine Oma Math entgegen. Sie sah sehr jung aus, so alt wie ich in etwa jetzt war. Ein richtig guter Fotograf musste es geschossen haben. Darunter standen in einem weißen Kästchen weitere Informationen zu ihrer Person, Kleidergröße, ihre Agentur und so weiter. Sie war perfekt in Szene gesetzt, Make-up, Licht, alles war so abgestimmt, dass sie wie ein echter Star wirkte. Ich blätterte weiter und fand außer diesen professionellen Aufnahmen noch Set- und Teamfotos und auch welche, die sie bei Theaterproduktionen darstellten.

Erst ganz hinten kamen Bilder, die eher privat wirkten: Verschiedene Schnappschüsse von Oma und ganz am Schluss solche mit einem Baby auf dem Arm. Ich staunte. Es war das erste Mal, dass ich Aufnahmen aus dieser Zeit zu Gesicht bekam. Mama hatte diese ganze Epoche komplett hinter verschlossener Türe gehalten.

Sie hatte Mathilda strikt verboten, mir mehr darüber zu erzählen. Was diese wohl auch respektiert hatte, aber natürlich nicht, ohne ständige

Auseinandersetzungen mit ihrer Tochter zu eben diesem Thema zu führen. Nicht nur einmal wurde ich Zeuge der Diskussion, was ich zu erfahren hatte und was nicht. Oft entstand eine höchst unangenehme Pause zwischen den beiden, wenn ich den Raum betrat und es war wahnsinnig frustrierend, denn meine Mutter blieb bei dem Thema Vergangenheit stur und eigenwillig. Umso mehr überraschten mich diese Bilder, die jetzt vor mir lagen, und mir wie ein Fenster in eine verborgene Welt vorkamen. Verblüfft suchte ich in den Alben jetzt ganz gezielt immer nach den letzten Seiten und wurde nicht enttäuscht. Es fanden sich fast jedes Mal auch Bilder von Mama darin. Als Kleinkind, aber auch als Teenager.

Es stellte das Bild meiner Mutter völlig auf den Kopf. Manchmal erkannte ich sie gar nicht richtig, weil sie so vollkommen anders aussah.

Lange, wilde zerzauste Haare, bunte Klamotten, Schuhe, die ich mir an ihr gar nicht vorstellen konnte. *Oh, Mama, was hast du noch alles vor mir verborgen. Und warum?*

Meine Mutter war für mich bis jetzt der Inbegriff von Stil gewesen. Sie verabscheute alles, was durcheinandergeworfen und unstrukturiert war. Sie komponierte stets alles nach einem klaren Plan. Ich vermutete immer, dass sie das Kochen deshalb hasste, obwohl man trotzdem ein gutes, wenn nicht sogar besseres Resultat kreieren konnte, auch wenn man vom Rezept abwich.

Zu viele Variablen für meine Mama. Solche Tatsachen waren ihr total suspekt. Diese Verschrobenheit brachte mich ein wenig wehmütig zum Lächeln. Jemand hatte auch Bilder von mir auf den Tisch gelegt, sie lugten unter den Fotoalben hervor. Bei näherer Betrachtung fiel mir auf, dass diese Fotos noch vor kurzem bei uns in Niederzwehren an der Wand hingen. Oma musste sie mit nach Berlin genommen haben. Fröhlich durcheinander gewürfelt, lagen hier lose aber auch gerahmte Aufnahmen von mir als Baby und Kleinkind, von der Grundschule bis zu meinem letzten Geburtstag, den wir ganz stilvoll zu Hause gefeiert hatten.

Mama hatte gekocht. Ein Fünf-Gänge-Menü.

Bei der Erinnerung musste ich schmunzeln. Sie hatte es wie fast immer total versemmelt, und wir tranken schlussendlich einfach den Sekt leer.

»Mit siebzehn bist du volljährig. Na gut, mit achtzehn. Dann nur eben beinahe volljährig. Hier in diesem Haus bist du es jetzt mal. Also. Prost, mein Schatz.« Ich kicherte. Welche Siebzehnjährige würde sich gegen so eine Aussage wehren.

Um uns herum befanden sich die traurigen Überreste ihres Kochversuchs und die Rauchwolke waberte sanft zum offenen Fenster hinaus. Die Kürbiscremesuppe war ja noch genießbar gewesen, obwohl sie es mit dem Ingwer viel zu gut gemeint hatte. Die sündhaft teuren Steaks waren außen leider schwarz verkohlt und innen so roh, dass sie im Restaurant nicht mal als *rare* durchgegangen wären. Hungrig, wie wir waren, verzichteten wir auf weitere geplante Gänge und gönnten uns ein schönes Schnitzel mit Spätzle in der *Alten Mühle*, dem besten Restaurant der Stadt.

Mein Blick wanderte weiter über die aufgeschlagenen Alben und blieb an einem der gerahmten Fotos hängen, das meine Mutter in ganz jungen Jahren zeigte. Es war eines der wenigen, das ich kannte. Sie mochte das Bild überhaupt nicht und versteckte es samt Rahmen immer wieder einmal in einer Schublade.

Es zeigte sie wieder in diesem wilden und ganz anderen Stil, der mir so fremd war. Über diese Zeit sprach sie überhaupt nicht gerne. Sie erfand anfangs auch noch immer alberne Ausreden und Ausflüchte, wie: *Das war nur eine ganz kurze Phase. Da kann ich mich einfach nicht mehr daran erinnern, wie war's in der Schule?* Oder: *Ach, das ist ganz langweilig und uninteressant, wolltest du nicht Gitarre spielen?*

Nachdem Ärger und Protest zu nichts geführt hatten, reagierte ich auf ihre Verschlossenheit wahlweise mit Sarkasmus oder Schweigen. Es war absolut sinnlos, sie mit Fragen zu durchlöchern. Sie blieb bei dem

Thema eisern und es gab nicht die kleinste Information, die man ihr hätte entlocken können. Von Trotzanfällen über Schmeicheleien bis zu unflätigen Verbalattacken (je nachdem in welchem Alter ich gerade war) hatte nichts zum Erfolg geführt. Mit dem Finger berührte ich zärtlich das Glas des Rahmens, welcher die Fotografie einfasste. Diese Verwandlung, die meine Issymama augenscheinlich durchlebt hatte, erschien mir als sehr seltsam. Außerdem fand ich merkwürdig, dass ich davon bis jetzt noch keine Ahnung hatte. Was ich hier entdeckte, war einerseits schockierend, aber es erleichterte mich auch auf eine absurde Weise. Sie war manchmal ein wenig krampfhaft und unlocker gewesen.

Klar, man erwartete sich als Teenager nichts anderes von seinen Eltern. Aber sie war doch unverhältnismäßig panisch geworden, wenn ein Plan nicht aufging, oder sie etwas umdisponieren musste. Ohne es genau zu wissen, spürte ich tief in meinem Inneren, dass das Bild, dass sie mir gegenüber von sich präsentierte, nicht ganz zu ihr passte. Oft hatte ich mit ihr stundenlang diskutiert, wie unflexibel sie doch war und wenigstens hin und wieder den Dingen ihren Lauf lassen sollte. Die Antwort war immer dieselbe gewesen:

Das hatte ich schon. Funktioniert nicht. Aber was war denn nun die Wahrheit, fragte ich mich unweigerlich. Hatte meine Mama zwei unterschiedliche Leben geführt? Und warum hatte sie all die Erlebnisse vor meiner Geburt vor mir verheimlicht? Oma hatte oft versucht es aus ihr herauszubekommen.

»Du musst ihr die Wahrheit sagen. Sie hat es verdient.

Außerdem läuft dir eindeutig die Zeit davon.« Mathilda fuhr sich gekonnt durch ihre langen Haare. Issys Lippen pressten sich zu einem schmalen Strich zusammen. Sie schüttelte vehement den Kopf und ihr Tonfall war hart.

»Die Wahrheit. Deine Wahrheit. Meine Wahrheit. Was ist denn schon die Wahrheit für Lilly. Die kennst du doch auch nicht.« Wie ich es hasste, wenn ich diese Art von Konversationen mitbekam. Dieser Dialog war mir so vertraut und spulte sich manchmal völlig ohne Auslöser in meinem Kopf ab. Ich wollte nicht wissen, was ich verdient hatte. Meine Mutter würde es mir schon sagen, wenn die Zeit reif war. Unbewusst verteidigte ich sie im Geist vor meiner Oma. Dabei wollte ich natürlich wissen, was da so tief in ihr steckte. Die Zeit war zu diesem Zeitpunkt schon mehr als überreif.

Oma war am selben Tag wieder abgefahren, denn sie arbeitete seit Jahren an einem Dokumentarfilm und bekam immer wieder die Chance irgendeinen wichtigen Interviewpartner zu treffen, der danach wieder für Monate oder für immer unerreichbar sein würde. Nichts würde sie jetzt aufhalten. Wir am allerwenigsten. Wie immer.

Ich starrte auf das Foto in meiner Hand. Wann hatte ich es aus dem Album genommen? Das strahlende Lächeln meiner Mutter, höchstens sechzehn, vielleicht siebzehn Jahre alt, stach mir ins Auge. Der Schalk saß ihr im Nacken und sie zwinkerte dem Fotografen voller Lebenslust zu. Es war ein krasser Gegensatz zu den schrecklichen Bildern, die ich so präsent von ihr im Kopf hatte und ich klammerte mich an einem Sofakissen fest, als die Emotionswelle mich überrollte.

Wir saßen bestimmt schon seit einer Stunde in der Küche. Um genau zu sein, ich saß und Mama konnte sich keine Sekunde ruhig verhalten. Sie erhob sich und setzte sich wieder. Im nächsten Moment sprang sie wieder auf und setzte Teewasser auf. Für wenige Momente ließ sie sich wieder auf den Stuhl nieder, nur um wieder, wie von der Tarantel gestochen, hochzuschnellen und etwas zu suchen.

Sie fand einen Putzlappen und polierte die ohnehin blitzsauberen Arbeitsflächen und Außenschränke. Ich ließ sie gewähren, beobachtete jeden Handgriff, wusste nicht, was ich sagen oder wie ich reagieren sollte. Wie sollte man nur mit so einer Hiobsbotschaft umgehen? Jedes Wort schien falsch und deplatziert zu sein. Mittlerweile saß sie wieder am Tisch mir gegenüber. Ihre Miene war die ganze Zeit über starr und undurchdringlich gewesen. Meine Issymama war eine Kämpferin. Sie konzentrierte sich krampfhaft auf die Küchenuhr, die hinter mir an der Wand hing. Kurz war ich versucht mich dahin umzuwenden, aber dann wurde mir mit einem Mal klar, dass das ihre Art war, die Fassung zu bewahren. Als ich in ihr von mir so geliebtes Gesicht sah, bemerkte ich fast ein wenig ungläubig, dass ihre Augen glänzten. Sie blinzelte und eine einsame Träne rollte über ihre Wange.

Es war ganz still im Raum, so dass ich sogar unsere Atemzüge wahrnehmen konnte. Als ob ich nur auf diesen Auslöser gewartet hätte, löste diese einzelne Träne in mir einen Sturm der Gefühle aus. Heulkrämpfe einer Art, wie ich sie noch nie erlebt hatte, schüttelten mich und noch größere Übelkeit machte sich in meinem Magen breit.

»Mama«, schluchzte ich jetzt hemmungslos. Rotz und Wasser in unvorstellbar großen Mengen bahnten sich ihren Weg an die Oberfläche. Ich verstand nicht, wie gerade uns das passieren konnte. Es war so verdammt unfair. Wir hatten unser kleines feines Leben bisher so perfekt geführt. Gut, vielleicht nicht perfekt. Aber gut genug für uns. Mama löste sich aus ihrer Starre und zog mich in ihre Arme. Das beruhigte mich das allererste Mal im Leben nicht, weil es mir auf schmerzhafte Weise aufzeigte, dass ich diesen Trost sehr bald nicht mehr um mich haben würde. Eine Frage hämmerte immer wieder in meinem Kopf von innen gegen meine Stirn.

»Warum? Mama. Warum?« Ich schlug schwach auf ihre Brust, aber sie schwieg beharrlich. Es gab ja auch keine Antwort. Wir blieben noch viele Stunden so sitzen, hielten uns, weinten und trösteten uns so gut es ging gegenseitig.

Ich hatte mich jetzt auf Omas Couch eingerollt und die Erinnerungen übernahmen in Anbetracht meiner Stimmung, die diese Fotos auslösten, unweigerlich die Führung.

Mamas fröhliche Stimme hallte in meinem Kopf wieder.

»Pizza. Pizza. Pizza. Heute gibt es nur Pizza.« Sie grinste über das ganze Gesicht und ihre grünen Augen blitzten mich fröhlich an. Mit der Pizza in der Hand und diesem Satz auf den Lippen begann dann meistens ein gemeinsamer, herrlich fauler Abend vor dem Fernseher. Ich klatschte in die Hände und vollführte einen kleinen Tanz im Kreis. Mama tat es mir gleich, es war eine Art Ritual, das unsere Absichten besiegelte. Wieder einmal wunderte ich mich, wie ausgelassen und witzig sie innerhalb unserer vier Wände war. Ich hatte mit Abstand die beste Mutter der Welt. Zumindest die meiste Zeit.

»Leider bin ich die schlechteste Mutter der Welt und deshalb gibt es heute nur Junk-Food, Cola und Fernsehen.«

»Was für ein Glück ich doch mit meiner Erziehungsberechtigten habe. Außerdem habe ich im Internet gelesen, dass Brokkoli ohnehin überbewertet wird. Und was im Internet steht, ist immer wahr.« Kurze Zeit später kuschelten wir uns gemeinsam unter eine Decke und genossen die schrecklich ungesunden Köstlichkeiten. Manchmal erfanden wir einen Grund, warum wir solche Junk-Food-Abende veranstalteten, aber oft war es uns völlig gleichgültig.

Die meiste Zeit ernährten wir uns natürlich sehr gesund, aber diese kleinen Aussetzer machten unser Leben einfach gemütlicher. Mama achtete immer darauf, Obst und Gemüse im Haus zu haben und fütterte mich schon als ganz kleines Mädchen mit geriebenen Karotten und allem erdenklichen Grünzeug. Allerdings schien sie aber eine Schwäche für Pizza und Softdrinks zu haben und ich liebte sie dafür.

Es machte sie irgendwie menschlicher. Mama arbeitete als Sprechstundenhilfe in der örtlichen Arztpraxis und ich war im letzten Jahr meiner Lehre zur Instrumentenbauerin. Zupfinstrumentenmacherin war der Fachausdruck meiner Ausbildung dafür, dass ich mit Hingabe und Liebe Gitarren reparierte und herstellte. Herr Jupiter, mein Lehrmeister, richtete aber alle Instrumente her, die zu ihm ins Geschäft gebracht wurden, er beschränkte sich nicht nur auf Gitarren. Er meinte einmal zu mir, die Kunst seines Handwerks wäre, die Schwachstelle eines jeden Musikinstruments zu entdecken, das zu ihm gelangte und zu heilen, ganz gleich, wer der Patient war. Unwichtig, ob er Tasten, Saiten oder Knöpfe hatte. Ich wollte mich jedoch spezialisieren, auch schon der Ausbildung wegen musste ich eine Fachrichtung wählen.

Schon als kleines Mädchen lief ich beinahe jeden Tag fasziniert in ebendiesen Laden und beobachtete Herrn Jupiter bei der Arbeit. Er nahm eigentlich schon lange keine Lehrlinge mehr auf, aber als ich ihn darum bat, war seine Zusage ganz selbstverständlich gewesen. Musik war mein Leben, vor allem war es die Erfüllung meiner Träume, Instrumente zu reparieren und sie wieder heil zu machen. Die meisten meiner Schulkollegen fanden das zwar spannend, aber auch ein wenig seltsam und verschroben.

Das war mir aber ziemlich gleichgültig, denn für mich war es völlig logisch gewesen, dass ich diesen Weg wählte. Selbst, wenn ich es versucht hätte, ein Leben ohne Musik und vor allem ohne meine Gitarre war für mich absolut unvorstellbar. Es war wie eine unsichtbare Macht, die mich dahin trieb, ohne dass ich viel dafür tun musste. Es war ein absolut natürlicher Teil von mir. Mama mochte Musik auch, aber spielte selbst kein Instrument. Die Frage, woher ich dieses Talent haben könnte, war wie immer im Sand verlaufen. Nun ja, wie bereits erwähnt, war bei diesem Thema selbst unsere Kaffeemaschine auskunftsfreudiger als Mama. Der Unterschied zu früher war, dass ich jetzt wusste, wer mein Vater war. Oder zumindest gab es diese wilde Behauptung meiner Mutter.

Mein Handy signalisierte eine Nachricht und riss mich unsanft aus meinen Gedanken. Benommen sah ich mich um und versuchte mich zu orientieren. Ich lag immer noch zusammengerollt auf Omas Couch und zog mir eine Decke über den Kopf, als ich realisierte, wo ich mich befand. Das Handy piepste noch einmal. Seufzend sah ich auf das Display.

Jamie. *Passt sechs Uhr? Adresse bitte.* Sie meinte es wohl ernst mit ihrem Ausgeh-Abend. Ich textete ihr die Straße und Hausnummer. Da erschien ein Anruf auf der Anzeige des Smartphones. Arvo.

»Hi, Arvo.«

»Hallo, Lilly. Liebes. Alles in Ordnung bei dir?«

Ich räusperte mich. *Ich habe gerade herausgefunden, dass meine Mutter eine Art Doppelleben geführt hat, schwelge zu tief in alten Erinnerungen, aber sonst, nö, alles fein.*

»Ja. Alles in Ordnung. Ich habe jemanden kennengelernt.«

»Ohhhh. Wie schön.« Er hielt die Hörmuschel zu, aber ich konnte ihn dennoch genau verstehen.

»Stell dir vor, sie hat jemanden kennengelernt.«

Oh, nein. Er hatte das total missverstanden.

»Ach, nein, Arvo. Nicht, wie du denkst. Es ist ein Mädchen. Eine Freundin. Zum Reden und so. Sie arbeitet ...«

Plötzlich war Oma am Hörer.

»Junge, Mädchen, was auch immer, wir freuen uns sehr, wenn du Kontakte knüpfst.« Ich rollte mit den Augen und seufzte.

»Ja. Danke. Also, es ist alles in Ordnung.«

»Gut. Lilly, Schatz, wir müssen dann auch wieder. Wir sind höchstwahrscheinlich erst nach dem Wochenende da. Es ergibt sich hier eine wahnsinnig aufregende Sache nach der anderen, die wir unbedingt verfolgen müssen.« Sie sprach mit so viel Enthusiasmus in der Stimme, dass ich mich einfach nur mit ihr freuen konnte.

»Natürlich, ich komme schon klar.«

Jetzt übernahm Arvo wieder.

»Ach, vielleicht kannst du auch noch bitte die Pflanzen gießen. Nur ein bisschen, nicht zu nass. Und Samstagmorgen kommt immer die Biolieferung. Obst und Gemüse. Wenn du das hereinstellen könntest, wäre das toll.«

»Klar, mach ich alles.« Eine kleine Aufgabe. Das war mir gerade recht.

Wir verabschiedeten uns und es fühlte sich gut an, wie sie sich um mich sorgten.

Auch wenn mein Leben, wie ich es kannte, nicht mehr existierte, glomm durch diese kleine Tätigkeit ein Hoffnungsschimmer auf, dass ich mir hier in Berlin vielleicht doch etwas aufbauen könnte. Ich vertrieb mir die Zeit mit den besagten Pflanzen, räumte ein wenig auf, fand Putzzeug, kehrte, wischte und staubte ab. Das machte mir die Wohnung gleich viel vertrauter. Zufrieden sah ich mich um, als es an der Haustür klingelte.

»Hallo. Die Jamie ist hier.«

Sie sprach von sich in der dritten Person. Ein wenig schräg war sie schon, aber bitte, warum nicht? Ich drückte den Summer.

»Fünfter Stock. Kein Aufzug.«

Nach verhältnismäßig kurzer Zeit klopfte es an der Tür, die ich schon vorsorglich angelehnt hatte. Jamie schob sich durch den Türspalt, strahlte mich an und schien aber seltsamerweise kaum außer Atem zu sein. Ich nahm mir vor, gleich morgen an meiner Kondition zu arbeiten, das war ja richtiggehend peinlich, wie spielend leicht hier alle, außer mir, den Aufstieg schafften.

»Lilly. Puh. Was für ein Workout. Und deine Oma schafft das noch?«

Ich grinste. Jamie war sofort von den Aufnahmen an den Wänden abgelenkt.

»Das ist deine Oma? Mathilda Moor? Das ist ja der helle Wahnsinn. Warum hast du das denn nicht gleich gesagt?«

Weil du und ich uns erst seit ganz kurzer Zeit kennen und weil ich grundsätzlich nicht mit dem Ruhm anderer Menschen hausieren gehe? Weil das nicht mein Erfolg, sondern der meiner Oma ist? Ich erwiderte aber nichts und Jamie erwartete ohnehin keine Antwort. Mit halboffenem Mund schritt sie von einem Bild zum nächsten und berührte die Rahmen ehrfürchtig. Mir war schon bewusst, dass Mathilda einigermaßen bekannt war, aber in meiner Generation und vor allem in unserer Gegend kam es so gut wie nie vor, dass jemand sie mit uns in Verbindung brachte. Es gab eine Fernsehserie, in der sie sich einen Namen in der kommerziellen Filmbranche gemacht hatte. Aber das war auch schon wieder einige Jahre her.

Sie hatte wohl immer von ihrem Schauspielberuf leben können, aber es waren eher Kategorie C und D Filme und die eine bekannte Serie eben. Außerdem hatte Mama immer tunlichst verhindert, dass irgendjemand irgendetwas von unserer Verwandtschaft erfuhr.

Ich zuckte mit den Schultern. Jamie sah mich an und deutete dann auf eine der Aufnahmen.

»Lilly, bitte. Jetzt ist mir sonnenklar, woher du dein Talent geerbt hast.«

Ich biss mir auf die Unterlippe. So sicher war ich mir da nicht mehr. Mittlerweile hatte ich nämlich das Gefühl, es kam eben *nicht* von meiner mütterlichen Seite. Diese Neuigkeit wollte ich aber noch mit niemandem teilen. Nicht einmal mit Oma oder Arvo. Geschweige denn mit Jamie, die zwar sehr nett war, aber ich kannte sie schließlich nicht wirklich.

»Magst du einen Kaffee? Meine Oma hat einen Wahnsinns-Kaffeeautomaten.«

Da leuchteten Jamies Augen schon wieder und sie wuschelte ihre braunen Locken zu einem losen Dutt zusammen. Jetzt wirkte sie gleich viel weniger gestylt und irgendwie jünger auf mich. Wir gingen in die Küche und ich stellte zwei Tassen unter die Maschine.

»Also, Lilly. Warum wohnst du bei deiner Oma?«, fragte sie unvermittelt und gerade heraus. Ich strich mir schon wieder eine unsichtbare Strähne hinter mein Ohr. *Blöde Angewohnheit. Machte einen so durchschaubar.* Normalerweise war die Wahrheit der beste Weg aus so einem Verhör. Die halbe Wahrheit reichte auch vollkommen, befand ich, und klang immerhin glaubwürdiger als jede Lüge. Außerdem hoffte ich, sie so ein wenig aus dem Takt zu bringen.

»Meine Mama ist vor ein paar Wochen gestorben.« Jamies Augen weiteten sich. Ich wappnete mich schon gegen eine Welle von Mitgefühl und Mitleidsbekundungen.

Allerdings blickte sie an mir vorbei und wenn mich nicht alles täuschte, füllten sich ihre Augen mit Tränen. Ich zog die Nase kraus. Das war jetzt eine etwas heftige Reaktion. Sie hatte meine Mutter doch gar nicht gekannt?

»Meine auch«, flüsterte sie kaum hörbar.

Oh. Jetzt war ich an der Reihe. Allerdings wollte ich nicht in die gleiche Falle tappen, wie es alle anderen taten. Kurz presste ich die Lippen zusammen und suchte nach den richtigen Worten.

Ich entschied, Jamie einfach hier und jetzt an meinem inneren Chaos teilhaben zu lassen und begann leise zu erzählen.

»Am schlimmsten war die Beerdigung. Die machte die ganze Geschichte irgendwie real und dann doch wieder nicht, verstehst du, was ich meine?« Jamies Augen glänzten immer noch und sie nickte langsam. Ich rang weiter nach Worten. Dieses Thema war für mich ganz klar noch wirklich schwierig auszudrücken. Dennoch fuhr ich tapfer fort:

»Ich kam mir ganz komisch vor, weil ich in dem Moment, ehrlich gesagt, nämlich auf merkwürdige Art und Weise rein gar nichts empfand. Es war wie ein undurchdringlicher, emotionsloser Nebel, der mich wie eine Wand aus Watte umhüllte.«

Jamies Stimme war eher ein Hauchen:

»Hält die Realität weit von einem entfernt, nicht wahr?« Ich blickte sie an und nickte erstaunt.

»Genau. Es war total schräg. Und dazu bewegte sich das bisschen Welt, das ich wahrnahm, in einer seltsam verlangsamten Geschwindigkeit um mich herum.« Jamie musterte mich mit großen Augen und ihr Ton war sehr einfühlsam.

»Hört sich nach einem klaren Fall von Selbstschutz an.« Interessante Theorie. Da könnte sie allerdings Recht haben. Denn der logisch praktische Teil meines Gehirns startete immer wieder den kläglichen Versuch, mich nach außen hin wie ein ganz normaler Mensch zu benehmen.

»Könnte sein, ja. Ich war irgendwie nur wie eingeschaltet. Einfach nur

Grundfunktionen, die sich automatisch abspulten. Auf höfliche Fragen höfliche Antworten geben, auf freundliche Personen ebenso freundlich reagieren und im Grunde einfach funktionieren«, bestätigte ich Jamies Gedanken. Ich schüttelte abfällig den Kopf über mich selbst.

»Na, richtig geklappt hat das nicht. Der Versuch scheiterte auf ganzer Linie.«

Fantastischer Selbstschutz, der gar nichts nützte. Aber was hatte ich denn erwartet? Jamie nickte wieder und fuhr ihrerseits fort.

»Also, ehrlich gesagt, war es mir völlig gleichgültig, was um mich herum vorging. Am liebsten hätte ich mich einfach nur in meinem Bett unter mehreren Decken verkrochen. Aber natürlich ging das nicht.«

Ganz genauso war es mir auch ergangen. Mit einem Mal fühlte ich mich ganz wunderbar verstanden. Es war anders als das Mitleid oder auch echtes Mitgefühl, Jamie war jemand, der das Gleiche oder zumindest etwas sehr Ähnliches durchgemacht hatte.

»Ja, das war auch mein Impuls. Weißt du, was wirklich abgefahren war? Ich fühlte mich, als ob alle meine Emotionen und Gefühle direkt neben mir saßen, geballt in einem Häufchen Elend. Ich war wie paralysiert und absolut unfähig auf etwas zu reagieren.«

»Fast wie eine außerkörperliche Erfahrung, nicht wahr?« Erstaunt sah ich Jamie in die braunen Augen.

»Ja, so könnte man das nennen. Obwohl ich keine Ahnung von so was habe.«

Sie lachte kurz auf und hob abwehrend die Hände.

»Ich auch nicht. Aber so beschreibt es sich am plastischsten, nicht?« Jetzt verlor ich alle Hemmungen und ließ auch noch meine gewagtesten Theorien vom Stapel. Jamie schien ziemlich genau zu verstehen, was ich erlebt hatte und es tat so gut mit jemandem darüber zu reden, der einen nicht nur bemitleidete.

»Ja, also ich war so überwältigt von all meinen Emotionen, dass ich erst völlig unfähig war, irgendetwas zu tun. Ein einziges Häufchen Elend. Es waren ja immer nur Mama und ich, niemand sonst, der mir wirklich nahe stand.« Oder den ich an mich herangelassen hätte, fügte ich im Stillen hinzu. Laut fuhr ich fort:

»Deshalb hatte ich das Gefühl, dass dann ganz plötzlich eine Art Klon oder Roboterversion von mir das Ruder übernommen hatte. Ich musste ja eine Beerdigung organisieren und solche ...« Bei dieser Erinnerung schnürte es mir die Kehle zu. Mit aller Kraft schluckte ich den Kloß hinunter und fuhr fort.

»Nach außen hin funktionierte ich, wenn auch traurig, aber höflich und freundlich. Das sollte mich wohl vor Schlimmerem bewahren.« *Vor Schlimmerem? Dass ich nicht lache.* Meine Situation war schon richtig beschissen. Jamie legte mir eine Hand auf den Arm. »Du sprichst mir so was von aus der Seele. Mir ging es ganz genauso. So komisch das auch klingen mag.« Eine warme Welle der Sympathie überrollte mich. Vielleicht war das ja wirklich eine Art Schicksalswendung.

»Ein Gutes hatte diese komische Trennung von Gefühl und Körper, oder wie du das nennen möchtest, aber«, nahm sie den Faden wieder auf und ich hob meine Augenbraue.

»Ja, ich muss gestehen, dass ich manchmal richtig dankbar war über diese bizarre Entwicklung, denn zumindest von außen betrachtet, navigierte sie mich einigermaßen unbeschadet durch den Alltag dieser schrecklichen Zeit.«

Ich wiegte den Kopf, aber im Grunde hatte Jamie Recht. Denn zugegebenermaßen war Klon-Lilly richtig gut gewesen und spielte ihre Rolle hervorragend.

Also doch nicht völlig unnütz, dieser Selbstschutz? Mit ernstem Gesichtsausdruck nahm Klon-Lilly Beileidswünsche entgegen, nickte, wo es passend erschien und bedankte sich für die nette Anteilnahme.

»Stimmt schon. Mein Roboter lehnte dann zum Glück Angebote für Essen und Trinken immer entschieden ab. Gut so, denn mein Magen drehte sich bei dem Gedanken, etwas zu mir zu nehmen, sofort um. Er verhinderte somit auch erfolgreich, dass ich mich total danebenbenahm und den Leuten auf die Füße kotzte. Wie gesagt, *mir* wäre das völlig egal gewesen.«

Jamie sah mich an und ihre Mundwinkel zuckten. Auch mir war es mittlerweile bedeutend leichter ums Herz. Wie schaffte sie das nur? Grinsend fügte ich hinzu: »Es gab nur einen Menschen, der nicht so leicht zu täuschen war. Sie konnte sehr schnell erkennen, dass das nicht wirklich ich war, die mit den Trauergästen kommunizierte.«

»Deine Großmutter, nicht wahr?« Beeindruckt nickte ich.

»Ja, genau. Sie kann einen mit ihren Blicken, aber auch so wahnsinnig besorgt durchbohren. Sie konnte Klon-Lilly sehr klar von Häufchen-Elend-Lilly unterscheiden. Sie sah ohne Probleme durch mich hindurch und starrte zielsicher auf das unbewegliche Häufchen. Es war nicht einfach ihr etwas vorzumachen.«

Zum Glück, fügte ich in Gedanken dazu.

»Beerdigungen sind einfach beschissen.« Jamies Augen glänzten wieder feucht.

»In der Tat. Beschissen ist das richtige Wort«, murmelte ich und meine Oma Math, ganz in Schwarz gekleidet, tauchte vor meinem inneren Auge auf.

Sie stand in ihrer aufrechten hochgewachsenen Gestalt vor mir und ihr Tonfall war, im Gegensatz zu ihrem Prüfblick, sanft und einfühlsam.

»Lilly. Du musst das nicht tun. Du hast schon so lange durchgehalten. Wir können gerne wieder zu dir nach Hause gehen.«

Wieder dieser undurchdringliche Blick. »Du bist schon fast zu tapfer. Niemand erwartet das von dir.« Na bitte, Klon-Lilly hatte ihre Sache also richtig gut gemacht. Ich atmete tief durch, als ich Omas Hand auf meiner Schulter spürte, ihr Gesicht langsam in mein Blickfeld kam und ich wahrnahm, wie sich ihr Mund bewegte.

Langsam wandte ich ihr den Kopf zu und musste ihn schräg nach oben neigen, um ihr besser in die Augen sehen zu können. Sie sah so gut aus für ihr Alter. Auch wenn ihre Miene im Moment ernst und besorgt war, zierten überwiegend Lachfältchen ihr Gesicht. Ich blickte ihr direkt in diese unergründlichen Augen, die jetzt eindeutig in einem warmen Braunton strahlten. Im Moment beherrschten jedoch tiefe Sorgenfalten ihre Miene.

»Es geht schon, Oma«, beteuerte ich schwach und mit kratziger Stimme. Zweifelnd zog sie ihre Augenbrauen zusammen und seufzte. Ich räusperte mich.

Es geht schon. Es ging natürlich überhaupt nicht. Sie wusste das genauso gut wie ich. Doch was hatte ich für eine Wahl?

Der Raum war voll mit Menschen, die mir irgendwie bekannt vorkamen. Nachbarn, Freunde, ehemalige Schulkollegen. War das da hinten in der Ecke Gaby? Mit der hatte ich ja seit ewigen Zeiten keinen Kontakt mehr gehabt. Das war schon irgendwie nett, dass sie gekommen war, um mir Beistand zu leisten.

Beistand.

Je länger ich mich auf das Wort konzentrierte, desto mehr verlor es an Bedeutung. Verschiedene Leute näherten sich und sagten etwas zu mir, ich antwortete und sie entfernten sich wieder. So ging das eine Weile eigentlich ganz gut.

»Ach, Lilly, mein armes Mädchen.«

Jemand hatte meine Hand genommen und drückte sie jetzt fest. Wie in Zeitlupe wandte ich mich der Person zu, die mich angesprochen hatte, nickte artig und bedankte mich. *Es geht schon. Tapfere Klon-Lilly, die erledigte das ganz hervorragend für mich.*

»Fräulein Gillian.«

Eine unangenehm laute Stimme schreckte mich auf und ich versuchte mich auf die Person vor mir zu konzentrieren. Unbeeindruckt von meiner Reaktion oder eher Nicht-Reaktion, fuhr die Person unerbittlich fort auf mich einzureden.

»Fräulein Gillian. Mein ausdrückliches Beileid.« Mein Blick heftete sich jetzt stur auf den Boden, auf das Muster im Parkett vor mir. Für eine Sekunde kam die Dame nun doch ins Stocken. Mit aller Kraft ignorierte ich sie, aber sie fuhr unbeirrt und mit schrillem, wenn auch etwas gedämpftem Tonfall fort.

»Ich möchte Sie nur daran erinnern, dass wir noch ein paar formelle Punkte durchgehen müssen, nicht?« Ich blinzelte ein paar Mal, denn jetzt hatte mich diese penetrante Stimme endgültig wieder in die Wirklichkeit zurückgeholt. Ergeben nickte ich. *Formelle Punkte. Natürlich.* Mechanisch wollte ich mich erheben, als Oma Math allerdings scharf dazwischen fuhr.

»Lilly wird im Moment gar nichts durchgehen. Wir gehen nun. Und damit Basta.« Die Dame, die mich gerade noch mitleidig angestarrt hatte, wich erschrocken zurück und hob beschwichtigend die Hände.

»Ja. Selbstverständlich. Aber irgendwann müssen wir dann ...«, beteuerte sie weiter, aber da hatte Mathilda mich schon am Arm gepackt und aus dem Raum gezogen. Oma war während der ganzen schweren Zeit nach Mamas Tod an meiner Seite gewesen. Nachdem ich es bei der Trauerfeier kaum noch ausgehalten hatte, hatte sie ihren Arm um mich gelegt und zog mich sanft aus dem Gebäude auf die Straße. Wie waren wir denn hierhergekommen? Die Emotionen überrollten mich mit solcher Macht, dass ich jedes Mal ein wenig die Orientierung verlor. Mir war gar nicht ganz klar, wo wir uns befanden.

Waren wir nicht eben in einem Restaurant gewesen? Obwohl ich sicher war, dass ich nichts gegessen hatte. Mein Magen war in einem flauen Dauerzustand und allein der Gedanke, etwas zu schlucken, verursachte sofort einen Brechreiz.

Die Nachmittagssonne lag friedlich über den Dächern meines geliebten Heimatortes. Es tat gut, Omas Hand auf meiner Schulter zu spüren. Mit liebevoller und sanfter Bestimmtheit schob sie mich Schritt für Schritt weiter. Wenn es nach mir gegangen wäre, wäre ich nämlich einfach hier auf der Stelle zusammengebrochen. Es hatte doch keinen Sinn mehr weiterzumachen. Mechanisch setzte ich einen Fuß vor den anderen und folgte

Oma langsam und bedächtig. Fast zu bedächtig. Dankbar nahm ich wahr, dass Oma nichts sagte. Sie war einfach nur da.

Das war schon etwas Besonderes bei meiner flatterhaften Oma Math, die sich sonst schon immer in alles einmischte. Und auch gerne ungefragt. Sie brachte mich wohlbehalten zu unserem Haus und bugsierte mich sanft hinein. Insgeheim dankte ich ihr dafür, dass sie hauptsächlich schwieg und mich nicht mit Fragen quälte. Sie hatte schnell bemerkt, dass ich im Moment außer Stande war zu antworten. Alles war so schrecklich absurd. Ich blickte unwillkürlich zur Treppe, die in das obere Stockwerk führte. Da würde meine Mama gleich herunterkommen. Bestimmt. Flehend starrte ich auf die Stufen. Alles war nur ein ganz schrecklicher Traum, ich musste nur endlich, endlich aufwachen.

Für einen kurzen Moment verlor ich den Boden unter den Füßen, mein Atem ging verdächtig schnell, ich zog meine Hand zurück und krampfte die Finger um die Sitzfläche des Stuhls. Jamie legte mir eine Hand auf den Arm.

»Möchtest du darüber reden?«, drang ihre Stimme einfühlsam und voller Verständnis zu mir durch. *Wollte ich das?*

Mein Blick verschwamm wieder und ich klammerte mich immer noch an dem Holz fest. Die Bilder kamen wie eine Naturgewalt über mich und zwangen mich in den Moment einzutauchen, diesen schrecklichen Moment, an dem wir in der schlichten, aber stilvollen Praxis saßen.

Das Gesicht des Arztes erschien wie auf Knopfdruck vor meinem inneren Auge. Klare hellblaue Augen, gepflegter Bart, insgesamt machte er dem Klischee des Onkologen, der schwierige Diagnosen überbringen musste, alle Ehre. Freundlich, aber ernst und mit der richtigen Portion Anteilnahme, aber dann wirkte er auf eine Weise doch irgendwie seltsam distanziert. Es war einfach zum Kotzen.

Doch dann tat er mir gleich wieder leid, weil er ja am allerwenigsten etwas dafür konnte. Seine gepflegten und makellos sauberen Hände lagen auf dem Tisch und mit einer Hand trommelte er lautlos auf der dunklen Holzplatte. In diesem Moment überkam mich eine Welle der Übelkeit, gefolgt von einem absurden Lachanfall. Es war einfach zu viel auf einmal. Die Miene des Arztes wirkte auf mich aufgesetzt professionell. Man konnte ihm die Bestürzung auf meine Reaktion direkt an der Nasenspitze ablesen. Sollte so ein Doktor seine Gefühle nicht im Griff haben? Danach zu fragen erschien mir dann aber doch zu frech. Er fuhr mit seinen Ausführungen fort und in meinem Magen bildete sich ein dicker Knoten, der hartnäckig dort blieb, wie ein zäher Klumpen.

»Zwei oder drei Monate. Vielleicht sogar weniger.« Im Augenwinkel spürte ich, wie sich meine Mutter aufrichtete und ihren Rücken versteifte. Schon befürchtete ich einen ungewohnten Anfall von Gefühlen wie Angst, Wut oder Verzweiflung. Aber nichts davon geschah. *Meine Issymama eben. Immer stark und gefasst.* Der Arzt räusperte sich.

»Sie sollten vielleicht darüber nachdenken, was alles noch erledigt werden sollte. Also, wenn Sie verstehen, was ich m ...«

Meine Mutter unterbrach ihn mitten im Satz, indem sie abrupt aufstand und dabei nickte.

»Natürlich. Gibt es noch etwas, das ich wissen sollte?« Etwas überrumpelt von ihrer Reaktion, blickte er sie an, zögerte einen kurzen Moment und nahm dann eine Broschüre aus einer Schublade. Seine Finger trommelten jetzt nervös und nicht mehr lautlos auf der Tischplatte. Er reichte ihr das gefaltete Infoblatt und Mama nahm es entgegen, ohne einen Blick darauf zu werfen.

Sanft spürte ich, wie Jamie meine Hand drückte.

»Erde an Lilly.« Ich war wohl völlig abgetaucht und sie hatte mich einfach meinen Gedanken nachhängen lassen. Sanft fuhr sie fort. »Ich weiß, wie schwer das ist und vielleicht ist es noch zu früh, zu frisch, aber es kann schon helfen den Schmerz zu teilen.« *Wollte ich das? Wollte ich meinen Schmerz mit ihr teilen?* Für meine Begriffe hatte ich schon unverhältnismäßig viel preisgegeben, fand ich.

»Das Schlimmste ist, dass ich mich permanent zu ihr umdrehe oder sie anrufen möchte, um Erlebnisse mit ihr zu teilen.« Überrascht hob Jamie den Kopf. Sie schien recht schnell wieder ihre Fassung erlangt zu haben.

»Ja genau, so geht mir das auch sehr oft. Wir waren uns auch sehr nahe. Manchmal sogar zu sehr, fand ich. Aber, verzeih, wenn das blöd klingt, sie war manchmal die beste Freundin, die ich hatte.« Sie seufzte. Hatten wir deshalb zueinander gefunden? Weil wir eine ähnliche Geschichte hinter uns hatten? *Schicksal? Fügung?*

»Meistens geht es«, fuhr sie leise fort. »Aber es gibt Momente, da vermisse ich sie so heftig, es fühlt sich so an, als ob mir jemand einen Arm oder eben ein lebenswichtiges Körperteil ausgerissen hätte. Verstehst du, was ich meine?« Oh Himmel, ja, ich verstand jede Silbe. Sie hatte in nur einem Satz meinen gesamten Seelenzustand beschrieben.

»Ja. Ich verstehe dich sehr gut.« Meine Stimme war ganz kratzig.

»Meine Mama war auch der Grund, warum ich bei dem Plattenlabel angefangen habe. Sie hat mir sogar noch den Praktikumsplatz besorgt. Sie hat immer an mich geglaubt und mich unterstützt.« Ich wiegte den Kopf und nickte dann.

»Ja, meine war auch so. Also sie hat mich immer unterstützt, beschützt und so was. Wir waren einfach ganz zufrieden mit unserem Leben miteinander. Nur wir zwei.«

In meiner Kehle bildete sich langsam aber sicher ein Kloß. Das Thema war noch zu heikel, um ganz locker darüber reden zu können. Jamie hatte allerdings ganz feine Antennen und versuchte mich sofort aufzuheitern.

»Na, wahrscheinlich wärst du einfach alt und grau geworden in deinem kleinen Nest.« Jamie machte dabei ein so komisches Gesicht, dass ich wieder ganz befreit atmen konnte. Sie kicherte.

»Die verrückte Alte und ihre Tochter.« Bei dem Bild gluckste es trotz der traurigen Situation auch in mir.

»Ja, genau, so in der Art. Tja, das mit meiner Mama war nicht der einzige Grund, warum ich jetzt hier bin. Ich habe in einem Laden gearbeitet, der Instrumente repariert, dann ist der Besitzer erkrankt und er musste ihn kurzfristig schließen. Na ja, und dann ist noch unser Haus verkauft worden und mein einziger Ausweg war hierher zu meiner Oma zu kommen.«

»Was? Das wird ja immer wilder mit dir? Und du denkst dir das bestimmt nicht nur aus?« Jamies Augen waren jetzt geweitet, sie sah mich mitfühlend an und nickte verständnisvoll. Ich musste lächeln.

»Ich wünschte, es wäre so.« Sie hielt immer noch meine Hand und ich empfand das wie einen Anker, an den ich mich klammern konnte. War es in Ordnung, ihr ganz einfach zu vertrauen und mein Herz auszuschütten? Für einen kurzen Moment wunderte ich mich, aber es war wohl zu spät, um mich jetzt noch zu bremsen. Es sprudelte und drängte regelrecht aus mir heraus.

Jamie hatte irgendeinen Knopf gedrückt und die ganze Geschichte kam mit allen Details, mit Ausnahme, dass Wolf mein Vater sein könnte, aus mir heraus. Zugegeben, es tat richtig gut, denn Jamie war eine unheimlich gute Zuhörerin.

»Tja, und jetzt habe ich wohl ein Dach über dem Kopf«, dabei machte ich eine vage Geste, die die gesamte Wohnung einschloss, »aber ich muss mir demnächst eine neue Lehrstelle oder Arbeit suchen.«

Wir saßen uns gegenüber und Jamie tätschelte jetzt meinen Arm.

»Da finden wir auch noch eine Lösung. Ich bin nach wie vor der Meinung, dass das Schicksal uns zusammengeführt hat.« Dann blickte sie wieder hinter mich auf einen unbestimmten Punkt und schien mich nicht mehr wahrzunehmen. »Ich kann dich besser verstehen, als du denkst. Wenn man nur mit einer Mutter aufwächst, wird man automatisch eine starke Persönlichkeit. Eine starke Frau. Man muss einfach. Gezwungenermaßen sozusagen. Ich war so froh, als ich mein Dorf verlassen habe. Ich weiß, du kannst das vielleicht jetzt noch nicht so sehen, aber Berlin empfängt dich mit offenen Armen.« Wie um das eben Gesagte zu unterstreichen, breitete sie ihre Arme weit aus. *Hm*. Ich hatte nicht erwähnt, dass ich ohne Vater aufgewachsen war, oder? Außerdem meinte ich mich zu erinnern, dass sie erwähnt hatte, sie wäre eine waschechte Berlinerin? Wie waschecht war das dann, wenn sie gar nicht hier aufgewachsen war? Sie hatte also ihr Heimatdorf verlassen ...

Trotz dieser kleinen Ungereimtheiten verspürte ich den Drang, ihr noch das letzte Geheimnis mitzuteilen. Warum auch immer. Ich fühlte mich einfach so viel besser, als ich mir alles von der Seele redete.

»Mein Vater ...« Doch Jamie legte ihren Zeigefinger auf meine Lippen.

»Lilly. Es ist so offensichtlich, dass er dich total im Stich gelassen hat. Wie gesagt. Ich kenne das.«

Wieder dieser tiefe Schmerz in ihren Augen. Auch wenn ihre Theorie nicht ganz stimmte, nickte ich. Ich fühlte mich durch unsere ähnlichen Schicksalsschläge dennoch auf eine spezielle Art mit ihr verbunden. Jamie sah sich um und wandte sich dann wieder mir zu. Als ob sie meine Gedanken gelesen hätte, fuhr sie in spielerischem Ton fort. »Mittlerweile fühle ich mich in Berlin so zu Hause, als ob ich hier aufgewachsen wäre.« *Aha.* Ein wenig irritierte mich das schon, erst Dorf, dann Stadt, aber da lenkte sie das Gespräch schon elegant in eine andere Richtung.

»Was willst du denn heute noch anstellen?« Unentschlossen sah ich an mir herab. Ich würde mich noch umziehen müssen und hatte im Grunde überhaupt keine Lust. Ich lächelte schief und Jamie sprach aus, was ich mir insgeheim dachte.

»Was ist, wenn wir einfach nur Pizza bestellen und fernsehen?« Meine Augen wurden groß. Eine Junk-Food-Orgie. Diese Frau hatte wirklich Potenzial eine beste Freundin zu werden und so nickte ich begeistert. Der Abend wurde noch herrlich entspannt. Wir mieden ernste Themen und arbeiteten uns durch mehrere Folgen der Sitcoms *Black Books* und *Big Bang Theory*. Es war einfach zum Zerkugeln. Wir hatten einen fast identischen Humor, was uns zu immer größeren Lachanfällen anspornte.

Als uns beiden sprichwörtlich die Augen zufielen, bemerkte ich, wie spät es schon war und ich bot Jamie an, über Nacht hier zu bleiben. Wir lagen beide eingekuschelt unter einer Decke auf der Couch im Wohnzimmer. »Ach, Lilly. So viel Spaß hatte ich schon lange nicht mehr. Vielen Dank.« Ich nickte nur selig. Das erste Mal seit langem schlief ich mit einem Lächeln auf den Lippen ein.

6

Das Frühstück verlief genauso harmonisch wie der vorangegangene Abend. Wir bewegten uns in der Küche, als ob wir schon seit Jahren in einer Wohngemeinschaft zusammenleben würden. Immer wieder griff eine von uns eine witzige Szene von unserem Fernsehabend auf und wir brachen in unkontrollierbare Lachkrämpfe aus.

»So, Lilly. Jetzt noch mal zum Ernst des Lebens.« Dabei machte sie ein gespielt seriöses Gesicht, das mich sofort erneut zum Kichern brachte.

»Kannst du mir dein Lied noch einmal vorspielen, bitte, bitte. So ganz live auf der Gitarre?« Ich verschluckte mich vor Schreck an meinem Orangensaft und hustete ganz entsetzlich. Das hatte ich jetzt überhaupt nicht erwartet. Nachdem ich wieder einigermaßen normal atmen konnte, entgegnete ich:

»Hm. Warum? Reicht die Aufnahme nicht?« Sie grinste und es blitzte etwas in ihrem Blick, das ich nicht einordnen konnte.

»Na klar reicht die, Süße. Aber ich würde es gerne von dir hören. Das ist alles.« Dabei strahlte sie mich schon wieder so herzlich an, dass mir keine einzige Ausrede mehr einfiel. Ich holte tief Luft und stand auf, um meine Gitarre zu holen. Lagerfeuer oder Küche waren doch im Grunde das Gleiche, redete ich mir gut zu. Sie war nur eine einzige Person, das würde ich schon schaffen. Der Talisman würde auch diesmal seinen Teil dazu beitragen, nicht wahr? Dafür hatte ich ihn ja schließlich um den Hals hängen. Ich kam in die Küche zurück, setzte mich und stimmte die Saiten, obwohl es da eigentlich nichts zu stimmen gab. Sie waren noch völlig im Einklang. Ich blickte zu Jamie, die mich erwartungsvoll anlächelte. Meine Hände begannen, wie auf Kommando zu schwitzen, und mein Puls beschleunigte sich.

Unbewusst tastete ich mit der rechten Hand zu dem Anhänger und, wie schon bei den letzten Malen, beruhigte ich mich auf sonderbare Weise. Eine wohlige Wärme ging von meiner Brust aus und breitete sich in meinem ganzen Körper, bis in die Fingerspitzen, aus. Etwas zittrig spielte ich den ersten Akkord. Dann den nächsten und den nächsten. Mit geschlossenen Augen wagte ich mich immer weiter und schließlich begann ich leise zu singen.

Während ich spielte, vergaß ich Jamie völlig und versank komplett in meinem Lied. Bilder von Mama stiegen vor meinem inneren Auge auf und es war wieder, als ob sie im Raum wäre. Ein stolzes *das-habe-ich-schon-immer-gewusst-Lächeln* umspielte ihren Mund. Eine warme Welle der Zuneigung umspülte mich und ich konnte gar nicht anders, als all diese Gefühle in meine Stimme zu legen. Ich endete laut und kräftig und sah erst erstaunt auf meine Hände, und dann auf Jamie.

Diese fasste sich an ihr Herz und ihr Gesicht glühte. Ihre Reaktion war irgendwie anrührend.

»Lilly, das war genial. Noch viel besser als die Aufnahme.«

Etwas peinlich berührt, dennoch stolz, konnte ich mir ein Grinsen nicht verkneifen. Ein warmes Gefühl breitete sich in meinem Bauch aus. Irgendetwas veränderte sich in mir, brach auf und lugte vorsichtig hervor. Ich war Jamie unendlich dankbar, dass sie mich mit ihrer selbstverständlichen Art immer weiter schubste.

Noch vor wenigen Wochen wäre es völlig undenkbar für mich gewesen, einen eigenen Song bei einem Wettbewerb einzureichen.

»Weißt du was? Da gibt es eine Open Mic Nacht in einer Bar, da solltest du spielen. Was sagst du?« Der Knoten in meinem Magen ging blitzschnell wieder auf Position. Ich hob eine Hand und richtete die Handfläche gegen sie, als ob ich etwas abwehren wollte.

Hier in der Küche und an einem Lagerfeuer zu spielen, waren schon verdammt große Fortschritte für mich. In einer öffentlichen Bar würde ich niemals auftreten. Vor einer fremden Masse von Menschen schon gar nicht. Unvorstellbar. Ich schüttelte entschieden den Kopf.

»Ach nö, Jamie. Das ist nichts für mich. Ehrlich.« Sie ließ nicht locker. Einerseits fand ich das toll, aber andererseits ging mir das viel zu schnell. Was für eine Horrorvorstellung.

»Echt jetzt? Aber du solltest ...« Sie brach unvermittelt mitten im Satz ab und schien einen anderen Gedanken zu verfolgen. Einen kurzen Moment lang fand ich es ein wenig seltsam, wie schnell sie sich abwimmeln ließ, aber ich maß dem nicht allzu viel Bedeutung bei.

»Na, egal, aber zumindest haben wir es bei dem Wettbewerb eingereicht«, fuhr sie fort und ich nickte bekräftigend. Sie wusste ja nicht, dass ich das nur tat, um mit dem Wolf in Kontakt zu treten. Auch wenn die Chancen vielleicht verschwindend gering waren, kam es mir immer noch vor wie ein guter Plan. Zumindest redete ich mir das ein, weil das im Moment die einzige Idee war, die mir in den Sinn kam und die halbwegs durchführbar erschien.

Mit zufriedener Miene blickte Jamie sich suchend um. Dann nahm sie das Handy, das neben der Kaffeemaschine lag und drückte eine Taste. Mit einem kleinen Hüpfer sprang sie auf.

»Ich muss jetzt aber schleunigst zur Arbeit. Ich melde mich bei dir, okay?«

Ich nickte wieder, während sie ihre Sachen zusammenpackte. Unvermittelt hielt sie in der Bewegung inne und sah mich mit erwartungsvoller Miene an.

»Ich glaube, die Bar mit der Open Mic Nacht sucht übrigens noch nach einer Aushilfe. Wolltest du dir nicht auch noch Arbeit suchen? Ich texte dir die Adresse, ja?«

Ein Job in einer Bar? Warum eigentlich nicht. Ich zuckte mit den Schultern. Schaden konnte das in keinem Fall.

Warum war sie nur so nett zu mir?

»Ja, im Grunde schon. Danke, Jamie. Das ist wirklich unheimlich lieb von dir.«

Beim Thema Arbeit dachte ich ja eher an eine neue Lehrstelle in einem

Laden, der Musikinstrumente reparierte, aber nahm an, dass das nicht so leicht werden würde. Sie nickte heftig.

»Wir suchen dann noch was Richtiges. Ich meine, so was mit Instrumenten und so. Aber für den Anfang?« Ich lächelte. Sie hatte tatsächlich zugehört oder sie konnte Gedanken lesen, schmunzelte ich in mich hinein, als wir in die Richtung der Wohnungstür gingen.

»Tschüß, Lilly.« Spontan drehte sie sich noch einmal zu mir um und umarmte mich ganz kurz. Einen Moment lang überrumpelte mich die Geste, aber insgeheim musste ich mir eingestehen, dass es bei mir total richtig und angenehm ankam. Es fühlte sich an, als ob sich diese Leere in mir ein klein wenig füllte. Warm und angenehm. Schon wieder in meine Gedanken versunken, winkte ich ihr hinterher und schloss die Tür.

Den Rest des Tages verbrachte ich vorwiegend online mit der Suche nach einer geeigneten Lehrstelle. Ich hatte zuvor noch Frau Jupiter angerufen und erfuhr dabei, dass es Herrn Jupiter, wie es so schön hieß, den Umständen entsprechend gut ging. Das bedeutete übersetzt, der Laden und damit auch meine Lehrstelle lagen bis auf unbestimmte Zeit auf Eis. Ich seufzte bei der Erinnerung, als ich für einen Moment davon überzeugt war, mein Leben doch tatsächlich in den Griff zu bekommen. Da hatte ich mich schön getäuscht. War ich wirklich erst vor so kurzer Zeit aus meiner vertrauten Umgebung gerissen worden?

Der Tag, an dem ich von Herrn Jupiters Krankheit erfahren hatte, begann eigentlich recht produktiv. Ich hatte die Aufgabe, Mamas Zimmer auszusortieren, schon viel zu lange vor mich hergeschoben. Sie hätte bestimmt nicht gewollt, dass ihr Reich langsam aber sicher zum Museum verstaubte. Nach einem kleinen Frühstück zog ich mich an und stand schließlich vor ihrer Zimmertür.

Mir stockte kurz der Atem, da ihr so wahnsinnig vertrauter Geruch noch immer sehr präsent im Raum hing. Ich schloss die Augen, drückte die Klinke hinunter und holte tief Luft. Alles sah so altbekannt und auf seltsame Weise doch so fremd aus. Sie fehlte einfach. Um nicht von meinen Emotionen weggespült zu werden, stöpselte ich mein Handy an die Stereoanlage, die in meinem Zimmer stand, öffnete alle Türen und drehte auf volle Lautstärke.

Meine Hand tastete wieder ganz unbewusst zu dem Anhänger. Schon damals bildete ich mir ein, dass er auf seltsame Weise auf meine Gedanken und Emotionen reagierte.

Was natürlich totaler Quatsch war und doch wurde mir sofort leichter ums Herz. Ich schüttelte den Kopf über diese Reaktion. Naturwissenschaften hin oder her. Dieses Ding schien mir auf eine schräge Art und Weise Energie zu verleihen.

Schwer, aber so geht's. Okay, Mama, lass uns aufräumen. Erst leerte ich den großen Schrank, dann die zwei hübschen Jugendstil-Kommoden, diverse Schachteln und noch einige andere Behältnisse. Mein Ziel war, für alles einen Platz zu finden. Nichts durfte übrig bleiben. Dabei fand ich neben unzähligen Büchern und Klamotten auch Schmuck, Magazine und Fotos. Ich bemühte mich allerdings, mich mit keinem Gegenstand länger als ein paar Minuten aufzuhalten und schichtete fein säuberlich sortierte Stapel auf. Für so etwas hatte ich immer schon ein Händchen.

Mit behelfsmäßigen Etiketten teilte ich alles in Kategorien wie *Altkleider, Aufheben*, beziehungsweise *genauer begutachten, Müll* und so weiter ein. Erstaunlicherweise war ich schon kurz nach dem Mittag fertig. Mit in die Hüften gestemmten Händen stand ich da und sah mich zufrieden im Raum um. Es wirkte jetzt richtig unpersönlich und kahl. Natürlich zog sich mein Herz bei dem Anblick schmerzhaft zusammen. Mir war sehr wohl bewusst, dass solche Aktionen kleine Abschiede von meiner geliebten Issymama darstellten.

Eine Träne rollte über meine Wange. Leicht verärgert wischte ich sie mir mit dem Ärmel weg. Ablenkung war angesagt. Mit mehr Schwung als nötig, hievte ich die Kleidersäcke die Treppe hinunter, als ich plötzlich ein lautes Klopfen und Rütteln an der Tür wahrnahm.

»Ja, ja, ich komme«, rief ich gegen die Stimme von der aus den Lautsprecher singenden *Carole King* an. Ich sperrte die Tür auf und vor mir stand die völlig aufgelöste Frau Jupiter. Ich deutete ihr mit der Hand zu warten und sprintete die Treppe hoch, um die Musik abzustellen. Mir war sofort klar, dass etwas nicht stimmte.

Ihre Augen waren gerötet und sie umklammerte krampfhaft ein Taschentuch mit der Hand, das sie immer wieder gegen den Mund und die Augen drückte. In Windgeschwindigkeit war ich wieder bei ihr, da begann sie schon ohne Punkt und Komma los zu sprudeln.

»Lilly, mein Liebes, er ist im Krankenhaus. Ein Herzinfarkt. Völlig unerwartet. Die Ärzte sagen, sie können noch nichts sagen.« Der Schreck fuhr mir in die Glieder. *Mein unerschütterlicher Jakob Jupiter?* Der Baum, der alle Stürme meiner Pubertät mit stoischer Ruhe ertragen hatte?

»Aber, aber er war doch immer so, immer so gesund?«, stotterte ich. Frau Jupiter nickte heftig.

»Ja, ich weiß, nicht wahr? Es ist so unvorstellbar. Ich weiß jetzt auch nicht, wie es weitergehen soll. Ich habe den Laden bis auf weiteres geschlossen und alle Aufträge vorerst einmal auf Eis gelegt. Ein paar könntest du ja vielleicht noch fertig machen.«

»Selbstverständlich«,

bestätigte ich. Ein beunruhigender Gedanke drängte sich mit aller Kraft an die Oberfläche. Was bedeutete das für mich? War meine Ausbildung dann auch sozusagen auf Eis gelegt? Bei solchen Überlegungen lief mir im wahrsten Sinne des Wortes ein kalter Schauer über den Rücken. Die Zeit im Laden war im Moment der mitunter wichtigste Teil, der mir half, emotional halbwegs stabil durch den Tag zu kommen. So stark ich mich auch vor ein paar Stunden gefühlt hatte, mit so einer Nachricht hatte ich natürlich nicht gerechnet. Das Häufchen Elend wollte sich schon wieder einrollen und mit nichts auseinandersetzen.

Allerdings fühlte ich mich ein wenig verantwortlich für meine Chefin, wie sie da so schluchzend vor mir stand. Ich schob sie sanft in die Küche und brühte uns eine Kanne Kamillentee auf. Es musste etwas her, das unsere Nerven beruhigte. Herr Jupiter hatte wohl die klassischen Symptome eines Infarkts aufgezeigt und nur dank der schnellen Reaktion seiner Frau war der Rettungswagen rechtzeitig da gewesen. Man konnte aber kaum die Folgen absehen. Warten war alles, was wir jetzt tun konnten.

Ich wusste aus früheren Erzählungen, dass die Jupiters eigentlich nicht auf die Einnahmen des Ladens angewiesen waren. Das Haus war schon lange abbezahlt und sie erhielten auch eine Rente oder hatten irgendwelche Geldreserven, die ihren Lebensabend finanziell absicherten. So richtig hatte ich mich noch nie dafür interessiert.

Es ging mich ja im Grunde auch nichts an.

Tatsache war, dass Herr Jupiter seine Arbeit zu sehr liebte, um endgültig aufzuhören und es hielt sie beide jung.

»Als du dann deine Lehre bei uns angefangen hattest, war klar, dass wir das Geschäft auf jeden Fall noch solange weiterführen. Vielleicht hätte mein Jakob dir das Geschäft sogar einmal übergeben. Aber jetzt ist alles ganz anders. Was machen wir denn nur?«

Ihre Augen schwammen schon wieder und einen Wimpernschlag später kullerten dicke Tränen über ihre Wangen. Über meine Lippen kam kein tröstendes Wort, denn ich befand mich selbst noch in einem Schockzustand. Erst Mama, jetzt Herr Jupiter? Ich ergriff ihre Hand und drückte sie fest. Ich war im Moment genau so nahe am Wasser gebaut wie sie, und weinte einfach mit ihr. Mehr schaffte ich momentan beim besten Willen nicht.

»Ich muss jetzt wieder zurück zu Jakob ins Krankenhaus, liebe Lilly. Danke dir für den Tee.«

»Natürlich, und bitte bestellen Sie Grüße und gute Besserung.« Es klang alles hohl und leer. Frau Jupiter schritt langsam und vorsichtig aus der Küche. Sie war richtig zitterig und verständlicherweise immer noch sehr aufgeregt.

»Ich kann Sie sehr gerne nach Hause oder ins Krankenhaus begleiten?«, bot ich an, doch sie winkte ab.

»Schon gut, der Taxi-Fredi fährt mich. Mach dir keine Umstände.«
Ich hielt mich am Türrahmen fest, jederzeit bereit zu ihr zu laufen und
sie zu stützen, denn sie schwankte bedenklich. Tatsächlich rollte kurze
Zeit später ein gelbes Taxi langsam vor unser Haus und hielt schließlich
an. Frau Jupiter stieg in den Wagen und winkte mir noch kurz zu. Ich
schritt über die Schwelle zurück ins Haus und zog die Tür hinter mir zu.
Irgendeine Lösung würde ich finden müssen.

Nach dem Anruf heute bei Frau Jupiter wurde mir klar, dass die Genesung
ihres Mannes noch lange dauern würde. Meine ehemalige Chefin tat mir
gleich wieder unheimlich leid, wie sie voller Optimismus von den winzigen
Fortschritten ihres Mannes berichtete.

Was sie erzählte, klang recht ermutigend, aber Herr Jupiter hatte sehr
offensichtlich noch einen langen Weg bis zur vollständigen Gesundung
vor sich. Wenn er überhaupt je wieder ganz gesund werden würde.

Sie waren mir beide mit den Jahren wirklich ans Herz gewachsen und
ich hatte das ungute Gefühl, sie ein wenig im Stich zu lassen. Die alte
Dame war jetzt ganz alleine mit ihrer Angst um ihren Mann. Sie wirkte
so zerbrechlich und verloren, als sie mir gegenüber in der Küche saß.
Tapfer pflügte ich mich dennoch durch das Internet, tätigte Anrufe zu
geeigneten Läden und versuchte mich den ganzen Nachmittag an einem
Bewerbungsschreiben. Es stellte sich heraus, dass dies für mich beinahe
unmöglich war. Immer wieder verwarf ich einen Entwurf, nachdem ich
ihn hoffnungsfroh noch ein letztes Mal durchgelesen hatte.

Was ich da las, klang alles entweder zu langweilig oder zu dramatisch.
Nichts erschien mir richtig und professionell formuliert genug. Frustriert
gab ich irgendwann auf. Morgen war auch noch ein Tag und dann würde
ich eben erneut einen Versuch starten.

Das Wochenende stand vor der Tür, ich hatte also ohnehin noch ein
wenig Zeit. Jamie sandte mir, wie versprochen, den Namen der Bar per
Textnachricht. Sie schlug außerdem vor, ich sollte sie doch direkt von der

Arbeit abholen und wir würden dann zusammen hingehen. Der Impuls, mich zu verkriechen und abzusagen, überwältigte mich beinahe, obwohl die Vorstellung, mit Jamie etwas zu unternehmen, nicht unangenehm war. Außerdem kümmerte sie sich ständig um mich und sie hatte mir den Kontakt mit der Bar verschafft, da konnte ich sie doch jetzt unmöglich vor den Kopf stoßen.

Unentschlossen kramte ich in meinen Klamotten, bis ich mich für ein enges, langärmeliges Shirt, das vorne sehr weit ausgeschnitten war, sowie meine Lieblingsjeans entschied. Den Anhänger verbarg ich unter einem Spitzentop, das unter dem Shirt hervorblitzte. Es war so eine Kombination, die Mama immer konservativ, aber doch gewagt nannte. Zufrieden machte ich mich auf den Weg zum Potsdamer Platz. Dort angekommen, lehnte ich mich gegen eine große blaue Kunstfigur, die mich ein wenig an diese Ballonfiguren erinnerten, die Clowns bei Kindergeburtstagspartys verknoteten. Das Ding sah bei näherer Betrachtung sogar ganz genauso wie eine Ballonblume aus. Die Abendsonne schien mir ins Gesicht und ich schloss die Augen.

»Dir ist schon klar, dass du dich hier an echte Kunst anlehnst.« Bei dem Klang der Stimme zuckte ich zusammen und riss die Augen auf.

Will. William. Sexy William.

Oje. Das waren die Attribute, die mir bei seinem Anblick einfielen? Ich schluckte, räusperte mich und trat hektisch einen Schritt von der Skulptur weg.

»Ja.« *Pause.* Er hob spöttisch eine Augenbraue nach oben.

Sag was, sag was.

»Du bist also der Hüter der Kunst?« Innerlich schlug ich mir gegen die Stirn. *Der Hüter der Kunst?* Himmel, das war alles, was mir einfiel? William grinste jetzt nur.

Na, warte. Hüter der Kunst?

»Kunst im Stadtraum. Balloon Flower aus Chrom-Edelstahl von Jeff Koons. Geboren 1955 in New York. Möchtest du noch eine Kritik dazu hören?«, rasselte ich jetzt in gespielt professionellem Tonfall herunter. Der Nerd in mir war endlich aufgewacht. Frustriert, wie ich war, hatte ich zur Ablenkung am Nachmittag noch alle möglichen Fakten zum Potsdamer Platz gegoogelt. Immer bedacht darauf alles herauszufinden, was nichts mit dem Plattenlabel vom Wolf zu tun hatte. Dabei war ich auch auf alle möglichen Bauten und Kunstinstallationen gestoßen. Erfreulicherweise blieben mir solche Dinge sehr einfach im Gedächtnis.

William fuhr sich durch die dunkelblonden Haare, rieb sich den Nacken und grinste immer noch.

»Schon gut. *Du* bist die Hüterin der Kunst. Eindeutig.«

Jetzt musste ich schmunzeln. Ich legte den Kopf schräg und wunderte mich über seine Augenfarbe. Ich hätte schwören können, er hatte braune oder zumindest eine sehr dunkle Augenfarbe, aber hier im Licht erkannte ich, dass sie dunkelblau waren.

»Lilly! Huhu.« Jamie kam winkend hinter William hervorgelaufen. Ich riss mich von seinem Anblick los und dankte ihr im Geiste.

Zum Glück bewahrte sie mich nämlich gerade vor dem längeren Grübeln und höchstwahrscheinlich dümmlichen Anstarren meines Gegenübers. Sie bedachte ihn mit einem Seitenblick, den ich nicht wirklich einordnen konnte. Flirtete sie mit ihm?

»Hi, Babe«, hauchte sie in seine Richtung und stupste ihn im Vobeigehen mit der Hüfte an. William runzelte kurz die Stirn und tippte sich dann an einen unsichtbaren Hut.

»Tschö, die Damen. Ich muss mal wieder.«

»Bis später«, flötete Jamie. Dann wandte sie sich mir zu. Ihre gesamte Aufmerksamkeit konzentrierte sich und schien wie ein Energiestrom in meine Richtung zu fließen.

Ob sie das mit allen Menschen so machte? Man fühlte sich, wie auf ein Podest gestellt. Es war überhaupt nicht unangenehm, eher so, als ob ich der wichtigste Mensch in ihrem Universum wäre.

»Also, lass uns noch einen Happen essen und dann ab in die Bar.«

Wir nahmen die U-Bahn und ich folgte Jamie blindlings durch die pulsierende Stadt. Es blieb mir im Grunde auch nichts anderes übrig und, ehrlich gesagt, fand ich das völlig in Ordnung. Unterwegs hielten wir an einer Imbissbude an und bestellten beide einen Döner ohne Zwiebeln. Manchmal fand ich unsere Gemeinsamkeiten ein wenig seltsam, aber ich konnte das auch nicht beeinflussen. Es war ja nicht so, dass Jamie mir alles nachbestellte oder nachredete. Sehr oft sagte sie etwas, und ich musste nur mit einem erstaunten *ich auch* oder *mir auch* antworten. Wir hatten nun mal ganz offensichtlich sehr ähnliche Interessen und einen beinahe identischen Geschmack.

Die Bar, die sie ansteuerte, hieß *Bei Amy* und war ein winziger Laden im Bezirk Friedrichshain. Eine Amerikanerin aus Vermont hatte sie eröffnet, weil sie selbst gerne musizierte und nicht immer von einer Bar zur anderen ziehen wollte. Da hatte sie kurzerhand ihren eigenen Laden eröffnet. Amy war eine kleine wohlproportionierte Mittvierzigerin mit langen schwarzen Haaren, blitzblauen Augen, von denen ein Lid leicht herabhing.

Sie umarmte Jamie herzlich und begrüßte mich mit einem ebenso warmherzigen wie gewinnenden Lächeln. Sie hatte nur einen kaum merkbaren englischen Akzent.

»Jamie, Lovie, schön dich zu sehen. Bringst du mir eine angehende Künstlerin?« Energisch schüttelte ich den Kopf und fiel Jamie ins Wort.

»Nein, ich bin nur wegen der Stelle da. Sucht ihr noch eine Aushilfe? Ich bin keine gelernte Kellnerin, aber ...«

Amy kniff ihre Augen zusammen und nickte dann.

»Ja, wir suchen noch. Hast du Interesse? Hast du schon mal in einer Bar oder in einem Restaurant gearbeitet?«

Jetzt übernahm Jamie.

»Ja, sie ist ganz toll. Super verlässlich und pünktlich. Du könntest keine bessere Kraft finden, als Lilly.« Mit hochgezogenen Brauen sah ich Jamie erstaunt an. Ich hätte mich nicht so gut verkaufen können. Ich lächelte schief und zuckte mit den Schultern.

»So ähnlich. Und was ich noch nicht kann, lerne ich schnell.« Wir gingen mit Amy durch den Laden und mir fiel auf, dass da insgesamt nur sechs Tische standen. Amy würde die Getränke aufnehmen und zubereiten, aber sie bräuchte jemanden, der abräumte, die Gläser wusch und ihr sonst zur Hand ging. Erleichtert atmete ich auf. Das klang absolut machbar.

»Kannst du morgen anfangen?« Ich nickte begeistert. Wahnsinn. Seit ich Jamie getroffen hatte, hatte sich mein Leben wirklich um hundertachtzig Grad verändert. Amy gab mir noch ein Küsschen auf die Wange, bewegte sich hinter den kleinen Schanktisch und meinte, sie müsse sich jetzt um ihre Gäste kümmern. Ich lud Jamie auf ein Bier ein und wir alberten wieder herum, als ob wir uns seit Jahren kannten. Ich akzeptierte diesen Umstand einfach, denn warum sollten mir nach all meinem Unglück nicht endlich auch ein paar positive Dinge passieren? Warum eigentlich nicht?

Wir waren bei unserem dritten Bier, als Amy die Open Mic Night eröffnete. Sie präsentierte erst einen eigenen, ziemlich sentimentalen Song auf der Gitarre und kündigte dann den ersten offiziellen Act an. Die beiden Künstler waren eingefleischte Jazzmusiker, die zwar virtuos spielten, aber denen auch etwas schräg und anstrengend zuzuhören war. Zumindest auf die Dauer und für meine Ohren. Sie selbst hatten allerdings sichtlich Spaß beim Musizieren.

Als sie ihren Auftritt endlich beendet hatten, sahen wir uns an und kicherten los. Jamie hatte wohl ähnlich empfunden. Amy nahm jetzt wieder das Mikrofon an sich und kündigte die nächste Nummer an.

»So, meine Lieben. Einer unserer Stammmusiker. Ihr kennt und liebt ihn ...« Sie brach ab und drehte sich zur Seite. »Oh? Moment, wir scheinen ein kleines Problem zu haben. Etwas Geduld bitte, my friends.« Jamies Miene war genauso verwundert wie meine. Amy rief uns im Vorbeilaufen etwas zu. »... seiner Gitarre. Ich muss schnell die Dose ...« und damit verschwand sie hinter der Bar. Jamie und ich sahen uns an.

»Komm, wir sehen nach.« Ich schüttelte den Kopf. Sie schien wirklich ein Helfersyndrom zu haben. Ich jedenfalls nicht.

»Komm, Lilly. Sei kein Frosch. Nur nachsehen, was los ist.«

Ich schüttelte weiter den Kopf und folgte ihr dennoch. Mich fremden Menschen an den Hals zu werfen, war mir sehr unangenehm, auch wenn es nur darum ging, jemandem Hilfe zu leisten. Ich beschloss, mich einfach hinter Jamie zu verstecken. Diese blieb jetzt abrupt stehen und ich linste vorsichtig an ihr vorbei. Da saß William und fummelte hektisch an einer akustischen Gitarre herum.

Mit einem Blick war mir klar, dass der Steg gebrochen war. Er versuchte fluchend eine Lösung zu finden. In meinen Fingern kribbelte es. Selbst, wenn ich es gewollt hätte, jetzt hätte ich mich nicht mehr bremsen können. Das hier war eindeutig mein Element. William war aufgestanden und sah sich um. Flüchtig bemerkte er Jamie und dann streifte sein Blick mich.

»Wird wohl nichts mit dem Auftritt«, brummte er und fuhr sich durch die schon ohnehin sehr verstrubbelten Haare. Es sah trotzdem irgendwie gut aus, ertappte ich mich bei dem Gedanken und schob ihn schnell beiseite. Der Instrument-Patient hat Vorrang, hörte ich Herrn Jupiter im Geiste zu mir sprechen.

»Hast du Tape?«, fragte ich ihn. Er sah mich an, zuckte mit den Schultern, nickte und deutete zu einem Gitarrenkasten auf dem Boden. Ich nahm das Tape und riss es in kleine Streifen. Herr Jupiter hatte mir hier und da kleine temporäre Kniffe gezeigt, die immer mit demselben Begleitsatz daher kamen.

»Das ist aber keine Dauerlösung, Kind, ja? Das muss schon richtig und ordentlich repariert werden. Aber es hält zumindest für eine Weile.« Ich prüfte noch einmal vorsichtig die Konstruktion und reichte William die Gitarre. Erstaunt sah er mich an und nahm das Instrument entgegen.

»Äh. D ... d ... anke«, stotterte er.

Ich zuckte mit den Schultern und deutete Jamie an wieder nach vorne zu unserem Tisch zu gehen.

Die sah mich nur ebenso erstaunt wie stolz an und wir setzten uns wieder. Amy kündigte William noch einmal an.

»Ladies and Gentlemen. William Adeelson. Enjoy!« Will nahm Platz und fuhr kurz mit dem Finger über den improvisiert geklebten Steg. Er hob den Kopf, schirmte seine Augen ab und suchte meinen Blick. Ein kleines Lächeln umspielte seine Lippen. Meine Reaktion war reichlich starr, aber da hatte er sich schon wieder seiner Gitarre zugewandt. Will begann zu spielen und ich beobachtete fasziniert, wie gekonnt er die Saiten zupfte. Er hatte eine klassische Etüde gewählt, die so gar nicht in die Bar passen wollte. Ich blickte kurz zu Jamie, die ein tonloses »Warte, warte.« mit den Lippen formte. Na gut. Wenigstens konnte ich ihm gefahrlos intensiv dabei zusehen. Solange er auf der Bühne war, konnte ich ihn hemmungslos anstarren, ohne das Risiko einzugehen, dabei ertappt zu werden.

Was waren das für ungewöhnliche Gedanken, die hier in meinem Kopf herumschwirrten? Aber sogleich zog mich Williams Frisur völlig in ihren Bann. Oder besser seine Nicht-Frisur. Seine Haare waren noch immer völlig verwuschelt. Entweder legte er viel Wert auf Styling oder das war einfach eine naturgegebene Sturmfrisur. Mein Blick glitt fast etwas ungeniert an seinem Körper herab, schließlich saß er hell ausgeleuchtet im Rampenlicht. Sein schlanker, sehniger Körper bewegte sich in völliger Harmonie zu der Musik, die er kreierte. Es war faszinierend ihn so hemmungslos beobachten zu können. Es war vor allem faszinierend, was für Details mir an ihm auffielen. Auch wenn ich ihn nicht kannte, konnte ich meinen Blick einfach nicht abwenden. Oder gerade deshalb?

Mittlerweile war sein Stil in ein Chanson übergegangen. Ich stutzte, denn auf einmal klang es nach Country. Er mischte alle möglichen Richtungen, aber verband sie so gekonnt, dass man mühelos folgen konnte. Fast schon genial, zumindest klang es so in meinen Ohren. Er schien sich schlussendlich aber doch für eine Richtung entschieden zu haben und begann zu singen. Er hatte eine angenehme tiefe Stimme. Ich konnte gar nicht anders, als ihn weiter die ganze Zeit gebannt anzustarren. Als er unvermittelt seinen Kopf hob und mir direkt in die Augen sah, traf es mich völlig unerwartet tief in meiner Magengegend. Von wegen Anstarren ohne Risiko.

Verdammt. Ich fühlte mich merkwürdig ertappt, als ob ich etwas Verbotenes getan hätte. So ein Quatsch, schalt ich mich innerlich. Er ist Musiker und ich sitze im Publikum, so ist das nun mal. Natürlich schoss mir noch zu allem Überfluss das Blut in den Kopf und ich sah schnell hilfesuchend zu Jamie.

Diese grinste mich an und ich hob nervös meinen Daumen hoch, um ihr mitzuteilen, dass ich seine Musik toll fand. Sie schien meine Verlegenheit überhaupt nicht zu bemerken oder sie zeigte es zumindest nicht. Umso besser. Ich wusste ja selbst nicht, was dieser Will hier in mir auslöste.

Ich war sehr überrumpelt von meiner eigenen Reaktion. Warum kribbelte es in meinem Bauch, wenn ich William nur schon aus dem Augenwinkel beobachtete? Um mich zu beruhigen, atmete ich tief ein und konzentrierte mich darauf, Amy bei der Arbeit zu beobachten. Sie hantierte geschäftig hinter der Bar und lief kurze Zeit später mit einem vollen Tablett zu einem der Tische. Man konnte klar erkennen, dass sie Hilfe benötigte. Ich fühlte mich schon als Gast ziemlich wohl in der Bar und hatte ein gutes Gefühl hier bald arbeiten zu können.

William beendete jetzt sein Lied. Er hatte zwischendurch die Augen geschlossen und öffnete sie nun wieder. Er ließ den letzten Ton seiner Gitarre einfühlsam verklingen. Die Leute im Raum applaudierten begeistert, ich inklusive. Er hatte ein richtig gutes Gefühl für Musik und interpretierte sie ganz eigenwillig, mit viel Herz und Emotionen. Gar nicht so, wie ich ihn kennengelernt hatte. Da wirkte er eher verschlossen, sarkastisch und mürrisch.

Jamie lehnte sich zu mir hinüber und raunte in mein Ohr:

»Er ist toll, nicht?« Ich nickte nur und fragte mich, was da eigentlich zwischen ihr und William lief. Sie nannte ihn *Babe* und ging so vertraut mit ihm um. Und warum interessierte mich das überhaupt plötzlich so brennend? Da kündigte Amy schon den nächsten Künstler an. Es war ein hagerer blonder Kerl, der eine wirklich schöne Rockballade auf der Geige spielte. Als er sein Stück beendete, folgte wieder Musik aus der Dose. Amy schwebte an mir vorbei und nickte mir zu.

»Na, wie gefällt es dir bei mir?« Spontan hob ich meinen Daumen und grinste sie an.

»Super! Echt genial.« Sie strahlte stolz zurück und räumte einen Tisch neben uns ab.

»So, Süße. Jetzt aber mal die Karten auf den Tisch. Gab es denn in Niederzwehren jemand Speziellen?« Ich starrte Jamie kurz an, weil ich komplett auf der Leitung stand. Meine Mama war schon echt speziell gewesen für mich. Dann fiel der Groschen und ich winkte ab.

»Ach, nein. Die Jungs in meiner Altersklasse waren irgendwie alle zu ... Na, zu unreif. Ich weiß, das klingt total blöd, aber ich konnte mich nie wirklich mit ihnen unterhalten. Verstehst du?«

»Oh ja. Besser, als du denkst. Die wollten alle nur Party machen? Kopf voller Bier und Blödheiten. So was in der Art? Ja, das kenn ich.« Zum wiederholten Mal sah ich sie erstaunt an. Ganz genau so war es mir auch ergangen. Langsam wurde das unheimlich. Wie machte sie das nur?

Natürlich hatte ich mich insgeheim hier und da schon nach jemandem gesehnt, aber es ging nie über das erste Gespräch hinaus.

»Manchmal hatte ich auch das Gefühl, die Jungs haben ein wenig Angst vor mir. Weißt du? Weil ich eben gerne lese und Kunstfilme ansehe.«

Lesen und Kunstfilme. So hätte ich sie jetzt absolut nicht eingeschätzt. Hatte ich von meinen Hobbys erzählt oder hatte sie mich ausspioniert? Ich nickte nur versonnen und nahm mir vor, mich nicht mehr über diese vielen Ähnlichkeiten zu wundern.

»Danke, Hüterin der Kunst. Das war große Klasse. Abend gerettet.« Eine angenehme Stimme riss mich aus meinen Überlegungen und ich wirbelte auf meinem Stuhl herum. William.

Er war einen Schritt zurückgewichen und hatte gerade noch sein Bier vor meiner schwungvollen Bewegung in Sicherheit gebracht. Mit der Hand schlug ich mir vor den Mund. Schon wieder? Warum mutierte ich in seiner Gegenwart immer zu so einem Tollpatsch.

»Sorry«, murmelte ich nur und drehte mich wieder zu Jamie, die ihn amüsiert anlächelte. William nahm einen Stuhl, drehte ihn um und setzte sich so, dass er seine Arme auf der Lehne abstützen konnte. Er sah zu Jamie und dann zu mir.

»Woher kennt ihr euch eigentlich?« Ich biss auf meiner Unterlippe herum und verschränkte meine Arme vor der Brust.

Ein paar Haarsträhnen, die gar nicht da waren, mussten natürlich auch unbedingt wieder hinter mein Ohr. Verflixt. Jamie lächelte ihn weiter versonnen an.

»Ach, wir kennen uns schon aus der Grundschule. Ewig und drei Tage.«

Sie machte eine wegwerfende Handbewegung und zwinkerte mir zu. *Grundschule?* Ich hob eine Augenbraue und sah Jamie an. *Aha.* William runzelte die Stirn und rieb sich an der Nase.

Anscheinend hatte er etwas anderes erwartet. Keiner von uns schien etwas sagen zu wollen, ich selbst war noch zu verblüfft über Jamies Flunkerei. Für einen Moment machte sich eine unangenehme Stille zwischen uns breit, bis William sich abrupt zu mir wandte. Kurz schmunzelte er.

Unwillkürlich stellte ich fest, dass sich auf beiden Seiten ein langgezogenes Grübchen auf seinen Wangen bildete, wenn er das tat. War das dann noch ein Grübchen oder eher eine Lachfalte? Und was stellte mein Kopf nur für hirnverbrannte Überlegungen an?

»Lilly, oder? Das war wirklich große Klasse. Danke noch mal.« Endlich fand ich meine Sprache wieder.

»Keine Ursache. Aber das ist keine Dauerlösung. Solltest du reparieren lassen.«

Oh, Mann. Ich klang wie Jakob Jupiter.

William nickte brav. Innerlich schlug ich mir erneut gegen die Stirn. William fand das wohl auch, denn seine Miene verschloss sich wieder. Er tippte sich mit zwei Fingern an einen imaginären Hut und stand dann auf.

»Also, Ladies. Bis denne.« Jamie schwieg und winkte ihm nur. Ich hatte keine Lust mehr zu bleiben und überlegte, wie ich das jetzt am elegantesten formulieren könnte.

»Lass uns abhauen«, sagte Jamie in dem Moment und stand auf. Ich würde mich bald daran gewöhnen müssen, dass sie mehr oder weniger immer das aussprach, was ich dachte. Schweigend gingen wir nebeneinander auf dem breiten Bürgersteig. Ich fasste mir ein Herz.

»Danke, Jamie. Danke, dass du das alles für mich machst.« Sie blickte mich von der Seite an.

»Aber klar, Lilly. Dafür sind Freunde doch da.« Sie sagte das so leichthin und es klang ganz selbstverständlich. Diesmal sprach ich aus, was ich dachte. Es kostete mich einiges an Überwindung.

»Ja, schon. Aber ich habe im Leben noch nie so schnell mit jemandem Freundschaft geschlossen, wie mit dir. Das ist für mich etwas ganz Besonderes. Vor allem nach all der Scheiße, die mir gerade passiert ist. Danke.« Ich meinte das aus tiefster Seele. Jamie grinste nur und schubste mich mit der Schulter an. Wir lachten beide los. Es war einfach unglaublich.

7

Saubere Biergläser links, Weingläser verkehrt herum rechts darunter ein-
hängen, Geschirrspüler braucht manchmal einen liebevollen Tritt, immer
ein Lächeln auf den Lippen wäre gut, Lappen und mehr Putzutensilien in
der untersten Schublade, Gläser immer vorspülen ... Wahnsinn, was diese
Frau in kürzester Zeit herunterrasselte.

Ich stand im *Bei Amy* und konzentrierte mich auf Amy, die mir alles
geduldig und in beinahe einem einzigen Wortschwall erklärte. Im Grunde
war es recht einfach. Sie nahm alle Bestellungen auf und servierte. Ich
räumte ab und half ihr hinter der Bar Getränke vorzubereiten und Gläser
zu waschen. Meine Hauptaufgabe bestand darin, alles schön ordentlich
und sauber zu halten.

Das sollte machbar sein, redete ich mir ein. Anfangs war ich schon ein
wenig nervös, aber nach ein paar Stunden bewegte ich mich in dem Raum,
als ob ich schon ewig hier gearbeitet hätte. Das lag aber vor allem an Amy,
die jeden falschen und unbeholfenen Handgriff meinerseits mit einem
ermutigenden Lächeln quittierte und fröhlich behauptete:

»Ach, das klappt dann schon besser beim nächsten Mal.« Ich hatte mir
beim Styling für den ersten Arbeitstag große Mühe gegeben. Nachdem
ich nicht wirklich mit den Gästen interagieren würde, war ich nicht allzu
aufgeregt, aber ich wollte schon einen guten Eindruck auf Amy machen.
Nicht zu viel und nicht zu wenig. Der Trick war so auszusehen, als ob man
sich *nicht* hergerichtet hätte. Ganz wenig Wimperntusche und farbloses
Lipgloss war alles, was ich mir erlaubte. Die Haare hatte ich einfach mit
einer großen Klammer hochgebunden. Gerade räumte ich eine Ladung
Gläser in den Spüler, als eine laute Stimme rief:

»Wirtschaft. Hallo? Bekommt man hier mal ein Bier?« Ich hob meinen Kopf und sah in Jamies gespielt ernstes Gesicht. Zur Bekräftigung schlug sie noch mit der flachen Hand auf die Theke. Ich grinste sie an.

»Wenn Sie hier so Radau machen, dann fliegen Sie aber gleich wieder raus, Frollein.« Wir kicherten schon wieder, denn mein Berliner Dialekt klang ganz furchtbar unglaubwürdig.

»Wie ist es? Alles in Ordnung bei dir?«, fragte sie jetzt in einem normalen Ton. Ich nickte bekräftigend.

»Ja, es ist toll. Ich glaube, Amy ist auch ganz zufrieden.«

Der Abend verlief zum Glück ziemlich unspektakulär, aber ich fand es richtig nett, dass Jamie mir zur Seite stand. Während ich zwischen Bar und Tischen hin- und herlief, saß Jamie zufrieden an der Bar und genoss offensichtlich die gute Atmosphäre. Zwischendurch hatten wir immer ein wenig Zeit uns zu unterhalten.

Meine ausgeglichene Stimmung änderte sich allerdings schlagartig, als sie nebenbei eine Bemerkung fallen ließ.

»Der Boss kommt übrigens auch vorbei.

Glaub ich zumindest.«

Dabei fuhr sie mit dem Finger auf dem Glas, das vor ihr stand, entlang. Der Schreck fuhr mir mit ungeahnter Vehemenz in die Glieder. Jamie blickte auf, beobachtete meine Reaktion sehr genau und runzelte kurz ihre Stirn. Ich versuchte mich an einem halbwegs neutralen Gesichtsausdruck und erwiderte nur knapp:

»Ach ja? Schön.«

Von jetzt an starrte ich immer wieder gebannt auf die Eingangstür, aber es kamen dauernd nur Gäste herein, die mir unbekannt waren. Krampfhaft versuchte ich mich weiter auf meine Arbeit zu konzen... lautes Klirren lenkte meine Aufmerksamkeit an einen Tisch nahe des Eingangs. Jemand hatte ein Glas zerbrochen, daher lief ich schnell hin und kniete mich mit Schaufel und Besen auf den Boden, um die Scherben zu beseitigen.

Ein Paar schwarze Lederstiefel und ein Paar Sneakers gingen wie in Zeitlupe an mir vorbei. In meinem Magen machte sich ein mulmiges Gefühl breit und ich erhob mich mit meiner Schaufel in der Hand. Diesmal war ich sehr bedacht darauf, mich langsam und vorsichtig zu bewegen. Fehlte ja noch, dass ich an meinem ersten Arbeitstag einem Gast Glassplitter ins Gesicht schleuderte. Mein Kopf streifte die Tischkante und ich hob meinen Blick.

Tatsächlich. Der Wolf stand ganz lässig an die Bar gelehnt. Zum Glück war ich nicht hochgeschnellt, dachte ich noch, als ich bemerkte, wer noch ins Lokal geschneit war.

Neben dem Wolf, wie konnte es anders sein, lehnte ebenso locker: William. Leider hatte ich keine Chance mich unter dem Tisch zu verstecken. Einerseits, weil man mich sofort sehen würde und andererseits, weil ich zurück hinter die Bar musste, um die Glasreste in den Müllcontainer zu befördern. Mit schnellen Schritten machte ich mich auf den Weg dorthin und fixierte mit aller Kraft den Boden vor meinen Füßen, tunlichst den Blick zu den beiden vermeidend.

Sie standen mittlerweile, mit je einem vollen Glas in der Hand, mit dem Rücken zur Bar. Amy war natürlich sofort zur Stelle gewesen und hatte die beiden bedient. Ich konnte ihre hochgezogenen Brauen aus meinem Augenwinkel erkennen. Mist, dabei war es bis jetzt so gut gelaufen. Warum mussten die beiden aber auch gerade heute hier auftauchen? Ungesehen von denen verdrückte ich mich hinter die Theke. Der Impuls, mich aus dem Staub zu machen, wurde übermächtig. Ich räumte hektisch und so geräuschlos wie möglich die Gläserspülmaschine aus und überlegte, was mein nächstes Versteck sein könnte.

Wie auf Kommando drehten sich der Wolf und William in meine Richtung um. Jamie zwängte sich breit grinsend in deren Mitte. Selbstbewusst blickte sie von einem zum anderen.

Verstohlen beobachtete ich den Wolf. Er sah verdammt gut aus, selbst in echt und aus dieser Nähe. Das unrasierte Kinn machte ihn extrem attraktiv, die gerade Nase und die hohen Wangenknochen ließen seinen Gesichtsausdruck intensiv und irgendwie gefährlich männlich erscheinen. Er hatte schon an einigen Stellen graue Haare, aber es wirkte natürlich und ganz seiner Ausstrahlung entsprechend. Er machte nicht auf gezwungen jung, was ich wirklich sehr sympathisch fand. Er nahm einen langen Zug von seinem Bier und dann legte sich sein Blick auf mich. Seine dunklen Augen musterten mich einen Ticken zu lange für meinen Geschmack. Er legte den Kopf schief und öffnete den Mund. Ich erwartete jede Sekunde, dass er mich ansprach. Was kam jetzt? Hektisch überlegte ich mehrere Antwortmöglichkeiten, was total bescheuert war, weil ich die Frage ja nicht kannte. Jamie verwickelte unterdessen William in eine Unterhaltung, aber ihr war Wolfs Blick nicht entgangen.

Es war faszinierend, wie sie offensichtlich zuhören, schäkern und daneben noch andere Menschen beobachten konnte. Ich riss meine Augen auf und bat sie im Stillen um Hilfe. Sie hatte doch bisher immer spielend meine Gedanken gelesen. Mein Herz klopfte aufgeregt und ich konnte deutlich spüren, dass der Anhänger warm auf meiner Haut lag und eine angenehme Ruhe ausstrahlte.

Zu meinem großen Glück enttäuschte mich Jamie auch diesmal nicht. Sie wandte sich zum Wolf und blickte ihm tief in die Augen.

»Also, Boss. Hast du schon die Newcomer Einreichungen durchgearbeitet?«

Er riss sich von mir los, wandte sich Jamie zu und ich atmete auf. Die Gefahr war fürs Erste gebannt. *Gefahr?* Was für Gedanken gingen denn hier durch meinen Kopf? Der Wolf grinste Jamie mit unergründlicher Miene an.

»Na, na. Das ist doch unter Verschluss. Alles streng geheim.« Sie beugte sich zu ihm und flüsterte ihm etwas ins Ohr. Er hob eine Augenbraue und schüttelte den Kopf. Mein Blick glitt zu William. Er sah wieder so aus, als ob er in einen mittleren Tornado geraten wäre. Er bemerkte meinen Blick und sah mich ernst an. *Oje, na, dann eben nicht.* Schnell verschwand ich aus dem Schankbereich und war heilfroh, als ich einen Tisch mit leeren Gläsern entdeckte. Mit akribischer Genauigkeit widmete ich mich dem Säubern und Abräumen, als Amy zu mir trat.

»Lilly. Das war ein guter erster Tag. Ich glaube, ich komme jetzt alleine zurecht. Du kannst gerne Schluss machen.«

»Okay. Bist du sicher?«

»Na klar, du hast dich wacker geschlagen. Wir sehen uns morgen?« Das kam mir vor wie ein Wink des Schicksals und ich nickte ihr dankbar zu. Ich musste schleunigst weg und begab mich deshalb auf schnellstem Wege wieder hinter die Bar und räumte die Gläser von meinem Tablett in die Spülmaschine. Wolf, Jamie und William hatten sich wieder dem Raum zugedreht. Ich stupste Jamie mit dem Finger vorsichtig an und deutete in Richtung Eingangstür. Sie sprang sofort von ihrem Hocker und folgte mir nach draußen. Sie sah mich mitfühlend an.

»Alles in Ordnung bei dir, Lilly? Du bist ja ganz bleich.«

Mit zusammengekniffenen Lippen atmete ich tief durch die Nase und strich mir eine Strähne hinters Ohr. Wie immer war da natürlich gar keine. Kurz rieb ich mir mit beiden Händen über das Gesicht und lächelte sie an. Jamie konnte am allerwenigsten für mein emotionales Durcheinander.

»Ja, ja, alles okay. Ich bin nur wirklich müde. Ich glaub ich geh jetzt besser heim.« Sie nickte verständnisvoll.

»Na klar.« Wir umarmten uns und ich schob meine Hände in die Taschen meiner Jeansjacke.

»Lilly?« Ich wandte mich noch einmal um.

»Hm?«

Jamie kaute auf ihrem Daumennagel.

»Was hältst du eigentlich von William?«

Ich hob meine Augenbrauen. *Keine Ahnung, mein Magen flattert, wenn ich nur an seine dunkelblauen Augen denke, ich würde gerne wissen, wie lange er braucht, um seine Haare so hinzubekommen und seine Lachfalten sind eine Sensation.* Stattdessen sagte ich einigermaßen neutral:

»Nett.«

Sie nickte und sah versonnen in den Nachthimmel.

»Nett«, wiederholte sie nachdenklich, dann seufzte sie und ihr Tonfall war jetzt wieder ganz fröhlich:

»Okay. Also komm gut heim, Süße. Tschüss.« Sie warf mir eine Kusshand zu und ihre großen braunen Augen sahen mich warmherzig an. Ich ging auf direktem Weg nach Hause, ins Bett und schlief wie ein Stein.

Die folgenden Tage vergingen ohne erwähnenswerte Zwischenfälle und gaben meinem Leben einen gewissen Rhythmus, dem ich dankbar und nur zu gerne folgte. Von früher war ich gewohnt jeden Tag zur Arbeit zu gehen und eine Beschäftigung oder Aufgabe zu haben. Erst jetzt wurde mir bewusst, wie sehr mir das gefehlt hatte.

Die folgende Woche nutzte ich auch, um meine neue Heimatstadt Berlin jeden Tag ein wenig mehr zu erkunden. Jamie traf sich mit mir zum Frühstück oder Mittagessen. Außerdem kam sie auch fast jeden Abend zu mir in die Bar. William und den Wolf bekam ich nicht mehr zu Gesicht, was mir im Grunde ganz recht war. Die Begegnung bei Amy hatte mich ziemlich aufgewühlt und ich war froh dank dieser neuen Routine, die mein Leben bestimmte, ein wenig Ruhe zu finden. Die Suche nach einer neuen Lehrstelle erwies sich erwarteter Weise als außerordentlich schwierig. Es gab schlichtweg zu wenig Läden, die meinen Berufszweig zur Ausbildung anboten.

Die wenigen, die es taten, waren natürlich alle besetzt. Ich hatte das schon geahnt und versuchte die Enttäuschung jedes Mal hinunterzuschlucken, wenn ich eine Absage per E-Mail bekam.

Die Wohnung hielt ich in Schuss und gewöhnte mir an laut mit Mama zu reden, während ich aufräumte, abstaubte oder sonst etwas sauber machte. Es tat unheimlich gut und gab mir das Gefühl, dass sie irgendwo noch bei mir war. Wenn ich so laut vor mich hin quasselte, wurde mir klar, dass sich mein Leben zwar sehr verändert hatte, es aber auch Positives zu vermerken gab. Es laut auszusprechen machte es auf seltsame Weise noch realer.

»Sieh mal, Mama, ich lebe jetzt in Berlin und habe ein schönes Dach über dem Kopf. Omas Wohnung ist echt toll. Warum hast du sie eigentlich nie besucht? Na gut, ich weiß jetzt den Grund oder kann ihn mir zumindest ein wenig zusammenreimen. Oh, und ich habe eine echt nette Freundin gefunden. Sie ist einfach super und hilft mir, wo sie kann. Ich habe einen Job und, na ja, das mit dem Song, vielleicht wird das ja wirklich etwas, wer weiß.«

Das Thema *Wolf ist mein Vater* allerdings vermied ich sogar in diesen Selbstgesprächen. Ich hielt mich auch tunlichst von sinnlosen Internetsuchen fern, denn, sobald ich es mir in schwachen Momenten, wenn auch nur kurz, erlaubte, endeten diese immer in minutenlangem auf-den-Bildschirm-Starren. Sofort spielten sich ganz automatisch die unterschiedlichsten Szenarien in meinem Kopf ab.

Der Wolf, wie er mich erstaunt, aber glücklich in den Arm nimmt.

Der Wolf, wie er mich in hohem Bogen aus dem Label schmeißt.

Der Wolf, wie er mich höhnisch auslacht.

Der Wolf, wie er mich anbrüllt.

Der Wolf, wie er mich einfach nur ignoriert.

Es endete jedes Mal mit einem negativen Gedanken und deshalb musste ich mich davon fernhalten.

Wenn ich mir wieder einmal die Finger wundgespielt hatte, vertrieb ich mir mittlerweile die Zeit mit Lesen.

Ich hatte den ganzen Nachmittag im Wohnzimmer auf der Couch gesessen und geschmökert. Es war ein richtig spannendes Buch und ich klappte es erst nach dem Lesen der letzten Seite zufrieden zu. Mir blieb noch ein wenig Zeit und so checkte ich meine E-Mails auf dem Tablet. Das Internet tat, was es am besten konnte und schon klickte ich mich von einer Seite zur nächsten. Unwillkürlich landete ich bei Instagram und stolperte über Jamies Bilder, unter denen auch ein Foto von ihr und William zu sehen war. Man konnte Amys Bar im Hintergrund klar erkennen. Sie blickte ihn kokett an und er hatte spöttisch eine Augenbraue gehoben.

Sein Gesichtsausdruck war schwer zu deuten, trotzdem klopfte mein Herz bei seinem Anblick sofort ganz aufgeregt in meiner Brust. Schnell drehte ich das Tablet um. Ich war so etwas nicht gewohnt. Nicht bei einem simplen Foto. Ärgerlich schüttelte ich den Kopf über mich selbst. Dann drehte ich das Ding wieder um und klickte mich zu Williams Instagram-Account. Das war eine ganz unbewusste Handlung, als ob eine fremde Macht meine Hand und Gedanken leitete.

Innerlich verfluchte ich mich dafür, aber dagegen wehren konnte ich mich auch nicht. Nervös scrollte ich durch seine Bilder. Die meisten zeigten nicht ihn, sondern was er gut fand oder teilte. Immer wieder Musiker und Bands, oft unbekannte kleine Gruppen. Ein Foto von ihm und Wolf machte mich stutzig. Da stand:

»Vater« und »Sohn«?

Allerdings mit Anführungszeichen und Fragezeichen. Es sah aus, als ob jemand das nicht ernst gemeint hatte. Die Frage kreiste in meinem Kopf. Was, wenn William Wolfs Sohn war?

Oh, mein Gott. Wäre er dann mein Halbbruder? Ich schlug mir die Hand vor den Mund. Ich konnte meinen Gedanken nicht zu Ende führen, denn in diesem Moment flog die Tür auf und Oma und Arvo betraten die Wohnung.

Hektisch wischte ich die Browserfenster weg und sprang auf. Arvo kam auf mich zu, nahm mich sofort herzlich in den Arm und auch Oma drückte mich kurz an sich. Sie schob mich ein Stück von sich weg und sah mich mit kritischem Blick über den Rand ihrer großen Brille an.

»Du siehst besser aus,« stellte sie trocken fest. Ich grinste.

»Mir geht es auch besser.« Der prüfende Blick verschwand erst, als ich ihr alles berichtete. Arvo hob immer wieder erstaunt die Augenbrauen und freute sich sichtlich mit mir.

»Jetzt muss ich auch gleich los in die Bar. Sie heißt *Bei Amy*.« Oma wechselte einen Blick mit Arvo.

»Die kennen wir. Das ist ein netter Laden. Schön. Na, dann geh mal schön Gläser waschen.« Ich ignorierte geflissentlich den Sarkasmus in ihrer Stimme. Arvo schüttelte nur den Kopf.

»Danke für die Blumen und wie du die Wohnung hier sauber gehalten hast.« Anerkennend kniff er die Lippen zusammen. Mama hatte ihnen wohl nie viel von mir erzählt. Ich zuckte mit den Schultern und nahm meine Jeansjacke vom Haken an der Garderobe. Es klingelte an der Tür.

»Erwartest du jemanden, Lilly?«

»Nein.«

Arvo drückte den Knopf der Gegensprechanlage.

»Hier ist die Jamie, ich komme zu Lilly«, klang es ein wenig blechern, aber klar und deutlich aus dem Lautsprecher.

»Oh, das ist die Jamie, von der ich euch erzählt habe.«

Arvo drückte den Türöffner. Oma sah mich schon wieder prüfend über den Brillenrand an. *Seit wann trug sie eigentlich diese Brille?* Bewusst ignorierte ich sie, denn ich war nicht sicher, was sie damit erreichen wollte. Wenige Minuten später klopfte es und ich öffnete. Jamie trat ein und hob die Hand.

»Guten Tag. Ich bin Jamie.« Sie wirkte mit einem Mal unsicher und scheu. So hatte ich sie noch nie erlebt. Waren meine Großeltern so einschüchternd? Oma starrte noch immer fragend über ihre Brille, aber Arvo lächelte freundlich.

Ich riss mich aus meinen Überlegungen.

»Jamie, das ist meine Oma Mathilda und ihr Mann Arvo. Das ist Jamie, meine Freundin.«

»Guten Tag«, sagten Oma Math und Arvo gleichzeitig. Arvo beugte sich nach vorne und streckte ihr die Hand entgegen, die sie dankbar annahm und schüttelte.

»So. So.« Mathilda änderte ihre Miene um keinen Millimeter.

»Sie sind also Jamie.« Diese wand sich sichtlich, lächelte zögerlich und wirkte auf einmal viel jünger.

»Oh, bitte, sagen Sie du zu mir.« Oma konnte das gut, aber ich war nicht sicher, warum sie meine Freundin derart auf den Prüfstand stellte. Hatte ich nicht gerade haarklein erzählt, wie toll sie mir in den letzten Tagen beigestanden hatte? Ohne ein weiteres Wort nickte Oma mir zu und verschwand in ihrem Schlafzimmer, das am Ende des Flures lag.

»Ich wollte gerade gehen. Wolltest du mich abholen?« Jamies Kopf ruckte zu mir.

»Ja«, dann fuhr sie eindringlich fort: »Ich muss dir unbedingt etwas erzählen. Hast du meine Textnachrichten nicht bekommen?«

»Textnachrichten?« Ich runzelte die Stirn, hatte aber sofort einen Verdacht. Mein Handy lag wie so oft ohne Strom auf dem Küchentisch. Ich nahm es in die Hand und wedelte wie als Beweis damit herum.

»Tja ...«

»Ja, ich hab dir mindestens drei Nachrichten geschickt.«

Ich hob eine Augenbraue und fragte mich, was so dringend sein konnte, dann steckte ich das Telefon noch kurz an das Ladegerät. Jamie schien vor Neuigkeiten regelrecht zu platzen und wir machten, dass wir aus der Wohnung kamen.

»Tschüss, Arvo«, rief ich beim Hinausgehen.

»Auf Wiedersehen. Nett, Sie kennengelernt zu haben, Herr Moor.« Und schon rannten wir die Treppen hinunter, ohne eine Antwort abzuwarten. Ich schloss mein Fahrrad auf, das ich der Einfachheit halber einfach vor dem Eingang stehen gelassen hatte. Jamie schwieg und ich sah sie erwartungsvoll an. Sie schluckte und machte mit beiden Händen eine ausladende dramatische Geste.

»Also, dein Lied. Ich bin fast sicher, dass es eine Runde weitergekommen ist.«

Ein freudiger Stich fuhr in meinen Magen und es kribbelte vor Aufregung in meinem ganzen Körper. Mein Mund wurde ganz trocken und ich stand nur stumm da.

»Du kannst dir vorstellen, wie viele Einsendungen wir bekommen haben. Tausende. Das ganze Land hat mitgemacht. Und natürlich gibt es eine Vorjury, die eine Selektion macht. Also gemacht hat. Sie sind mittlerweile durch damit. Ich darf bei so etwas natürlich nicht mitmachen, aber ich habe immer wieder Brötchen und Getränke rein- und rausgetragen und dabei habe ich hier und da ein paar Dinge aufgeschnappt.«

Sie strahlte mich triumphierend an. Ein warmes Gefühl der Dankbarkeit überrollte mich. Ich hätte höchstwahrscheinlich nie im Leben irgendwo ein Lied von mir bei einem Wettbewerb eingereicht.

»Danke, Jamie. Danke.« Ich sah sie von der Seite an, sie grinste und legte einen Finger auf ihre Lippen.

»Noch etwas.« Sie sah jetzt verschwörerisch über ihre rechte Schulter. Ich gluckste. Was kam als nächstes?

»Ich glaube, das mit William und mir könnte etwas werden.« vor Schreck blieb mir kurz der Atem weg. Jamie beobachtete mich sehr genau. Meine Reaktion war hoffentlich nicht zu offensichtlich.

William und mir? William und Jamie? Zum Glück gelang es mir, mich schnell zu fassen und so überspielte ich den Moment ganz gut.

»Ja? Wie schön! Ihr passt auch so gut zueinander. Hab ich mir schon das erste Mal gedacht, als ich euch gesehen habe.«

In ihren großen Unschuldsaugen blitzte es und sie sah verträumt in den Himmel.

»Ja? Nicht wahr. Ein Traumpaar eben.«

8

Jamie plapperte noch den ganzen Weg lang über William dies und William das.

»Er ist so süß, findest du nicht? Ist dir aufgefallen, wie er seine Haare trägt? Immer auf Sturm irgendwie, oder?« Sie hakte sich bei mir unter und ich nickte begeistert.

»Wie lange kennt ihr euch denn schon?«

»Ach, er ist mir schon an meinem ersten Arbeitstag aufgefallen. Immer sooo ernst und gewissenhaft. Als ob er etwas ausgefressen hätte. Das macht ihn aber auch so geheimnisvoll, nicht wahr?« Sie kicherte. Insgeheim war ich ja mit ihr einer Meinung. Irgendetwas hatte er an sich, das selbst mich ganz verträumt über seine Frisur und seine Augenfarbe nachsinnen ließ. Okay, das musste jetzt schleunigst aufhören.

»Ja? Wie meinst du das, ausgefressen?«, hakte ich nach.

»Was? Ach, vergiss es, ich quatsch nur Blödsinn. Aber seine Augenfarbe ist schon eine Sensation.« Ein tiefer Seufzer löste sich aus ihrer Brust. Ich betrachtete sie von der Seite. Ja, Jamie hatte William wirklich verdient. Sie hatte überhaupt alles Glück der Welt verdient. Ohne Jamie wäre mein Leben ein tristes Dahinvegetieren, denn erst durch sie hatte sich alles zum Besseren gewendet, nicht wahr?

»Ich freu mich wirklich für dich, Jamie. Ich wünsch dir alles Glück der Welt mit William«, drückte ich meine Gedanken jetzt auch laut aus. Ich wünschte ihr von Herzen, William und sie wären ein Paar. Auch wenn das bedeutete, dass ich ihn mir aus dem Kopf schlagen musste.

»Danke, Süße. Wir hatten es doch beide nicht leicht in letzter Zeit. Ab jetzt wird alles nur noch allererste Sahne!« Ich nickte nur. Sie hatte doch, genau wie ich, erst vor kurzem einen lieben Menschen verloren. Es war erstaunlich, wie sie trotz alledem so fröhlich und beschwingt durchs Leben gehen konnte.

Da konnte ich mir schon ein Beispiel nehmen. Ich war froh, nicht mehr aus heiterem Himmel in Tränen auszubrechen und fand meine Selbstgespräche mit meiner Mama schon einen Riesenfortschritt in meiner Trauerbewältigung. Aber jeder Mensch hatte wohl eine ganz eigene Art mit Schmerz umzugehen.

»William.«

Jamie ließ den Namen richtig auf ihrer Zunge zergehen und strahlte dabei wie ein Honigkuchenpferd. Deshalb verdrängte ich meine eigenen Gefühle für ihn erst einmal im hintersten Winkel meiner Gedanken, verschloss sie in einer dunklen Ecke meines Herzens und versuchte mich ehrlich für sie zu freuen.

Als wir in der Bar ankamen, war schon viel los und ich hatte kaum Zeit zu grübeln oder Trübsal zu blasen, und das war auch gut so.

Es war wieder Open Mic Night und eine Pianistin zauberte gerade mit angenehmen Jazzklängen eine wunderbare Atmosphäre.

Ich bewegte mich routiniert durch den Raum, fühlte mich recht wohl dabei und bemerkte William erst, als er auf der Bühne stand und zu singen begann. Es war wieder eine Art Country Chanson Mischung, ganz eigenartig und berührend.

Mit einem Lappen in der Hand stand ich da und hatte nicht bemerkt, dass ich mitten in der Bewegung innegehalten hatte und ihn bereits minutenlang regelrecht anstarrte. Als Jamie in mein Ohr flüsterte, fuhr ich zusammen, als ob sie mich bei etwas Verbotenem ertappt hätte.

»Toll, nicht? Das hat er für mich geschrieben.« Sie seufzte.

Oh. Für sie geschrieben. Das war aber wirklich ... Ich lächelte sie an.

»Ja. Wirklich wunderschön.«

Etwas hektisch trocknete ich den schon blitzsauberen Tisch noch einmal unnötigerweise ab und versuchte mich wieder auf meine Arbeit zu konzentrieren. Mittlerweile war ein anderer Gitarrist an der Reihe und spielte etwas sehr Experimentelles. Zweifelsohne eine virtuose Darbietung, aber so kompliziert, dass es schwer war sich auf seine Musik einzulassen. Ich verschanzte mich hinter der Bar, wischte den langen Holztresen mit großer Hingabe ab und schüttelte dabei immer wieder den Kopf. Im Augenwinkel nahm ich wahr, dass William an meiner Seite auftauchte.

»Machst du das bei jedem, der hier spielt?« Abrupt hob ich den Kopf und blickte erschreckt zur Seite.

»Was?«, entfuhr es mir ein wenig zu heftig.

»Na, den Kopf schütteln. So ganz nach dem Motto: So viel verschwendetes Talent. Ts ts ts.«

Da musste ich wider Willen schmunzeln, weil ich mir das wirklich gerade gedacht hatte. Unter anderem. Mit einer Hand wischte ich weiter, mit der anderen kratzte ich mir die Nase und lächelte ihn an.

»Nein. Nur bei bestimmten Künstlern.« Er hob eine Augenbraue.

»Bei bestimmten. Aha. Und bei …« Aber weiter kam er nicht, weil Jamie sich neben ihn stellte und ihren Kopf an seine Schulter legte.

Er sah sie amüsiert von der Seite an. Jamie klimperte mit den Wimpern und flüsterte etwas in sein Ohr. Er lachte, schüttelte den Kopf und sie zuckte daraufhin mit den Schultern. Ich wandte mich ab. Ganz klare Sache, so wie die beiden sich benahmen. Das musste ich jetzt wirklich nicht in jeder Einzelheit beobachten.

Ich scannte den Raum, erspähte dankbar einen Tisch mit leeren Gläsern und flüchtete mehr oder weniger dorthin. Dann widmete ich mich auch dieser Tischplatte sehr eingehend. Amy tippte mir von hinten auf die Schulter.

»Sauberer wird's aber nicht, Lovie.«

Ich lächelte sie an und bemerkte in dem Moment auch, dass sich die gesamte Bar mittlerweile beinahe geleert hatte.

»Ist ein ruhiger Abend heute, wenn du magst, kannst du Schluss machen.« Ich nickte.

»Danke, Amy.«

Das erschien mir als eine brillante Idee. Ich verräumte die Gläser noch ordnungsgemäß und deutete Jamie etwas umständlich mit Handzeichen, dass ich heimgehen würde. Sie unterhielt sich immer noch mit William. Ich winkte den beiden noch einmal und trat endlich nach draußen. Es war noch nicht sehr spät und die Nachtluft wehte mir angenehm lau ins Gesicht. Als ich mein Fahrrad aufschloss, trat Jamie durch die Tür ins Freie. Sie reckte genüsslich ihre Arme in die Höhe, verschränkte knackend ihre Finger und sah einer Katze in dem Moment sehr ähnlich.

»Wo willst du denn schon hin?«

Erstaunt blickte ich sie an.

»Äh. Nach Hause. Amy braucht mich nicht mehr.«

Sie drehte sich mit ausgebreiteten Armen im Kreis.

»Lilly, Schatz, aber der Abend ist doch noch so jung. Komm!«

Ich begriff nicht.

»Na, ich dachte, du und William wolltet vielleicht …«, murmelte ich.

»Ach, papperlapapp. So wichtig darf ein Mann nie sein. Das wird jetzt unser Abend. Wir könnten zum Beispiel ins Kino gehen, nicht wahr?«

Ich hob eine Augenbraue. Sie verbrachte den Abend wirklich lieber mit mir? Eine Welle der Sympathie kam wieder über mich, also nickte ich begeistert, obwohl ich nichts lieber getan hätte, als mich auf meiner Couch einzurollen. Stattdessen gab ich betont fröhlich zurück:

»Ja. Klar. Du bestimmst, ich folge dir.«

Sie hüpfte im Gehen auf und ab.

»So gefällst du mir schon besser.« Ich schob mein Rad und so zogen wir los in die Berliner Nacht.

Station eins war die *Bunte Kuh*. Ein Lokal ganz in der Nähe, das laut Jamie *das* Lokal für jeden guten Start eines perfekten Abends war. Blindlings folgte ich ihr, wohin auch immer sie mich schleppte. Wir alberten sofort wieder herum und waren in kürzester Zeit in absoluter Hochstimmung.

Wie machte sie das nur, dass ich mich im Handumdrehen so unbeschwert fühlte?

Das bestätigte mir einmal mehr, was für ein wunderbarer Mensch sie war. Wir kamen an einem Kino vorbei, mussten aber über jeden Titel so kichern, dass wir zu keiner Entscheidung kamen.

»Wir könnten bei dir einen Film anschauen?« Mein Zögern war offensichtlich und sie schnallte in Sekundenschnelle meine Bedenken, ohne dass ich etwas sagte.

»Deine Oma ist da, nicht wahr? Wir können auch zu mir gehen. Kein Problem.« Keine Ahnung, warum ich nickte und gleichzeitig mit den Schultern zuckte. Ich glaube, ich genoss einfach das Gefühl, dass Jamie versuchte meine Gedanken zu lesen, auch wenn es gerade gar nicht klappte. Das fand ich dann im nächsten Moment aber doch etwas doof von mir und setzte an, sie aufzuklären. Da legte sie den Finger auf die Unterlippe und es blitzte vor Unternehmungslust in ihren Augen auf.

»Ich weiß noch was viel Besseres. Außerdem gibt es dort einen supergroßen Fernseher.« Ich hob die Augenbrauen, aber da zerrte sie mich schon mit sich.

»Was wollen wir gucken? Nein, warte, lass mich raten.« Ich sah sie erwartungsvoll an und presste die Lippen aufeinander.

»Was hältst du von einem Klassiker, alt, clever, aber mit Emotionen?« Wieder nickte ich.

»Klingt toll. Klingt wie …«

»Breakfast Club!«, rief sie triumphierend aus. Ich grinste. Daran hatte ich eigentlich nicht gedacht, freute mich aber, denn es war einer der Lieblingsfilme meiner Mama und mir. Fragend blickte ich zu Jamie, als sie bei der Station Potsdamer Platz ausstieg und mich immer weiter zog. Wollte sie denn allen Ernstes zum Plattenlabel? Mitten in der Nacht?

»Bist du sicher?«, fragte ich ein wenig nervös.

»Ja. Kein Problem. Ich war hier schon ein paar Mal richtig spät. Überstunden und so was. Außerdem habe ich den Code für die Alarmanlage.«

Verwundert hob ich heute zum wiederholten Mal die Brauen. Wieder blitzte in ihren Augen dieses triumphierende Leuchten. »Den geben sie einer kleinen Praktikantin wie mir natürlich nicht, aber man muss im Grunde nur ein wenig genauer aufpassen, wenn einer die Kombination eintippt«, ergänzte sie mit einem unschuldigen Lächeln auf den Lippen.

Ganz schön raffiniert, dachte ich mir insgeheim. So etwas würde mir noch nicht mal als Idee in den Sinn kommen. Kurz übermannte mich mein Landeigefühl und so wischte ich alle Bedenken, nachts in eine fremde Firma einzusteigen, weit von mir. Was sollte schon schiefgehen? Vor allem mit Code, Türkarte und einer Mitarbeiterin war das nicht gerade ein Verbrechen.

Ein kleines Abenteuer würde mir schon nicht schaden. Außerdem würde Jamie bestimmt wissen, was sie tat. Ohne Zweifel fand ich das nämlich ziemlich aufregend, mitten in der Nacht in das Reich des Wolfs einzudringen. Ich schloss mein Fahrrad an einem der hübschen Ständer ab, der die Form eines Herzens hatte.

Mit Jamies Plastikkarte kamen wir überall problemlos hindurch. Erst ganz oben tippte sie eine Zahlenkombination in ein kleines weißes Kästchen, das hinter der Eingangstür befestigt war. Sie wartete noch einen Moment, aber es erschien ein grünes Häkchen und alles blieb still. Ausgelassen hüpfte sie an der Rezeption vorbei und zeigte der imaginären Donna, dem Eingangsdrachen, eine lange Nase. Ich musste lachen, weil mir das strenge Gesicht noch sehr gut in Erinnerung war. Ich tat es Jamie gleich und streckte ihr ebenfalls übermütig die Zunge heraus. Jamie verschwand hinter einer Tür und wedelte erst nur mit einer Hand.

Als ich ihr nur zögernd folgte, erschien nur ihr Zeigefinger und lockte mich wie die Hexe, die Kinder ins Lebkuchenhaus einlud. Kichernd folgte ich ihr in das geräumige Konferenzzimmer.

Sie knipste das Licht an und als Erstes fiel mir der lange schwere Holztisch auf, der mich seltsamerweise an den Tresen in Amys Bar erinnerte.

Auch hier sprangen mir sofort unzählige Bilder und Rahmen ins Auge, die überall an den Wänden platziert waren und die sehr plakativ von Wolfs Erfolgen zeugten. Zeitschriftencover, Schallplatten in Gold und Platin und eine signierte Gitarre, die schon recht alt und gebraucht aussah, füllten hübsch drapiert beinahe alle Flächen. Am Ende des Raums thronte ein riesiger Bildschirm samt einem überdimensionalen Soundsystem, den Jamie soeben zum Leben erweckt hatte.

An einer Seite des Raums entdeckte ich eine kleine schwarze Ledercouch, von der man gut den Fernseher einsehen konnte. Außerdem drehte Jamie den Schirm noch ein wenig mehr zur Seite, sodass wir von dort ganz bequem hingucken konnten. Wir machten es uns auf dem Sofa gemütlich und Jamie scrollte gekonnt durch eine Onlinebibliothek. Sie drückte Play und die ersten Töne erklangen.

»Moment.«

Sie sprang auf, verdunkelte das Licht etwas und zauberte noch zwei Flaschen Cola aus einem kleinen Kühlschrank in der Ecke.

In meiner Kehle bildete sich ein Kloß und ich schluckte schwer. Das letzte Mal hatte ich den Film mit meiner Mama zusammen gesehen. Ich schielte zu Jamie, die in die Hände klatschte und blinzelte schnell meine Tränen weg.

Das hier waren gute neue Assoziationen, die ich mit diesem Film zu kreieren vermochte. Wenige Minuten später war ich schon in die Welt der nachsitzenden Teenager abgetaucht.

Als die Schlussmusik von *Don't you (Forget About Me)* zu hören war, hielt uns nichts mehr und wir sprangen auf der Couch auf und ab. Die Faust nach oben geballt, ganz nach Judd Nelsons Vorbild. Ausgelassen ließen wir uns wieder auf das gepolsterte Leder zurückfallen. Ich strahlte Jamie an.

»Das ist besser als jedes Kino.« Sie wiegte sich weiter im Takt und setzte sich dann kerzengerade auf.

Die Musik war jetzt verklungen und es war mucksmäuschenstill im Raum. Ihre Augen leuchteten wieder ganz intensiv. Unwillkürlich griff ich nach meinem Anhänger. Er fühlte sich unvermutet kühl an, obwohl er direkt auf meiner Haut lag.

»Okay. Jetzt erzähl ich dir etwas, was ich noch nie jemandem erzählt habe. Ich weiß auch nicht, aber ich habe so einen Wahnsinnsdraht zu dir.« Ich nickte nur und sah sie gespannt an.

»Nun ja. Als ich hier in die engere Auswahl für den Praktikumsplatz kam, habe ich meine Mitbewerber, na, sagen wir, ich habe sie ein wenig irregeführt.« Sie presste ihre Lippen zusammen und sah unwahrscheinlich frech und verschmitzt drein. Erstaunt hob ich meine Augenbrauen. Wieder so ein Moment, in dem ich mich naiv und ein wenig langweilig fühlte, da fuhr sie schon fort: »Ich war schon viel zu früh hier und verschwand für eine kleine Weile auf der Toilette, um mich zu beruhigen.

Es war schon wirklich aufregend und ich wollte den Job unbedingt haben. Als ich dann zurückkam, war der Raum voll mit Kandidaten. Sie saßen alle versammelt und als ich das sah, dachte ich mir, das ist eindeutig zu viel Konkurrenz. Also betrat ich den Raum und tat so, als ob ich hier arbeiten würde und verkündete den Bewerbern, dass sie leider raus sind. Ich war wohl recht überzeugend.« Jamie hielt sich die Hand vor den Mund und kicherte. »Aber ich wollte diesen Platz um jeden Preis, es war mir so wichtig, dass ich, na ja, zugegeben, ein wenig unkonventionell gehandelt habe.

Eigentlich hatte ich arrogante Blicke erwartet und ich habe mich wirklich gewundert, dass die anderen meine Ansage so klaglos akzeptiert hatten. Als dann Donna wieder zurückkam, sagte ich ihr, dass ich wirklich keine Ahnung habe, was hier los sei. Sie hat wohl ein wenig komisch geguckt, aber dann etwas von – *Wer nicht will, der hat schon* – gemurmelt.« Jamie gluckste bei der Erinnerung.

Okay. Das war jetzt vielleicht nicht so nett gegenüber den anderen Bewerbern gewesen, aber manchmal musste man eben ungewöhnliche Wege gehen, um ans Ziel zu kommen. Fassungslos schüttelte ich den Kopf über so viel Mut und Dreistigkeit.

»Du Schlingel, du.« Jamie grinste jetzt über das ganze Gesicht.

»Ja, ganz wohl war mir natürlich nicht bei der Sache. Aber ich hatte mich schon so weit aus dem Fenster gewagt, da konnte ich unmöglich einen Rückzieher machen, oder?« Ich schüttelte langsam den Kopf. Nein, konnte sie wohl nicht, nahm ich mal an.

Mein Blick schweifte über die Wand und blieb an einem schwarz-weißen Porträt hängen, das Wolf in voller Ledermontur und Gitarre zeigte.

Seine dunklen Augen schienen mich zu durchbohren und völlig in seinen Bann zu ziehen. *Moment mal, hatte Jamie nicht gesagt, ihre Mama hätte ihr den Platz im Label ermöglicht?* Diese schwarzen Augen waren wie zwei Magnete, die mich ...

»Lilly? Sag doch mal.« Ich drehte mich abwesend wieder zu Jamie.

»Hm? Wie bitte?« Ich hatte ihr gar nicht mehr zugehört, denn ich war buchstäblich in die Tiefe dieses intensiven Blickes abgetaucht.

»Na. Du bist dran. Geheimnis und so.«

Sie lächelte mich erwartungsvoll an. Ich seufzte.

»Oje. Ich habe gar keine echten Geheimnisse. Keine, die du nicht schon kennst. Ich habe mal einen Sack Kartoffeln nicht bezahlt. Aber als mir das aufgefallen ist, bin ich mit dem Geld gleich zurück in den Laden gegangen.« Jamie zog enttäuscht eine Schnute. Ich biss mir auf die Lippen und schielte wieder zu dem Porträt.

Jamie lächelte mich an.

»Na gut. Du bist also tatsächlich die Unschuld vom Lande, die du vorgibst zu sein.«

Ihr Ton war freundlich, aber gleichzeitig neckend.

Unschuld vom Lande. Landei. Pah. Ich?

Jamie stand auf und rückte den Fernseher wieder in seine ursprüngliche Position. Ich blickte abwechselnd zu ihr und zu dem Bild vom Wolf. *Nein, nein,* ermahnte ich mich selbst, dieses Geheimnis war noch viel zu frisch, zu frisch für mich selbst.

War es denn überhaupt wahr? Ich hatte doch keine Beweise. Jamie bemerkte augenscheinlich nichts von meinem Gedankensturm, summte leise *Don't you* und betrachtete prüfend den Bildschirm, indem sie einen Schritt zurücktrat. Ich schob mir eine Strähne hinter das Ohr. Erstaunt bemerkte ich, dass sie in ihrer Bewegung verharrte und ihr jetzt ein tiefer Seufzer entschlüpfte. Ihr Tonfall klang richtig verlegen.

»Sorry …«

Sie schüttelte den Kopf und flüsterte kaum hörbar:

»Ach, Mama …«

Verwundert sah ich sie an. Irgendwie war ich mit meiner Vorstellung auch bei meiner Mutter gelandet.

Vorsichtig beobachtete ich sie, wie sie anscheinend ihren Erinnerungen nachhing. Wahrscheinlich fehlte ihr ihre Mutter genauso wie Issy mir. Ganz leise begann ich zu erzählen.

»Das erste Mal aufgefallen ist mir etwas, als wir gemeinsam Sport gemacht haben.« Bei der Erinnerung musste ich sogar ein wenig schmunzeln. »Sport war vielleicht ein wenig übertrieben.«

»Warte. Warte …«, japste meine Mutter. Die sonst so korrekte Frisur klebte ihr schweißnass am Kopf. Wir waren gerade einmal zehn Minuten in lockerem Tempo in den Wald gelaufen. Der Boden war weich und die Luft duftete frisch nach Nadelhölzern und Moos. Ich kicherte.

»Mama. Echt jetzt? Das ist jetzt aber nicht dein Ernst?«

Sie presste eine Hand gegen ihren Unterbauch und schmunzelte.

»Ich glaube, Joggen ist nicht mein Sport. Stand nicht irgendwo im Internet, dass Laufen für ältere Damen eher ungesund ist?« Sie hechelte immer noch und stützte sich mit der anderen Hand an einem Baum ab. »Sport wird ohnehin überschätzt. Das sagt das Internet bestimmt. Ich glaube, ich muss jetzt dringend nach Hause.« Kopfschüttelnd, aber belustigt trabte ich auf der Stelle. Nicht, dass ich so übermäßig in Form gewesen wäre, aber ein wenig mehr hätte ich schon noch geschafft.

»Lass uns wenigstens noch ein Stück gehen.« Mama rollte mit den Augen.

»Na gut, Tochter, aber nur, weil du …« Sie suchte gespielt nach Worten.

»… Weil du *meine* Tochter bist.« Ich nickte gutmütig. Sie war eine schmale, hochgewachsene, aber zarte Person, die selbst nach unseren Junk-Food-Orgien nie ein Gramm zunahm. Ich hoffte immer, dass ich den gleichen inneren Verbrennungsmotor geerbt hatte. Pizza würde ich mir im Leben nie abgewöhnen können.

Mamas Atem erholte sich nur langsam, während wir in gemütlichem Tempo durch den Wald spazierten und den Sonnenschein genossen.

Rückblickend hätte uns jedoch auffallen sollen, dass Mama nach diesem harmlosen Sportversuch mehr oder weniger auf der Couch zusammengebrochen war. Sie schlief auf der Stelle ein, nachdem wir nach Hause gekommen waren, und wachte erst am nächsten Morgen wieder auf. Dabei war es erst früher Nachmittag gewesen. Wir schoben das auf die Arbeit, ihr Alter und das Wetter.

Jamies Blick war voller Mitgefühl und sie setzte sich im Schneidersitz neben mich. Ihr Schweigen ermunterte mich weiter zu erzählen.

»Weißt du, alles war so schrecklich absurd.

Ab dem Zeitpunkt ihrer Diagnose war alles so unheimlich schnell gegangen. Sie baute körperlich rapide ab, konnte bald kaum mehr aufstehen und innerhalb einer Woche empfahl der Arzt sie sicherheitshalber zur Beobachtung ins Krankenhaus einweisen zu lassen.« Jetzt bildete sich doch wieder ein Kloß in meinem Hals. Jamies Lippen waren ein schmaler Strich und sie kämpfte sichtlich mit ihren eigenen Emotionen. Sie studierte eindringlich ihre Fingernägel und ihr Tonfall klang gepresst, als sie kaum hörbar flüsterte: »Es ist im Grunde egal, ob es länger oder kürzer dauert. Einen geliebten Menschen zu verlieren, ist immer …«

Sie brach ab und hatte mir schon wieder aus der Seele gesprochen. Plötzlich übernahm das Bedürfnis, noch mehr mit ihr zu teilen, die Oberhand.

Ich musste das endlich einmal loswerden, jemandem die ganze Wahrheit erzählen. Jemandem, der mich verstand. Jemandem, wie Jamie.

»Sie war ganz friedlich eingeschlafen. Doktor Grimm, unser Arzt, bestätigte mir, dass sie keinerlei Schmerzen empfunden hatte.« Mit einem Mal fühlte ich mich wieder leer und zerbrochen und die große Frage des *Warums* hämmerte in meiner Brust. Jamie hob den Kopf und nahm meine Hände mit sanftem Druck in ihre. Ihre Augen waren geweitet, sie nickte mir zu und es floss weiter aus mir heraus.

»Ihr Herz hatte schlichtweg aufgehört zu schlagen. Er meinte zwar, dass zwei Wochen wirklich eine ungewöhnlich kurze Zeitspanne seien und mich das jetzt in keinster Weise trösten würde. Unter den gegebenen Umständen sei dies eine gute Art von dieser Welt zu gehen. *Vielleicht erinnern Sie sich irgendwann später daran,* hat er gesagt. Eine gute Art ...?

In mir schrie und zerrte die pure Verzweiflung. Eine gute Art? Was für ein ausgemachter Schwachsinn.« Ich vergrub das Gesicht in meinen Händen und konnte ein Schluchzen nicht mehr unterdrücken. Was war ich nur für ein Miesepeter. Jamie versuchte mich die ganze Zeit über bei Laune zu halten und ich versank immer in den tiefsten emotionalen Löchern.

Erstaunlicherweise hörte ich sie sagen:

»Und weiter?« Schniefend hob ich den Kopf und fuhr einfach fort: »Nun ja. Ich saß auf dem Stuhl, auf dem ich die ganze Nacht verbracht hatte. Mit Entsetzen kristallisierte sich ein grauenhafter Gedanke in mir: *Ich hatte es nicht einmal bemerkt. Was war ich für eine fürchterliche Tochter?* Verstehst du? Ich hatte es nicht bemerkt. Und da bildete ich mir immer ein, dass mein Verhältnis zu meiner Mutter etwas ganz Spezielles war?« Meine Stimme kam wieder ins Stocken, aber Jamie sah mich mit unvermindertem Interesse und Mitgefühl an und so fuhr ich fort: »Sie war sehr müde gewesen, aber wurde noch an keine Monitore oder Geräte angeschlossen. Der Arzt hatte das zwar empfohlen, aber Mama hatte sich vehement dagegen gewehrt. Das wäre doch viel zu früh für diese Maschinen und so weiter.

Manchmal frage ich mich, ob sie das alles genauso geplant hatte. Wenn man bei so etwas überhaupt von einem Plan sprechen kann.«

Als ob es gestern gewesen wäre, überkam mich die Erinnerung daran, so wie die Schuldgefühle mich in einer gewaltigen Welle überrollten und meine Knie weich und zittrig werden ließen. Ich sank kraftlos in den Stuhl neben dem Bett meiner Mama zurück. Eine Krankenschwester kam und fragte mich etwas, aber ich hatte kaum Kraft zu antworten. Um mich herum liefen Szenen ab, die ich nur am Rande wahrnahm. Mein Körper war taub und gefühllos.

Das Häufchen Elend, in das ich mich verwandelt hatte und das nicht mehr weiterzuleben vermochte, lag zu meinen Füßen. Ich saß immer noch in dem Stuhl, als Doktor Grimm mich das dritte Mal sanft ansprach. Jetzt musste ich wohl oder übel reagieren. Meine Emotionen blieben weggesperrt und die leere Hülle ohne Gefühle übernahm die Oberhand. Diese Klon-Lilly kommunizierte traurig, aber gefasst mit Krankenschwestern, Doktor Grimm, dem Beerdigungsinstitut, den Damen vom Amt und allen Nachbarn und Dorfbewohnern.

Ich, oder besser meine Doppelgängerin, funktionierte bestens, immer gerade der Situation entsprechend. Keiner schien zu durchschauen, dass nicht ich, sondern ein emotionsloser Roboter alle meine Entscheidungen übernommen hatte.

Erst als Oma Math anreiste, bröckelte meine Fassade. Sie kannte mich einfach zu gut und ihrem durchdringenden Blick konnte man schwer widerstehen. Ich lag jede Nacht in ihren Armen und weinte mich in den Schlaf.

Ich holte tief Luft. Es tat wirklich gut meine Schuldgefühle so klar zu formulieren.

»Jede Nacht wurde es ein klitzekleines bisschen besser. Auch, wenn mir das wie ein Betrug vorkam, dass es besser wurde, aber der bescheuerte Spruch *die Zeit heilt alle Wunden*, ist auf seltsame Weise wahr.«

Jamies Augen glänzten verdächtig. Ich hatte uns beide total hinuntergezogen. Irgendwie musste ich das Thema wechseln. Ich riss mich zusammen und bemühte mich um einen etwas leichteren Tonfall.

»Nun ja, also das Gitarrespielen hat mir schon immer geholfen, schwierige und vor allem emotionale Situationen zu bewältigen. Das gelang mir in dem Moment aber nur teilweise. Oft saß ich da und hielt mich krampfhaft an dem Instrument fest, ohne zu spielen. Doch selbst diese einfache Tätigkeit hatte etwas unerwartet Beruhigendes. Einige Male schaffte ich den Canon in D, eines der Lieblingslieder meiner Mama, zu zupfen. Kennst du den?« Jamies Augenbrauen schossen hoch.

»Ist das nicht das Hochzeitslied, klar kenne ich das.« Ich nickte lächelnd.

»Ja, ist es, meine Mama geriet immer in eine ganz melancholische Stimmung, wenn sie es hörte und liebte es mich dabei zu beobachten, wenn ich es für sie spielte.«

Mit einem tiefen Atemzug fuhr ich fort: »So komisch das klingt, der große Schmerz der Erinnerung birgt auch etwas unheimlich Tröstliches in sich. Keine Ahnung, ob das nur mir so geht, aber in mir entstand die unlogische Gewissheit, dass meine Issymama mir von irgendwo zuhören würde, verstehst du? Wo auch immer sie war. Vor allem, wenn ich spielte. Es fühlte sich an wie ein winziger Hoffnungsschimmer. An manchen Tagen waren meine Finger ganz wund und ich musste mich zwingen eine kleine Pause einzulegen. Dann saß ich wieder nur da und brachte nicht den simpelsten Akkord zustande.«

Jamie ließ mich einfach weiterreden und ich konnte mich jetzt ohnehin nicht mehr bremsen. Es fühlte sich richtig toll an.

»Es war gut, dass meine Oma da war. Sie unterstützte mich, wo sie konnte, aber ich wusste auch, dass es nichts gab, was sie nach mehr als ein bis zwei Wochen bei mir halten konnte. Sie ist und war ein wahnsinnig unruhiger Geist. Dieser Dokumentarfilm, an dem sie arbeitet, heiligt alle Mittel. Sie hätte außerdem bestimmt sehr bald irgendeinen anderen Grund gefunden, um nicht an einem Ort verweilen zu müssen. Der sehr dörflich anmutende Stadtteil, in dem wir wohnten, war furchtbar einengend für sie.

Als sie dann schlussendlich abreiste, versprach sie mir so schnell wie möglich wieder zurückzukommen.«

Jamie nickte verständnisvoll, aber die Stimmung war wieder auf dem Nullpunkt. Na wunderbar, der Themenwechsel war mir mehr als misslungen.

Jamie saß nur stumm da, presste die Lippen aufeinander und schüttelte kaum wahrnehmbar den Kopf. Ich hatte das Gefühl, sie und mich jetzt dringend vor einer Heulattacke retten zu müssen. Die einzige Möglichkeit das zu tun, war die wahnwitzigste Neuigkeit zu offenbaren, die ich zu bieten hatte.

»Und außerdem: Der Wolf ist mein Vater«, platzte ich heraus. Wie in Zeitlupe drehte sich Jamie frontal zu mir und öffnete den Mund. Sie deutete mit erstaunter Miene zu einem der Portraits, als ob sie überprüfen wollte, dass wir auch über ein und dieselbe Person sprachen.

»Waaaaas?« Sie zog das a extrem in die Länge. »Der Wolf? Dein Vater?« Ich biss mir wieder auf die Lippe.

Blöde Idee. Blöde Idee.

»Aber, Jamie, keiner weiß davon. Nicht einmal er. Das muss unbedingt ein Geheimnis bleiben«, beschwor ich sie in eindringlichem Ton. Sie nickte und ihre Unschuldsaugen wurden schmal, wie die einer Katze.

»Bist du dir ganz sicher?« Ich hob hilflos meine Schultern, weil ich nicht viele Informationen oder Beweise anzubieten hatte.

»Also, meine Mama hatte mir das erst ganz kurz vor ihrem Tod eröffnet. Es war für mich auch ein totaler Schock.« Jamie platzierte sich jetzt genau vor mich hin und nahm meine Hände in ihre.

»Erzähl mir alles. Alle Details.« Na, zumindest hatte ich die Stimmung gerettet. Aber zu welchem Preis. Zum wiederholten Mal an diesem Abend holte ich tief Luft.

»Also gut. Nachdem wir die schreckliche Diagnose über Mamas Krankheit erhielten, kam ich jede Nacht zu meiner Mutter ins Bett gekrochen. Wir waren uns davor schon nahe, aber, nun ja … Es tat mir einfach gut. Uns beiden tat es gut. Eines Abends begann sie dann mit: ›Gillian.‹ Ich dachte sofort: Oh Gott, jetzt kommt etwas ganz Weltbewegendes. Nie, nie, niemals nannte sie mich bei meinem vollen Vornamen. Was konnte jetzt kommen? Sie räusperte sich und platzte dann einfach so damit heraus. ›Es geht um deinen Vater. Deinen leiblichen Vater.‹ Sie war schrecklich nervös und blickte an mir vorbei. Meinen Vater? Jede Zelle in meinem Körper spannte sich an und konzentrierte sich auf sie. Du musst wissen, dass dies das Tabuthema Nummer Eins, das bestgehütete Geheimnis, die geheime Staatsakte im Hause Gaesegg war.«

Jamie spannte sich ebenso an, was mich ein wenig verwunderte. Dann fand ich es doch auf irgendeine Weise süß, mit wieviel Anteilnahme sie mir zuhörte. Sie wedelte nur ungeduldig mit der Hand.

»Und weiter?«

»Jahrelang hatte ich sanft gefragt, gebettelt, geschrien, zu überzeugen versucht, verhandelt und am Ende aufgegeben. Alles, was ich zu hören bekam, war: ›Ich bin fertig mit diesem Thema. Ich kann dir nichts darüber sagen. Was möchtest du zu Abend essen?‹ Wahlweise Frühstück, Mittagessen oder es ist schon spät, bitte putz deine Zähne und geh ins Bett.« Jamie musste schmunzeln und schüttelte den Kopf.

»Mann, das ist ja kaum auszuhalten. Mach weiter. Bitte«, flehte sie mich an.

»Wem sagst du das. Dementsprechend erwartungsvoll sah ich meine Mutter jetzt an und wagte keinen Ton von mir zu geben. Diesen Moment erhoffte ich mir schon so lange und war mir sicher gewesen, dass er nie kommen würde. Sie sah mich mit ihrem, für sie so typischen, klaren Blick an und zupfte unnötigerweise an ihrer akkuraten Kurzhaarfrisur herum. Ich explodierte beinahe vor Neugier, aber mahnte mich zur Geduld. Sie schwieg weiterhin.

›Wie soll ich nur beginnen?‹ Erneutes Schweigen.

›Wie wär's mit am Anfang?‹, schlug ich sachte vor, ich wollte sie um keinen Preis verschrecken. Sie hatte es geschafft, dass ich unsere aussichtslose Situation völlig vergaß. Laut Arzt hatte sie nur noch wenige Monate, ja vielleicht nur Wochen zu leben. Es gab nicht viele Themen, die das in den Hintergrund drängen konnten.« Jamie nickte heftig.

»Endlich. Ganz leise begann sie dann zu erzählen: ›Du weißt ja, dass ich mit Mathilda, na, sagen wir einmal, eher unkonventionell aufgewachsen bin. Filmsets und Konzertbühnen waren im Grunde eine Normalität für mich. Es gab keinerlei Verbote oder Regeln. Alles sehr ...‹, sie suchte nach Worten. ›... Hippiestyle.‹ Verwundert registrierte ich ihre verklärte Miene. Ich hätte mir bei dem Thema eher Zorn oder Wut erwartet. Schweigend ließ ich die Pause verstreichen. So in der Art hatte ich mir das, mit dem wenigen, das ich über die Zeit aufgeschnappt hatte, auch zusammengereimt, aber konkret hatte sie das bisher nie formuliert. Gespannt beobachtete ich ihre Miene. Sie sah ein wenig wehmütig aus. Wehmütig? Dabei dachte ich immer, sie verteufelte ihre gesamte Vergangenheit?

›Coachella. Es war das sagenhafte Jahr 2000. Coachella ist ein ganz berühmtes Musikfestival in Kalifornien.«

»Ich weiß, was das Coachella ist,« warf Jamie gespielt entrüstet ein.

»Oh, natürlich. Also, meine Oma Mathilda hatte meine Mama eigentlich gegen ihren Willen mitgeschleppt. Sie hatte sich geschworen, nie wieder auch nur einen Fuß auf irgendein Konzert, geschweige denn so eine riesige Veranstaltung, zu setzen. Na, sie hat sie dann doch herumgekriegt. Es war wohl das Schicksal, das es so wollte. Denn kurz davor war sie drauf und dran gewesen ihr Leben von Grund auf zu ändern. Sie hatte schon die Ausbildung zur Sprechstundenhilfe in der Tasche, als der Arzt ganz unerwartet aus persönlichen Gründen die Praxis schloss. Jetzt stand sie ohne Job und Zukunft da. Mama drückte es in etwas so aus: ›Tja, und unsere Mathilda kann ganz schön überzeugend sein, nicht wahr?‹ Ich nickte, konnte aber noch keinen Zusammenhang herstellen.

Was hatte das alles mit meinem Vater zu tun? Diese imaginäre Figur, ein durchschimmernder, schemenhafter Schatten. Ungreifbar und unerreichbar. Aber da fuhr sie schon fort: ›Mathilda hatte natürlich durch ihre Beziehungen wie immer Backstage-Pässe zum Festival und das ermöglichte uns den Zugang zu allen Bereichen, wo eigentlich nur die Musiker und das Personal erlaubt waren. Kurz hatte ich sogar Spaß an der ganzen Atmosphäre und guten Stimmung, bis sie sich total zugedröhnt hatte und ich sie einen Tag lang nicht fand. Mein Ärger über sie war mittlerweile überdimensional groß und als ich sie schließlich entdeckte, stellte ich sie zur Rede.

Vor allen Leuten.

Mir war egal, dass wir uns gerade in irgendeinem VIP Bereich befanden. Wir beflegelten uns lauthals auf Deutsch, bis sie schließlich hoch erhobenen Hauptes davonstürmte. Ja, und dann, dann stand auf einmal dein Vater da.‹

Ich starrte sie an, hatte das Bild genau vor meinen Augen und flüsterte: »Mein Vater.« Jamie flüsterte auch etwas, was ich aber nicht verstand.

»Meine Mama lächelte versonnen und strich mir zärtlich über die Wange. ›Er stand auf einmal neben mir und bot mir ein Glas Wasser oder irgendeinen Saft an. Jedenfalls keinen Alkohol, das fand ich schon bemerkenswert. Er sagte nichts, sondern war einfach nur da. Und dann ...‹ Ich schluckte, mein Mund war auf einmal ganz trocken.

»Und dann?«

»Und dann?«, fragte auch Jamie.

»Issymama blickte mich an. Augenscheinlich sah sie aber nicht mich. Es war ziemlich offensichtlich, dass sie seine Züge in meinem Gesicht ablas. Sie senkte kopfschüttelnd den Blick und erzählte weiter.

›Er zog mich auf eine Couch, die da stand und fragte, wie es mir gehe.

Das war seit Jahren der erste Mensch, der sich für mich interessierte. Verstehst du? Für mich, in dieser verrückten Glamour- und Glitzerwelt, die ich so zu hassen gelernt hatte. Nichts war jemals echt und von Bestand. Er hörte mir den ganzen Nachmittag zu. Ich schüttete diesem fremden faszinierenden Mann mein ganzes Herz aus. Alle Kleinigkeiten, alle großen Ereignisse, einfach alles. Ich weiß nicht, was mich da geritten hatte, aber ich fühlte mich danach unheimlich befreit. Nach meinem Wortschwall lächelte er mich nur an. Er küsste meine Hand und fragte mich, ob ich bei seinem Auftritt zuhören wolle. Natürlich war er auch ein Musiker, das hätte ich mir ja denken können.‹ Sie rollte mit den Augen, aber der Witz gelang ihr nur halb so gut, wie sie das versuchte.

Jetzt wurde mir auch schlagartig klar, woher ich meine Begabung geerbt hatte. Mama war zwar der Musik sehr zugetan, aber sie hatte nie diese starke Verbindung zu den Tönen und Klängen gespürt, die ich schon als Kleinkind besaß. Das fühlte sich gut an, auch wenn das alles noch sehr geheimnisvoll war. Jetzt war der Bann gebrochen und ich konnte ihre Gefühle klar in ihrer Miene ablesen, während sie weiter sprach:

›Natürlich saß ich auf der Bühnenseite und habe alles, was er spielte, regelrecht inhaliert. Er war gut. Richtig gut. Rockige Chansons. Damals war er noch völlig unbekannt und hatte durch einen glücklichen Zufall als Vorband auftreten dürfen.‹ »*Unbekannt*« und »*damals*« hallte es in meinem Kopf wider. *Was hieß das denn? War er jetzt bekannt oder sogar berühmt?* Die Miene meiner Mutter wurde jetzt unglücklich, ja sogar ein wenig gequält.

›Ich kann jetzt aufhören und muss keinen Namen nennen. Es wird alles verändern, wenn ich es doch tue.‹ Sie sah mich fragend an. *Was? Nein, sie musste mir jetzt verraten, wer mein Vater ist.* Entsetzt starrte ich sie an und nickte heftig. »Ich muss es wissen. Ich muss.« Sie seufzte.

›Na gut. Dachte ich mir schon. Also gut. Dein Vater ist
Der Wolf.‹
Der Wolf. Der Wolf?

Zuerst klingelte es überhaupt nicht in meinem Kopf. Erst dachte ich, sie machte einen Scherz, obwohl der Zeitpunkt wirklich äußerst unpassend gewesen wäre.

Der Wolf?

›Ja. Genau, der‹, sagte Mama. Meine Kinnlade, die nach unten geklappt war, stand immer noch offen.

Jamie war mittlerweile aufgesprungen und marschierte im Raum hin und her. Dann blieb sie stehen und deutete mit dem Finger auf alle Bilder vom Wolf, die im Raum verteilt hingen. Auch wenn das völlig unmöglich war, bildete ich mir ein, dass der Anhänger warm auf meiner Haut vibrierte. Ich holte ihn hervor und hielt ihn Jamie hin.

»Dieses Schmuckstück hat der Wolf meiner Mutter geschenkt. Sie meinte, wenn ich ihm das zeige, dann wird er mir glauben. Aber ehrlich gesagt, ist mir das Ganze selbst noch ein wenig zu viel.« Jamie fixierte abwechselnd mich und dann den Notenschlüssel in meiner Hand. Unbewusst kaute sie auf ihrer Unterlippe und murmelte etwas Unverständliches. Ich zog meine Augenbrauen hoch, zuckte mit den Schultern und schob den Anhänger wieder unter mein T-Shirt. Das war eine ganz unbewusste Geste, als ob ich ihn vor etwas beschützen wollte. Jamie erwachte jetzt endlich aus ihrer Starre und ihre Augen musterten mich eindringlich.

»Lilly, das ist ja der helle Wahnsinn. Denkst du, das reicht als Beweis?« Jamie tippte mit dem Finger auf den Anhänger unter dem Stoff. Ich zuckte zurück, da dieser sich augenblicklich eiskalt anfühlte. Langsam wurden mir diese Temperaturschwankungen wirklich unheimlich. Jamie schien nichts von meiner Reaktion bemerkt zu haben, denn sie stand jetzt auf und stellte sich vor ein Bild, das den Wolf zeigte. Nickend wandte sie sich mir zu und musterte eindringlich mein Gesicht.

Das wiederholte sie bei allen Fotos an der Wand. Ich folgte ihren Bewegungen und bei einem Porträt, das ihn in jungen Jahren zeigte, stockte ich.

Coole Rockerpose, Sonnenbrille auf die Nasenspitze geschoben, schwarz-weiß, mit einer Gitarre in der

Hand. Die dunklen Augen schwarz und geheimnisvoll. Ich versuchte den Gesichtsausdruck auf dem Foto zu imitieren, musste aber immer wieder kichern.

»Oje, das wird nichts, glaube ich.« Hilfesuchend sah ich zu Jamie, die aber nur fasziniert zwischen den Fotos und mir hin und her blickte. Um Ernsthaftigkeit bemüht, legte ich den Kopf schief und betrachtete das Bild intensiver.

Auch wenn ich mich dagegen sträubte, ich sah ihm tatsächlich ähnlich. Die Form der Augen, die Symmetrie des Gesichts und vor allem der Mund waren fast identisch. Jamie hatte meinen Blick sehr wohl registriert, nahm den Rahmen kurzerhand ab und hielt ihn neben mein Gesicht. Mein Atem ging heftig und das Herz klopfte wie wild in meiner Brust.

Redete ich mir das alles ein? Ach, Mama, wirklich? Es war zum Verrücktwerden. Ich hatte genug damit zu tun ihren Tod zu verarbeiten, da konnte ich so eine bescheuerte und nervenaufreibende Neuigkeit eigentlich überhaupt nicht gebrauchen. Jamie schlug, für meinen Geschmack, etwas zu dramatisch die Hand vor den Mund und nickte wieder.

»Eine gewisse Ähnlichkeit ist definitiv nicht von der Hand zu weisen.« Leicht panisch zog ich meine Augenbrauen hoch. »Ja, findest du? Na, meine Mama hat das jedenfalls behauptet. Er war wohl die große tragische Liebe ihres Lebens.« Jamie kniff die Augen für einen Bruchteil einer Sekunde zusammen und ihre Miene verlor dabei alle Freundlichkeit. War sie sauer über meine große Neuigkeit? Na, *sie* wollte ja unbedingt ein Geheimnis von mir erfahren, das hatte sie davon. Insgeheim fühlte ich mich gar nicht mehr wohl, dass sie Bescheid wusste.

»Ich weiß einfach noch nicht, was ich tun soll. Verstehst du?« Sie nickte bedächtig und in ihrem Blick fand ich wieder die Wärme und das Verständnis, nach denen ich mich so sehnte.

»Am besten wartest du noch ab. Also, wenn du weißt, was ich meine?«

Ja, das dachte ich auch, selbst wenn mir nicht klar war, was sie meinte. Da ich nicht genau wusste, was mein nächster Schritt sein sollte, schien Warten im Moment wirklich die beste Strategie. Was hatte mich nur dazu gebracht Jamie einzuweihen?

In ein Geheimnis einzuweihen, von dem ich keine Ahnung hatte, ob es überhaupt wahr war. Eigentlich hatte ich gehofft, ich würde mich besser fühlen, aber in diesem Fall empfand ich das genaue Gegenteil. Der Anhänger lag nun ungewöhnlich heiß auf meiner Haut und ich zog ihn unter meinem T-Shirt hervor. Jamie beobachtete jeden meiner Handgriffe und dann ruhte ihr Blick schließlich auf dem Notenschlüssel um meinem Hals. Ihre Mundwinkel zogen sich anerkennend nach unten.

»Wirklich hübsch«, sagte sie und ich nickte dazu. Der Moment war außerordentlich seltsam und ich hob nervös die Flaschen auf, ohne Plan, was ich damit machen sollte. Jamie schüttelte den Kopf und sah sich plötzlich hektisch um. »Hörst du das auch?«, flüsterte sie. Der Schreck fuhr mir in den Magen und ich erstarrte.

»Was? Nein, ich …«, gab ich so tonlos wie möglich zurück. Beim besten Willen konnte ich nichts vernehmen. Mit geweiteten Augen sah ich zu Jamie. Prustend kicherte sie los.

»Sorry, das war einfach zu schön. Du bist richtig eingefroren.«

Es dauerte noch eine Sekunde, bis ich begriff, und die Spannung fiel von mir ab. Jamie sah so unschuldig aus, dass ich einfach in ihr Lachen einstimmen musste.

Das Beste daran war, dass die miese Stimmung mit einem Schlag wie weggeblasen war und wir wieder ganz unbeschwert bei jedem Blödsinn loskicherten. Gemeinsam beseitigten wir alle unsere Spuren und der Raum sah im Handumdrehen völlig unbenutzt und wie vorher aus. Jamie aktivierte die Alarmanlage, wir schlüpften in den Flur und sie schloss die Tür. Der Aufzug funktionierte erst ein Stockwerk darunter und wir huschten durch das Treppenhaus.

Auf der Straße angekommen, mussten wir beide erst einmal laut losprusten, um die Spannung loszuwerden. Jamie sah äußerst zufrieden aus und auch ich fühlte mich richtig gelöst. Wir gingen gerade auf die U-Bahn-Station zu, als ihr Handy eine Nachricht mit einem hellen *Ding Ding* ankündigte. Sie kramte es heraus und ihre Miene erhellte sich. Sie sah mir direkt in die Augen.

»Ah. William. Planänderung. Du findest nach Hause, ja?« Ich verbarg die Enttäuschung hinter einem Lächeln.

»Na klar. Kein Thema. Danke für den netten Abend. Und Jamie. Das mit Wolf ...«

Ich wusste nicht, wie ich den Satz überhaupt beenden sollte.

Jamie hatte sich schon umgewandt und reckte noch mal ihre Faust so nach oben, dass Judd Nelson stolz gewesen wäre. Das war zwar nicht die Antwort, die ich mir erhofft hatte, aber ich grinste dennoch. Mit einem seltsam befreiten und gleichzeitig doch mulmigen Gefühl im Bauch beschloss ich die U-Bahn zurück zu Omas Wohnung zu nehmen und das Rad am Potsdamer Platz stehen zu lassen. Das Wort Zuhause fühlte sich diesbezüglich bei mir noch nicht richtig an.

9

In der Wohnung angekommen, fand ich eindeutige Zeichen, dass Oma Math und Arvo vom gestrigen Ausgang wieder zurückgekehrt waren. An meiner Tür klebte außerdem ein Zettel mit einer Nachricht, dass sie sich auf ein gemeinsames Frühstück freuen würden. Na, umso besser, dachte ich. Vielleicht war das der richtige Zeitpunkt, um ihnen von *der-Wolf-ist-vielleicht-mein-Vater* zu berichten. Nach einer unruhigen Nacht, in der ich unzusammenhängende und wirre Dinge von Wolfs Portrait und dem Anhänger, der ständig die Temperatur wechselte, geträumt hatte, stellte ich fest, dass ich mich tatsächlich auf meine Oma und Arvo freute.

Wir saßen am Frühstückstisch und im Hintergrund sang Marlene Dietrich ihre besten Chansons. Oma Math scrollte, wie so oft, auf dem Tablet herum, Arvo blätterte in einer Tageszeitung und ich rührte in meinem Cappuccino. Die Stimmung war ausgesprochen angenehm. Es war erstaunlich, wie unkompliziert die beiden mich in ihren Alltag eingegliedert hatten. Wieder einmal überkam mich eine Welle der Dankbarkeit.

»Diese Jamie. Woher kennst du die noch mal?«, fragte Oma unvermittelt, ohne mich dabei anzusehen, und riss mich aus meinen Gedanken. Ich sah von meiner Kaffeemeditation auf.

»Hm? Ach so, sie arbeitet in dem Plattenlabel am Potsdamer Platz. Das vom Wolf.« Oma nickte.

»Aha.« Ich musterte sie und leichter Ärger stieg in mir auf. Hatte sie etwas dagegen einzuwenden? Ich war nicht gewohnt, dass mich jemand infrage stellte. Na gut, im Dorf kannte jeder jeden und Mama musste nie wirklich nachforschen. Außerdem war mein Freundeskreis eher klein bis nicht existent gewesen. Abgesehen davon löste dieser urteilende Unterton eine Reihe ganz trotziger Gedanken in mir aus. Wer war sie, dass sie meine Freundin, die mich vom ersten Moment an unterstützte, auf den Prüfstand stellte, steigerte ich mich hinein. Mathilda war ja schließlich die meiste Zeit nicht da. Jamie dagegen hatte sich beinahe rund um die Uhr um mich gekümmert. *Eine echte Freundin eben.*

Außerdem hatten sich Mathilda und meine Mama ständig in den Haaren gelegen.

Sofort schoss mir ein Bild in den Kopf, als ich einmal nach der Arbeit nach Hause kam und die Haustür öffnete.

Omas Stimme schallte mir hell und klar durch den ganzen Flur entgegen. Mein erster Impuls war Freude. Meine Oma war ein Paradiesvogel, immer unterwegs und hatte immer eine neue Idee im Gepäck. Obwohl ich erst durch die Haustür trat, war jedes Wort klar und deutlich zu verstehen. Zu klar.

»Issy, aber du blockierst sie. Du nimmst ihr die Freiheit sich zu entfalten.« Ich konnte mir die Szene wunderbar plastisch vorstellen. Oma war aufgesprungen und lief umher, Mama dagegen saß stoisch am Tisch und reckte ihrer Mutter das Kinn entgegen.

»Manchmal ist Freiheit nicht das, was ein Kind braucht.« Dann erhob sie beide Handflächen, als ob sie einen Angriff abwehrte. »Misch. Dich. Nicht. Ein.« Etwas sanfter fuhr sie fort. »Wie oft haben wir das schon durchgekaut, Mathilda?« Meine Schritte wurden immer langsamer, bis ich schlussendlich im Flur stand und nur widerwillig lauschte. Es ging natürlich um mich. Immer wieder ging es um mich. Meine Freiheit, mein Leben. Ich seufzte. Mit über siebzehn war ich eigentlich der Meinung, dass ich auch ein wenig selbst entscheiden konnte und wollte, was ich mit meinem Leben anstellte. Vor allem war ich im Grunde sehr zufrieden in unserer Stadt, in der wir lebten, mit meiner Lehre, mit meiner Musik, mit meiner Mama. Ich war zufrieden mit meinem Leben, genauso, wie es war.

Mir fehlte absolut gar nichts. Zumindest war ich zu dieser Zeit völlig davon überzeugt. Oma Math konnte und wollte das aber einfach nicht glauben und beharrte auf dem Standpunkt, dass ich mein Leben nur meiner Mutter zuliebe so führte. Immer wieder gerieten sie deswegen aneinander. Wie führte ich denn mein Leben? Es war ihrer Meinung nach nicht aufregend genug für einen jungen Menschen. Aber selbst, wenn ich tief in mich hineinhörte, konnte ich Omas Ansicht nicht teilen.

Mein Verhältnis zu meiner Mutter war schon seit jeher ein ganz besonderes gewesen. Das war mir sehr wohl bewusst. Wir waren mehr Freundinnen als Mutter und Tochter.

War Oma Math schlichtweg eifersüchtig auf unsere spezielle Beziehung? Manchmal kam mir das so vor, besonders, wenn sich die beiden wieder einmal meinetwegen stritten. Mama behandelte mich, seit ich denken konnte, immer eher wie eine Erwachsene. Sogar als kleines Mädchen hatte sie mich so behandelt. Das liebte ich an ihr. Sie hörte auf meinen Rat. Zumindest sehr oft. Denn ich war es gewesen, die sie zu einer Untersuchung drängte, auch wenn das ohnehin viel zu spät war. Hier zwang ich mich mit Gewalt meine Gedankenspirale zu stoppen, denn ich näherte mich schon wieder gefährlichen, aufreibenden Erinnerungen, die ich im Moment nicht gebrauchen konnte.

Oma sah mich immer noch über ihre Brille an, als ob sie meine Gedanken lesen konnte. Ich erwiderte nichts, aber konterte ihren durchdringenden Blick mit einem leicht arroganten Nicken. Was sie konnte, konnte ich schon lange. Arvo bemerkte den aufgeladenen Blickwechsel und raschelte auffällig mit seiner Zeitung, als er sie sorgfältig auf dem Tisch platzierte.

»Lilly, mein Schatz, wie konnte ich das nur vergessen? Wo habe ich das denn wieder hingesteckt?« Er zog sein Portemonnaie aus der Hosentasche, öffnete es und holte eine Visitenkarte heraus, die er mit Nachdruck vor mir auf dem Tisch platzierte. Mit nur einem Blick erfasste ich die Worte *Reparatur* und *Musikinstrumente* und strahlte ihn glücklich an. Seine Miene wurde sehr zufrieden.

»Ich kann nichts versprechen, aber melde dich dort auf jeden Fall und bestelle schöne Grüße von Mathilda und mir.«

Meine aggressiven Gedanken waren wie weggeblasen, ich sprang auf und umarmte ihn spontan. Oma schien gar nicht zugehört zu haben und starrte weiterhin konzentriert auf ihr Tablet. Am liebsten wäre ich hier und jetzt aufs Rad gesprungen und sofort zu diesem Laden gefahren. Ich hatte die Nase voll von blöden E-Mails, die dann immer in einer Absage endeten. Diesmal würde ich mich persönlich vorstellen. Vielleicht erhöhte das ja meine Chancen, wer wusste das schon?

»Arvo? Denkst du, ich kann gleich jetzt dort auftauchen? Ich meine, in der nächsten Stunde?« Er zuckte mit den Schultern, aber nickte dann.

»Warum nicht?«

In Windeseile war ich fertig angezogen und stürmte die Treppe hinunter. Vor dem Haustor bremste ich ab, weil ich mein Rad nicht an seinem gewohnten Platz vorfand. Ich schlug mir gegen die Stirn, als mir plötzlich wieder einfiel, dass ich es ja gestern Nacht am Potsdamer Platz gelassen hatte. Weil ich unter keinerlei Zeitdruck stand, beschloss ich den Umweg in Kauf zu nehmen, um erst mein Rad abzuholen und dann von dort zu dem Musikladen zu fahren. Schnell sendete ich Jamie eine Textnachricht, dass ich demnächst in der Nähe wäre, falls sie Lust auf einen Kaffee hatte.

Ich musste ihr unbedingt von der neuen Chance auf eine richtige Lehrstelle berichten. Entschlossen machte ich mich auf den Weg zur U-Bahn. Vielleicht wäre dieses Musikgeschäft endlich die Lösung. Mit einer persönlichen Empfehlung von Arvo und Mathilda schien das irgendwie mehr im Möglichkeitsbereich zu liegen. Während ich so vor mich hingrübelte, checkte ich den Akku meines Handys. Fast ganz aufgeladen. Seltsam. Jamie hatte sonst immer sofort auf meine Nachrichten reagiert. Diesmal kam unverhältnismäßig lange keine Antwort. Als mein Handy endlich eine SMS von ihr ankündigte, war sie nur sehr kurz angebunden. »Kann gerade nicht. Sorry.« War wahrscheinlich gerade viel los, überlegte ich unbekümmert.

Als ich aus dem Bahnhof nach oben zum Ausgang Potsdamer Platz stieg, prallte ich regelrecht gegen eine riesige Ansammlung von Leuten. Das war hier allerdings keine Seltenheit.

Dieser Ort war immer gut für Veranstaltungen. Die Stimmung war aufgeladen, aber fröhlich und erwartungsvoll. Suchend blickte ich mich um.

Selbst wenn ich mich auf die Zehenspitzen stellte, konnte ich beim besten Willen nicht erkennen, wo das Zentrum des Auflaufs war, und so machte ich mich erst auf den Weg zu meinem Rad. Es dauerte eine Weile, aber mit ein wenig geschicktem Durchschlängeln fand ich den Radständer samt Rad und sperrte das Schloss auf.

Gleichzeitig versuchte ich immer noch herauszufinden, was die Menschenansammlung verursachte.

Schließlich bemerkte ich eine kleine Bühne vor dem Gebäude des Plattenlabels. Darüber war ein Banner gespannt, auf dem ich *Newcomer Wettbewerb* lesen konnte. Ich sah mich suchend um, konnte Jamie aber nirgends erkennen. Höchstwahrscheinlich war sie bei so einem Event voll eingespannt. Das erklärte wohl auch ihre späte und ungewöhnlich knappe Antwort.

Für einen Moment fragte ich mich, warum sie gestern so gar nichts davon erwähnt hatte. Aber dann fiel mir ein, dass sie schon erzählt hatte, dass mein Lied vielleicht in die Endauswahl gekommen war. Mir war nicht klar gewesen, dass die Bekanntgabe schon heute stattfinden sollte. Eigenartig. Warum hatte sie nichts davon erzählt? Ohne zu einer schlüssigen Erklärung zu kommen, verwarf ich diesen Gedanken dann wieder.

Auf und rund um die Tribüne wuselten Menschen herum, und ich stand einfach nur da und ließ das Geschehen auf mich wirken. Eine in ein grünes Camouflage Minikleid gezwängte Moderatorin kletterte mit waghalsig hohen Stilettos auf das Podium.

Ihre langen Haare reichten ihr bis zur Hüfte und sie schwang die ganze Pracht hin und her, wie in einer Werbung für Haarpflegeprodukte. Sie begrüßte gekonnt die Menge und heizte sie auch noch kräftig an. Als ich mich umblickte, bemerkte ich, dass das ganze Geschehen live übertragen oder zumindest aufgezeichnet wurde, denn ich zählte vier Kameras und eine mobile Einheit, die um die Moderatorin herumschwirrte.

Instinktiv verschränkte ich meine Arme schützend vor der Brust. In meinem Magen flatterte es vor Aufregung. Vielleicht bestand ja doch eine klitzekleine Chance, dass mein Lied ... Ich brach den Gedanken ab. Warum hatte Jamie mir nichts von der Veranstaltung erzählt? Das Label schien diesen Anlass richtig groß aufzuziehen. Meine Finger spielten wieder unbewusst mit dem Anhänger.

Das wurde langsam zu einer liebgewonnenen Gewohnheit. Bevor ich mich noch mehr in dieser Gedankenkette verlieren konnte, richtete sich meine Aufmerksamkeit wieder auf die Anrede, denn die Moderatorin begann jetzt den Wolf anzukündigen. Nervös starrte ich in den Himmel.

Logisch, dass der Wolf natürlich auch hier war. Wo sollte er denn sonst sein? Meine Sinne schärften sich wieder. Die Masse applaudierte, als er die Bühne betrat und er das Mikrofon ergriff.

Er begann mit der johlenden Menge einen gesungenen Dialog, den die Leute sofort aufgriffen und antworteten. Immer wieder heulte er auf und das Publikum erwiderte begeistert ein Echo.

»Der Wolf liebt euch. Heuuuuuuuul. Wenn du den Wolf liebst, dann heuuuuuul!«

Und das Publikum heulte und jaulte, was das Zeug hielt.

Er machte das so wahnsinnig gut, dass man einfach mitmachen musste und er hatte die ungeteilte Aufmerksamkeit des gesamten Platzes binnen Sekunden auf sich gezogen. Zugegeben, ich war, wie alle hier, völlig fasziniert von ihm. Bei dem Gedanken, dass dieser Mann mein Vater sein könnte, wurde mir richtig schwindelig.

Die Moderatorin ergriff wieder das Wort. Sie klimperte mit den Wimpern und Wolf grinste sie in bester Rockstarmanier an. Das Schwindelgefühl verschwand innerhalb eines Wimpernklimperns.

»Jetzt wird es aber Zeit für die Bekanntgabe. Der Wolf. Unser Wolf.

Wuuhhuuuu.« Sie heizte die Masse noch einmal an, richtig laut aufzu-
heulen.

»Der Wolf wird jetzt die drei Songs und Künstler bekannt geben, die
eine professionelle Aufnahme im Studio gewonnen haben. Bitte sehr.« Sie
trat zur Seite und applaudierte. Jetzt knotete sich mein Magen so richtig
zusammen. Ich hatte Jamie noch einmal getextet. *Bist du nicht bei der
Bekanntgabe?* Keine Antwort.Wolf sah intensiv zu seinem Publikum.

»Das erste Lied.« Tosender Applaus. Wolf grinste und fuhr etwas lauter
fort. »Das erste Lied hat uns durch

Originalität und Humor überzeugt. Es heißt: Wunder von Henrik
Findenix.« Kurz stutzte er bei dem Namen, aber dann applaudierte er. Ein
junger schlaksiger Mann mit braunen langen Haaren und sympathischem
Lachen lief die Tribüne hinauf. Er freute sich sichtlich und Wolf schüttelte
ihm die Hand.

Irgendetwas stimmte nicht. Dieser Henrik hatte startbereit an der Bühne gewartet. Enttäuschung machte sich breit. Natürlich. Ganz klar war
mein Song nicht ausgewählt worden. Vielleicht hatte Jamie mir auch die
Blamage ersparen wollen. Am Rande bekam ich mit, dass Nummer zwei
eine Jennifer Fussel war und musste trotz Anspannung über die witzigen
Namen der Gewinner schmunzeln.

Ich hielt es für eine gute Idee, mir die Blamage zu ersparen und beschloss,
nicht auf die Ansage des dritten Songs zu warten. Mein Fahrrad mit der
Hand stoßend, wandte ich mich um und schob es betont langsam an den
Rand der Menschenmenge.

Es wäre doch zu schön gewesen, um wahr zu sein, wenn mein Lied ...
Da hallte Wolfs Stimme, wie durch ein Echo verstärkt, in meinem Ohr.

»Und der dritte und letzte Song ist von Jamie Tychberger.« Ich blieb
mitten in der Bewegung stehen. Jamie? Zuerst überkam mich eine Welle
der Freude. Natürlich! Klar, sie hatte natürlich auch einen Song eingereicht.

Wie dumm von mir.

Vielleicht wollte sie mich nicht verunsichern und hatte deshalb nichts gesagt. Der Wolf fragte sie gerade nach dem Titel und Jamie räusperte sich. Ich stand immer noch mit dem Rücken zur Tribüne.

»Das Lied ist meiner verstorbenen Mutter gewidmet. Es heißt einfach nur: Mom.« Mein Magen verkrampfte sich wieder und ich drehte mich wie in Zeitlupe um. Jamie stand da mit Freudentränen in den Augen und strahlte den Wolf an. Er hatte einen Arm um ihre Schultern gelegt und rief der Menge zu.

»Wollt ihr jetzt die Siegerlieder hören? Ja, wer will? Heuuuuuul.« Die Leute heulten begeistert zurück. Jamies braune Haare fielen in seidigen Locken herab. Sie strahlte Verletzlichkeit und Stolz aus. Wie machte sie das nur?

Ich gab ihr noch eine letzte Chance.

Vielleicht hatte sie ja wirklich selbst ein Lied geschrieben.

Aber genau in diesem Augenblick erklangen die ersten Töne meiner eigenen Aufnahme und ich musste mich an meinem Fahrrad abstützen, um nicht ins Stolpern zu geraten.

Halb benommen bekam ich noch mit, dass sie wohl meine instrumentale Version verwendet, aber selbst dazu gesungen hatte. In diesem Moment brach meine Welt zusammen.

10

Blind vor Tränen, schob ich das Rad weiter durch die Menge. *Nur weg von dieser Tribüne und weg von dem Verrat.*

»Wow. Wow. Aua.« Ganz offensichtlich war ich jemandem über die Füße gefahren, aber das war mir in dem Moment echt egal. Ich starrte auf den Boden, murmelte eine halbherzige Entschuldigung und versuchte weiterzukommen.

»Lilly? Alles in Ordnung?« William. Na klar, der hatte mir gerade noch gefehlt.

»Ja, ja. Danke«, gab ich genervt zurück, ohne den Blick zu heben. Beinahe hatte ich mich durch die letzten eng stehenden Reihen durchgezwängt. Meine Wangen waren tränennass, aber zum Glück nahm niemand richtig Notiz von mir. Niemand, außer William. Hartnäckig hörte ich seine Stimme hinter mir.

»Lilly. Jetzt warte doch mal.« Ich ließ die Schultern sinken und blieb stehen. Trotzig wandte ich mich zu ihm um und sah ihm direkt in die Augen. Verheult und höchstwahrscheinlich mit schönen roten Flecken im Gesicht, aber mir war es gerade herzlich egal, wie ich aussah. Im Moment war mir alles egal.

»Ja?« So, wie ich es zwischen meinen aufeinandergebissenen Zähnen hervorpresste, klang es mehr wie ein Zischlaut als ein Wort. Er wich einen kleinen Schritt zurück, nur um dann doch näherzukommen. Er schnappte mein Rad an der Lenkstange und wollte es schieben, aber ich ließ nicht los.

»Ich kann das selbst«, erwiderte ich pampig und merkte selbst, dass ich mich wie ein Kleinkind anhörte. Ich atmete tief durch, krampfhaft um einen ruhigen Tonfall bemüht, doch was herauskam, klang kratzig und heiser.

»Danke, William. Sehr nett, aber ich komm schon klar. Ich hab einfach manchmal solche Momente. Am besten kümmerst du dich jetzt um Jamie.« Er hatte meinen Ärger eigentlich nicht verdient und der Kommentar mit Jamie war mir einfach so herausgerutscht. Es tat mir auch ein wenig leid, aber er war nun mal da und es tat gut meine Wut an irgendjemandem auszulassen. Ich hatte ihn schließlich nicht eingeladen. Er sah mich irritiert an und ließ das Rad ehrlich überrascht los.

»Jamie? Was?« Endlich war genug Platz und ich konnte schneller gehen. Als William merkte, dass ich ihm entwischte, griff er instinktiv zu und hielt das Rad am Gepäckträger fest. Ruckartig kam ich zum Stehen und rollte mit den Augen.

Immer bemüht die Tränen weiter zurückzudrängen, wandte ich mich mit all meiner geballten Wut um und schlug mit der flachen Hand auf den Lenker. Standhaft klammerte er sich an das Rad und sah mich voller ehrlicher Sorge im Blick an.

»Lilly. Für mich sieht das aus, als ob du einen Freund nötig hättest. Und, nun ja, offensichtlich stolperst du irgendwie sehr oft in mich hinein, also nehme ich das jetzt als, äh ... Zeichen.«

Schon wieder so ein Quatsch. Zeichen. Ich presste die Lippen aufeinander. Die beiden passten wirklich wunderbar zusammen. Trotzdem bewirkte sein einfühlsamer Tonfall, dass meine Wut sich ein wenig verflüchtigte. William konnte natürlich am wenigsten für all das und so versuchte ich mit sanfterer Stimme einzulenken: »Es ist wirklich alles in Ordnung, William.«

Ich habe gerade eine Freundin verloren, sie hat mein Lied gestohlen und du bist ihr Freund, und meine Mama ist auch nicht mehr da. Sie ist die Einzige, die das alles verstanden hätte. Oje, ohne die Wut als Schutzschild, drängte sich schon wieder die Tränenflut nach oben. Mit aller Kraft blinzelte ich sie zurück und starrte in den stahlblauen Himmel. William hatte sich langsam wieder zur Lenkstange vorgearbeitet, übernahm das Fahrrad und schob es Schritt für Schritt vor sich her.

Ich hielt mich mehr daran fest, als dass ich mithalf es zu bewegen, wie eine Ertrinkende an einen Rettungsring klammerte ich mich an die Stange. Er sah mich nur von der Seite an und sagte eine Weile gar nichts mehr. Mein Kampf mit diesen überschäumenden Emotionen war mehr als offensichtlich und er hielt dem kommentarlos stand. Wir gingen schweigend nebeneinander und ließen den großen Platz hinter uns. Unendlich dankbar darüber, dass er mich einfach nur in Ruhe ließ, ebbte der Sturm dann tatsächlich allmählich ab. Zu meiner Verwunderung stellte ich fest, dass ich eigentlich ganz froh war nicht allein zu sein.

Wenn ich ganz ehrlich zu mir selbst war, fand ich das sogar ziemlich nett, was William da gesagt hatte.

Einen Freund hatte ich tatsächlich bitter nötig. Dringend war jedoch ein Themenwechsel angesagt, sonst würde ich von einem Heulanfall in den nächsten stürzen. Der Gehweg, auf dem wir liefen, war breit und nur hier und da kam uns jemand entgegen. Ich atmete tief durch und nahm einen Anlauf in eine ganz andere Richtung.

»Deine Lieder sind echt toll. Hast du eigentlich deine Gitarre reparieren lassen?«, bot ich etwas unbeholfen an. William hob den Blick und lächelte.

»Danke. Und nein.«

»Tja, das solltest du aber. Ist keine ...«

»Dauerlösung. Ich weiß.« Er kratzte sich am Kopf. »Das war echt klasse damals übrigens. Und es hält immer noch.« Versonnen nickte ich und musste an Herrn Jupiter denken.

»Ich hatte einen guten Lehrer. Den besten, würde ich sogar sagen.«

In meiner Stimme schwang ein gewisser Stolz mit. William sah mich fragend an und ich überlegte, was ich als Nächstes tun sollte. Ihm hier und jetzt einfach mein wundes Herz auszuschütten, erschien mir ein wenig gewagt. Dann sofort der rebellische Gegenschlag. Schon Jamie zum Trotz war das ein guter Gedanke. Außerdem hatte William selbst angeboten hier zu bleiben, so seltsam ich das auch fand. Aber was, wenn er mir auf einmal genauso in den Rücken fallen würde. Was dann? Aber war denn die ganze Welt auf einmal schlecht, nur weil dieses Miststück mich so an der Nase herumgeführt hatte? In meinem Kopf rotierte es nur so vor sich hin. William war mittlerweile stehengeblieben, verharrte mir gegenüber und kratzte sich an der Nase. Er wirkte ehrlich verlegen. Spätestens jetzt hätte ich mir eingestehen müssen, dass er auf seine ganz eigene Art richtig süß war.

»Also, ich wundere mich jetzt selbst über mich, wenn ich dir sage, manchmal tut es gut über seine Probleme zu reden. Ich kann dir jedenfalls versprechen, ich werde dein Vertrauen nicht missbrauchen.«

Dabei hatte seine Miene einen so treuherzigen Ausdruck angenommen, dass ich wider Willen schmunzeln musste. Er lächelte zurück. Alles in mir schrie nach Hilfe und Unterstützung.

Und da stand Will mit verlegener Miene und bot mir an, was ich dringend brauchte. Was auch immer die Konsequenzen waren, ich gab meinen Widerstand auf und war insgeheim wirklich froh einen Gesprächspartner vor mir zu haben, der sich offensichtlich für mich interessierte.

Issymama, ich flehe dich an, lass mich nicht wieder einen Fehler begehen. Dann sprudelte es schon aus mir heraus.

»Ich mache eine Lehre zur Zupfinstrumentenmacherin. Also eigentlich machte ich die, ich muss mir leider einen neuen Lehrbetrieb suchen.«

»Oh? Warum das denn?«

Er wirkte, als ob ihn das ehrlich bekümmerte.

Wieder zögerte ich, denn die Erfahrung mit Jamie war so frisch, dass ich mich am liebsten vor der ganzen Welt zurückgezogen, eine dicke Mauer um mich herum gebaut und dahinter verkrochen hätte. Das war sicherer. Trotzdem war meine Abwehr William gegenüber eher schwach.

»Du musst mir natürlich nichts erzählen, wenn es dir zu persönlich ist. Ich finde es nur spannend. Ungewöhnlich. Das ist alles.«

Er zuckte mit den Schultern, bewegte sich langsam weiter und seufzend gab ich endgültig auf. Schwache Abwehr? Eher nicht vorhandene Abwehr. Er war einfach zu nett, um ihn jetzt abblocken zu können. Das war ja jetzt auch kein sehr persönliches Geheimnis, redete ich mir ein und William hatte eher den gegenteiligen Effekt auf mich. Am liebsten würde ich ihm auf der Stelle alles anvertrauen, im Moment hielt mich nur die Angst zurück, schon wieder sofort in Tränen auszubrechen. Er schien das gar nicht tragisch zu nehmen und schritt jetzt wieder fröhlich dahin. Ich schob mir eine Strähne hinters Ohr und überlegte, wie ich am besten anfangen könnte. Ich wollte ihm ja nicht gleich meine ganze traurige Lebensgeschichte vor den Latz knallen. Ein paar Details konnte ich allerdings nicht auslassen. Mit dem Fahrrad zwischen uns schlenderten wir durch die Straßen. Mir war gar nicht bewusst, wo wir uns hinbewegten. Im Moment war mir das auch völlig gleichgültig.

»Okay, also meine Mutter ist vor ein paar Wochen verstorben.« Aus den Augenwinkeln wartete ich Williams Reaktion ab, die aber nur aus einem bestürzten: »Oh, wie beschissen.« bestand. Merkwürdigerweise musste ich bei dieser etwas unbeholfenen, aber so wunderbar offenen Antwort beinahe lachen und dadurch löste sich meine Zunge ganz von selbst.

»Beschissen, in der Tat. Der Laden, in dem ich arbeitete, war mein ganzer Halt. Routine im Chaos, verstehst du?« Er nickte und schien mir tatsächlich folgen zu können.

»Wenn in deinem Leben alles so drunter und drüber geht, sind die einfachsten Handgriffe, über die man nicht lange nachdenken muss, Gold wert. Ich war sehr dankbar, dass Frau Jupiter, so heißt meine Chefin, mich bat wieder zurück zur Arbeit zu kommen. Alles war noch sehr frisch und ich weiß noch genau, wie ich in unserer Küche saß und feststellte, wie schlimm es bei uns aussah. Pizzaschachteln und Cola-Dosen lagen in beachtlichen Mengen verstreut im Raum herum. Meine Mutter hätte einen Anfall gekriegt. Na ja, ich beschloss dem eine Ende zu setzen und endlich aufzuräumen und zu putzen.« Was hätte ich jetzt dafür gegeben, so einen Anfall meiner Mutter zu erleben? Kurz musste ich innehalten, klammerte mich an der Lenkstange fest und atmete tief durch. William zog seine Augenbrauen hoch.

»Ach, deshalb fühlst du dich beim Gläserwaschen so wohl. Putzen macht dir Spaß. Ich verstehe.« Sein Ton war spielerisch ironisch und ich funkelte ihn an, bis ich seine Miene sah. Ich stellte zufrieden fest, dass er versuchte dem ganzen einen heiteren Anstrich zu geben, was meinen Ärger augenblicklich verpuffen ließ.

Im Gegenteil, das war richtig nett und einfühlsam.

»Tja, wahrscheinlich«, reagierte ich in trockenem Tonfall. »Jedenfalls war ich gerade mit einem ganz extravaganten Putzfimmel zugange, als es an der Tür klopfte. Ich öffnete die Haustür mit einem Lappen in der Hand.«

»Frau Jupiter. Möchten Sie hereinkommen? Ich habe gerade Tee aufgesetzt.« Die Frau meines Chefs sah mich mitleidig an und betrat die Wohnung.

»Lilly, mein Liebes. Ich will gar nicht lange stören. Ich habe dir auch etwas mitgebracht.« Sie präsentierte mir einen Teller, voll beladen mit unzähligen Sorten von Keksen. Ich musste lächeln.

»Gute Frau. Kekse. Das ist das richtige Mittel gegen alle möglichen Probleme«, stellte William sehr ernst fest und das brachte mich endgültig zum Schmunzeln.

Frau Jupiter war eine flotte Dame Ende fünfzig, mit einem adretten Pagenkopf. Ihre Haare waren schon sehr grau, aber sie glich das durch ihren vornehmlich jugendlich wirkenden Kleidungsstil aus. Ich goss uns Kräutertee auf und stellte zwei Tassen auf den Tisch. Sie knetete ihre Finger und sah sich verstohlen im Raum um. *Was suchte sie denn?* Irritiert folgte ich ihrem Blick, konnte aber nichts Auffälliges erkennen. Ich atmete tief durch.

»Ich komme morgen wieder zur Arbeit. Ich brauche jetzt unbedingt Ablenkung«, begann ich das Gespräch. Ihr Blick wanderte zu mir und ruhte jetzt auf meinem Gesicht. Sie kannte mich mittlerweile ziemlich gut, deshalb ließ sie meinen Satz einfach so stehen. Trotzdem konnte ich hinter ihrer stoischen Fassade Erleichterung durchblitzen sehen.

»Ja. Das wäre wirklich … hilfreich. Wir haben einige neue Aufträge hereinbekommen. Also, zu tun gäbe es genug. In der Tat. In der Tat.«

Jetzt fixierte sie mich regelrecht mit ihren blauen Augen.

»Ist es noch nicht zu früh? Wir können bestimmt noch etwas umorganisieren. Florian hilft auch gerade aus, solange, bis du … Na ja. Bis morgen dann eben.«

Ich nickte bekräftigend.

»Es geht schon. Es muss ja«, bestätigte ich. *Florian, oje.*

Kurz überlegte ich, ob ich meine Erzählung ein wenig zu detailliert ausführte, aber William hob sofort den Kopf, als ich eine Pause machte.

»Florian?«

»Ja, ihr Sohn ist ein netter Kerl, hat aber im Grunde weder Lust noch Ahnung sich mit der Reparatur von Musikinstrumenten zu beschäftigen. Er ist ein totaler Computer-Nerd, der das Inventar und Auftragssystem extrem verbessert hatte.

Die eigentliche Handarbeit liegt ihm allerdings überhaupt nicht. Herr Jupiter und ich würden wohl alles noch einmal nachkontrollieren müssen.«

Ich weiß noch, wie mir dieser Gedanke ein angenehmes Gefühl gab, dass ich im Laden wirklich gebraucht wurde, und eine winzige Flamme Antriebskraft entzündete sich in meinem Inneren.

Frau Jupiter trank ihren Tee in wenigen Schlucken aus und es blieb mir nicht verborgen, dass sie sich sehr unwohl fühlte. Mamas Abwesenheit breitete sich ganz ungewohnt zwischen uns aus. Frau Jupiter tauchte früher nämlich oft bei uns auf und war dabei immer willkommen, auch wenn sie uneingeladen vorbeischaute. Meine Mama und sie verstanden sich wirklich sehr gut. Jetzt wurde das Loch, das Issy hinterließ, gleich um vieles größer. Als Frau Jupiter schließlich ging, setzte ich meine Putzorgie fort, bis die Küche so sauber war, dass selbst meine Issymama erstaunt geguckt hätte.

»Klingt nach wirklich netten Arbeitgebern«, warf William ein und zeigte mir, dass er wirklich zuhörte.

»Ja. Das war die Regelmäßigkeit, von der ich vorhin gesprochen hatte. Die folgenden Tage versuchte ich weiter krampfhaft nach dem Motto *Routine ist alles* abzuspulen. Es gelang mir einigermaßen gut.« Erstaunt stellte ich fest, wie gut es tat über solche eher unwichtigen Details zu sprechen.

»Vor allem die Arbeit im Laden, die den größten Teil des Tages ausfüllte, ließ mich meine Sorgen für winzige Momente fast ganz vergessen und in mir keimte die vage Hoffnung, dass ich mein Leben irgendwann vielleicht doch so weiterführen könnte, wie bisher. Ja, aber leider waren nicht alle Leute so angenehm, wie die Jupiters«, erinnerte ich mich an eine unerfreuliche Begegnung mit der Dame vom Amt.

»Huhu, Fräulein Gillian. Hallo!« Ich war gerade auf dem Weg zur Arbeit, als mich eine schrille Stimme aus meiner neugewonnenen, halbwegs guten Stimmung aufschrecken ließ. Frau Kibitz hatte mir jetzt gerade noch gefehlt. Mit einem tiefen Seufzer wappnete ich mich innerlich gegen die überkorrekte Dame, die sich um alle Amtsangelegenheiten in unserem Stadtteil kümmerte. Sie war für, na, so ziemlich alles hier in unserer Gegend verantwortlich. Zumindest war sie der Meinung, dass sie es war. Denn üblicherweise waren das auch Dinge, die sie oft nichts angingen.

»Gillian?« Williams Mund kräuselte sich zu einem Lächeln. Ich seufzte und sah ihn von der Seite an.

»Hübscher Name. Na, erzähl weiter, jetzt wird es ja richtig spannend.«
Er schaffte es doch tatsächlich, dass ich all mein um mich tobendes Drama vergaß und mich mit ihm über die absurden Details meiner Geschichte amüsierte.

»Danke. Na, wenn du meinst.« Vor meinem inneren Auge tauchte die leicht untersetzte Dame auf und es schüttelte mich.
»So schlimm?«, erkundigte sich William.
Ich sah ihn gespielt entsetzt an.
»Schlimmer.«

Frau Kibitz sah so aus, wie ich mir immer jemanden vorstellte, der beim Amt arbeitet. Sie wirkte stets so, als ob sie frisch vom Friseur käme und trug immer diese riesige hellbeige Handtasche bei sich. Ihre Lieblingsfarbe war offensichtlich alle Variationen von Braun und Beige. Für einen Moment überkam mich die Versuchung, einfach an ihr vorbeizuradeln, aber sie würde mich höchstwahrscheinlich gleich im Laden heimsuchen. Also bremste ich schweren Herzens und sah sie ernst an. Für ein Lächeln reichte meine Kraft noch nicht. Kurz stockte Frau Kibitz bei der bitteren Miene, die ich ihr entgegenbrachte.
Was hatte sie sich denn erwartet?
»Fräulein Gillian. Wie geht es Ihnen?« Sie siezte mich seit meinem dreizehnten Lebensjahr, was ich ein wenig sonderbar fand, denn alle anderen Nachbarn blieben weiterhin beim Du.
Alle meine Schulkollegen wurden bei uns geduzt, wir zählten noch nicht als vollwertige Erwachsene.
»Es geht schon«, erwiderte ich vorsichtig. Mein Standardsatz erschien mir passend genug.
»Also. Ich möchte das nicht so auf der Straße diskutieren.«
Sie sah sich nach rechts und links um, als erwartete sie einen Spitzel oder gar die Polizei. Mit gesenkter Stimme und beinahe verschwörerischem

Tonfall fuhr sie fort. »Die Wohnung. Also Sie können da nicht bleiben. Kommen Sie bitte bei mir im Amt vorbei. Am besten sehr bald.« Ich starrte sie ungläubig an.

»Aber meine Mutter hat doch alles arrangiert. Die Miete wird pünktlich überwiesen. Und ...« Sie wedelte mit der Hand vor meinem Gesicht.

»Es ist nichts Finanzielles. Wir finden da schon eine Lösung. Kommen Sie in der Mittagspause bei mir im Amt vorbei, ja? Bis später, Fräulein Gillian.« Sie nickte noch einmal bekräftigend und watschelte in ihrem entenartigen Gang Richtung Marktplatz davon, wo sich das Rathaus befand.

Ihre Gestalt verschmolz ganz unwirklich mit dem sandsteinfarbenen Gebäude, an dem sie vorbeiging.

Wie vom Donner gerührt, stand ich da. Es war wie immer erstaunlich, was für unwichtige Details ich wahrnahm, wenn ich mich in einem Schockzustand befand. Ich wusste noch sehr genau, dass ich nach diesem seltsamen Gespräch wie in Trance zur Arbeit fuhr.

Ein Tritt nach dem anderen, nur nicht das Ziel aus den Augen verlieren. Beim Laden angekommen, sperrte ich mein Fahrrad mit mechanischen Handbewegungen an einer Straßenlaterne ab.

Ich öffnete die Eingangstür und zuckte regelrecht zusammen, als die Glöckchen bimmelten. Frau Jupiter sah von der Ladentheke auf und strahlte mich warmherzig an.

»Lilly, das ist ja ganz wunderbar. Wir haben ganz viel Ablenkung für dich.« Sie drehte sich um und deutete auf ihren Mann. Dieser blickte nur kurz auf und deutete mit seinem Kopf in Richtung des großen Arbeitstisches.

Darauf lagen eine Gitarre und zwei Blockflöten. Ordentlich auf speziellem dunklen Samtstoff gebettet, sahen sie aus wie Patienten, die auf eine Untersuchung warteten. Ich nickte und begab mich hinter die Theke. Mit routinierten Griffen band ich mir eine Arbeitsschürze um. Dann begann ich die Gitarre in genaueren Augenschein zu nehmen.

»Der Steg.« Mehr Anweisungen bekam ich normalerweise nicht. Jakob Jupiter war kein Mann der großen Worte. Er hatte eine hagere Statur mit weißem, stets gepflegtem Bart. Ich hatte ihn noch nie ohne seine Arbeitskleidung angetroffen. Ein grauer Arbeitskittel verbarg seine schlichten Hosen und Hemden. Es interessierte mich allerdings nicht übermäßig, was er sonst so trug.

»Ah, daher weht der Wind«, kommentierte William meine Erzählung. Kurz runzelte ich die Stirn. War ich zu sehr ins Detail gegangen? Irgendwie schien er meine Erinnerungen im Handumdrehen aus mir herauszukitzeln.

»Der Wind?«

Er rieb sich am Nacken. »Na ja, das erklärt, warum du meine Gitarre so toll zusammengeflickt hast.«

»Oh, ja klar. Wie gesagt, ich hatte einen wirklich guten Lehrer. Wenn er auch eher schweigsam war. Erstaunlicherweise lief unsere Zusammenarbeit immer ohne große Worte ab.

Herr Jupiter und ich kommunizierten seit jeher ohne ausschweifende Erklärungen.

Das war für uns beide ein Riesenglück, denn auch ich fühlte mich sehr wohl bei der Arbeit, wenn hauptsächlich, nun ja, eben gearbeitet wurde. Hier und da lief Musik im Hintergrund, aber auch nur, wenn wir nicht mit dem Stimmen und Testen von diversen Instrumenten beschäftigt waren.«

Mir fiel in dem Moment auf, wie gerade unverhältnismäßig viele Worte nur so aus mir heraussprudelten. Ich war nicht gewohnt, dass jemand sich wirklich für mich interessierte und dazu noch jede Menge ehrlicher Fragen stellte. Meine Mama natürlich, aber das war etwas ganz anderes gewesen. Es fühlte sich auch anders an, als mit Jamie. Glaubwürdiger. Oder erlag ich hier wieder meinem eigenen Wunschdenken?

»Sicher war, dass die Arbeit mich ganz gut durch den Tag brachte«, stellte ich fest.

»Ja, das kenne ich gut. Wenn ich im Tonstudio so richtig konzentriert bin, vergesse ich auch alles um mich herum und der Tag verfliegt einfach so. Puff«, bestätigte William mit einer Handbewegung und ich hatte das Gefühl, er sagte das eher zu sich selbst, was die Aussage nur noch sympathischer machte. Ich nickte zustimmend.

»Ich war mehr als dankbar, dass ich mich voll und ganz in der feinmotorischen Beschäftigung vergraben konnte. Ich schraubte, zerlegte, untersuchte und setzte wieder zusammen. Herr Jupiter blickte nur ganz selten auf und nickte. Das hieß normalerweise, dass ich alles richtig machte. Andernfalls trat er zu mir, legte meine Hände in die richtige Position oder deutete auf eine Kleinigkeit, die ich übersehen hatte.«

Die Erinnerung an Herrn Jupiter versetzte mir jedes Mal einen kleinen Stich. Inständig hoffte ich, dass es ihm gut ging und seine Genesung Fortschritte machte. Ich wusste noch, wie zufrieden ich mich damals im Laden zurücklehnte.

Die Kirchturmuhr schlug erstaunlich oft und Frau Jupiter kam mit einer dampfenden Suppe, die köstlich roch, von oben die Treppe hinunter. Die Jupiters besaßen das ganze Haus, samt oberen Stockwerken und dem Schuppen dahinter. Praktischerweise hatten sie sich eine winzige Wohnung oberhalb des Ladens eingerichtet. Herr Jupiter war ohnehin fast immer im Geschäft oder im Schuppen dahinter anzutreffen. Für ihn gab es keine geregelten Arbeitszeiten. Es war an Frau Jupiter die kleine Firma am Morgen aufzuschließen, mit Kunden zu interagieren und Rechnungen zu schreiben.

Jetzt setzte ich mich an den kleinen, aber gemütlichen Esstisch und löffelte dankbar meine Suppe.

Die heiße Flüssigkeit wärmte mir den Magen und verwundert stellte ich fest, dass ich völlig das Mittagessen vergessen hätte. Es war im Moment einfach eine Nebensache.

»Ach, Lilly, Frau Kibitz hat angerufen und mir aufgetragen dich zu erinnern, du möchtest doch bitte bei ihr im Amt vorbeischauen.« Ich blickte auf. *Was wollte denn Frau Kibitz von mir?* Da war mir wieder einmal prächtig gelungen, etwas Unangenehmes voll und ganz zu verdrängen. Die Begegnung am Morgen schoss mir sprichwörtlich und urplötzlich ein und der Löffel fiel mir aus der Hand. Suppe spritzte rechts und links auf das Tischtuch. Hektisch tupfte ich mit meiner Serviette herum, verschmierte aber natürlich mehr, als zu säubern. Frau Jupiter legte eine Hand auf meine.

»Lilly. Ist schon gut. Geh.« Schuldbewusst sah ich sie an. Sie war ohnehin gewohnt, keine Antworten zu bekommen und fragte deshalb auch nicht nach. Ich sprang auf und machte mich auf den Weg zum Rathaus. Mir fiel erst jetzt auf, dass ich mein Handy zu Hause vergessen hatte. Meist hatte ich keinen Nutzen für das Ding und ließ es irgendwo liegen. Am besten noch mit leerem Akku.

Das Rathaus war ein großes, ehrwürdiges Haus mit einer hohen schmalen Fensterfront und einer breiten Treppe, die zu drei Eingangsportalen führte. Ich öffnete das mittlere und ging zielstrebig in den zweiten Stock. Jugendamt. *Frau Käthe Kibitz, Zimmer 205,* stand auf einem schlichten Schild neben der Tür.

»Käthe Kibitz? Echt jetzt? Das ist irgendwie ... witzig«, warf William ein. Ich stutzte kurz und musste grinsen.

»Ja, die Dame entspricht ihrem Namen wohl recht gut, nicht nur äußerlich. Du solltest mal ihr Büro sehen.«

Sachte klopfte ich an die Tür.

»Herein«, tönte es gewohnt schrill. Wieder wappnete ich mich innerlich und drückte die Klinke hinunter.

»Guten Tag, Frau Kibitz.« Im selben Moment, in dem sie mich erkannte, verrutschte ihr Gesichtsausdruck sofort in den Mitleidsmodus. Allmählich ging mir das auf die Nerven. Ja, mein Leben war im Moment ziemlich katastrophal, aber dieser latent bedauernde Blick machte mich langsam aber sicher verrückt. Im Grunde wollte ich trotz alledem ganz normal behandelt werden. Nicht wie ein rohes Ei, das jederzeit zerbrechen könnte.

»Bitteschön, Fräulein Gillian. Setzen Sie sich doch.«

Fräulein Gillian.

»Fräulein Gillian.« William schmunzelte in sich hinein und ich presste meine Lippen aufeinander. Als er bemerkte, dass ich seinen Kommentar etwas zu ernst genommen hatte, hob er beschwichtigend die Hand. »Entschuldigen Sie bitte, Fräulein Gillian. Bitte fahren Sie fort.«

Seine Kibitz-Impression war sehr treffend, obwohl er sie ja noch nie getroffen hatte und mein Ärger löste sich sofort auf.

»Okay. Ich ließ mich also ihr gegenüber auf dem schmucklosen Plastikstuhl nieder. Wie immer erschlug mich die Einfallslosigkeit ihres Büros. Die wenigen Male, die mich in diesen Raum geführt hatten, waren mir noch gut im Gedächtnis.

Es waren die typisch langweiligen hellen Büromöbel, die jede persönliche Note und jeden Geschmack regelrecht in die Flucht trieben.

Die einzigen Highlights und Farbtupfer waren Poster und Bilder aus der Twilight Saga, die an der Außentür der Schrankwand befestigt waren. Außerdem gab es noch einen überdimensionalen Kalender an der Wand. Dieser strotzte ebenso vor Vampiren und Werwölfen und einer debil grinsenden Heldin.«

»Twilight?« William hatte jetzt seine Augenbrauen hochgezogen. »Jetzt überrascht mich Frau Kibitz aber wirklich. Wer hätte das gedacht. Allerfeinster Geschmack.« Ich schüttelte den Kopf und lachte mit ihm.

Die ganze Szene war wirklich ein wenig absurd gewesen.

»Nun, Fräulein Gillian.« Zwangsläufig riss ich mich von den romantischen Filmszenen los und konzentrierte mich auf Frau Kibitz. Sie faltete die Hände vor ihrem Mund und holte übertrieben bedeutungsschwer Luft.

Ich unterdrückte ein Augenrollen und schwieg. Ihr Blick wurde, wenn das überhaupt möglich war, noch mitleidiger. Erwartungsvoll hob ich die Augenbrauen und versuchte mich an einem neutral interessierten Gesichtsausdruck.

»Fräulein Gillian, Sie sind ja laut dem Gesetz noch nicht volljährig.« *Aha. Worauf wollte sie hinaus?* Meine Augen wurden schmal. »Um es kurz zu machen. Der Vermieter Ihrer Wohnung, also der Hausbesitzer, ist mit mir in Kontakt getreten und möchte den Mietvertrag zum nächstmöglichen Termin auflösen. Wir haben also de facto drei Monate Zeit, um uns um alles zu kümmern.«

Ich starrte fassungslos auf Frau Kibitz' Mund. Sie benutzte einen hellbraunen Lippenstift. Oder hatten ihre Lippen einfach von Natur aus diese Farbe? Mein Magen hatte sich bei dieser Neuigkeit schon wieder zusammengekrampft. Das Häufchen Elend wollte sich mit Vehemenz auf den Boden verabschieden. Es war einfach viel zu viel. Ich war ein Teenager. Hilfesuchend blickte ich zu dem Vampir im Hintergrund, aber der lächelte nur mysteriös in die Unendlichkeit. Ich räusperte mich.

»Aber. Aber. Warum? Wir haben doch immer pünktlich die Miete bezahlt und alles in Ordnung gehalten?« Ich schluckte.

»Meine Mutter hat alle Mietzahlungen im Voraus arrangiert, da bin ich ganz sicher.« Frau Kibitz rutschte ein wenig auf der Sitzfläche ihres Stuhls hin und her und vermied den direkten Blickkontakt mit mir. Sie wischte mit dem Zeigefinger ein unsichtbares Staubkorn überaus sorgfältig vom Tisch. Das Thema war ihr offensichtlich sehr unangenehm.

»Nun ja. Um ganz ehrlich zu sein, er war sich nicht sicher, ob Sie das so alles in seinem Sinne weiterführen können. So ganz allein.«

Mein Blick wurde jetzt eisig. Ich richtete mich kerzengerade auf und presste die Lippen aufeinander.

»War das dann alles?« Sie legte den Kopf schief. »Ja, wollen Sie denn nicht Ihre Möglichkeiten mit mir durchgehen? Ich finde bestimmt eine Institution oder Pflegefamilie ...« Abrupt stand ich auf und sah ihr fest in die Augen.

»Nein. Danke.« Langsam schritt ich aus dem Zimmer und schloss die Tür leise hinter mir. Draußen lehnte ich mich an die kühle Mauer und atmete durch. Tränen schwammen in meinen Augen, aber einen Zusammenbruch konnte ich mir jetzt einfach nicht leisten. Fieberhaft überlegte ich, was ich tun konnte. *Wer würde mich aufnehmen? Drei Monate. Das war nicht viel Zeit. Aber genug, um eine Lösung zu finden.*

»Konntest du nicht bei Jupiters unterkommen?«, fragte William und jeglicher Sarkasmus und Ironie war ehrlicher Bestürzung und Mitgefühl gewichen.

»Leider nein. Deren Wohnung ist so winzig klein, dass wir uns dauernd auf die Füße getreten hätten. Nein. Das war keine Möglichkeit.«

Ich wusste noch, wie verzweifelt ich in dem Moment war. Mein Atem hatte sich langsam etwas beruhigt und ich bewegte mich in Richtung Ausgang des Rathauses. Aus der Ferne nahm ich das Öffnen einer Tür wahr und ich beschleunigte meine Schritte. Fehlte mir gerade noch, dass die Kibitz mir nachlief. Stufe für Stufe schritt ich die breite Treppe hinunter und machte mich wieder eilig auf den Weg zurück in den Laden. Frau Jupiter sah mir an der Nasenspitze an, dass etwas nicht stimmte und so berichtete ich ihr meine Misere. Wie immer strich sie das Positive aus der Schreckensnachricht heraus.

Darin war sie eine echte Meisterin.

»Zumindest hast du noch drei Monate. Da wird uns schon was einfallen. Außerdem wirst du in ein paar Monaten achtzehn, oder? Da kannst du dann ohnehin selbst entscheiden, wo du wohnen möchtest und dir eine eigene Bleibe suchen.«

Dankbar sah ich sie an.

Ja, wie Recht sie doch hatte. Einen Schritt nach dem anderen.

»Ich konzentrierte mich also wieder auf meine Arbeit und der Tag flog regelrecht an mir vorbei. Herr Jupiter stand auf, tätschelte mir die Schulter und brummte etwas Unverständliches. Das hieß im Normalfall, dass er alles mitbekommen hatte und so sein Mitgefühl ausdrückte. Auch wenn er keine Antwort oder weise Ratschläge anbot, war das eine Geste, die mich sehr rührte. Es kam von Herzen und war mehr wert als blödes Mitleid.«

Es bedeutete auch, dass er mir vertraute, auch wenn ich selbst im Moment kein Quäntchen Selbstbewusstsein in mir verspürte. Ein kleiner ungeahnter Funken Mut machte sich durch diesen Vertrauensbeweis meines Arbeitgebers warm und wohlig in meiner Magengegend breit.

Williams freundlicher Kommentar riss mich wieder in die Wirklichkeit.

»Schade. Klingt nach einem tollen Chef. Aber warte mal, hast du nicht gesagt, dass du erst letzte Woche nach Berlin gezogen bist? Wie lange ist das denn her?« Erfreut stellte ich fest, dass er gut aufgepasst und mir wirklich zugehört hatte.

»Tja, es gibt da noch einen weiteren Teil der Geschichte. Ich kann das aber auch kurz machen«, bot ich an, denn ich wollte ihn nicht langweilen.

»Hey, erst machst du mich neugierig und dann bekomme ich nur die halbe Story. Also echt, Fräulein Gillian.« Der Ausdruck in Williams Gesicht erinnerte mich tatsächlich ein wenig an Frau Kibitz und ich musste schmunzeln.

»Okay, okay. Aber beschwer dich nachher nicht, dass ich zu ausführlich geworden bin.« Ich hob den Finger gespielt streng in die Höhe. Er grinste verschmitzt und seine dunkelblauen Augen blitzten mich an, was in meinem Magen einen kleinen, nicht unangenehmen Stich verursachte. Verlegen wandte ich mich ab und konzentrierte mich wieder auf meine Erzählung.

»Gut, na ja, viel passierte dann nicht. Ich versuchte einen Tag nach dem anderen zu schaffen. Kleine machbare Ziele, weißt du, was ich meine?«

William nickte und murmelte fast unverständlich: »Besser, also du es dir vorstellen kannst.«

Was ich nicht laut aussprach, war, dass ich mich fast jeden Morgen in der Küche wiederfand und mit meinem ganzen Körper schmerzhaft die Leere spürte.

Mein Magen zog sich zusammen und Schüttelfrost überwältigte mich von Kopf bis Fuß. Mit großer Kraftanstrengung zwang ich mich Kaffee zu trinken und alle Handgriffe wie gewohnt abzuspulen.

Und, oh Wunder. Es funktionierte. Jeden Tag ein winzig kleines bisschen besser. Wie auf Schienen folgte ich meinen alten Wegen und stand schließlich geduscht und fertig angezogen im Flur. Ich zog meine Schuhe und Jacke an und als ich die Tür öffnete, fuhr mir ein Stich ins Herz. Ich überlegte einen Moment, drehte mich in die leere Wohnung und sagte: »Tschüss, Mama. Hab einen schönen Tag.« In meiner Imagination hörte ich sie antworten.

»Mach es gut, mein Schatz. Wir sehen uns später.« Ich nickte ernst und verließ mein Zuhause.

11

»Lilly?«

Williams Stimme holte mich wieder in die Realität zurück. Anders als Jamie hatte er scheinbar kein Bedürfnis etwas von sich preiszugeben oder irgendwelche Gemeinsamkeiten zu unterstreichen, sondern hörte einfach nur aufmerksam zu.

»Entschuldige bitte. Teil zwei. Frau Kibitz in Bestform. Frau Jupiter war also gerade gegangen und auf dem Weg zurück ins Krankenhaus zu ihrem Mann. Ich wollte mich weiter ans Aufräumen machen, als es schon wieder energisch an der Tür klopfte.«

Vielleicht hatte Frau Jupiter etwas vergessen? Ich schielte im Vorbeigehen auf den Küchentisch, aber da standen nur unsere benutzten Teetassen. Das Klopfen wurde immer ungehaltener und jetzt erklang dazu die schrille Stimme von Frau Kibitz. Fieberhaft überlegte ich, was das bedeuten konnte. Was wollte die denn an einem Sonntag? Eine unbestimmte unheilvolle Vorahnung machte sich in meinem Bauch breit.

»Ich überlegte ernsthaft, so zu tun, als ob ich nicht zu Hause wäre. Dann befürchtete ich jedoch, dass Frau Kibitz wahrscheinlich beobachtet hatte, wie Frau Jupiter vor nur wenigen Minuten das Haus verlassen hatte. Außerdem konnte man in unserer Nachbarschaft so etwas ohnehin schlecht geheim halten. Es blieb mir also nichts anderes übrig, als mich dieser unangenehmen Person zu stellen. So nach dem Motto: *Augen zu und durch.* Seufzend öffnete ich die Tür und blickte in Frau Kibitz' Augen.« Ein Bild, das ich gerne verdrängt hätte, das aber noch sehr klar in meinem Kopf spukte.

Wie sie ihren Kopf schräg legte und ihr Gesichtsausdruck, wie auf Kommando, sofort in diesen grässlichen Mitleidsmodus glitt. Außerdem presste sie die Lippen zu einem schmalen hellbraunen Strich zusammen.

William räusperte sich.

»Fräulein Gillian. Leider sind sie mir viel zu unverantwortlich und mit all diesen Partys, Drogen und dann der ganze Alkohol. Verlassen Sie bitte die Wohnung, den Ort, na, am besten gleich den Planeten. So. Und jetzt such ich mir einen netten Vampir, der mich so richtig durch ...« Ich hatte schon angefangen zu lachen, stockte jetzt kurz und wartete, wie er sich da jetzt herausreden würde.

»... beißen wird. Guten Tag, Fräulein Gillian.« Ich schüttelte den Kopf.

»Du wirst lachen, denn du bist verdammt nah an der Wahrheit dran.«

Ohne Punkt und Komma begann sie auf mich einzureden.

»Fräulein Gillian. Haben Sie einen Moment Zeit? Sie sind mir so schnell davongelaufen das letzte Mal.« Sie wartete keine Antwort ab und drängelte sich an mir vorbei in den Flur. »Hier geht es in die Küche, nicht wahr?« Fassungslos starrte ich ihr hinterher, schüttelte den Kopf über so viel Dreistigkeit und schloss die Tür.

»Nein. Aber anscheinend ja doch,« murmelte ich und folgte ihr notgedrungen. Mit verschränkten Armen stand sie in der Küche und sah sich prüfend um. Bis auf die zwei benutzten Teetassen auf dem Tisch war alles blitzsauber geputzt. Insgeheim gratulierte ich mir, dass ich versucht hatte einen weiteren Traueranfall mit einer Reinigungsorgie zu bekämpfen. Weniger traurig war ich nicht, aber ich fühlte mich sehr wohl in der penibel sauberen Küche. Frau Kibitz nickte wohlwollend und wies mit der Hand auf die Stühle.

»Setzen wir uns doch.« Ich zog einen Sessel zu mir, aber stützte nur beide Hände auf dessen Lehne. Frau Kibitz setzte sich.

»Was gibt es denn so Dringendes, Frau Kibitz?«, bewusst versuchte ich ruhig und langsam zu atmen. Ich strich mir eine Strähne hinter das Ohr, obwohl sie schon alle ganz wunderbar dahinter platziert waren.

»Nun. Fräulein Gillian«, begann sie und fixierte mich mit ihrem starren Blick, der mich immer an den unbewegten Ausdruck eines Vogels erinnerte. Es war sehr unangenehm. »Die Situation hat sich, sagen wir, etwas verschärft.« Mit einer Hand schob ich mir eine weitere nicht vorhandene Strähne hinters Ohr und hob eine Augenbraue.

»Ihr Vermieter, Herr Piepentaler, hat etwas, nun, er hat etwas überreagiert.«

Aha. Überreagiert? Was sollte das nun heißen? Sie sah mich erwartungsvoll an, aber ich wartete schweigend ab, was als Nächstes kam.

»Nun. Das Haus. Also, es ist natürlich etwas vorschnell passiert, nun, das muss ich schon zugeben.« Konnte diese Frau endlich Klartext reden? Was war denn nun mit dem Haus? Meine Miene spiegelte ein einziges Fragezeichen wider.

»Nun, ich komme ganz ohne Umschweife zum Punkt.« *Ja, genau. Ohne Umschweife, dass ich nicht lache.* Was war denn nun der Punkt? Die Frau machte mich wahnsinnig.

»Nun, Fräulein Gillian, um es kurz zu machen. Er hat das Haus verkauft. Sie haben noch eine Woche Zeit, um hier auszuziehen. Eine Woche, ja. Das ist natürlich nicht wirklich legal und wir werden Sie da mit dem Mieterschutzbund unterstützen, aber, nun ja ...« Sie brach ab. Meine Kinnlade war heruntergeklappt. Ich konnte nicht fassen, was heute noch alles passierte. Meine derzeitige Grundsituation und der Herzinfarkt von Jakob Jupiter gingen schon an meine Grenze des Erträglichen. Meine Finger krampften sich um die Stuhllehne, bis die Knöchel weiß hervortraten. Frau Kibitz' Blick schnellte zu meinen Händen und wieder zurück in mein Gesicht. Sie beugte sich nach vorne und streckte den Zeigefinger aus, um mich zu berühren. Ich zuckte zurück, verschluckte mich und musste heftig husten.

»Haben Sie verstanden, was ich gerade gesagt habe?«

Sie sprach in einem eindringlichen, langsamen Ton, der mich zur Weißglut trieb.

»Ja«, sagte ich knapp und etwas zu scharf. »Noch etwas, was ich wissen
müsste?« Frau Kibitz starrte mich schon wieder so unbewegt an.

»Ich habe mit Engelszungen auf Herrn Piepentaler eingeredet. Das
können Sie mir glauben. Mit Engelszungen. Aber er, nun ja, er fühlt
sich nicht wohl, sein Haus in den Händen eines so jungen Menschen,
also fast noch ein Kind ... zu lassen.« Ärger und Frustration stieg in
Wellen in mir hoch und ließ meinen Ton kalt und bissig klingen. *Fast
noch ein Kind?*

»Schon klar. Der Saustall hier ist auch wirklich untragbar.« Mit einer
eleganten Handbewegung deutete ich auf die blitzblanke Küche. Keine
Minute länger konnte ich diese Person in meinem Heim ertragen. In der
Hoffnung, sie würde mir folgen, wandte ich mich um und bewegte mich
in Richtung Flur zur Eingangstür hin.

Hektisch sprang Frau Kibitz auf. Ich versteckte meine Wut, Panik und
Verzweiflung hinter einer Maske von Arroganz und
Gleichgültigkeit. Mit Genugtuung stellte ich fest, dass das Frau Kibitz
vollends aus dem Konzept brachte.

»Äh. Nein. Wenn ich Ihnen noch irgendwie behilflich sein kann,
dann ...«

»Natürlich. Ich gebe Ihnen Bescheid.« Mit dem Finger trommelte
ich ungeduldig gegen das Holz, hielt ihr die Türe auf und sah sie erwartungsvoll an. Sie blickte noch einmal hilfesuchend im Flur umher, aber
da ich mich nicht bewegte, stakste sie mit schnellen Schritten hinaus.
Ich knallte die Türe hinter ihr zu, lehnte mich von innen dagegen und
verlor im gleichen Moment meine mühsam aufrechterhaltene Selbstbe-
herrschung. Mein Atem ging schneller und schneller, bis ich fast hyper-
ventilierte.

Was sollte ich nur tun? Wo sollte ich hin? Eine Woche? Mit dem Rücken
rutschte ich langsam an der Tür entlang herab, kauerte mich wie ein

Häufchen Elend auf dem Boden zusammen und schlang die Arme um meine Knie. Ein Schluchzen arbeitete sich von tief in mir nach oben und ein Weinkrampf erfasste mich und schüttelte mich durch.

Es kam mir vor wie eine Ewigkeit, aber ich war unfähig klar zu denken, geschweige denn zu handeln. In meinem Kopf purzelten die Gedanken wild und panisch durcheinander.

Wo konnte ich innerhalb so kurzer Zeit Unterschlupf finden?

Wie sollte ich mein Geld verdienen?

Oh, Mama, ich vermisse dich so sehr. Warum passierte das alles genau jetzt? Nach einer ganzen Weile und nur sehr langsam verebbte der Heulanfall dann doch irgendwann. Ohne mein direktes oder bewusstes Zutun begann mein Hirn wieder logisch zu denken.

Jupiters waren jetzt mit ihren eigenen Problemen beschäftigt und ich konnte sie unmöglich um Hilfe bitten. Frau Kibitz war die Allerletzte, die ich um Hilfe bitten würde. Eigentlich würde ich diese Person überhaupt nicht in meine Überlegungen einbeziehen.

»Piepenthaler, Kibitz, Gillian. Das erfindest du doch gerade alles. Gib es zu.« William war stehengeblieben und sah mir so direkt in die Augen, dass ich beinahe wegsehen musste. Aber ich wollte ihm beweisen, dass das wirklich mein Leben war und schüttelte vehement den Kopf.

»Nein, wirklich. So unglaublich das klingt.«

Seine Miene spiegelte seine Ungläubigkeit wieder.

»Und wie kommt jetzt Berlin ins Spiel?« Es machte wirklich Spaß ihm die ganze Geschichte zu erzählen, auch wenn ich immer wieder in Gedankenschleifen hängenblieb.

»Tja, ich hatte noch eine Idee, die vielleicht ein wenig gewagt war, aber in diesem Moment musste ich jeden noch so kleinen Strohhalm verfolgen. Ich rief eine Freundin an, mit der ich erst vor Kurzem wieder Kontakt hatte.«

William hob die Hände.

»Warte, warte. Diese Freundin heißt bestimmt: Hildegard Hilfreich oder so, ja?« Ich lachte schon wieder.

»Nicht ganz. Was sagst du zu: Gaby?« Er wirkte ehrlich enttäuscht.

»Na, das gibt der Geschichte wenigstens einen realistischen Anstrich. Ich bin noch nicht überzeugt, ob du mich nur anflunkerst.«

Meine Erinnerung wanderte wieder zurück zu meinem letzten verzweifelten Versuch, in meiner Heimatstadt eine Bleibe zu finden. Gaby öffnete die Tür und sah mich erstaunt, aber freundlich an.

»Lilly, Mensch. Komm rein. Was ist denn los?« Mein Gesicht war rot und fleckig, obwohl ich mir literweise kaltes Wasser ins Gesicht gespritzt hatte. Es hatte ohnehin keinen Zweck ihr etwas vorzuspielen.

»Ach, Gaby. Dieser Tag ist einfach verflucht.« Sie zog mich in ihr kleines Wohnzimmer und goss mir ein Glas Wasser aus einer Karaffe, die auf einem kleinen Glastischchen stand, ein.

»Also der Reihe nach.«

Ich berichtete alles, angefangen von meinem Besuch im Jugendamt bis zu Herrn Jupiters Herzinfarkt, endend mit dem überstürzten Verkauf unseres Hauses.

»Halt, Moment. Herr Jupiter hatte einen Herzinfarkt? Stimmt, du hast vorhin was von Krankenhaus erwähnt. Mannomann.«

William hob ehrlich erschüttert die Augenbrauen. Ich hatte in all meinen Erzählungen ein wenig den Überblick verloren.

»Wie geht es ihm jetzt?« Ich schüttelte den Kopf und seine Augen weiteten sich.

»Nein, nein«, wehrte ich ab. »Er ist mittlerweile wieder aus dem Krankenhaus, aber es wird wohl noch Monate dauern, bis er wieder ganz gesund ist. Frau Jupiter hat mir erst vor ein paar Tagen eine lange E-Mail geschrieben. Sie hat das alles offiziell gemacht und meine Ausbildung aus diesen Gründen erst einmal pausiert.«

Ich zuckte mit den Schultern.

»Zumindest kann ich einfach weitermachen, wenn ich einen anderen Lehrbetrieb finde. Es gibt nur wirklich wenige solcher Läden und dann noch jemand, der die Lehre weiterführen könnte.« William rieb sich am Nacken.

»Das ist ja echt doof. Da habe ich spontan auch keine Idee. Hm ...«, grübelte er.

In dem Moment fiel mir wieder ein, wohin ich eigentlich wollte und ich schlug mir an den Kopf. Ich hatte doch vorgehabt, zu diesem Laden, den Arvo mir empfohlen hatte, zu gehen.

Ich sah mich um und versuchte mich zu orientieren. Wir waren mittlerweile beim Tiergarten angekommen.

»Ach, ich bin ja so bescheuert. Ich habe vielleicht doch eine Chance. Der Mann meiner Oma hat mir eine Adresse von einem Musikladen gegeben, der Instrumente repariert. Genau dorthin war ich eigentlich unterwegs, bevor ...«

Mir fiel auf, dass ich die unfassbare Aktion von Jamie völlig vergessen hatte. Mit einem heftigen Stich im Bauch meldete sich der Verrat nun aber zurück und die Enttäuschung griff nach meinem Herzen. Halb erwartete ich, dass William sich jetzt verabschieden würde, aber er nickte nur und sagte dann zu allem Überfluss: »Super, ich komme mit. Hab die ganze Nacht vorgearbeitet für die Präsentation und deshalb ist jetzt schon Feierabend.«

Aha. Deshalb also.

Die Präsentation. Der Wettbewerb. Mein Lied. Ich lief Gefahr hier und jetzt zusammenzubrechen, als William ganz unbekümmert fragte: »Also. Du warst bei Gaby Hilfreich. Aber das klappte wohl auch nicht als Wohnmöglichkeit, nehme ich mal stark an?«

Ich nickte nur.

Ich kann mich noch erinnern, wie Gabys blaue Augen sich bei meinen Erzählungen ebenso weiteten wie Williams. Sie schüttelte ungläubig den Kopf und drückte meinen Arm voller Mitgefühl.

»Lilly, das ist ja kaum zu glauben.«

»Ja. Ich weiß jetzt ehrlich nicht, wo ich hin soll«, schloss ich mit einem Seufzer. Es tat gut, alles einfach so herauszulassen und ich fühlte mich tatsächlich etwas leichter. Gaby meine beste Freundin zu nennen, war vielleicht etwas übertrieben, aber sie hatte mit ehrlichem Interesse und Anteilnahme zugehört und das war es, was ich im Moment brauchte.

Sie schluckte jetzt und sah sich im Zimmer um. Ihr Blick wurde ein wenig verlegen. Erst jetzt fiel mir auf, dass überall im Raum Kisten herumstanden und es keine Bilder oder sonstige Innendekoration an den Wänden gab.

Ihre Aufmerksamkeit richtete sich wieder auf mich.

»Ich hätte dir sofort angeboten bei uns zu bleiben, aber wie du siehst, packen wir auch unsere Siebensachen. Ich gehe für die nächsten sechs Monate auf eine Ranch in Neuseeland und meine Eltern machen eine Segeltour. Danach suchen sie sich eine Wohnung in einer größeren Stadt, kommt ein wenig darauf an, wo ich studieren werde.« Sie presste ihre Lippen aufeinander und nahm meine Hände in ihre.

»Das tut mir so leid, Lilly. Ehrlich. Vielleicht fällt mir noch etwas ein, aber im Moment haut mich die ganze Geschichte auch ziemlich um.«

Vage erinnerte ich mich, dass Gaby während der Abschlussparty am See etwas von Neuseeland erzählt hatte, aber ich hatte das nicht sehr ernst genommen oder den Zeitrahmen irgendwie anders, weiter entfernt, in Erinnerung behalten. Seufzend sank ich auf dem Sofa in die weichen Kissen und legte meine Hände in den Schoß.

»Na klar. Danke trotzdem.« Ich kämpfte hart mit den Tränen, die sich schon wieder verlässlich nach oben drängten.

»Was soll ich nur machen? Gaby, ich bin echt verzweifelt.« Sie setzte sich zu mir und legte mir den Arm um die Schultern.

Gabys Mutter Julie kam herein und kramte in einer der Kisten herum. Sie bemerkte mich erst nach ein paar Minuten.

»Ach Gott, Lilly. Ich habe von Herrn Jupiters Herzinfarkt gehört. Als ob deine ganze Situation nicht schon genug zu ertragen wäre. Wie geht es dir denn?«

»Ach, Mama, stell dir vor, jetzt wurde noch zu allem Überfluss ihr Haus verkauft und sie muss in einer Woche ausziehen. Es ist eine Katastrophe. Können wir nicht irgendetwas machen, um Lilly zu helfen?«

Gabys Mama sah ehrlich bestürzt aus und hielt in der Bewegung inne. Man konnte ihr ansehen, wie sie fieberhaft nach einer Lösung suchte.

»Oh Mann, Lilly, jetzt gehen selbst mir die Witze aus. Tut mir echt leid.« William presste die Lippen aufeinander und schüttelte den Kopf. Es tat so gut zu hören, dass ich nicht einfach hysterisch überreagierte, sondern reines Mitgefühl ohne übertriebenes Mitleid erhielt. Alles schien irgendwie leichter und weniger dramatisch.

»Tja, Gabys Mama hatte dann die unvermeidliche, von mir am heftigsten verdrängte Idee. Als sich Gabys Miene aufhellte, wusste ich, was jetzt kommen würde.« Ich seufzte bei der Erinnerung.

»Was ist denn mit deiner Oma? Könntest du denn bei ihr unterkommen?«, schlug Julie vor. Gaby sah mich genauso erwartungsvoll wie ihre Mutter an. Ja, da war sie, die eine Lösung, die ich am weitesten von mir weggeschoben hatte.

Es war wohl tatsächlich unausweichlich. Berlin schien mir wie ein Riesenmoloch, zu weit entfernt von allem, was mir vertraut und heimisch war. Alleine die Vorstellung ließ einen dicken Knoten in meinem Magen entstehen.

»Ja. Vielleicht«, flüsterte ich.

William gab nur einen undefinierbaren Laut von sich und so fuhr ich fort.

»Gaby und Julie brauchten noch den halben Nachmittag, um mich zu überzeugen, aber schlussendlich rief ich Mathilda an und legte ihr die ganze Situation dar. Man musste ihr zugutehalten, dass sie keine Sekunde zögerte. Sie kam am nächsten Tag, organisierte den Abtransport aller Möbel und ließ mich ein paar Kisten füllen, die später nach Berlin geliefert wurden.«

Mein Körper und Geist hatten wieder auf Durchzug gestellt. Klon-Lilly kam ganz auf ihre Kosten.

Es war einfach zu viel für mein Häufchen Elend. Oma übernahm die Führung und ich ließ sie gewähren. Mir war schon bewusst, dass das alles zu meinem Besten war. Auch wenn ich selbst noch nicht sicher war, was denn nun eigentlich das Beste für mich war. Klar war, dass meine Mama, die Jupiters und Niederzwehren keine Rolle mehr spielen würden und mein Leben, wie ich es bisher kannte, von einem Tag auf den anderen so nicht mehr existierte.

»Ist denn dein Verhältnis zu deiner Oma so schlecht?«, wollte William jetzt wissen. Ich holte tief Luft, bevor ich antwortete.

»Ach nein, sie ist schon in Ordnung. Sie ist nur so ... ganz anders als meine Mutter und ich.« Er nickte verständnisvoll.

»Außerdem repräsentiert sie auch deinen totalen Abschied von deinem alten Leben, oder so?« Er verstand es wirklich gut meine Gedanken in einem klaren Satz auszudrücken.

»Oder so. Ja.«, murmelte ich und blinzelte schon wieder gegen eine Träne, die sich nach oben kämpfte. Die nächsten Minuten gingen wir schweigend nebeneinander her. Hier im Tiergarten herrschte eine richtig friedvolle Stimmung. Das Fahrrad wirkte beinahe wie ein Bollwerk zwischen uns. Dann sagte er vorsichtig in die Stille: »Wenn du wegen vorhin reden ...« Aber ich fuhr ihm unwirsch dazwischen.

»Dann gebe ich Bescheid. Danke. Wie lange arbeitest du schon in dem Label?« Es war jetzt wirklich Zeit, etwas mehr über William herauszufinden.

»Zwei Jahre. Er ist ein feiner Mann, der Wolf.« *Komisch, wie er das sagte.*
Ein feiner Mann. So hätte ich ihn vielleicht nicht bezeichnet, aber gut.

»Fein?«, hakte ich deshalb nach, denn das hatte eindeutig mein Interesse geweckt. William rieb sich den Nacken.

»Sagen wir so, er ist recht vorurteilsfrei, lässt sich nicht von anderen beeinflussen und macht sich sein Bild selbst.«

»Aha.« Definitiv interessant. Aber ich wollte mehr Details erfahren. Als ich den Mund öffnete, um noch einmal nachzufragen, vibrierte mein Handy. Ich blickte auf das Display und der Schreck fuhr mir in die Glieder. *Jamie.*

Unwillkürlich war ich stehen geblieben und hob ab.

»Hi.« Meine Stimme klang ganz heiser. Ich räusperte mich.

»Lilly.« Jamies Stimme klang unfassbar kühl. So kalt hatte sie noch nie zuvor mit mir gesprochen.

»Ich habe dich mit William weggehen sehen. Von mir aus. Mach, was du willst. Aber wenn du ein Wort über das Lied verrätst, erzähle ich ihm, dass du mit dem Wolf schläfst. Und dem Wolf sage ich, dass du hier eingebrochen bist, um dein Lied in die Auswahl zu bringen. Deine Fingerabdrücke sind überall. Wenn das nicht reicht, ich bin da sehr kreativ. Kapiert?« Mein Puls schoss augenblicklich hoch, ließ meine Atmung immer schneller werden, mein Herz klopfte mir bis zum

Hals und ich nickte eingeschüchtert. »Kapiert?«, zischte sie noch einmal, jetzt ungeduldig.

»Ja«, hauchte ich und verstand die Welt nicht mehr.

12

Wie in Trance steckte ich mein Handy ein und folgte William mit mechanischen Bewegungen.

»Alles in Ordnung?«, erkundigte sich dieser vorsichtig.

Meine Hand hatte sich wie immer ganz automatisch um den Anhänger gelegt. Er schien im Takt meines aufgewühlten Herzschlages zu vibrieren. Mein Kopf schwirrte voll von Fragen. Warum hatte Jamie das getan? Hatte sie all das geplant? War ihre Freundschaft nur ein Theater gewesen? Wie böse konnte ein einzelner Mensch sein? Das konnte doch nur ein Missverständnis sein.

»Lilly?«

William berührte mich sanft am Arm und ich zuckte zurück. Was würde Jamie tun, wenn ich ihm hier und jetzt alles erzählen würde?

Nein, das konnte und durfte ich nicht riskieren. Es könnte alle Chancen, dem Wolf näherzukommen, zerstören. William sah mich erwartungsvoll an.

»Ah. Also ...«, stotterte ich unbeholfen vor mich hin. Mein Instinkt schrie nach Flucht. Nach Hause. Verdammt. Es gab kein Zuhause für mich. Arvo und Oma würden doch auch nur Fragen stellen. Da fiel mir wieder ein, was mein ursprünglicher Plan gewesen war.

Vor dem ganzen Schlamassel.

Mit aller Macht verdrängte ich meine Emotionen unter die Oberfläche, kramte die Visitenkarte des Musikladens aus meiner Hosentasche und reichte sie William. Er sah kurz darauf und dann zu mir. Als ich nicht reagierte, zog er sein Handy heraus und tippte etwas ein.

»Okay. Ich kenne den Laden nicht, aber die Adresse sagt mir etwas.

Willst du da jetzt hingehen?« Ich nickte nur stumm und brachte keine Silbe heraus.

Es war mehr als offensichtlich, dass der Anruf mich völlig aus dem Konzept gebracht hatte, aber er respektierte mein Schweigen. Das war zwar sehr nett und einfühlsam, aber eigentlich hätte ich ihm gerne alles erzählt. Allerdings hatte ich eine Heidenangst, dass Jamie alle ausgesprochenen Drohungen wahr machen würde.

Im Moment traute ich ihr alles zu. Sie war so ein Miststück. *So ein verdammtes Miststück.*

»Alles in Ordnung?« William wurde es jetzt doch zu still. Fieberhaft überlegte ich, ob ich einfach alles rauslassen sollte. Was wären die Konsequenzen? Er arbeitete immerhin in dem Label, das Jamies Lied ausgewählt hatte. Hatten sie nicht ein Recht darauf zu wissen, wer der eigentliche Schöpfer dieses Werkes war? Begriffe wie Urheberrecht und geistiges Eigentum spukten in meinem Kopf herum, aber es waren nur vage Ideen ohne Substanz.

Was hatte ich denn für Beweise? Ich kam mir vor wie das Mädchen im Sandkasten, das laut brüllte: »Das ist aber mein Eimer.« Unzusammenhängende Gedankenfetzen tobten wild und ungreifbar in meinem Kopf herum.

William hatte jetzt kurzerhand die Führung übernommen und wie durch einen Nebelschleier nahm ich wahr, dass wir in der U-Bahn saßen. Ich war ihm einfach blind gefolgt.

Wie konnte ein Mensch so hinterhältig sein? Nach wenigen Stationen deutete William mir auszusteigen. Ich hatte die Orientierung schon lange verloren und stolperte einfach nur neben ihm her. Meine Gedanken wollten nicht aufhören, wie wild gewordene Hummeln in meinem Kopf hin und her zu schwirren.

Wie konnte sie mich nur erpressen? Und ich naive blöde Kuh bin voll auf sie hereingefallen.

Es wirbelte und brummte in meinem Schädel und ich nahm kaum etwas um mich herum wahr.

»Lilly?«

William sah mich mit hochgezogenen Brauen an. Kurz nagte ich an meiner Oberlippe und überlegte, was ich ihm erzählen konnte. So zu tun, als ob alles in Ordnung wäre? Dafür war es zu spät. Irgendwie musste ich ihn von dem Thema ablenken, denn es würde nicht viel Motivation benötigen, bis alles aus mir herausbrechen würde. Aber das Risiko, dass Jamie ihre Drohungen wirklich in die Tat umsetzte, war mir zu hoch. Nachdem William keine Anstalten machte, mir von der Seite zu weichen, musste ich ihm irgendetwas erzählen. Im Grunde hatte ich genug aufwühlende Themen im Angebot.

Jamies Vertrauensbruch verdrängte ich fürs Erste in eine dunkle Ecke meines Herzens.

»Wie schon erwähnt. Meine Mutter ist vor wenigen Wochen gestorben. Ganz unerwartet. Von der Krebsdiagnose bis zu ihrem Tod vergingen nur zwei Wochen.«

Ich presste meine Lippen aufeinander und erwartete schon einen Heulanfall, der aber seltsamerweise ausblieb. William nickte nur mitfühlend und legte eine Hand auf meinen Arm.

»Schöne Scheiße.« Das kam so ehrlich und überraschend, dass ich unvermittelt lächeln musste.

Er wirkte kurz betreten und etwas irritiert über meine Reaktion, aber schmunzelte dann auch.

»Ja, das trifft es ziemlich genau.« Es war das erste Mal, dass ich so undramatisch über den Tod von Mama reden konnte.

Es tat genauso weh wie zuvor, aber es war, als ob William die Trauer mit seinem Kommentar und etwas Sarkasmus bündelte, was dann schließlich in meinem Lächeln endete. Mit einem Mal stellte William mein Fahrrad ab und blickte mich an.

Als ich aufsah, erkannte ich, dass wir am Ziel waren.

Der Musikladen, richtig. Bevor er noch etwas fragen konnte, ging ich an ihm vorbei und durch die Eingangstür hinein. Die Türglöckchen bimmelten und mir schlug der bekannte Duft von Holz und Metall entgegen.

Es war eine heimelige Mischung, die mich extrem an die Jupiters erinnerte. Ein Ort, an dem ich fast ausschließlich gute Erfahrungen gemacht hatte, wo ich mich immer aufgehoben und selbstbewusst fühlte. Ich atmete tief durch.

Ein Herr Mitte Fünfzig kam zum Verkaufstresen.

»Womit kann ich helfen, junge Dame?«

Er hatte kurzes graumeliertes Haar und einen fein säuberlich getrimmten Bart.

Oh ja, er konnte mir helfen. Ich würde mich jetzt nicht abwimmeln lassen und konzentrierte mich auf einen möglichst freundlichen und kompetenten Gesichtsausdruck. Meine Stimme zitterte erst ein wenig, aber wurde dann immer selbstbewusster.

»Guten Tag. Mein Name ist Lilly Gaesegg. Also die Sache ist so. Ich musste meine Ausbildung zur Zupfinstrumentenmacherin bei den Jupiters in Niederzwehren leider unterbrechen, weil Herr Jupiter erkrankt ist. Jetzt wohne ich bei meiner Oma hier in Berlin und suche einen neuen Ausbildungsplatz, an dem ich meine Lehre fertig machen kann. Meine Oma Mathilda und Arvo Moor haben mir Ihren Laden empfohlen und vielleicht ... Also unter Umständen ... Na ja.«

Ich hatte versucht selbstbewusst und professionell zu klingen, was mir bis ungefähr zur Hälfte des Satzes ganz gut gelang. Leider klang der letzte Teil meiner Vorstellung selbst in meinen Ohren etwas zu flehentlich.

Meine Hand war wie so oft in letzter Zeit zu dem Anhänger geglitten und mittlerweile beruhigte mich diese Geste ungemein. Der Herr sah mich erstaunt an und hob eine Augenbraue. William nahm seine Gitarre, die ich erst jetzt bemerkte, vom Rücken.

»Ich bringe hier mein Erbstück, das unbedingt repariert werden muss. Lilly hat hier eine spitzenmäßige Zwischenlösung angefertigt. Aber das ist natürlich keine *Dauer*lösung.« Er streifte mich mit einem Seitenblick und zwinkerte mir zu.

»Ja. Also. Eigentlich ...« Der Herr war nun sichtlich überrumpelt und massierte seinen Nasenrücken mit Daumen und Zeigefinger.

»Herr ...«, suchend sah ich mich um, als William die Visitenkarte so auf dem Tresen platzierte, dass ich den Namen gut lesen konnte. Ich schenkte William ein dankbares Lächeln.

»Herr Böck. Ich habe nur noch etwa ein halbes Jahr und es fehlen mir nicht mehr viele Praxisprüfungen.« Er legte den Kopf schief.

»Wie geht es denn dem Jakob?«

»Wie bitte?« Selbstverständlich kannte er Herrn Jupiter. Das war ja so was von klar. Die Branche war klein.

»Oh, na ja, er ist wirklich krank. Er hatte einen Herzinfarkt. Ganz unerwartet. Es geht ihm den Umständen entsprechend ganz gut. Die Aufbauphase wird aber lange dauern. Das war das, was ich zuletzt erfahren habe.« Er nickte langsam und schien zu überlegen.

»Verstehe. Bestellen Sie ihm bitte beste Grüße und gute Besserung von mir. Schreiben Sie mir Ihre Nummer auf, ich werde sehen, was ich tun kann. Aber machen Sie sich nicht zu viele Hoffnungen.« Dann wandte er sich an William. »So. Jetzt zu der Erbgitarre.« Er strich liebevoll mit der Hand über den Körper des Instruments und begutachtete die Stelle, die ich notdürftig, aber liebevoll geflickt hatte. Er nahm die Brille, die an einer Kette um seinen Hals hing, und setzte sie auf die Nasenspitze. Prüfend blickte er über den Brillenrand zu William, anschließend zu mir. Dann wieder auf die Gitarre und schließlich erneut zu mir.

»Das haben Sie so hinbekommen, Fräulein Gaesegg?«

Ich nickte heftig. Er brummelte noch etwas vor sich hin und nahm dann Williams Namen und Telefonnummer in ein Computersystem auf. Einem Impuls folgend, kritzelte ich auch noch meine Nummer und E-Mail-Adresse auf einen kleinen Zettel.

»Vielen, vielen Dank, Herr Böck.« Er nickte nur und schien schon wieder in seine Arbeit versunken zu sein. In diesem Moment erinnerte er mich extrem an Herrn Jupiter. Der gleiche abwesende und doch hochkonzentrierte Blick. Als ich aus dem Laden trat, hatte ich ein halbwegs gutes Gefühl, auch wenn eigentlich gar nichts sicher war. Ich sah William von der Seite an.

»Danke, William.« Er zuckte nur mit den Schultern.

»Ich habe ja im Grunde ... Na klar, jederzeit, schon ok.«

»Also dann.«

Ich wandte mich um und war im Begriff mich auf mein Fahrrad zu schwingen. Die Fahrt würde mir sicher gut tun.

»Hey, Lilly. Bist du heute bei Amy? Ich, also ...«

»Ja.« Es war wirklich nett von ihm, aber ich verstand nicht ganz, was er wollte. »Tschüss.«

»Wenn du ... Ja, okay. Bis später.« *Bis später?*

Mein gemurmeltes: »Ja, bis später.« konnte er nicht mehr gehört haben, da ich schon losgefahren war.

Na gut, er würde auch in die Bar kommen.

Er konnte schließlich tun und lassen, was er wollte.

Der Wind brauste mir um die Ohren, als ich in die Pedale trat. Wie erwartet, fühlte ich mich schon ein klein wenig besser. Jamies Verrat hatte mich so richtig durchgeschüttelt und ich hatte keinen blassen Schimmer, wie ich damit umgehen sollte. Auch wenn der Besuch in dem Musikladen einen kleinen Lichtblick darstellte, mein Kopf raste immer noch und ich versuchte krampfhaft Antworten zu finden. Vielleicht war doch das Beste einmal alles mit Oma Math und Arvo zu besprechen, überlegte ich. Der Gedanke gab mir ein Fünkchen Hoffnung und ich machte, dass ich so schnell wie möglich zur Wohnung kam.

Bei Omas Haus angekommen, knallte ich beinahe in Oma und Arvo hinein. Sie kamen mit je einer Reisetasche in der Hand durch das Haustor, als ich gerade noch vor ihnen zum Stehen kam. Ein Taxi rollte um die Ecke und blieb vor uns stehen. Arvo belud den Kofferraum.

»Lilly, mein Schatz. Wir sind schon wieder unterwegs. Dieser Film diktiert einfach unser Leben.«

Sie lachte trocken, aber es klang nicht so, als ob sie das schrecklich fände. Im Gegenteil, ich hatte den Verdacht, sie fand das ganz hervorragend. Immer etwas Neues und Unerwartetes, das sie wie ein Blatt im Wind herumwirbelte. Stillstand war tödlich für meine Oma Math. Ich lächelte sie an.

»Klar. Kein Problem. Die Pflanzen kennen mich ja jetzt auch schon.« Arvo grinste breit.

»Komm her, du Süße.« Er drückte mich so fest an sich, dass mir beinahe die Luft wegblieb. Als er mich endlich losließ, blieb Oma Math vor mir stehen und nahm meine Hände in ihre. Einen Moment lang wollte alles aus mir heraussprudeln und ich sehnte mich danach, mich einfach nur an sie zu lehnen. Sie sah mich lange über ihren Brillenrand an. Wie so oft hatte ich das Gefühl, dass sie alles verstand, ohne dass ich etwas sagen musste.

»Wir reden, wenn wir wieder da sind.«

Ich nickte stumm. Dann stiegen sie ins Wageninnere und das Auto verschwand in der Ferne. Ich seufzte. So viel zum Thema, ihren Rat bezüglich Jamie einzuholen.

Mir war bewusst gewesen, wie verrückt meine Oma Math lebte, aber jetzt erst wurde mir das gesamte Ausmaß klar.

Stufe für Stufe arbeitete ich mich in den fünften Stock hoch und sperrte die Wohnung auf. Es gab jetzt niemanden, mit dem ich reden konnte. Der einzige Mensch, den ich in Berlin kannte, hatte mich verraten und noch dazu unter Druck gesetzt. Mit einem Mal überrollten mich die zurückgehaltenen Emotionen mit einer Wucht, wie ich erst selten erlebt hatte.

Unruhig lief ich in der Wohnung hin und her, von Zimmer zu Zimmer, unfähig mich zu beruhigen. Ich musste irgendetwas tun, ich war wie aufgeladen und hatte das Gefühl jeden Moment zu explodieren.

In meinen Fingern kribbelte es und ich brannte darauf Musik zu machen. Viel zu viele unterschiedliche Gefühle tobten in mir und verlangten danach kanalisiert zu werden. Es gab nur einen Weg für mich, um damit fertig zu werden. Ich schnappte mir meine Gitarre und improvisierte meinen ganzen Frust, nicht unbedingt schön, aber umso heftiger aus mir heraus. Einmal versuchte ich Mamas Lied zu spielen, aber mir war eher nach Rock und harten Rhythmen zumute. Liebliche Chansons waren für später. Mit der Gitarre um den Hals sang ich mir die Seele aus dem Leib und lief dabei wieder von Raum zu Raum.

Jetzt mussten mein ganzer Unmut und diese große Enttäuschung raus aus mir. Mir war sogar egal, ob mich jemand dabei hörte. Es war wie ein Rausch, in den ich eintauchte und fast dabei unterging. Erst nach einiger Zeit, ganz langsam, beruhigte sich mein Herzschlag etwas, aber der starke Fluss der Emotionen riss mich unerbittlich weiter. Es fühlte sich an wie ein kurzes Luftschnappen, nur um dann wieder tief abzutauchen. Ich war noch weit davon entfernt, die Kontrolle über meine Gefühle zu erlangen.

Die Zeit verging wie im Flug und ich bemerkte erst nach einer Weile, dass ich bei einer neuen Melodie regelrecht hängengeblieben war. Laut und wild und voller Leidenschaft. Emotionen, die für mich sehr oft schwer in Worte zu fassen waren, formten sich ganz leicht und kraftvoll in diesem Lied. Tränen tropften über meine Wangen und ich wischte sie unwirsch mit dem Ärmel ab. Es war schwer, aber leicht zugleich. Es fühlte sich an, als ob all die angestauten Gefühle aus mir herausflossen und in Musik umgewandelt wurden.

Musik, die sich wie ein Filter durch mich hindurch arbeitete, der alles in mir klärte und sortierte. Wieder tauchte ich ab in eine Welt, in der ich mich völlig verlor. Schwarze Augen, wie tiefe Seen ohne Boden, stiegen in mir auf wie Visionen. Die negativen Gefühle lösten sich langsam, aber sicher in diesen neuen Tönen und Akkorden auf. Nur noch diese Melodie zählte, alles andere verblasste im Hintergrund. Warm und zufrieden strömten diese Empfindungen durch mich hindurch.

Schnell schrieb ich die Griffe und Textfetzen auf und nannte es schlicht *Wolf*. Es passte einfach zu ihm und zu meinen verwirrenden Gefühlen ihm gegenüber. Ich stieß langsam die Luft aus, streckte den Rücken durch und ließ meine Gelenke knacken. Ein Blick auf die Uhr zeigte mir, dass ich mich langsam auf den Weg machen musste. Ich sprang voller Elan unter die Dusche und wusch mir die Tränen vom Gesicht. Ich würde mich von diesem Biest nicht unterkriegen lassen. Zwar hatte ich keinen richtigen Plan, aber ich würde auch nicht tatenlos zusehen.

Mit den Fingerspitzen berührte ich das Blatt Papier mit den Akkorden und Textzeilen darauf, summte die neugefundene Melodie leise vor mich hin und nickte mir selbst zu. Jetzt fühlte ich mich stark genug, um in die Bar zu gehen und sogar Jamie zu begegnen. Und William. Aber diesen Gedanken schob ich gleich wieder zur Seite, denn mein Herzschlag beschleunigte sich viel zu dramatisch.

Bei Amy angekommen, erwartete mich ein volles Haus. Amy kam so ins Schleudern, dass sie mir sogar manchmal erlaubte Bestellungen aufzunehmen und dieser Vertrauensbeweis tat mir im Moment mehr als gut. Zum Glück gab es von Jamie keine Spur, aber leider tauchte auch William nicht auf.

Es war nicht meine große Leidenschaft als Aushilfskellnerin zu arbeiten, aber ich genoss die Tätigkeit dennoch, hauptsächlich auch, weil ich dabei völlig von meinen derzeitigen Problemen abgelenkt wurde.

Es war schon beinahe Mitternacht, als ich die letzten Gläser eingeräumt hatte und mich erschöpft auf einem der Barhocker am Tresen niederließ. Meine Beine schmerzten vom langen Stehen und Laufen. Einige wenige Leute waren noch im Lokal und tranken einen Absacker. Amy sperrte normalerweise erst zu, wenn der letzte Gast gegangen war. Instinktiv hob ich den Kopf, als sich mit einem Mal die Tür öffnete. Wolf, William und Jamie kamen lachend herein.

Panisch versuchte ich mich hinter die Bar zu werfen, aber sie hatten mich natürlich schon entdeckt. Zumindest Jamie hatte das. Sie kam zielstrebig auf mich zu. Ihre Augen waren schmal, weiteten sich dann und glitzerten irgendwie unheimlich. Sie stützte sich mit den Händen auf der Bar ab und kam ganz nahe an mein Gesicht. Ihr Tonfall was so freundlich, dass ich sofort Gefahr witterte.

»Hallo, Lilly, so schön dich zu sehen.« Dann wirbelte sie herum und scannte den Raum. »Amy, bekommen wir noch etwas?«, flötete sie. Amy nickte.

»Natürlich. Lilly, bist du so lieb.« Mechanisch bereitete ich die Getränke zu. Ich stellte sie auf den Tresen und versuchte dann mich so unsichtbar wie möglich zu machen. Ich brauchte nur einen geeigneten Moment, um schleunigst hier abzuhauen.

Jamie warf, wie gewohnt, gekonnt ihren Kopf in den Nacken, die Locken umspielten seidenweich ihre Schultern und sie unterhielt sich permanent mit dem Wolf. Ihre gesamte Körpersprache drückte aus, dass sie hier das Sagen hatte.

Von wegen. Man konnte glatt vergessen, dass sie nur eine kleine Praktikantin war.

Nicht ohne Genugtuung stellte ich fest, dass der Wolf freundlich, aber mit einer gewissen Zurückhaltung auf sie reagierte. Hier und da drehte sie sich zu William und klimperte mit den Wimpern. Alle drei hatten mir jetzt den Rücken zugewandt, wobei ich das Gefühl hatte, dass Jamie mich aus dem Augenwinkel sehr wohl beobachtete. Ich suchte Amys Blick und sie wedelte mich förmlich mit der Hand in Richtung Tür.

Das war meine Chance mich eiligst zu verdrücken. Gerade schob ich mich seitwärts hinter dem Tresen hinaus, als Jamie sich unvermittelt zu mir drehte. Sie fuhr sich mit dem Zeigefinger quer über ihren Hals, dann hob sie den Finger und legte ihn auf die Lippen. Ihre Augen blitzten und sie machte leise

»Schhhhh.« Dann zwinkerte sie mir zu.

Ich hob meine Augenbrauen, schüttelte nur den Kopf und seufzte. *Was sollte ich denn, Bitteschön, tun?*

Was würde passieren, wenn ich zum Wolf ginge und sagte:

»Ja, hör mal. Dieses Lied von Jamie ist eigentlich von mir. Bitte glaube mir. Was immer sie dir sonst so über mich erzählt, ist gelogen.«

Klar. Nie im Leben würde ich das schaffen.

Dafür fehlte mir schlichtweg der Mut.

Vor allem hatte ich eine Heidenangst davor, wie er reagieren würde. Langsam bewegte ich mich in Richtung Tür, als mich jemand am Arm packte. Ich drehte mich um und wollte Jamie abstreifen, aber ihre Finger krallten sich eisern in meinen Oberarm.

»Lilly macht auch Musik, nicht wahr? Komm, du hast die einzigartige Gelegenheit, dem berühmten Wolf etwas vorzuspielen.« Panik rieselte mein Rückgrat hinauf und hinunter und bildete in Sekundenschnelle den altbekannten Klumpen in meinem Bauch.

»Was? Ach, nein. Eher nicht.« Erfolglos versuchte ich mich aus ihrem Klammergriff herauszuwinden. Was für ein fieses Stück, jetzt wollte sie mich auch noch bloßstellen, denn sie wusste sehr genau Bescheid über meine Auftrittsangst.

»Sie ist zu bescheiden. Komm, Lilly, lass dich nicht so bitten.« Wolf sah mich jetzt direkt an. Seine Augen wirkten beinahe schwarz in diesem Schummerlicht und eine Augenbraue hatte er spöttisch fragend nach oben gezogen.

Für ihn war es wahrscheinlich völlig unverständlich, dass jemand *nicht* vor ihm auftreten konnte.

Die Chance deines Lebens.

Ich überlegte, was Jamie damit bewirken wollte. Sie wusste von meinem Problem vor Leuten zu spielen. War sie wirklich einfach nur boshaft oder steckte noch etwas anderes dahinter? Anscheinend genügte ihr nicht, mir mein Lied wegzunehmen, nein, sie wollte mich vor dem Wolf und William auch noch demütigen.

Na wunderbar. Meine Augen suchten Williams Blick. Seine Miene war unergründlich. Aus ihm wurde ich im Moment auch nicht schlau und konnte mir offensichtlich keine Unterstützung erwarten. Im Gegensatz zu

Jamie wusste er aber auch nichts von meinem übergroßen Lampenfieber und wunderte sich wahrscheinlich über meine komische Reaktion.

Nur ein Gedanke beherrschte mich: schnellst möglich aus der Bar fliehen. Unbewusst hatten sich meine Finger zu dem Anhänger getastet, der über dem Stoff baumelte. Wie immer, wenn ich ihn berührte, überkam mich eine seltsame Ruhe. Wie eine tiefe Quelle des Friedens und einer bis jetzt nie gekannten Kraft strahlte er von der Mitte meines Körpers in jede Zelle bis in die Fingerspitzen. Wolfs Blick folgte meinen Fingern und ich ließ das Schmuckstück schnell unter meinem T-Shirt verschwinden. Kurz runzelte er die Stirn und ich hätte schwören können, er wollte etwas sagen, denn er öffnete den Mund.

Als ich ihn erwartungsvoll ansah, schien er es sich aber anders zu überlegen, denn er nahm nur einen Schluck aus seinem Glas und hob erneut eine Augenbraue.

Meine Aufmerksamkeit richtete sich wieder auf Jamie. Ihre Augen blitzten für einen Moment spöttisch auf. Dann beobachtete sie mich mit einer Mischung aus Mitleid und Triumph, doch bevor sie noch etwas sagen konnte, entgegnete ich in einigermaßen festem Tonfall:

»Okay.«

Eine innere Stimme schrie *Bist du völlig wahnsinnig geworden, Gillian. Warum tust du dir so eine Blamage an? Du wirst gleich vor dem Wolf sitzen und wie ein Fisch auf dem Trockenen nur nach Luft schnappen.*

Seine höhnische Reaktion spielte sich direkt vor meinem inneren Auge ab. Egal, jetzt war es zu spät einen Rückzieher zu machen. Die Wut, mich von Jamie nicht herumschubsen zu lassen, hatte mich Dinge sagen lassen, die ich vor wenigen Wochen nicht einmal im Traum gewagt hätte zu denken. Jamies Augenbrauen schossen hoch. Ihre Reaktion war eine weitere Motivation meine Zweifel einfach zu ignorieren. Sie drehte sich strahlend zu Amy und klatschte in die Hände.

»Wunderbar. Amy, Amy, wir haben noch einen Act für heute«, verkündete sie lauthals quer durch das Lokal. Wolf schmunzelte in sich hinein, er fand das wohl alles eher amüsant. Ich spürte Williams Blick auf mir, als ich zu der kleinen Bühne ging. Dann stellte ich mich mit zittrigen Knien vor das Mikrofon und klopfte leicht mit der Handfläche darauf. Ein lautes *Tap Tap* hallte durch den Raum. Alles war eingeschaltet. Amy stellte die Musik aus und mit einem Mal wurde es mucksmäuschenstill im Raum. Der Schreck fuhr mir jetzt so richtig in die Glieder. Was für eine Schnapsidee.

Was hatte ich mir nur dabei gedacht? Ich krallte meine Hand um den Anhänger und sang mit kratziger Piepsstimme und großer Überwindung sehr leise einen Ton.

»Na, vielleicht lassen wir das heute besser«, kam es aus Jamies Mund. Ihr Ton triefte von gespieltem Verständnis und Mitgefühl. Kurz schloss ich die Augen und konzentrierte mich nur auf die Ruhe, die der Anhänger ausstrahlte. Ein weiteres Mal bildete ich mir ein, dass er im selben Rhythmus wie mein Herzschlag vibrierte. Ich holte ganz tief Luft und startete einen neuen Versuch.

Erst kam wieder nur ein Krächzen heraus und Jamies gackerndes Lachen schrillte in meinen Ohren.

William deutete fragend eine Gitarre mit seinen Armen an.

Ich schüttelte leicht den Kopf. Ich räusperte mich und fuhr unbeirrt fort. Meine Fingerspitzen ertasteten den Notenschlüssel des Anhängers ganz deutlich.

Mercedes Benz von Janis Joplin. Dafür brauchte ich kein Instrument. Unwillkürlich hob ich den Kopf und sah Wolf direkt in die Augen. Mit jedem Wort und jeder Zeile wurde meine Stimme sicherer und damit auch stärker und lauter. Der Versuch, sich von seinem intensiven Blick abzuwenden, scheiterte, denn gebannt hielten wir uns aneinander fest. Auch er schien von mir und meinem Gesang gefesselt zu sein. Zumindest kam es mir so vor. Alles verschwamm um mich und meine Stimme wurde so kräftig, dass ich am Ende nicht einmal mehr ein Mikrofon benötigt hätte.

Kurz, nachdem der letzte Ton verklungen war, trat Stille ein. Blitzartig verließ mich der Mut und ich starrte unsicher zu Boden. Das Adrenalin pulsierte jedoch durch meine Adern, brauste in meinen Ohren und ich konnte gar nicht anders als Williams Gesicht zu suchen und ihn voller Stolz anzustrahlen. Dabei stellte ich erstaunt fest, dass er ebenso breit von einem Ohr zum anderen grinste. Jamie bemerkte unsere Blicke und flüsterte William etwas ins Ohr. Er schüttelte nur den Kopf und stimmte in den allgemeinen, mittlerweile einsetzenden Applaus ein. Als ich einen vorsichtigen Blick zum Wolf wagte, konnte ich seine Miene beim besten Willen nicht deuten.

Er schien verärgert zu sein, oder vielleicht erstaunt? Ich hatte nur noch einen Bruchteil einer Sekunde erhascht, denn er drehte sich sofort um und zeigte mir seinen Rücken. Seltsame Reaktion. Die Bar kam mir wieder klar und deutlich ins Bewusstsein.

Es waren nur noch zwei weitere Gäste da. Zeit für mich, einen Abgang zu machen.

»Zufrieden?«, fauchte ich und stürmte an Jamie vorbei hinaus ins Freie. Im Augenwinkel nahm ich wahr, wie der Wolf vor mir zurückwich und dann schmunzelte.

Draußen empfing mich eine angenehm kühle Nachtluft. Ich atmete tief ein und wieder aus und musste plötzlich lauthals lachen. Ich hatte schon wieder in der Öffentlichkeit gesungen.

»Hast du das gehört, Mama?«, rief ich laut in den Himmel.

»Hast du das gehört?«

13

Von meinen eigenen Gefühlen berauscht, schob ich mein Fahrrad langsam und ein wenig hoheitsvoll den Gehweg entlang.

Ich badete mich in meinem eigenen Stolz und wollte diesen besonderen Moment mit jeder Faser genießen. Irgendetwas in mir hatte Klick gemacht, und ob es nun der Anhänger war oder nicht, war im Grunde egal. Ganz automatisch spielten meine Finger wieder mit dem Schmuckstück und holten es heraus.

Was war das nur für ein seltsames Ding?

Die Nacht umfing mich mit all ihren Geräuschen und Lichtspielen der Großstadt, so dass ich beschloss weiter zu Fuß zu gehen, um alles ganz genau in mich aufzunehmen.

Als ich schnell herannahende Schritte hinter mir wahrnahm, spähte ich über meine Schulter und verlangsamte mein Tempo.

»Hey, das war doch richtig gut.«

William kam mir im Laufschritt hinterher. Ich legte den Kopf schief. Ich wurde nicht schlau aus ihm.

»Darf ich dich begleiten?« Verlegen zuckte ich mit den Schultern.

»Sicher.«

Wir gingen eine Weile schweigend nebeneinander her. Mir brannte seit unserem letzten Gespräch eine Frage auf der Zunge, die ich unbedingt geklärt haben wollte.

Jetzt witterte ich eine Chance, außerdem war ich in einer richtig übermütigen Stimmung.

»Also, sag mal, wie hast du das eigentlich gemeint, dass der Wolf vorurteilsfrei sei?« William sah überrascht auf und rieb sich am Nacken. Seine

Augen hatten sich ein wenig verdunkelt und er schien von meiner direkten Frage ehrlich überrumpelt zu sein.

»Na, die macht keine halben Sachen, diese Lilly. Wer braucht schon Smalltalk.« Er lachte ein wenig gekünstelt. Ich sah ihn weiter nur fragend an. Wenn er glaubte, er käme so vom Haken, hatte er sich gewaltig getäuscht.

»Ach, na gut. Sagen wir mal, er kann ganz gut mit Menschen, die ...« Er kam sichtlich ins Stocken. »Wie soll ich sagen, also, Menschen, die Mist gebaut haben. Er ist gut mit zweiten Chancen.«

Aha. Meint er sich da jetzt selbst? Mannomann.

Musste man diesem Jungen alles aus der Nase ziehen?

Ich wartete hartnäckig ab. Vielleicht kam ja noch etwas. Aber er lenkte leider schon wieder von sich und dem offensichtlich heiklen Thema ab.

»Was ist das mit deiner Auftrittsangst? Du klangst, als ob du das schon dein Lebtag machen würdest.« *Wie bitte?* Da musste ich ehrlich auflachen.

»Musik, ja, aber Auftreten, nö, das ist nicht so mein Ding. Aber ja, zugegeben, das eben hat erstaunlicherweise ganz gut geklappt.«

»Das war ziemlich in Ordnung, ja.«

Eine tiefe Stimme, die definitiv nicht von William kam, ertönte hinter uns. Ich fuhr zusammen und drehte mich langsam um. Meinen Blick heftete ich irgendwo auf Wolfs schwarzes Hemd auf Brusthöhe. Er zog an einer Zigarette, die nur mehr sehr kurz war und hustete einmal trocken. Mir fiel auf, dass er eigentlich nicht sehr groß war. Im Gegensatz zu William, der ihn um einen halben Kopf überragte. War ich deshalb eher klein geraten? Waren das seine Gene?

»Amy sagt, du bist nur die Aushilfe bei ihr und suchst einen richtigen Job mit Musik und so? Bei uns im Label ist gerade eine Praktikumsstelle frei geworden. Pass auf, Mädel. Das eben hat mich beeindruckt. Komm morgen einfach vorbei und melde dich bei Donna.«

Hä? Hat mir der Wolf gerade einen Job angeboten?

Er wartete keine Antwort ab, warf den Zigarettenstummel auf den Boden und hatte sich schon wieder in Richtung Bar gewandt. Als ich meinen Blick endlich hob, erkannte ich nur noch seinen breiten Rücken.

»Äh. Ja«, murmelte ich viel zu leise und schob hastig etwas lauter ein »Danke« hinterher. Der Wolf hob nur seine rechte Hand und winkte, ohne sich umzudrehen. Alles, was er machte, war irgendwie cool und lässig. Diese Eigenschaft schien ich offensichtlich nicht geerbt zu haben. Ich hoffte, so mit aufgeklapptem Mund und wie zur Salzsäule erstarrt, nicht allzu doof auszusehen.

Da bemerkte ich, dass sich Jamie in der Eingangstür der Bar positioniert hatte. Sie blickte etwas irritiert zu mir und dann zum Wolf.

Ha. Sie hatte sein Angebot anscheinend nicht mitbekommen.

Gut so. Ging sie gar nichts an, das fiese Miststück. Sie hakte sich bei ihm unter, warf mir noch einen misstrauischen Blick zu und dann verschwanden sie beide in der Bar.

»Gratuliere, Kollege.« William strahlte mich an. Ungläubig schüttelte ich den Kopf und musste ebenso breit grinsen.

»Kollege.« Plötzlich wurde mir die Tragweite der ganzen Sache bewusst.

»Was macht denn so ein Praktikant bei euch? Kaffee holen?« William kratzte sich am Hinterkopf.

»Na ja, ehrlich gesagt, ich bin die meiste Zeit im Aufnahmestudio. Kaffee holen gehört bestimmt auch dazu, Botengänge, Telefon und so was, glaube ich zumindest. Donna weiß das sicher besser.«

»Hm«, machte ich. Mir fiel wieder ein, wie geschickt William vorhin von sich abgelenkt hatte, denn ich befand meine Frage weiterhin als eher unbefriedigend beantwortet.

»Warum gibt er zweite Chancen?«,

lenkte ich zugegebenermaßen recht unelegant wieder zum Thema Wolf zurück. William sah mich an und seine Augen verengten sich zu Schlitzen.

»Du kannst aber auch keine Ruhe geben, oder?« Ich versuchte mich an einer unschuldigen Miene, die erst mich und dann William zum Lachen brachte. Danach war ich zwar nicht schlauer, aber die Stimmung war um Welten lockerer. Natürlich tapste ich dann wieder zielsicher in das nächste Fettnäpfchen.

»Na gut. Ich habe jetzt also Arbeit in einem Plattenlabel bei einem weltberühmten Musiker, der ein feiner Mensch ist, weil ...« Ich blickte in den Himmel, der voller Sterne strahlte. »... Weil, weil er Kleinkriminellen und Ganoven eine Chance gibt sich zu bewähren?« Ich kicherte, aber William blieb still. Mit der Hüfte schubste ich ihn leicht an.

»Hey. Das war ein Witz.«

»Hat Jamie was erzählt? Das war ja klar. Warum konntest du nicht ... Na, egal, war ja klar. Also, dann Tschö«, knurrte er und lief in die entgegengesetzte Richtung davon. Ich stand da wie vom Donner gerührt. Hatte ich tatsächlich unabsichtlich ins Schwarze getroffen? Laut rief ich ihm hinterher.

»William. Ich, ich ...« Hieß das, dass er ein Kleinkrimineller war? *Oje.* Er war schon zu weit entfernt, um mich zu hören, aber ich versuchte es noch einmal. »Jamie hat nichts gesagt. Ganz sicher nicht. Es war ein Witz. Ein Witz.«

Enttäuscht und verwirrt über diese unerwartet heftige Reaktion, blies ich die Luft aus. Es war zu spät. William war geflüchtet. Was war nur mit meinem Leben los? Erst passierte etwas Wunderbares, immer gefolgt von einer mittleren bis schweren Katastrophe.

Seufzend starrte ich noch einmal in den perfekten Sternenhimmel, der jetzt irgendwie überhaupt nicht mehr zu meiner Situation passen wollte. Oder doch? Hatte ich nicht gerade einen Job in der Firma meines angeblichen Vaters angeboten bekommen?

Wenig später lag ich frisch geduscht auf der ausgezogenen Couch und lauschte den ungewohnten Geräuschen der Großstadt. Kaum vorzustellen, dass ich erst so kurze Zeit in Berlin war. Draußen pulsierte und brummte die Weltstadt und ich starrte durch das Fenster in das ungewohnte Bild der Berliner Nacht. Ein Auto nach dem anderen zog unten auf der Straße vorbei. Ich versuchte einen Moment zu erhaschen, der völlig still war, aber das war unmöglich. In Niederzwehren begleiteten mich normalerweise die für jenen Teil der Stadt typischen, sehr dorfähnlichen Tiergeräusche in den Schlaf. Grillen, natürlich alle möglichen Arten von Vögeln, Eulen, Käuzchen, dann gerne auch mal Hähne am Morgen und hier und da ein verirrtes Schaf. Hier war es so unfassbar anders als zu Hause und mein Körper kribbelte vor Aufregung.

Wie sollte ich jemals einschlafen bei dem Lärm? Warum war alles nur so dermaßen aus dem Ruder gelaufen. Die Sehnsucht nach meiner alten Heimat brannte in meiner Brust.

Ich kuschelte mich in die ausgezogene Couch, die hier meine Schlaf-stätte darstellte und vermisste mein altes Bett mit einem Mal ganz heftig. Oma und Arvo kümmerten sich ganz rührend um mich, vor allem Arvo war irgendwie fast gluckenhaft süß. Oma war eben, nun ja, Oma Math eben. Harte Schale, weicher Kern. Langsam aber sicher fielen mir dann doch die Augen zu und ich fiel in einen leichten Schlaf.

Die folgende Nacht warf ich mich unruhig auf meinem Bett hin und her. Verrückte Träume, in denen abwechselnd Wolf und William vorka-men, ließen mich immer wieder aufschrecken. Jamie spielte auch eine irritierende Rolle darin.

Am Morgen war ich heilfroh, dass ich mich nicht mehr richtig daran erinnern konnte. Ziemlich gerädert stand ich auf und versuchte mich einigermaßen zu beruhigen. Leider misslang das völlig. Mit jeder Minute wurde ich nervöser, was darin endete, dass ich mir den Cappuccino über meine Hose und Bluse kippte und mich noch einmal duschen musste. Der Kaffeegeruch war einfach zu stark. Danach warf ich mich hektisch in ein neues Outfit und verließ die Wohnung. Ich beschloss die U-Bahn zu nehmen, da ich fürchtete, dass die Gefahr zu hoch war, mit dem Fahrrad noch irgendwo dagegen zu fahren. Einen Unfall wollte ich jetzt nicht riskieren.

Als ich vor dem großen Gebäude des Plattenlabels stand, reckte ich mein Kinn in die Höhe und trat mit festem Schritt ein. Unten meldete ich mich beim Portier an. Ohne Probleme wurde ich eingelassen und ich schickte Stoßgebete an meine Mama, dass Jamie nicht meinen Weg kreuzen würde. Nicht so bald zumindest.

Eine Begegnung war höchstwahrscheinlich ohnehin unvermeidlich, aber vielleicht nicht in diesem Moment, hoffte ich flehentlich.

Mein Magen flatterte bei der Fahrt mit dem Fahrstuhl nach oben. Ich zupfte an meinen Haaren herum und strich eine Strähne hinter das Ohr.

Der bereits bekannte Dreiklang ertönte und ich trat mit einem beherzten Schritt hinaus. Donna saß hinter der Rezeption und ignorierte mich erst einmal gründlich. Zumindest schien es so. Sicher war ich mir da allerdings nicht. Sie war der Augen-am-Hinterkopf Typ, der alles mitbekam, auch ohne genau hinzusehen. Ich tippte mit den Fingern vorsichtig auf den Tresen und räusperte mich. Keine Reaktion.

»Entschuldigung«, kam es etwas vernuschelt aus meinem Mund. Quälend langsam hob Donna den Kopf. Sie wirkte viel jünger, als sie wahrscheinlich war, denn sie hatte eine unglaubliche Ausstrahlung, die mich beinahe zurückweichen ließ. Dementsprechend stieg meine Nervosität auf eine maximale Stufe. Plötzlich kam mir die Idee, hier zu arbeiten, völlig hirnverbrannt vor. Das hatte ich mir doch bestimmt alles nur eingebildet.

»Also wahrscheinlich ist das alles ein Irrtum. Herr ... Also der Wolf hat mir eine Praktikantenstelle angeboten, aber ich gehe wohl besser gleich wieder. Entschuldigen Sie vielmals die Störung.«

Ohne Punkt und Komma haspelte ich die Worte herunter und war überzeugt, dass sie mich sofort wieder hinausschmeißen würde. Mit hängenden Schultern wandte ich mich in Richtung Fahrstuhl.

»Gillian, Lilly Gaesegg. Praktikantin. Fängt heute an. Bleib schön hier, meine Liebe. Alles in bester Ordnung.«

Mit geweiteten Augen drehte ich mich um und blickte in Donnas unerwartet freundliche Miene. Sie strahlte mich mit einer Warmherzigkeit an, die ich ihr niemals zugetraut hätte.

Mein Mund war regelrecht eingefroren vor überraschtem Schreck und so konnte ich nur nicken.

»Lilly also, nicht? Du fängst im Aufnahmestudio an. Da lernst du am meisten.«

Bei dem Wort Aufnahmestudio fing mein Herz natürlich sofort an zu stolpern. *Dort arbeitet doch auch William? Würde er auch da sein?* Da drang mir bereits unweigerlich die Frage: *Was hatte ihn gestern nur so vor den Kopf gestoßen?* in den Sinn.

»Komm mit mir mit, ich zeige dir erst einmal alles.«

Dankbar lief ich Donna wie ein Hündchen hinterher. Es gab außer dem Konferenzraum, den ich schon kannte, noch ein paar weitere Büros, von Menschen, deren Namen und Funktionen ich vor Aufregung sofort wieder vergaß. Zum Glück konnte ich mir Gesichter und Namen eigentlich ziemlich gut merken. Im Stillen nahm ich mir fest vor, später alle Mitarbeiter und deren Namen einzuprägen. Donna deutete auf eine geschlossene massive Holztür, die in das Büro vom Wolf führte. Ehrfürchtig starrte ich den portalähnlichen Eingang an. Aber dann war Donna schon wieder weiter gestöckelt. Am hinteren Ende des Büros gab es eine Verbindungstür, die zu den drei Aufnahmeräumen führte. Zwei kleinere Kabuffs mit winzigen Aufnahmegeräten und Mikrofon und schließlich ein großer Raum mit einem beeindruckenden Mischpult.

In der Mitte davon war eine Glaswand eingezogen, die den Aufnahmebereich von der Technik trennte. Alles war mit Computern verbunden, es gab außerdem einen versteckten Serverraum, der komplett auf den neuesten Stand der Technik gebracht war. Soweit ich das beurteilen konnte zumindest.

Das Licht war an, aber anscheinend befand sich niemand im Raum.

»William sollte eigentlich schon da sein. Heute nehmen wir nämlich die drei Gewinnersongs noch einmal auf«, murmelte Donna, mehr zu sich als zu mir, während sie sich suchend umsah.

Tatsächlich öffnete sich in diesem Moment die Tür und William kam herein. Als sich unsere Blicke trafen, wurde seine Miene ganz weich und er grinste. Ich hob zaghaft die Hand, doch mein Lächeln fror umgehend ein, denn eine Sekunde später schien ihm eingefallen zu sein, dass er ja eigentlich böse auf mich war. Sein Ausdruck in den Augen wurde so kühl, dass ich beinahe fröstelte. Donna blickte von mir zu William und wieder zurück und hob eine Augenbraue.

Sie registrierte meinen flehentlichen Blick und schwieg.

»William, das ist Lilly. Sie ist die neue Praktikantin. Du kümmerst dich um sie, ja?« Dann drehte sich Donna elegant auf dem Absatz um und schwebte aus dem Raum.

Wunderbar. Wie ein nervöses Häufchen stand ich in der Ecke und knetete meine Finger, dazu biss ich mir auf die Oberlippe. William wies auf einen Stuhl.

»Setz dich dahin.« Blitzartig folgte ich seiner Aufforderung. Da öffnete sich schon wieder die Tür und ich erkannte Henrik Findenix.

»Hey, Leute. Das ist ja megachill hier!« Er deutete auf die beeindruckende Technik und gestikulierte etwas ungelenk im Raum umher. Sehr offensichtlich war er ziemlich aufgeregt und zog eine mächtige Duftwolke Gras mit sich.

Er bediente wohl das Klischee des kiffenden Musikers ganz vortrefflich. William musste es ebenfalls bemerkt haben, denn sein Blick blieb ein wenig länger an ihm hängen und dann zog er seine Nase kraus. Er verkniff sich offensichtlich einen Kommentar und schickte Henrik dann in den Bereich hinter der Glasscheibe, wo die Musik gemacht wurde.

»Mach's dir schon mal gemütlich. Ich bin gleich bei dir.« Henrik nickte, dankbar eine Anweisung zu erhalten, und tauchte wenig später winkend hinter der Scheibe auf. William machte sich an die Arbeit, gab Henrik Kommandos und Erklärungen, lief zwischen beiden Räumen hin und her und ich vergaß dabei auf den eher unschönen Ausgang unseres letzten Gespräches. Es war wahnsinnig toll und interessant, ihn bei der Arbeit zu beobachten. Seine Miene war völlig konzentriert, er drehte, klickte und verschob Regler, wahlweise an dem Mischpult und dann wieder am Computerbildschirm, was für mich völlig chaotisch aussah. Meine Hauptaufgabe war wohl das Geschehen zu verfolgen und so drückte ich mich in den Stuhl, machte mich möglichst klein und unauffällig und versuchte nicht zu stören.

Die Tür ging auf, ein kleiner, schlanker Mann Ende fünfzig trat ein und mir wurde erst dann klar, dass William nur alles vorbereitet hatte. Der Mann stellte sich mir als Martin vor und setzte sich neben William. Martin hatte lange gepflegte Haare, die von grauen Strähnen durchzogen waren und warme braune Augen, die wirkten, als wäre er dauerhaft höchst zufrieden. Außerdem trug er eine Brille, die im Moment auf seine Stirn hochgeschoben war. Er gab Henrik über ein Sprechanlagensystem Anweisungen, wann er was genau singen oder spielen sollte und dann wandte er sich immer wieder an William. Das Ganze funktionierte so reibungslos, dass ich diese Synchronizität, mit denen William und er interagierten, einfach nur unheimlich faszinierend fand.

Henrik brauchte hier und da ein wenig mehr Erklärungsbedarf, denn er war immer wieder zerstreut und abgelenkt. Martin bewies aber eine Engelsgeduld und schien eine unerschöpfliche Quelle davon zu besitzen.

Sie wiederholten die Aufnahmen unzählige Male und ich stellte zufrieden fest, dass ich ebenfalls hören konnte, welche Stellen noch nicht perfekt waren. Es ergab völlig Sinn in meinen Ohren. Martin schickte mich nur einmal hinaus, um Wasser und Kaffee zu holen, was ich prompt erledigte, um dann wieder gebannt bei den Aufnahmen dabei zu sein.

Ich war dabei so vertieft, alles ganz akribisch zu beobachten, dass ich nur kurz aufsah und nicht wirklich realisierte, dass Jamie völlig unvermutet in den Raum trat. Martin bedankte sich gerade bei Henrik, und William ging in den Aufnahmeraum, um die Technik für Jamie vorzubereiten. Martin erhob sich ebenfalls und verschwand mit unverständlichem Gemurmel nach draußen.

Plötzlich war ich alleine mit Jamie. Mein Magen krampfte sich zusammen und ich hatte keinen Schimmer, wie ich auf sie reagieren sollte. Unmöglich konnte ich sie hier und jetzt konfrontieren.

Oder doch? Konnte ich das überhaupt?

Ich sollte. So viel war klar.

Meine Finger spielten nervös mit dem Anhänger. Wieder bildete ich mir ein, dass er vibrierte und mit meinem Herzschlag synchron pulsierte. Jamie benahm sich allerdings so, als wäre alles in bester Ordnung zwischen uns. Ihr Ton war ganz locker und normal.

Wie machte sie das nur?

»Nicht schlecht, Lilly. Hast du dir also meinen Job gekrallt.« Sie kicherte und dabei warf sie ihre Locken lässig über die Schultern. Dann wurde ihre Miene ganz weich. Es war mir ein absolutes Rätsel, wie sie so authentisch nett und freundlich sein konnte. In einem heiteren Tonfall fuhr sie fort: »Super, dass du das Praktikum hier machen kannst, oder? Martin ist toll, nicht wahr? Ein alter Hase, der alle Tricks und Kniffe kennt. Von ihm kann man so viel lernen.« Gegen Ende des Satzes klang sie allerdings übertrieben schwärmerisch. Mein Unverständnis wuchs und ich fühlte mich noch mehr vor den Kopf gestoßen. *Was quatschte sie denn da?* Heißer Ärger stieg in mir hoch und meine Finger wurden ganz fahrig. Jamie plapperte unbeirrt fort.

»Mal sehen, wie er das bei mir macht. Ich bin schon echt neugierig, wie das klingt, wenn das so professionell bearbeitet wird.«

Sie zwinkerte mir zu. *Das.* Sie nannte es *das.* Damit meinte sie *mein* Lied. *Miststück.* Ich nahm meinen ganzen Mut zusammen. Die Worte kamen nur stoßweise aus meinem Mund und klangen seltsam gepresst.

»Jamie. Also. Dir ist schon klar, dass das *mein* Lied ist. *Ich* habe es geschrieben.«

Dabei tippte ich zur Bekräftigung mit dem Zeigefinger auf meine Brust. Amüsiert betrachtete sie mich von oben herab. Ihr Blick war jetzt wie magnetisiert von meiner Hand, die sich schon wieder, wie eine Ertrinkende an einem Stück Holz, an dem Anhänger festklammerte.

»Ich werde das nicht so auf mir sitzen lassen. Egal, was du dem Wolf oder William erzählst.«

So. Das hatte gesessen. Wow, das fühlte sich toll an. Ich hatte ihr tatsächlich die Meinung gesagt. Alles war glasklar. Ich würde mich nicht von ihr einschüchtern lassen. In ihrer Miene spiegelten sich unterschiedliche Emotionen. Einerseits schien sie überrascht von meiner Reaktion, andererseits sah sie mir immer noch nicht in die Augen, sondern starrte auf meine Hand.

Weil ich nicht einordnen konnte, was in ihr vorging, und vor allem, weil sie noch immer nichts sagte, wurde ich immer nervöser. In ihrem Blick glitzerte es jetzt ganz seltsam und mir wurde richtig unheimlich zumute. Mit rasendem Herzschlag stand ich da, wartete und starrte Jamie, so böse ich konnte, an. Der Notenschlüssel in meiner Hand fühlte sich glühend heiß und eiskalt zugleich an. Aber das war im Moment völlig nebensächlich. Ich hatte diesem Miststück die Meinung gegeigt. Das Adrenalin pumpte durch meinen Körper und ich zitterte leicht. Oder war das etwas anderes? Jamies Miene war immer noch auf das Schmuckstück fixiert und die reine Gier blitzte jetzt in ihren Augen auf.

Gier, nach was? Mein Finger verwickelte sich in der Halskette und ich zog, bei dem Versuch ihn zu befreien, ruckartig daran. Die Kette riss ab und fiel zu Boden. Da beugte sich Jamie auf einmal blitzartig nach unten und griff nach dem Anhänger. Mich durchfuhr es wie der Blitz. Das vertraute Vibrieren fehlte mir so plötzlich, dass es beinahe körperlich wehtat. Meinen Versuch, ihr zuvorzukommen, wehrte sie gekonnt ab, indem sie mein Handgelenk fest umfasste. Empört entfuhr mir ein:

»Hey! Was soll das?« Ihr irrer Blick streifte mich für einen Bruchteil einer Sekunde und ich wich automatisch zurück. Ihre Pupillen waren geweitet und ihr Mund umspielte ein teuflisches Lächeln. Kaum hörbar flüsterte sie:

»Na, na, na. Nicht so stürmisch. Lass mich das erst einmal genauer ansehen.«

Dabei hielt sie mein Handgelenk immer noch fest umklammert. Mit der flachen Hand kreiste sie über dem Schmuckstück, das jetzt einen ganz leichten roten Schimmer umgab.

Einen roten Schimmer?

Das Adrenalin machte wohl irgendetwas mit meiner Sehfähigkeit, weil das absolut unmöglich war. Jamie murmelte unverständliches Zeug und ich war immer noch unfähig mich zu bewegen. Mit einem tiefen Atemzug löste ich meine Verspannung und drehte mein Handgelenk aus ihrem eisernen Griff. Aber Jamie schien das kaum zu bemerken, denn sie konzentrierte sich ganz auf den Anhänger vor sich. Mit dem ausgestreckten Zeigefinger näherte sie sich so vorsichtig, als ob er eine tickende Bombe wäre. Kopfschüttelnd beschloss ich, mir mein Eigentum zu schnappen und mich schnell aus dem Staub zu machen, als Jamie zurückzuckte und nicht gerade elegant auf dem Hosenboden landete. Ein leiser Schmerzensschrei entfuhr ihr und ich wich ebenso zurück. *Was war das denn?* Im nächsten Augenblick erschien ein wissendes Lächeln auf ihren Lippen.

»Aha. So, so. Ich habe schon von dir gehört.«

Sie hatte was gehört? Von wem sprach sie da? Jamie zog das Ende ihres Ärmels über ihre Finger und hob den Notenschlüssel auf, ohne ihn direkt zu berühren.

»So geht das. Das wird ja immer interessanter.« In ihren Augen blitzte es schon wieder unheimlich. Das Schmuckstück lag jetzt auf dem Stoff in ihrer Handfläche und als ich danach greifen wollte, umschloss sie es mit ihren Fingern, wie eine Venusfliegenfalle ihre Beute.

»Der bleibt wohl besser bei mir. Zur Sicherheit.« Genau im selben Moment kroch mir ein äußerst ungutes Gefühl in den Bauch.

Wie eine unheilvolle Vorahnung. Es fehlte mir, wenn man das über ein Schmuckstück sagen konnte. Das seltsame Pulsieren und Vibrieren war zu einer angenehmen Begleiterscheinung geworden. Mein Hals und meine Brust fühlten sich kalt und leer an. Ich überlegte fieberhaft, wie ich den Anhänger wieder zurückholen konnte und kratzte mein letztes bisschen Mut zusammen. Auf keinen Fall würde ich mir das gefallen lassen. Ich holte tief Luft und setzte an, Jamie etwas entgegenzuschleudern. Dann passierte etwas völlig Unglaubliches, was mich an meinem Verstand zweifeln ließ. Mir war, als ob mir jemand meine Stimme entfernt hätte.

Ich brachte keinen Ton heraus. Es war wie verhext. Panisch sah ich mich im Raum um und griff mir an die Kehle. Jamie beobachtete mich hochzufrieden. Sie streckte ihren Zeigefinger aus und tippte auf meine Nase.

»Wer hat mein tolles Gewinnerlied geschrieben?«

Fassungslos starrte ich Jamie an. Ich biss mir auf die Lippen und versuchte mit aller Kraft *ich, ich, ich* zu sagen, was mir aber nicht gelang. Nicht einmal das leiseste Krächzen verließ meinen Mund. Jamies Augen weiteten sich und meine Panik stieg ins Unermessliche.

Sie klatschte hocherfreut in die Hände. Ich konnte nicht einmal mit dem Finger auf mich deuten. Meine Arme ruderten ganz unkoordiniert in der Gegend herum. Mit einem tiefen Atemzug konzentrierte ich mich mit aller Kraft auf meine Stimme.

»Mein Name ist Lilly.« Mir fiel ein Stein vom Herzen. Alles war wieder in Ordnung. Jamie sah mich mit spöttischer Miene an, die bei meinem gelungenen Versuch, etwas von mir zu geben, in Misstrauen umschlug. Jetzt fuhr ich in einem energischen Tonfall fort: »Jamie. Das reicht jetzt. Du gibst mir sofort ...«

Mitten im Satz erstarb meine Stimme und endete in einem heiseren Krächzen. Was zum Teufel war hier los?

Jamie grinste über das ganze Gesicht.

»Na, das ist ja ganz wunderbar. Ich habe schon von diesem Anhänger gehört, aber dass er wirklich funktioniert? Wer hätte das gedacht«, jubilierte Jamie. Weitere Versuche meinerseits, etwas zu formulieren, scheiterten mit kläglichen Lauten und endeten mit Geräuschen, die mehr wie *Hmpf* und *Hmmm*rr klangen. Martin kam wieder in den Raum zurück und William tauchte ebenfalls hinter ihm auf. Martin sah zuerst mich an.

»Kriegen wir noch eine Runde Getränke, Lilly?« Dann wandte er sich an Jamie.

»Natürlich«, krächzte ich etwas lahm. Erleichtert stellte ich fest, dass ich meine Stimme wiederhatte. War wohl der Schreck wegen dieser ungeheuerlichen Schlampe gewesen.

»Jamie, wenn ich bitten darf.« Sie ging mit schwingendem Haar zur Tür und grinste mich liebenswürdig an. *Was für eine falsche Schlange.*

Mit dem allerletzten Quäntchen Mut, dass mir noch irgendwie zur Verfügung stand, versuchte ich Martin hier und jetzt zu erklären, wer die eigentliche Schöpferin dieses Liedes war.

»Also, Martin. Dieses Lied ...« Aber dann, wie zuvor, blieb mir wieder mitten im Satz jedes weitere Wort im Halse stecken. Es war natürlich völlig klar, dass der Wolf auch auf einmal in den Raum trat. Sein Blick huschte zwischen Martin und mir hin und her. Panik kroch mir in die Glieder und ich setzte noch einmal an.

»Das Lied, das wir hier gerade aufgenommen haben ...«, ich schluckte, denn ich hatte nicht erwartet, dass ich überhaupt etwas herausbekam. War ich einfach nur sehr nervös gewesen vorhin? Martin und der Wolf sahen mich beide erwartungsvoll an. Wolf schmunzelte amüsiert und betrachtete mein Gesicht eingehend. Das hatte den gegenteiligen Effekt von Beruhigung und machte mich nur noch aufgeregter. Ich musste diesen Moment der Aufmerksamkeit nutzen. Koste es, was es wolle.

»Dieses Lied ist ...« Tja, und dann, als ob mir jemand einfach den Ton abstellen würde, versagte mir die Stimme. Langsam entwickelte sich eine Theorie in mir, was hier abging. Anscheinend konnte ich über den schrecklichen Verrat einfach nicht sprechen. Wie ein Idiot starrte ich in

Wolfs Gesicht und bemerkte Martins Unruhe. Jamies Gesicht zierte das breiteste und höhnischste Grinsen, das ich je gesehen hatte. Martin sah mich mit hochgezogenen Brauen an und wartete darauf, ob und was ich noch zu sagen hatte. Wolf presste kurz die Lippen aufeinander und sah mich amüsiert an.

»Ja, was ist denn nun mit dem Lied?« Als ich den Kurs wechselte und sagte: »... Dieses Lied wird bestimmt ganz toll«, erholte sich meine Stimme wieder auf ganz eigenartige Weise. Martin nickte ein wenig zerstreut und nahm wieder neben William Platz. Dieser sah mich mit gerunzelter Stirn an und ich zuckte nur hilflos mit den Schultern.

»Du hast das alles im Griff, Martin?«, richtete der Wolf sich an Martin und der hob seinen Daumen hoch.

»Darauf kannst du wetten, Boss!« Der Wolf warf mir noch einen Seitenblick zu, dabei schüttelte er leicht den Kopf, drehte sich auf dem Absatz um und schritt mit energischen Schritten aus dem Raum hinaus.

Dann beeilte ich mich, um schleunigst aus dem Raum zu fliehen und den Kaffee zu besorgen. Als ich am Wolf vorbeistapfte, bildete ich mir ein, dass er meinen Namen sagte, aber sicher war ich mir absolut nicht. Ich hatte mich gerade völlig vor ihm blamiert und er war der letzte Mensch, dem ich jetzt gegenüberstehen wollte.

Mechanisch brühte ich den Kaffee und grübelte die ganze Zeit darüber, was mir da gerade widerfahren war. Langsam wurde mir auch die Tragweite dessen bewusst und vor allem, dass ich wohl ganz andere Geschütze würde auffahren müssen, um mit diesem hinterhältigen Biest fertig zu werden. Woher wusste sie über den Anhänger Bescheid? Was gab es da eigentlich zu wissen?

Für mich war es bis jetzt einfach nur ein schönes Schmuckstück gewesen, dass mir symbolisch Kraft spendete. Aber so sicher war ich mir nicht mehr. Ganz so harmlos schien das Ding ja nicht zu sein. Automatisch griff ich zu der Stelle an meiner Brust und fühlte nur eine seltsame Leere. Als ich mit

Kaffee und ein paar Flaschen Wasser zurückkam, setzte sich Jamie gerade mit einer Gitarre auf einen Stuhl im Aufnahmeraum und stimmte mein Lied an. Es tat mir fast körperlich weh zuzuhören, aber mir blieb jetzt nichts anderes übrig als durchzuhalten. Zu allem Überfluss, aber natürlich irgendwie logisch, kam der Wolf jetzt auch wieder dazu und setzte sich auf die große Ledercouch im hinteren Bereich des Raumes. Sein Geruch nach teurem Aftershave, Leder und Zigaretten breitete sich langsam in meine Richtung aus. Erst verwirrte mich der ungewohnte Duft, allerdings musste ich mir bald eingestehen, dass ich ihn als sehr angenehm empfand.

Der Wolf schien eine Art Geheimsprache mit Martin zu führen, die aus ganz eigenartigen Fingerzeichen, Kopfnicken und -schütteln bestand. Zugegeben, die Aufnahme klang am Ende einfach nur fantastisch. Jamies Stimme war nicht schlecht, anders als meine, und das Lied, nun ja. Mein Lied eben. Insgeheim war ich sogar ein wenig stolz darauf, denn schließlich war das meine Komposition. Im Moment konnte ich zwar nicht aufspringen und allen beweisen, dass dem so war, aber trotzdem schöpfte ich Kraft aus der Tatsache, dass sich der Song verdammt gut anhörte.

Ich würde an einem Plan arbeiten müssen, der Jamie ein für alle Mal zum Schweigen bringen würde. Oder besser gesagt, der sie auffliegen lassen würde, als das falsche Miststück, das sie war. Instinktiv wusste ich, dass ich vor allem diesen Anhänger wieder in meinen Besitz bekommen musste.

Was dieses Ding verursachte, versuchte ich erst gar nicht weiter zu analysieren, denn es stellte gleich mehrere Naturgesetze auf den Kopf. Aber ich würde mich nicht so leicht geschlagen geben.

»Na, und was sagt unsere frischgebackene Praktikantin zu der Aufnahme?«, riss der Wolf mich aus meinen Racheplänen. Ich starrte in seine dunklen Augen, die meinen so ähnelten. *Bis auf dass die Schlampe mir mein Lied gestohlen hat, recht passabel.* Ich zuckte mit den Schultern.

»Nicht schlecht. Die Stimme passt nicht ganz zu dem Lied«, antwortete ich, wie aus der Pistole geschossen. Wolfs Augenbrauen hoben sich und er sah mir weiter viel zu direkt in die Augen. *Hatte ich das gerade wirklich gesagt? Mannomann.* Der Wolf massierte seinen Nasenrücken und blickte zu Jamie, die gerade ihre Gitarre zusammenpackte.

»So, so. Das findest du also.«

Ich beschloss, dass es jetzt bedeutend klüger wäre, einfach nichts mehr zu erwidern. Ich hatte mich für meine Verhältnisse ganz schön weit nach vorne gewagt. Der Wolf stand auf und verließ den Raum. Einen Moment lang fing ich Williams Blick auf, der amüsiert den Kopf schüttelte. Na, wenigstens hatte einer hier Humor. Im Flur passte ich Jamie ab. Mit der festesten Stimme, die ich aufbringen konnte, sprach ich sie an.

»Jamie. Gib mir meinen, meinen ... wieder. Das ist ... das ist Diebstahl.« Mann, das klang selbst in meinen Ohren furchtbar lahm. *Haltet die Diebin, Polizei. Sie hat mich bestohlen, aber ich kann leider nicht sagen, was es ist. Einfach lächerlich.*

»Meinen, meinen, meinen ... was?«, äffte sie mich nach. Jamies Gesicht kam wie in Zeitlupe ganz nahe an meines heran.

In ihren Augen blitzte es wieder gefährlich. Ein wirklich befremdliches Grinsen erschien auf ihren Lippen.

Unbewusst suchte ich Halt und tastete mit den Fingern an der Mauer hinter mir entlang. Sie fixierte mich für meinen Geschmack viel zu starr und vor allem viel zu lange.

Dann schüttelte sie, immer noch quälend langsam, den Kopf.

»Nein. Lilly. Den brauche ich noch.«

Meine Schultern sackten zusammen. Ich brachte nicht den Mut auf, ihr das Schmuckstück mit Gewalt wegzunehmen. Außerdem war mir ihr eiserner Klammergriff von vorhin noch gut in Erinnerung. Was sollte ich nur tun? Jamie hob ihren Kopf noch ein Stück höher und ich war sicher, sie würde jetzt einfach weggehen. Doch sie legte ihren Kopf schief und knabberte an ihrer Unterlippe. Dann öffnete sie ihre Handtasche und kramte darin herum. Ich war so perplex, denn sie blickte immer wieder zu mir und ich hatte keinen Schimmer, was als nächstes kommen könnte. William und Martin kamen aus dem Studio und Jamie legte mir blitzschnell einen Arm um die Schulter. William suchte meinen Blick, runzelte die Stirn und ich konnte nur hilflos mit den Schultern zucken.

Martin verwickelte ihn wieder in ein Gespräch und Jamie bugsierte mich nicht gerade sanft in die nächstgelegene Toilette. Ihre Miene war immer noch unerklärlich angespannt und ihre Augen glitzerten auf eine seltsame Weise. Mit einem triumphierenden »Ha!« zog sie ein samtenes Säckchen mit Schminksachen heraus. Instinktiv wich ich vor ihr zurück. Was sollte denn das nun wieder? Es war nicht klar, was sie aus dem Beutel zog, aber im nächsten Moment hatte sie den Anhänger in einem Papiertaschentuch hervorgeholt und streckte ihn mir entgegen. Bei dem Anblick klopfte mein Herz bis zum Hals. Jamies Tonfall war einschmeichelnd und sanft. Es war so schwer zu glauben, dass sie es nicht ernst meinte.

»Also. Das war wirklich dumm von mir dir dein Erbstück wegzunehmen. Entschuldige bitte.«

Sie presste kurz die Lippen aufeinander.

Das perfekte Schauspiel. Blinzelnd musterte ich sie und war schon dabei meine Finger auszustrecken. Sie legte das Papier samt Anhänger neben sich, nahm seelenruhig einen Kajal aus dem Täschchen und begann sich ihren Lidstrich neu zu ziehen. Mit einem Wattestäbchen, das sie mit der Zunge befeuchtete, entfernte sie die Stellen, die nicht ganz perfekt waren. Sie hatte sich so positioniert, dass ihr Körper mich abschirmte und ich nicht an ihr vorbei greifen konnte, ohne sie wegzuschubsen.

Mist, verdammter.

»Leider kann ich ihn dir nicht einfach so zurückgeben. Tut mir ... Ich brauche ihn, sagen wir ... noch ein paar Tage.«, fuhr sie in heiterem Tonfall fort.

Mittlerweile war ich völlig irritiert über ihr Verhalten.

Als ich all meinen Mut zusammennahm und schon im Begriff war, das Taschentuch samt Anhänger einfach zu greifen und hinauszulaufen, war Jamie natürlich wieder einen Schritt voraus und legte ihre Hand wie eine Spinne darüber. Es war eine ganz lockere und natürliche Bewegung.

Verflixt.

Plötzlich drehte sie sich zu mir um und studierte mein Gesicht. Sie hielt mir den Kajal entgegen und hob fragend die Augenbrauen. *Was?*

»Nein, ich, also ... Ich hab schon ...«, stammelte ich völlig überrumpelt. Wollte sie mich jetzt schminken? Mit dem Stift in der Hand näherte sie sich tatsächlich meinem linken Auge. Ich war derart überrascht, dass ich das völlig paralysiert über mich ergehen ließ. Sogar, als sie mich aufforderte, das Wattestäbchen nass zu machen, nahm ich es einfach in den Mund. Kurz sah sie mich prüfend an, schnappte sich breit grinsend den Anhänger, die Schminksachen und ihre Tasche.

»Nur ein paar Tage, okay?«, trällerte sie. Innerhalb weniger Sekunden war sie aus dem Raum verschwunden. Völlig verdattert stand ich da und betrachtete mein Spiegelbild. Der Lidstrich sah gut aus, musste ich zugeben.

Allerdings nur auf einem Auge und das wirkte irgendwie komisch, deshalb wusch ich mir die schwarze Farbe wieder ab. Grübelnd kam ich aus der Toilette. Nachdem ich mir absolut keinen Reim auf diese seltsame Aktion machen konnte, wandte ich meine Gedanken wieder meinem größten Problem zu.

Was konnte ich tun, um Jamie aufzudecken, ohne den Verrat direkt anzusprechen? Mir war leider völlig unklar, wie ich das anstellen konnte, aber es gab etwas, das ich gut beherrschte und das war abwarten. Geduld war eine meiner Stärken. Erst mal würde ich sie beobachten und in Sicherheit wiegen. Vielleicht würde ich Oma und Arvo einweihen. Irgendwie. Ich musste darauf vertrauen, dass mir etwas einfallen würde. Irgendwann.

14

In der folgenden Woche blieb mir nicht viel anderes übrig, als mich dem Studium von Jamie zu widmen. Sie war einfach eine Nummer zu groß für mich, um spontan zu reagieren und vor allem schien sie mir immer einen Schritt voraus zu sein. Oft wunderte ich mich, wie ich sie, ohne zu hinterfragen, einfach so angenommen und in mein Leben gelassen hatte.

Im Nachhinein betrachtet wurde es mir schon verständlich, warum ich so kolossal auf sie hereingefallen war. Zum größten Teil waren schlichtweg meine Naivität und Vertrauensseligkeit daran schuld. Zugegeben, manches an ihr war mir natürlich ein wenig seltsam vorgekommen, aber ich hatte jeden Zweifel mit *sie ist einfach eine tolle Freundin* abgetan. Außerdem *wollte* ich das auch. In all meiner Trauer und Verzweiflung wollte ich, dass jemand oder eben sie das Loch in meinem Herzen füllte. Wer hätte denn ahnen können, dass das so dermaßen nach hinten losging? Gut, Oma Math vielleicht. Aber rückgängig konnte ich das Ganze ohnehin nicht mehr machen.

Offenheit und Vertrauensseligkeit waren nun einmal starke Charakterzüge von mir, die ich im Grunde an mir mochte, aber ich war ganz sicher nicht doof.

Ich versuchte mir vorzustellen, dass ich wie eine Schlange auf der Lauer lag und das verletzte Reh nur mimte. Allerdings war das Reh eine Rolle, in die ich mich leicht einfühlen konnte, weil ich mich genauso fühlte. Ich konnte nur darauf hoffen, dass sich tief in mir langsam aber stetig genug Kraft ansammelte, um Jamie irgendwann entgegentreten zu können.

Vielleicht war das der Weg, diese völlig abstruse Sprachhemmung zu überwinden. Selbstvertrauen und Stärke, die ungehemmt aus mir herausströmten und Jamie einfach wegfegten. Ein schönes Bild, leider fühlte ich mich eher wie das unfähige Häufchen Elend. Zumindest wappnete ich mich innerlich gegen neue Angriffe von ihr.

Keine Ahnung, was noch alles kommen konnte, aber diese Frau würde vor nichts haltmachen, da war ich mir hundertprozentig sicher.

Diese verrückte Sprechblockade, mit der ich nicht umgehen konnte, verunsicherte mich vollends. Es machte einfach keinen logischen Sinn und ich hatte aufgegeben zu verstehen, wie das überhaupt möglich war. Was ich allerdings nicht aufgegeben hatte, war der Versuch die Wahrheit zu erzählen.

Unzählige Male probierte ich Jamies Betrug auf unterschiedliche Weise auszudrücken.

Sogar alleine vor dem Spiegel versagte mir jedes Mal die Stimme, also – so dachte ich – musste ich es eben aufschreiben. Aber auch wenn es völlig abgefahren und unmöglich war, jeder einzelne Bleistift brach ab, jeder Kugelschreiber gab den Geist auf. Computerprogramme stürzten ab, das Handy schaltete sich aus.

Der Ausdruck *Es war wie verhext* traf es ziemlich genau. Selbst wenn ich versuchte, etwas zu deuten, wurden aus meinen Gesten undefinierbare und ungelenke Bewegungen. Unwillig musste ich mich geschlagen geben, denn es hatte offensichtlich einfach keinen Sinn. Stattdessen konzentrierte ich mich wieder auf den Plan, Jamie das Handwerk zu legen. Mit dem winzigen Hindernis, dass ich es niemandem erzählen, aufschreiben oder sonst wie mitteilen konnte. Dieses Problem war wirklich frustrierend und ließ mich an meinem Verstand zweifeln. Wenn ich mich früher in solchen Situationen so klein und unfähig gefühlt hatte, nahm meine Mama mich einfach in den Arm und alles war irgendwie besser. Und jetzt? Ich seufzte.

»Na? Nicht dein Tag heute?« Donna riss mich mit sanfter Stimme aus meinem Gedankenstrom. Wie so oft zeigten sich meine Emotionen sehr gut lesbar in meinem Gesicht. Langsam schüttelte ich den Kopf. Donnas grüne Augen musterten mich aufmerksam.

»Weißt du, Lilly, das ist alles eine Sache der Perspektive.« Ich hob den Kopf und runzelte die Stirn.

»Ähm. Nein?« Mir war nicht klar, auf was sie hinaus wollte. Da ich schon immer den Verdacht gehegt hatte, sie könnte Gedanken lesen, machte ich mich auf alles gefasst. Ihre Mundwinkel kräuselten sich jetzt eindeutig nach oben.

»Auch wenn du glaubst, im Moment ist alles schrecklich und du fühlst dich schwach und mickrig, denk an eine Stechmücke.«

»Ähm ...« Mein Wortschatz war jetzt versiegt. »Wieso Stechmücke?« Donna strahlte jetzt.

»Also, wenn du meinst zu klein zu sein, um etwas zu bewegen, dann hattest du noch nie eine Stechmücke nachts in deinem Zimmer.«

In ihren Augen blitzte es und ich musste unwillkürlich lächeln.

»Na, das steht dir doch gleich viel besser«, sagte sie und gab mir einen großen Stoß Briefe, der zur Post getragen werden musste. Tatsächlich fühlte ich mich ein wenig leichter, auch wenn der Spruch schon ein wenig kitschig, eindeutig Kategorie Glückskeks, war. Sie hatte mich aus meinen dunklen Gedanken gerissen und dafür war ich ihr dankbar.

Die Arbeit im Label lief generell erstaunlich angenehm, denn ich kam mit den anderen Mitarbeitern mittlerweile richtig gut zurecht. Im Tonstudio hatte ich eindeutig den meisten Spaß, was nicht nur ausschließlich an dem speziellen Tontechniker lag, der dort arbeitete. Tatsächlich hatten William und ich zaghafte Konversationen begonnen, in denen es sich meist schlicht um sachliche, arbeitsbezogene Themen drehte.

Hier und da konnte ich es nicht lassen und musste einfach nachfragen, warum er welchen Knopf drückte oder Regler benutzte und da konnte auch er gar nicht anders, als es mir zu erklären. Er war ja selbst immer ganz begeistert bei der Sache und freute sich offensichtlich, das mit jemandem teilen zu können.

Das heikle Thema, von dem ich nicht einmal wusste, was es war, umgingen wir tunlichst. Alles, was die Musik und Aufnahmen betraf, war ungefährliches Terrain und ich lernte sein Wissen und seine Gabe, dieses zu vermitteln, sehr zu schätzen.

Außerdem war ich hier, um etwas zu lernen, abgesehen davon, dass es mich ehrlich interessierte und das spürte er wohl. Jamie war zum Glück seit der Aufnahme nicht mehr oft aufgetaucht und ich sah sie nur hin und wieder in oder aus Wolfs Büro gehen und kommen. Sie stolzierte dann immer herum, als ob ihr die ganze Firma gehören würde.

Das ging auch an Donna nicht spurlos vorbei und sie behandelte Jamie weit frostiger als noch vor ein paar Wochen. Einmal fiel mir auf, dass Donna Jamie mit einem Blick bedachte, der mich das Fürchten lehrte.

Das war in der Tat eine interessante Entwicklung. Donna war immer freundlich und zuvorkommend zu Jamie gewesen, aber da hatte sich offensichtlich etwas geändert.

Der strenge Vorzimmerdrachen, der sie eigentlich gar nicht war, schien sehr genau begriffen zu haben, dass Jamie nicht das naive, freundliche Mädchen von nebenan war.

Das bestärkte mich und ich hielt an diesem Gedanken fest, da ich eindeutig Verbündete brauchte.

Verbündete und eine Strategie. Allerdings kam ich nicht weiter als bis zu exakt diesem Punkt. Wie ich solche Verbündete finden sollte, ohne ausführen zu können, worum es ging, war mir schleierhaft. Es war zum Verzweifeln. Den Job bei Amy behielt ich, trotz der neuen Arbeit im Label, weil ich das Geld gut gebrauchen konnte. Meine Abende dort reduzierte ich ein wenig und so ließ sich beides gut vereinbaren.

Am Sonntagabend kamen Oma Math und Arvo wieder zurück von einem ihrer Trips. Das dringende Bedürfnis Oma alles mitzuteilen, musste um ein weiteres Mal aufgeschoben werden, da sie die ganze Nacht nicht geschlafen hatten und sich sofort herzhaft gähnend ins Schlafzimmer zurückzogen.

Ich hatte mir fest vorgenommen, zumindest eine Variante der Geschichte so zu formulieren, dass sie vielleicht von selbst darauf kommen könnte.

»Morgen, Gillian-Lilly. Morgen dann, ja?«

Sie rieb sich müde lächelnd die Augen und verschwand im Zimmer. Ich unterdrückte ein Seufzen und verstand meine Mutter immer besser. Sie hatte es mir gegenüber nie so konkret ausgedrückt, aber ich hatte mich immer gewundert, dass sie so gar keine Erwartungen an Mathilda stellte.

Jetzt wurde mir immer klarer, dass sie es schlichtweg aufgegeben hatte, da es völlig sinnlos war, Mathilda zu irgendetwas zu drängen. Man würde nur das Gegenteil erreichen. Oma war immer von etwas Wichtigem getrieben und konnte selten still stehen.

Arvo hatte seinen eigenen Weg gefunden damit umzugehen, indem er einfach mit ihr mitmachte und an ihrer Seite blieb. Das war aber keine Option für Issy gewesen.

Am nächsten Morgen, als alles noch ganz ruhig war, legte ich einen Zettel auf den Küchentisch, der die beiden darüber informierte, dass ich tagsüber im Label arbeitete, sie aber gerne am Abend sehen würde. Ich benötigte ja immer noch dringend Verbündete und eine Strategie.

Zufrieden betrachtete ich den Bleistift, der die Nachricht überlebt hatte.

Obwohl ich jeden Tag die gleiche Strecke absolvierte, war die Fahrt mit dem Fahrrad noch immer ein sehr berauschendes Erlebnis. Ob ich mich jemals so richtig an die Großstadt gewöhnen könnte, war fraglich. Jedenfalls genoss ich die morgendliche sportliche Betätigung und war richtig frisch und wach, wenn ich im Büro ankam. Den Wolf sah ich so gut wie nie. Ein klitzekleines bisschen war ich darüber enttäuscht.

Eine sehr kindliche Stimme in mir hoffte darauf, dass er einfach eines Tages mit der Erkenntnis aufwachen würde, dass ich seine Tochter und die eigentliche Schöpferin dieses Liedes war. Die Hoffnung, nicht aufzugeben, war nun mal meine Stärke. Auch wenn es selbst für mich ein wenig naiv und unrealistisch klang. Manchmal hatte ich das Gefühl, er wohnte in seinem Büro und dann war ich überrascht, wenn er ein anderes Mal wieder ganz unvermutet aus dem Aufzug gestürmt kam.

Donna schien die Einzige zu sein, die ihm Paroli bot, denn sie ließ sich überhaupt nicht von seinen Launen und Gefühlsausbrüchen beeindrucken.

Außerdem hatte ich schon mehrmals beobachtet, wie er nach einem emotionsgeladenen Anfall recht bald bei ihr herumlungerte und sich entschuldigte. Oder zumindest hatte es so geklungen. Man konnte ihn oft hören, bevor man ihn zu Gesicht bekam. Wie zum Beispiel jetzt gerade.

»Donna! Donna! D o n n a!«, dröhnte es lautstark aus seinem Büro. Diese rollte nur betont gelangweilt mit den Augen und sagte nichts. Ich hob meine Augenbrauen und war tief beeindruckt von ihrer Gelassenheit. Sehr langsam erhob sie sich und schritt wie eine Königin zu seinem Büro.

»Wo ist der verdammte Vertrag mit Unisony? Hat denn hier nichts eine Ordnung?« Er stand im Türrahmen und somit genau gegenüber von ihr. Sie war genauso groß wie er und blickte ihm geradeaus in sein vor Ärger sprühendes Gesicht. Wortlos reichte sie ihm einen kleinen Ordner.

Woher wusste sie ... Na, egal.

»Oh. Hm.« Sein Tonfall änderte sich schlagartig. »Was? Im Ordner, wo Unisony Verträge drauf steht? Das sind ja ganz neue Sitten. Tja, wer hätte das gedacht?«

Er grinste jetzt wie ein kleiner Junge von einem Ohr zum anderen und Donna begann zu kichern. Dann machte er noch eine kleine Verbeugung und murmelte etwas in ihr Ohr. Ich hatte das Ganze vom Eingangsbereich beobachtet und konnte diesem abrupten Emotionsschwung nicht ganz folgen. Der Wolf fing jetzt meinen offensichtlich verwirrten Gesichtsausdruck auf und zwinkerte mir zu.

Das trug aber nur dazu bei, dass ich rot anlief und verlegen ein Magazin auf der Rezeption hin und her schob. Donna schwebte wieder zurück und der Wolf schloss leise und sanft seine Bürotür.

»Die Kunst ist es, sich nicht gleich von der ersten Welle mitreißen zu lassen. Kümmerst du dich dann noch um unsere Kunden im Studio eins, bitte?« Dann hatte sie sich schon wieder ihrem Computer gewidmet. Von dieser Frau konnte ich wirklich noch viel lernen. Trotz der Enttäuschung, dass ich für den Wolf nicht so richtig zu existieren schien, steigerte sich mein allgemeines Wohlgefühl im Label sehr. Mit meinem exzellenten Namensgedächtnis kannte ich bald alle Mitarbeiter und ihre Vorlieben für Kaffee und Sandwichs.

Erstaunt stellte ich fest, wie viel Spaß mir die Interaktion mit Menschen machte.

Durch mein Leben in der Kleinstadt und die dortige Arbeit bei den Jupiters war meine introvertierte Seite noch viel mehr verstärkt worden. Es war unglaublich, wie leicht es mir mittlerweile fiel, mit so vielen verschiedenen Menschen zu sprechen. Gut, es waren oft nur oberflächliche Konversationen über das Wetter, aber ich entdeckte wirklich eine ganz neue Seite an mir. Mit Fug und Recht konnte ich behaupten, dass ich regelrecht aufblühte. So kam es auch, dass ich mich jeden Tag ein wenig mehr auf die Arbeit freute.

Auch heute ging ich mit beschwingten Schritten an der Rezeption vorbei und winkte Donna strahlend zu.

»Guten Morgen, Donna.« Diese sah auf und lächelte zurück.

»Na, Sonnenschein?« Da musste ich gleich noch mehr grinsen. *Ich und ein Sonnenschein. Es geschahen wohl doch noch Zeichen und Wunder.*

»Sag mal, Lilly?« Ich wandte mich immer noch lächelnd Donna zu, als sie mit dem Finger deutete näher zu kommen.

»Was kann ich helfen?« Sie blätterte in einem Kalender hin und her.

»Sagt dir Shawn Mendes irgendetwas?« Sie musterte mich mit ihren grün glitzernden Augen. Machte sie Witze? Meine Miene musste in absolute Ungläubigkeit abgerutscht sein und kopfschüttelnd gab ich zurück:

»Sprechen wir von dem gleichen Shawn Mendes, kanadischer super-erfolgreicher Sänger und Musiker, kaum älter als ich und schon an der Spitze der Charts? Sprechen wir von dem? Ein richtig guter Musiker, nebenbei bemerkt.«

Donnas Grinsen wurde bei meiner kleinen Lobeshymne immer breiter und sie setzte an, etwas zu erwidern, als in dem Moment das Telefon klingelte.

Sie hob entschuldigend die Schultern und scheuchte mich mit einer lie-bevollen Geste in Richtung Studio. Verwundert über Donnas Verhalten, wandte ich mich ab und realisierte gerade noch, wie sie auf Englisch ins Te-lefon flötete.

Den Inhalt bekam ich aber nicht mehr mit, denn als ich die Tür zum gro-ßen Studio öffnete, hörte ich verhaltenes Fluchen aus dem Aufnahmeraum.

Meine Nase an die Scheibe gedrückt, erkannte ich William auf dem Bo-den kniend.

Was machte er denn da? Da ich nicht wirklich erkennen konnte, was passiert war, lief ich schnell zu ihm.

»Alles in Ordnung?«, fragte ich vorsichtig.

Er blickte nicht einmal auf.

»Nein. Nichts ist in Ordnung«, knurrte er und erst jetzt bemerkte ich, dass er ein großes Mikrofon in den Händen hielt. Oder genauer gesagt, mehrere Teile davon. Es war das richtig große Hauptmikro, das ganz offensichtlich in mehrere Einzelteile zerbrochen war.

William murmelte weiter leise vor sich hin. Wortfetzen drangen an mein Ohr, aber es war schwer Zusammenhänge zu verstehen.

»Meine letzte Chance ... Alles versemmelt ... Nie wieder gutmachen ... So eine verdammte Scheiße.«

Da ich nichts wirklich tun konnte, kniete ich mich neben ihn und sam-melte die Teile ein, die noch auf dem Boden lagen. Ein Geräusch an der Tü-re ließ uns beide aufsehen. Der Wolf war lautlos hereingetreten und blickte ernst auf William herab. William straffte seinen Rücken und sagte:

»Es war ein Missgeschick. Ich ...« Einem Impuls folgend, riss ich William das kaputte Teil aus der Hand. Voll beladen mit zerbrochenen Mikrofonstücken hielt ich sie dem Wolf entgegen. Ich setzte eine zerknirschte Miene auf, aber blickte fest in Wolfs dunkle Augen.

»Es tut mir wirklich furchtbar leid, aber das ist alles meine Schuld. William hat noch gesagt – sei bitte richtig vorsichtig – aber ich blöde Kuh musste es besser wissen. Ich kann manchmal ein richtiger Schussel sein.«

Ich schob mir eine nicht existierende Haarsträhne mit der Schulter hinters Ohr. Das musste ganz albern aussehen, aber meine Hände waren ja belegt. Wolfs Augenbrauen hoben sich und er fixierte mich, in seiner Stimme schwang leichter Ärger.

Nach einem kurzen Seitenblick zu William richtete er seine Aufmerksamkeit voll auf mich.

»Wie kann denn so etwas passieren?«

Ich zuckte mit meinen Schultern.

»Ja, ich weiß auch nicht, ich wollte besonders darauf achtgeben und dann ist es mir einfach aus der Hand gerutscht.« Ich lächelte gequält.

»Ich werde selbstverständlich für die Kosten aufkommen.« Wolf sagte nichts mehr und blickte wieder fragend zu William, der mich mittlerweile fassungslos anstarrte. Wolfs Kiefer mahlten, aber er verkniff sich jeden weiteren Kommentar. Er wandte sich auf dem Absatz um und verschwand.

»Es tut mir wirklich leid«, rief ich ihm noch einmal hinterher. Dann ließ ich mich auf den Boden sinken. Keine Ahnung, warum ich das getan hatte. Es hatte nicht wirklich dazu beigetragen, in Wolfs Augen besser dazustehen. Im Gegenteil, jetzt wirkte ich wie der totale Tölpel, der keine Ahnung hatte, wie man mit teurer Technik umzugehen hatte. Ich war einem Impuls gefolgt, ohne groß über die Konsequenzen nachzudenken. William löste sich aus seiner Unbeweglichkeit.

»Dir ist schon klar, dass so ein Teil einige tausend Euro kostet?« Ich schluckte. Nein, das war mir natürlich ganz und gar nicht klar gewesen. Er schüttelte den Kopf.

»Das zahlst du natürlich nicht«, bekräftigte er in einem sehr ernsten Tonfall.

Ich suchte fieberhaft nach einer halbwegs unverkrampften Antwort, aber mehr als ein Schulterzucken brachte ich nicht zustande. Er nahm mir die Teile aus der Hand und unsere Finger berührten sich einen winzigen Moment. Mein Puls schoss sofort in die Höhe und das Herz klopfte mir bis zum Hals. Konnte er das sehen?

»Warum hast du das getan?«

Die Ungläubigkeit war ihm ins Gesicht geschrieben.

Ein Dankeschön war eigentlich alles, was ich mir erhofft hatte, der vorwurfsvolle Ton irritierte mich etwas. Donna streckte den Kopf zur Tür herein.

»Oh? Was macht ihr denn da? Das ist ja eine schöne Bescherung. Okay, da kümmern wir uns später drum. Zum Glück sind wir ja versichert«, trällerte sie fröhlich, völlig unbeeindruckt von der frostigen Stimmung, die zwischen uns herrschte.

»Lilly, ich brauch dich mal kurz.« Sie wartete nicht ab und ging wieder in Richtung Rezeption.

»Warum, Lilly?«

Williams Tonfall war für mich nicht einzuordnen.

Warum was? Was war denn das für eine Frage? Voller Unverständnis auf seine Reaktion schüttelte ich den Kopf. Mein Herzschlag beruhigte sich zum Glück langsam wieder. Vor allem bei Williams komischer Haltung gegenüber meiner Hilfestellung. *Dann eben nicht. War es so schwer zu begreifen?* Ich hatte einfach das Gefühl gehabt, dass ein Fehler von mir hier weniger zählen würde, als bei ihm.

Als er da so panisch vor sich hingemurmelt hatte, erschien mir das eine gute Idee. Außerdem, wenn Wolf mich rausgeschmissen hätte, wäre das zwar blöd, aber nicht der Weltuntergang für mich gewesen.

Er konnte ja nicht einmal erkennen, dass ich seine Tochter war. Okay, das war jetzt weder fair noch rational. Egal, aber im Grunde sah ich meine

Zukunft und meine Karriere eher in der Reparatur von Instrumenten und nicht in einem Plattenlabel.

William dagegen schien völlig in seinem Job aufzugehen. Mein Geduldsfaden riss jetzt endgültig.

»Ein simples Dankeschön hätte mir gereicht.« Das eine kaputte Teil, das ich noch in der Hand hielt, legte ich jetzt auf den Boden vor mich und erhob mich.

Möglichst hoheitsvoll verließ ich den Raum. Das hatte ich mir von Donna abgeschaut. Sie vollführte immer bühnenreife Auftritte und Abgänge, die mich jedes Mal staunend zurückließen.

Der Typ hatte doch nicht alle Tassen im Schrank. Ich hatte ihm gerade seinen Arsch gerettet und er stellte mir vorwurfsvolle Fragen? In diesem Moment war ich heilfroh, dass ich von ihm fort kam. Donna schickte mich dann, um ein paar Sandwichs zu holen und ich war richtig dankbar für jede Form der Ablenkung.

Das Wetter war so warm, dass ich beschloss in der Mittagspause mir ein Fleckchen am Potsdamer Platz zu suchen und in der Sonne zu sitzen. Ich war den gesamten Vormittag für Donna unterwegs gewesen und schließlich mehr als erleichtert, William so aus dem Weg gehen zu können. Am Mittag suchte und fand ich eine Bank, die nicht zu offensichtlich von Touristen überschwemmt wurde und machte es mir darauf gemütlich.

Es war eine gute Zeit, mich persönlichen Dingen zu widmen. Am Handy las ich mich durch meine privaten E-Mails.

Ich beantwortete einen wirklich netten Brief von Gaby. Sie schickte mir jedes Mal eine Art digitale Postkarte von ihrer Reise. Es war richtig aufregend, mit ihr mitzuerleben, wo sie überall hinkam. Sie schrieb immer ein paar persönliche Zeilen samt Foto mit einer Anekdote oder einem Erlebnis dazu.

Meistens kamen Schafe, Pferde oder Hobbits darin vor. Außerdem erreichte mich endlich eine Reaktion von Herrn Böck. Kurz schlug mein

Herz vor Aufregung ganz wild, aber nur, bis ich den Inhalt voll erfasste. Er musste leider absagen, da er keine Kapazitäten für einen weiteren Lehrling hätte. Es täte ihm wirklich leid und so weiter und so fort. Enttäuscht lehnte ich mich zurück und seufzte. Es wäre ohnehin zu schön gewesen, um wahr zu sein. Dann verstaute ich das Handy wieder in meiner Hose und kramte mein Buch hervor. Ich legte es in meinen Schoß und als ich bemerkte, dass ich den ersten Satz schon zum fünften Mal zu lesen begann, gab ich auf. Lieber reckte ich das Gesicht in die Sonne und schloss die Augen.

Nach einigen Minuten der Ruhe schob sich ein Schatten vor mein Gesicht und ich öffnete blinzelnd die Lider. Schützend hob ich die Hand und sah William vor mir. Gegen das Sonnenlicht konnte ich seinen Gesichtsausdruck nicht richtig erkennen.

»Darf ich?«, fragte er in einem sanften Ton, aber ich zuckte nur schweigend mit den Schultern. So schnell kam er mir nicht davon. Er ließ sich neben mir auf der Bank nieder und streckte seine langen Beine aus. Dann richtete er sich auf und sah mich an.

Kurz räusperte er sich.

»Danke, Lilly. Mir ist immer noch nicht klar, warum du ...« Ich machte eine unwirsche Handbewegung und er brach ab.

»Ist es so schwer zu verstehen, dass ich dir einfach nur helfen wollte?« Seine Augen weiteten sich und ein Anflug eines Lächelns umspielte seine Mundwinkel. Er rieb sich am Nacken.

»Ehrlich gesagt? Ja. Ich verstehe es nicht wirklich.« Ich schüttelte den Kopf.

»Na, dann verstehe es eben nicht. Ist doch auch egal.« Mein Ton war ein wenig zu patzig. Demonstrativ nahm ich mein Buch und blickte wieder auf die Seite. Ich las natürlich nicht, aber ich musste irgendetwas tun, denn William so nah neben mir löste ganz unterschiedliche Temperaturschwankungen in meinem Körper aus. Ihn schien meine Anwesenheit allerdings völlig unberührt zu lassen, denn er saß ganz lässig und entspannt da.

»Okay. Ich darf aber sitzen bleiben?«

»Sicher«, erwiderte ich knapp.

Ich konzentrierte mich auf den ersten Satz in meinem Buch, den ich mittlerweile mindestens zehnmal gelesen hatte, ohne den Inhalt zu begreifen.

»Wie gefällt es dir im Label, ich meine, so als Praktikantin?«

William begann jetzt kleine Blätter von dem Busch hinter uns abzuzupfen. Als ich nicht antwortete, zerkleinerte er die Blätter in noch winzigere Teile.

Ich legte das Buch in den Schoß und sah in den blauen Himmel, der nur mit wenigen Schlierenwolken durchzogen war. Na gut, ich beschloss sein Friedensangebot anzunehmen.

»Gut. Schon spannend, was da so alles passiert.«

Dann drehte ich mich zu ihm und nahm meinen ganzen Mut zusammen.

»Es macht echt Spaß, Martin und dir bei der Arbeit zuzusehen.«

Auf Williams Gesicht breitete sich jetzt ein Lächeln aus, das mich schmunzeln und den Grund, warum ich schmollte, vergessen ließ.

»Ja? Martin ist der Wahnsinn, nicht wahr? Er macht so viele Sachen einfach nach Gefühl, ganz ohne Formel. Aber er ist froh, dass ich den ganzen Computerkram beherrsche. Wir sind ein gutes Team.« Ich nickte zustimmend. Wieder fiel ein Schatten über mich. Meine Hand schützend über die Augen gehoben, erkannte ich, wer da stand. Na klar. Sie hatte einen siebten Sinn für so was.

»Na, das ist ja herzallerliebst.« Jamies Stimme klang honigsüß. William blickte irritiert zu ihr auf.

»Hi, Jamie.« Ich sah zur Seite und ignorierte sie. Den verletzten Gesichtsausdruck musste ich nicht spielen, der kam ganz von selbst. Nur die aufkeimende Wut musste ich im Zaum halten.

Blöde Schlampe. Es ist mein, mein, mein Lied.

Sie starrte aber nur mich an und schien ihren nächsten Satz sehr genau zu überlegen. Mit Genugtuung bemerkte ich, dass sie mein Schweigen ein wenig aus dem Konzept brachte. Sie tippte hektisch mit ihren zarten

Riemchensandalen auf den Asphalt. Dann sah sie zum Bürogebäude, wandte sich um und warf William einen zuckersüßen Blick zu.

»Kommst du, Will?« William legte den Kopf schief.

»Äh. Ja. Ich komme dann schon. Wir sehen uns oben.« Aus dem Augenwinkel konnte ich für eine Sekunde erkennen, dass sich ihre Miene verdunkelte.

Das hatte *Miss-ich-habe-alles-unter-Kontrolle* nicht erwartet. Sie presste ihre Lippen aufeinander, fand dann aber schnell zu ihrer gewohnten Selbstsicherheit zurück.

»Na klar. Bis gleich, Babe.« Mit wiegenden Hüften stolzierte sie zum Eingang des Bürogebäudes. Wie hatte ich dieses wechselnde Mienenspiel davor nur übersehen können? Zugegeben, es waren immer nur Bruchteile von Sekunden, aber ihre wahren Intentionen blitzten immer wieder sehr klar durch. Anscheinend ließen sich aber viele Leute davon täuschen. Ich eingeschlossen. Kein Wunder, dass ich ihr auf den Leim gegangen war.

Zufrieden stellte ich fest, dass William immer noch neben mir saß.

Er räusperte sich.

»Darf ich dich was fragen?« Ich sah ihn neugierig an. Einige mögliche Themen schossen viel zu hektisch durch meinen Kopf. Wie sollte ich locker und entspannt bleiben, wenn mich schon allein seine körperliche Nähe so durcheinanderbrachte?

»Hm. Kommt darauf an«, erwiderte ich deshalb vorsichtig. Er betrachtete jetzt eingehend seine Schuhspitzen.

»Was ist das zwischen dir und Jamie? Vor ein paar Tagen hätte ich schwören können, ihr seid die besten Freundinnen, auf immer und ewig unzertrennlich, aber jetzt ... jetzt ist hier der totale Wintereinbruch.«

Ich lachte freudlos auf.

»Wintereinbruch trifft es ziemlich gut.« Unsicher und fieberhaft überlegte ich, wie viel ich ihm erzählen konnte.

»Gegenfrage.« Sein Gesicht strahlte im Moment so viel Interesse und Offenheit aus, dass ich mich jetzt ohne Rücksicht auf Verluste vorwagte. Außerdem musste ich das einfach wissen.

»Also, Jamie hat gesagt, nun ja, dass sie und du ... Also, dass ihr ...« Natürlich geriet ich bei so einem heiklen Thema zielsicher ins Stottern. Williams Miene wirkte irritiert, um dann aber umso herzlicher in ein Lachen auszubrechen. Er konnte gar nicht mehr aufhören.

»Jamie und ich?« Er prustete immer noch. Ich fand das jetzt gar nicht so lächerlich, immerhin nannte sie ihn Babe und flüsterte ständig in sein Ohr. Langsam ebbte sein Lachanfall ab.

»Du hast auch noch nie ein Lied für sie geschrieben?« Diese Frage hatte schon die ganze Zeit über an mir genagt. Er schüttelte immer noch ungläubig den Kopf.

»Nein, das hätte sie wohl gerne. Ein Lied, nö, sicher nicht für sie. Echt, Jamie ist schon hübsch anzusehen und so, aber sie ist einfach nicht mein Typ.« Dann leuchteten seine dunkelblauen Augen ganz intensiv und seine Miene wurde ernst.

»Du schon eher.«

Ich dachte, ich hätte mich verhört und musste heftig schlucken. Ich war sein Typ?

Ich?

Ein Typ? Ich war doch kein Typ?

Hilfesuchend sah ich auf mein Handy.

»Oh, ich muss, glaube ich, wieder hoch. Wichtige Kaffeeverantwortung.«

William grinste mich jetzt unverschämt an. Er wusste genau, dass er mich in Verlegenheit gebracht hatte. Ich sprang auf und rannte ins Büro hinauf. Den Tag über verbrachte ich mit einem dümmlichen Grinsen im Gesicht und wich Williams Blicken aus, so gut ich konnte.

Donna verengte mehrere Male ihre Augen, aber sprach ihre Gedanken zum Glück nicht laut aus. Einen Schreckensmoment erlebte ich, als Jamie aus Wolfs Büro kam und demonstrativ mit meinem Anhänger vor meinem Gesicht spielte.

Sie hatte ihn in ein Taschentuch eingeschlagen und vermied wieder, ihn direkt zu berühren.

Mein erster Impuls war mich zu verkriechen, aber ich reckte das Kinn hoch und stolzierte in den Raum, der am nächsten lag.

Blöderweise fand ich mich in der Toilette wieder und stützte mich schwer atmend am Waschbecken ab. *Dieses verdammte Miststück..* Ich wartete ein paar Minuten ab, bis ich mich wieder hinaus traute. Sie durfte einfach nicht so viel Macht über mich erlangen. Endlich war der Tag geschafft und ich machte mich auf den Weg nach Hause.

Als ich in der Wohnung ankam, saß Oma, wie so oft, am Küchentisch und studierte etwas auf ihrem iPad. Arvo kochte geschäftig am Herd ein Gericht, das vorzüglich roch.

»Lilly, meine Liebe. Kennst du Ramen? Das ist eine asiatische Nudelsuppe, einfach köstlich und auch gleich fertig.«

Ramen hatte ich noch nie probiert, war aber durch den wunderbar leckeren Duft sehr neugierig darauf. Oma Math sah von ihrer Lektüre auf und nahm mich mit ihrem typischen Blick ins Visier.

»Lilly, komm, setz dich bitte zu mir.«

Ich tat, wie geheißen, platzierte mich ihr gegenüber und sie tätschelte meinen Arm.

Omas Prüfblick über den Brillenrand brach alle meine Dämme und es sprudelte aus mir heraus.

»Oma, ich muss dir unbedingt etwas erzählen.« Sie nickte nur, als ob ihr das schon von vornherein klar gewesen wäre.

»Kannst du dich an das Mädchen erinnern, das letztes Mal hier war?« Jetzt wurde ihr Blick hellwach.

»Der Energievampir? Na klar.«

Sie warf Arvo einen *hab-ich- dir-doch-gesagt* Seitenblick zu. Er nickte bedeutungsschwer.

Verwirrt schüttelte ich den Kopf. *Energievampir?*

»Äh. Na, wie auch immer. Sie heißt Jamie. Sie hat mich total ...« Tja, und da passierte es wieder. Eine innere ungreifbare Blockade ließ mich verstummen, denn mir blieben wieder im wahrsten Sinne die Worte im Hals stecken.

Mit beiden Fäusten geballt, saß ich da und mir schossen Tränen der Wut in die Augen. Genervt blinzelte ich sie weg. Arvo sah mich mitfühlend an. Ich musste einen Weg finden, sie trotzdem irgendwie einzuweihen und atmete einmal tief durch.

»Also. Es ist etwas passiert, das ich euch nicht erzählen kann. Es ist schwer zu erklären, warum und ich verstehe es selbst noch nicht richtig. Aber Tatsache ist, es ist ganz furchtbar und gemein. Und es hat zu tun mit ...« Hier war wieder Ende. Oma sah mich über ihren Brillenrand an und dann zu Arvo. Dieser hob die Augenbrauen.

»Es ist völlig verrückt, aber ich kann euch die Details nicht erzählen.«

»Hast du es mit Aufschreiben versucht?«, schlug Oma vor. Heftig schüttelte ich den Kopf. »Schreiben, reden, texten, deuten, es funktioniert nichts. Es ist wie verhext.«

Resigniert ließ ich die Schultern hängen. Seltsamerweise hatte ich jetzt Omas ungeteilte Aufmerksamkeit. Sie schien sich nicht darüber zu wundern, warum ich nichts erzählen konnte, sondern versuchte einen Weg zu finden, trotzdem darauf zu kommen. Ihre Neugier war geweckt. Eine warme Welle der Sympathie für sie kam über mich. Ein anderer Mensch als Mathilda oder Arvo würden sich bestimmt darin verbeißen herauszufinden, weshalb ich so komische Sprachstörungen hatte. Diese beiden waren nur daran interessiert, auf den Grund der eigentlichen Nachricht zu kommen. Sie waren schon echt sehr tolle Menschen.

»Hm. Okay. Es hat wohl offensichtlich mit dieser Jamie zu tun, nicht wahr?« Mein Nicken wurde ein seltsames Kopfkreisen und ich zuckte nur mit den Schultern. Das verstörte meine Oma Math aber nicht im Geringsten.

»Aha. Sie hat dir also etwas angetan. Dich beleidigt, dir wehgetan, dir etwas weggenommen.« Hilflos stand ich nur da. Ich überlegte fieberhaft, wie ich etwas sagen konnte, das ganz neutral war. »Das Plattenlabel macht so einen Newcomer Wettbewerb. Man kann ein Lied einreichen.«

»Aha. Und Jamie hat dich nicht einreichen lassen.« Ich schüttelte den Kopf, oder so etwas in der Art.

»Sagen wir so. Eines der Gewinnerlieder liegt mir sehr am Herzen. Mehr als ihr.«

Interessant. Das war also möglich. »Na, auf jeden Fall, abgesehen von der Sache, die ich nicht so einfach erklären kann, muss ich einen Weg finden mit ihr fertig zu werden.«

Oma nickte und Arvo strich mir über den Kopf.

»Ich habe das Gefühl, ich bin ihr nicht gewachsen«, schloss ich etwas mutlos. Oma nickte immer noch und schwieg. Dann holte sie tief Luft. So verschieden sie und Mama waren, in diesem Moment ähnelte sie ihr mehr denn je.

»So etwas in der Art habe ich mir schon gedacht. Es ist im Prinzip auch gleichgültig, was genau sie angestellt hat. Sie scheint an der Oberfläche eine nette und vor allem hilfsbereite Person zu sein. Aber das genaue Gegenteil ist der Fall. Sie ist ein Mensch, der von den Energien anderer lebt.

Auch wenn das jetzt ein wenig esoterisch klingt, hat es einen recht realen Hintergrund. Solche Menschen haben faktisch kein Eigenleben und passen sich immer der Situation an, um das Beste für sich herauszuholen. Ohne Rücksicht auf die Gefühle anderer Menschen. Vor allem besitzen sie ein sehr ausgeprägtes Gespür für die Unsicherheiten anderer Personen. Daran saugen sie sich fest und verbeißen sich hartnäckig. Deshalb ist auch das Wort Vampir ganz passend, finde ich. In diesem Fall ist sie sogar einen Schritt weiter gegangen, nicht wahr?«

Das hatte Oma alles in dem kurzen Moment erkannt? Als ob sie meine

Gedanken lesen könnte, setzte sie noch hinzu: »Ich hatte nur so ein Gefühl und gehofft, ich liege daneben, aber sie hatte so was an sich. Außerdem ist sie nicht die Erste, die mir begegnet, die so ist.«

So gesehen klang das schon auf eine seltsame Art schlüssig. Ich nickte. Jetzt schaltete sich Arvo ein, der die meiste Zeit nur zustimmend genickt hatte. Seine Miene war besorgt und voller Mitgefühl, aber was er als nächstes sagte, war ein Schlag in meine Magengrube.

»Ich fürchte aber, dass du da ganz allein durch musst. Bitte versteh uns nicht falsch. Wir stehen dir schon zur Seite, aber das ist etwas, wo du über dich hinauswachsen musst. Denn nur, wenn du selbst ihr die Stirn bietest, wird sie dich in Ruhe lassen.«

Ja, klar. Was sollte das nun wieder? Ich sank in mich zusammen. Dunkle Verzweiflung machte sich in mir breit. Eine tolle Unterstützung war das.

»Aber ich habe nicht die Kraft ihr die Stirn zu bieten. Außerdem ist sie mir immer einen Schritt voraus.«

Unglücklich sah ich von ihm zu Oma.

»Ja, es wird nicht leicht für dich. Aber ich denke, du tust genau das Richtige im Moment. Beobachte und wiege sie in Sicherheit. Dein Zeitpunkt wird kommen. Das richtige Timing ist bei solchen Dingen das Allerwichtigste.« Im Grunde meines Herzens verstand ich auch, was mir beide sagen wollten. Was würde passieren, wenn meine Oma oder Arvo zu Jamie gehen würden und sie mit der ganzen Chose konfrontierten? Leider war das nun mal mein eigenes Problem.

Tja, dann war Abwarten im Moment wohl wirklich das Einzige, was ich tun konnte. Auch wenn das bedeutete, dass ich eigentlich nichts tat. Ramen schmeckte vorzüglich, obwohl ich so eine warme Suppe eher an einem kalten Wintertag in mich hineingelöffelt hätte, tat mir das Essen und die Unterstützung, die ich mir ein wenig anders vorgestellt hatte, dennoch mehr als gut.

15

Nachdem ich mit Arvo die Küche aufgeräumt hatte, machte ich mich auf den Weg in die Bar, da ich noch kurzfristig eine Schicht übernommen hatte. Das Gespräch mit Oma bewirkte wenigstens etwas Gutes, nämlich, dass ich mir nicht mehr untätig vorkam, sondern eher wieder wie die Schlange oder ein Raubtier, das auf der Lauer lag. Das fühlte sich verdammt stark und unbezwingbar an.

Der Laden war nicht sehr voll und Amy meinte, ich könnte höchstwahrscheinlich bald wieder abhauen. Ein wenig wunderte ich mich, dass sie mich überhaupt herbestellt hatte. Das war mir aber im Grunde nur recht, denn der regelmäßige Job im Label und die Bar waren auf die Dauer anstrengender als angenommen.

Eine Cellistin koreanischer Herkunft hatte sich im Datum der üblichen Open Mic Night geirrt und stand auf einmal mit Sack und Pack erwartungsvoll lächelnd im Lokal.

Amy hatte ein zu großes Herz, um sie unverrichteter Dinge wieder wegzuschicken und beschloss spontan eine Open Mic Night einzuschieben. Zu Recht, denn die Musikerin war unheimlich gut und spielte drei ganz hervorragende Jazzsongs mit so viel Gefühl, dass ich bei jedem einzelnen Lied eine Gänsehaut bekam. Ich wischte den Tresen gerade zum dritten Mal sauber, als William samt Gitarre über der Schulter die Bar betrat.

Er winkte mir kurz zu und ging direkt zu Amy.

Mein Magen flatterte auf Kommando und der Satz *Ich bin sein Typ* begann sofort in Höchstgeschwindigkeit in meinem Kopf herumzukreisen. Bevor ich irgendwie reagieren konnte, verschwand William im hinteren Bereich des Lokals.

Die Cellistin beendete soeben ihr letztes Lied und die wenigen Gäste und ich applaudierten begeistert. Sie war sichtlich nervös gewesen und verbeugte sich erleichtert in alle Richtungen.

Ich konnte so gut mit ihr mitfühlen. Es war total goldig und sympathisch. Nachdem die kleine Bühne wieder frei war, setzte sich nun William mit seiner Gitarre auf den Stuhl, vor dem das Mikrofon stand. Zufrieden stellte ich fest, dass der Steg seines Instruments repariert war. Mit erstaunlicher Fingerfertigkeit widmete er sich, wie beim letzten Mal, einer klassischen Etüde.

Fast unmerklich jedoch veränderten sich die Töne dann in eine moderne Melodie und ich erkannte, dass er sich für einen Shawn Mendes Song entschieden hatte. Gespannt lauschte ich seinen Klängen, als er recht unvermutet und abrupt sein Spiel unterbrach. William räusperte sich und rieb sich am Nacken.

»Dieses Lied widme ich kaputten Mikrofonen und unerwarteten Helfern. Bad Reputation.«

Breit grinste er mich an. Da ich nicht wirklich etwas zu tun hatte, es waren ja nur wenige Tische besetzt und alle hatten noch volle Getränke vor sich, stützte ich mich mit den Unterarmen auf der Bar ab und lauschte Williams Lied.

Wie sollte ich denn das nun verstehen? War das eine Botschaft? Er meinte wohl sehr offensichtlich mich damit. Oder sich selbst?

Wer hatte denn jetzt hier die Bad Reputation?

Er verlor sich völlig in der Musik und hielt die Augen die meiste Zeit geschlossen. Zumindest konnte ich ihn wieder einmal völlig gefahrlos und ungehindert anstarren. Die Cellistin trat unbemerkt an Williams Seite, begann ihn erst zaghaft, aber dann immer kräftiger zu begleiten. Erst blickte William sie überrascht an, aber im nächsten Moment lächelte er und nickte ihr aufmunternd zu.

Es war einfach fantastisch und sie harmonierten, als ob sie schon immer miteinander musiziert hätten. Der letzte Ton verklang und die Anwesenden zollten den entsprechenden Applaus. Sie waren wirklich gut. Die Originalaufnahme von Shawn Mendes, die ich recht gut im Ohr hatte, war natürlich einmalig, aber die beiden hatten dem Lied noch eine ganz persönliche Note gegeben.

William rieb sich jetzt wieder über den Nacken und räusperte sich in das Mikrofon.

»So. Das hier, ... ist aber für dich, Lilly.«

Meine Augenbrauen hoben sich und eine Hitzewelle stieg mir in den Kopf. Ich strich mir unzählige unsichtbare Haarsträhnen zurück und war bestimmt knallrot. William beugte sich zu der Cellistin und flüsterte etwas in ihr Ohr, was sie mit einem heftigen Nicken beantwortete. Im Moment musste ich direkten Blickkontakt mit ihm dringend vermeiden, deshalb starrte ich erst auf meine Finger und hob dann ganz zaghaft den Blick.

William lächelte mich direkt an und schon drehten sich einige Köpfe zu mir. Jetzt war natürlich allen klar, wer mit Lilly gemeint war. Kraftvoll begannen sie mit *There's nothing holding me back*. Shawn Mendes schien ihm also ebenso gut zu gefallen wie mir. Das Cello ergänzte das Lied wieder perfekt. Ich ignorierte die Schmetterlinge in meinem Bauch, so gut es ging. Beim genauen Verfolgen des Textes gelang mir das allerdings nur sehr kläglich. Sie spielten so gut, dass bald das ganze Lokal mitklatschte.

Ich nahm all meinen Mut zusammen, sah immer wieder vorsichtig zu ihm auf und bemerkte, dass er mich die ganze Zeit unverwandt ansah. Leicht verkrampft grinste ich zurück und klatschte auch mit, um irgendetwas mit meinen Händen zu tun.

Mit so viel direkter Aufmerksamkeit konnte ich einfach nicht gut umgehen. Je länger er spielte und mich fixierte, desto schwieriger wurde es für mich wegzusehen, es war wie ein Bann. Er schaffte es, dass ich Shawn Mendes' Originalversion des Liedes völlig vergaß und das Gefühl hatte, eine ganz einzigartige neue Variante zu hören. Mein Herz klopfte mir bis zum Hals und in diesem Moment gab es nur William und seine Musik.

Amy stand neben mir, wiegte sich, klatschte ebenso im Takt und strahlte mich an. Immer noch verlegen, lächelte ich zurück.

William und die Cellistin endeten mit einem kraftvollen Endakkord und die Bar tobte. Die wenigen Menschen, die anwesend waren, drückten ihre volle Begeisterung lautstark aus. Die beiden nahmen sich an der Hand und verbeugten sich. Es war einfach wundervoll. Ich freute mich sehr über ihren Erfolg. Nach noch weiteren Verbeugungen stellte William die Gitarre hin und kam in meine Richtung. Als die Cellistin mir zuwinkte, hob ich schüchtern die Hand.

Sie faltete ihre Hände vor ihrer Brust und deutete noch eine Verbeugung an. William ging zielsicher an den Tischen vorbei, in meine Richtung und stand dann auf einmal direkt vor mir. Ich presste die Lippen aufeinander und unterdrückte ein Grinsen.

»So, so. Kaputte Mikrofone inspirieren dich also derart.« Er sah kurz auf den Boden und schaute mich dann von unten an, so gut das ging, denn er war ja mindestens einen Kopf größer als ich. Dann nickte er nur und rieb sich am Nacken. War er etwa auch verlegen? Das war ja einmal etwas Neues. Sehr nett.

»Wann machst du Schluss?«, ignorierte er meinen Kommentar geflissentlich. Nervosität schoss mir augenblicklich das Rückgrat rauf und runter.

»Äh. Eigentlich, also eigentlich habe ich schon frei.«

»Großartig. Wir haben nämlich noch Pläne.« Meine Augenbrauen hoben sich, aber er nickte nur aufmunternd und bewegte sich wieder zur Bühne.

»Wir haben noch ... Pläne?«, stammelte ich verwirrt, aber folgte seiner Aufforderung dennoch. Schnell verabschiedete ich mich von Amy, während William seine Gitarre einpackte. Er schulterte sie, nahm ganz selbstverständlich meine Hand und so verließen wir das Lokal. Draußen blieben wir beinahe gleichzeitig stehen. Meine Überrumpelung war jetzt Neugierde gewichen.

»Wohin, also was machen wir denn jetzt?« William sah auf sein Handy, ignorierte meine Frage wieder, als er sagte:

»Du magst Shawn Mendes, ja?« Ich nickte und ließ seine Hand los, denn es fühlte sich ein wenig komisch an, ihm händchenhaltend gegenüberzustehen.

»Schon. Ja. Na klar. Sehr sogar«, gab ich zu.

Er nahm wie selbstverständlich wieder meine Hand in seine und im Gehen fuhr er fort:

»Manchmal hat es einfach Vorteile in einem Plattenlabel zu arbeiten. Mehr verrate ich dir nicht.« Das klang vielversprechend, aber brachte mich auf keine Spur. Er steuerte einen Taxistand an und wir kletterten in den Fond eines Wagens, der dort wartete. William gab dem Fahrer eine mir unbekannte Adresse in Kreuzberg.

Eine ganze Weile saßen wir schweigend im Wagen. William hielt immer noch meine Hand und ich tat so, als ob ich das nicht bemerkt hätte oder ganz normal fände.

In Wirklichkeit prickelte meine Haut durch seine Berührung und diese machte auch ganz komische Dinge mit meiner Atmung.

Es gelang mir, mich einigermaßen zu beruhigen. Etwas brannte mir auf der Seele und ich befand es als einen guten Moment das anzusprechen.

»William, ich wollte noch etwas loswerden.« Er wandte sich mir zu und sah mich fragend an. »Ja, also, was immer das war, das dich so verärgert hat vor ein paar Tagen.« Sein Gesicht verdunkelte sich augenblicklich, er ließ meine Hand los, um seine Arme vor der Brust zu verschränken und in dem Moment bereute ich meinen dummen Drang, alles erklären zu müssen. Es fühlte sich sogar so an, als ob er von mir abrückte, was ja praktisch unmöglich war auf einem Rücksitz im Auto.

Jetzt gab es allerdings kein Zurück mehr, die Worte purzelten einfach so aus mir heraus. Außerdem konnte er ja schließlich nicht aus dem fahrenden Taxi abhauen.

»Jamie hat wirklich nichts erzählt, ich hab ehrlich gesagt einfach nur

243

ziellos geraten. Falls ich dabei einen empfindlichen Nerv bei dir getroffen habe, dann war das echt unabsichtlich. Und ich wollte dich sicher nicht verletzen. Das wollte ich nur klarstellen. Tut mir leid.« Den letzten Teil hatte ich nur mehr gemurmelt. Er sah mich lange an und schwieg.

Na, wunderbar. Wieder einmal genau das Falsche getan. Lilly, Meisterin der Fettnäpfchen.

»Empfindlicher Nerv. Das trifft es ziemlich genau«, sagte er leise mehr zu sich als zu mir, dann starrte er aus dem Fenster und schien völlig abwesend zu sein.

Am liebsten hätte ich ihn berührt, ihn irgendwie wieder zurückgeholt. Für so eine intime Geste fehlte mir aber eindeutig der Mut. William schien heute mit Vorliebe meine Fragen zu ignorieren oder einfach nicht auf mich zu reagieren. Denn wir fuhren noch einige Minuten schweigend dahin. Der Fahrer hatte irgendeine nervige Technomusik an, die die drückende Stimmung zwischen uns nicht gerade entlud.

Wie immer, wenn ich nervös war, strich ich mir jede Menge unsichtbare Haarsträhnen hinter das Ohr. Warum auch immer, aber es schien, dass William meine Entschuldigung unkommentiert stehen ließ. Zumindest deutete sein Schweigen darauf hin.

Krampfhaft überlegte ich, was ich noch sagen könnte, als der Fahrer endlich anhielt und wir aus dem Wagen kletterten. Wir stiegen in einer kleinen unscheinbaren Straße aus. Auf der gegenüberliegenden Straßenseite lag eine ebenso unauffällige hölzerne Eingangstür mit einem blinkenden Schild darüber, auf dem schlicht nur *Open* zu lesen war. Davor war ein imposanter Türsteher postiert, der ohne Probleme bei *Men in Black* hätte mitspielen können. Er verharrte mit verschränkten Armen in der klassischen Türsteherposition und trug trotz der einbrechenden Dunkelheit eine schwarze Sonnenbrille.

William verharrte nur ganz kurz und verwundert stellte ich fest, dass dieser Schrank von einem Mann uns zunickte und sogar lächelte. Zumindest zuckte es um seine Mundwinkel.

Etwas irritiert von dieser Reaktion, aber erfreut, da William schon wieder wie selbstverständlich meine Hand genommen hatte, folgte ich ihm in das Gebäude und eine Treppe hinunter. Er zog mich an einem kleinen Tresen vorbei, wo ein ähnlich bepackter Muskelmann in Schwarz gekleidet stand.

Ein Raum, in den Amys Lokal vielleicht zweimal gepasst hätte, eröffnete sich vor uns. Die unverputzten roten Backsteinwände verbreiteten eine Art Underground-Stimmung. Auf mich wirkte das auf Anhieb gemütlich, wie ich schnell feststellte. Die Tische waren im Kreis angeordnet und in der Mitte stand ein Stuhl vor einem Mikrofon. Mehrere Kabel liefen davon aus und vereinigten sich zu einem mittelgroßen Mischpult an einer Seite.

Alle Tische waren voll besetzt und William schob mich einfach weiter vor sich. Wir quetschten uns an eine Backsteinwand an der Seite.

Er stand so nah bei mir, dass ich seinen Duft einatmen konnte. Sein Geruch erinnerte mich an etwas, aber es fiel mir nicht ein, was es war. Auf jeden Fall fand ich die Note seines Aftershaves oder Duschbades so unwiderstehlich, dass ich am liebsten an ihm herumgeschnuppert hätte.

Unsere Aufmerksamkeit wurde nun jedoch auf die Mitte des Raumes gelenkt, da ein Künstler samt Gitarre auf dem Stuhl Platz nahm. Allgemeiner Applaus brandete auf. Pfiffe. Ich kniff meine Augen zusammen, um sicher zu gehen, wen ich da sah.

Ungläubig wandte ich mich zu William, der mich jetzt breit angrinste. Seine schlechte Stimmung war zum Glück wie weggeblasen. Selbst wenn er noch sauer gewesen wäre, meine Laune stieg ins Unermessliche, denn da saß tatsächlich der wahre und leibhaftige Shawn Mendes.

Das war einfach unglaublich. Ich schüttelte lachend den Kopf und formulierte ein tonloses: »Was? Wie?« Später erzählte William mir, dass Shawn gerade eine Europatournee absolvierte und ein paar neue Songs in kleinem Kreis und unplugged testen wollte.

Der Wolf kannte den jungen Star schon seit Beginn seiner Karriere. Der

Junge war nur wenige Jahre älter als ich und füllte bereits ganze Stadien. Jetzt saß er nur wenige Meter von mir entfernt und spielte ganz selbstverständlich auf seiner Gitarre. Wahnsinn. Die nun folgende Darbietung war dann auch ganz große Klasse. Auch wenn wir natürlich keines der Lieder kannten, waren sie wie immer gefühlvoll mit genialen Melodiefolgen und tollen Texten.

»Nicht schlecht, oder?«, drang eine mir bekannte tiefe Stimme jetzt in mein Ohr. Der Wolf war plötzlich neben mir aufgetaucht und ich zuckte zusammen. Natürlich war er auch da.

Was sonst?

Wie schaffte er es immer so unbemerkt zu erscheinen? Er schien äußerst guter Stimmung zu sein und ignorierte meinen Schreck geflissentlich.

»Toller Junge. Hab ihn auf einer Kanadatour kennengelernt. Nicht nur begabt, sondern auch noch ein guter Charakter.« Ich konnte nur stumm nicken und William grinste wissend. Ein Tontechniker werkelte gerade an den Kabeln herum und es entstand eine Pause, in der die Leute sich unterhielten. Das war meine Chance mit dem Wolf zu interagieren und ich plapperte einfach darauf los.

»Danke, dass wir hier ... Also, ja. Danke.«

Mehr als ein Stottern kam nicht heraus, aber zumindest hatte ich den Schritt gewagt ihn anzusprechen.

Das war schon ganz ordentlich für mich. Der Wolf sah mir wieder so direkt in die Augen, dass ich sofort an das zerbrochene Mikrofon denken musste. Er schmunzelte nur.

»Klar. Manchmal hat man einfach Glück, nicht?« Sein Blick wanderte eindeutig zu William und ich hätte schwören können, dieser wurde rot. Was ging denn hier ab? Der Wolf grinste weiter vor sich hin, schien höchst zufrieden zu sein und er erinnerte mich in dem Moment ganz stark an Donna. Die beiden wussten wohl immer von Dingen Bescheid, von denen ich zum Beispiel noch weit entfernt war. Im Gegensatz zu Jamie nutzten sie das jedoch nicht zu ihrem Vorteil aus.

Diese Gedanken versetzten meinem Herz einen kleinen Stich, weil ich das Gefühl hatte, ein ganz anderes Leben, eins mit einem Vater an meiner Seite, verpasst zu haben. Shawn Mendes riss mich allerdings schnell aus meiner trüben Hirnakrobatik, denn er ergriff nun wieder das Mikrofon und bedankte sich ganz offiziell beim Wolf.

»Viel Spaß noch.« Mit diesen Worten kämpfte dieser sich in Richtung Mischpult, daran vorbei und schüttelte Shawn die Hand. Am Ende stimmte der junge Kanadier noch ein paar seiner bekannteren Stücke an. Als die ersten Töne von *Lights on* erklangen, nahm William mich in seinen Arm und zog mich fest an sich. Mein Herz klopfte jetzt noch einige Takte schneller, wenn das überhaupt möglich war. Zum Glück hielt er mich fest, denn meine Knie wurden richtig weich, wenn ich in sein Gesicht sah. In seinen Augen stand ein fragender Ausdruck und ich nickte unmerklich. Obwohl ich nur Instinkten folgte und nichts wirklich bewusst tat, kam mir alles, was jetzt passierte, gut und richtig vor. Wenn ich meiner inneren Stimme gefolgt wäre, hätte ich mich sofort an ihn geschmiegt, aber das schien mir ein wenig gewagt. Vor allem war meine Erfahrung mit Jungs mehr oder weniger gleich Null und ich war froh, dass er da ein wenig die Führung übernahm.

Wer hätte gedacht, dass Shawn Mendes, der im selben Raum Musik machte, für mich so in den Hintergrund treten konnte? Bald nahm ich nämlich überhaupt nichts mehr um mich wahr, außer William. Seine blauen Augen, die mich aufmerksam musterten. Seine Hände, die behutsam und leicht auf meiner Taille lagen. Ich hatte meine Arme ganz selbstverständlich um seinen Hals gelegt und wir begannen uns langsam und sanft zur Musik zu bewegen. Zwischendurch überfiel mich eine Welle der Verlegenheit und ich musste mich seinem Blick immer wieder entziehen. Dabei wich ich auf Details, wie seine Haare oder Ohren, aus.

Alles sehr spannend und schön anzusehen. Aus der Nähe betrachtet schien er viele verschiedene Wirbel auf dem Kopf zu haben, deshalb stand wohl immer alles so in alle Richtungen ab.

Dann glitt mein Blick über seine Nase, die zur Spitze hin ein wenig zusammenlief, hin zu seinem Mund.

Als er das bemerkte, lächelte er und schien selbst ein wenig verlegen zu werden. Er hatte bisher fast immer sehr selbstbewusst auf mich gewirkt. Schön, dass ich ihn nur durch einen Blick anscheinend auch ein wenig durcheinanderbringen konnte. Allerdings revanchierte er sich mit einem ähnlichen Blick auf meine Lippen, ich wurde prompt rot und kaute nervös auf meiner Unterlippe herum.

Er zog mich noch näher an sich und ich legte meinen Kopf an seine Brust. Ich konnte sein Herz schlagen spüren und war erstaunt, dass es ganz schön hämmerte.

Ähnlich wie meins, gestand ich mir ein. Seine Hand fuhr mir jetzt sanft über den Rücken, was angenehme Schauer in mir auslöste. Das alles war ziemlich überwältigend, da ich das so noch nie erfahren hatte. Jungs waren ganz einfach kein Thema für mich gewesen.

Bis jetzt. Mit einem Mal konnte ich meine ständig verliebten und schwärmenden Schulkolleginnen viel besser verstehen. Ein wenig fühlte ich mich, als ob ich mich nicht in meinem Körper befände.

Allerdings war es in diesem Fall ein ziemlich gutes Gefühl. Ein wenig wie Schweben.

Da waren Gedanken, Fragen und Ängste, die in meinem Kopf wirbelten und gleichzeitig reagierte mein Körper auf William, wie ich es noch nie erlebt hatte.

Ich sog hörbar die Luft ein, er schob mich ein Stück weit von sich und musterte mein Gesicht.

»Alles in Ordnung?« Ich schmunzelte. *In Ordnung? Oh, ja.* Mehr in Ordnung hatte ich mich schon lange nicht mehr gefühlt. Seine Fingerspitzen fuhren jetzt ganz sacht meine Wange entlang und er strich eine Haarsträhne zurück. Mein Mund war mit einem Mal ganz trocken.

Der Gedankensturm war einer totalen Stille gewichen. Irgendwo sang Shawn Mendes, doch das bekam ich kaum noch mit. Langsam kam

Williams Gesicht auf mich zu und ich hob mein Kinn ganz automatisch an. Ganz kurz fragte ich mich, woher ich wusste, was ich da eigentlich tat, denn ich folgte nur einem Instinkt. Er kam mir immer näher und plötzlich berührten sich unsere Lippen.

Ganz zaghaft.

Meine Augen schlossen sich ohne mein Zutun und ich genoss einfach den Moment. Warm lagen seine Lippen auf meinen. Es war, als ob die Zeit stehen blieb. Nach einer gefühlten Ewigkeit lösten wir uns voneinander. Es war wie ein kleines Versprechen gewesen. William sah mir aufmerksam von einem Auge ins andere.

»Die Farbe deiner Augen ist nicht immer gleich, oder? Ich hätte schwören können, dass sie grün sind, aber jetzt sehen sie braun aus?«

Mir entschlüpfte ein verhaltenes Lachen.

»Meine Oma nennt das Haselnuss. Es wechselt manchmal mit der Lichtstimmung oder passt sich meinen Klamotten an.« Er hatte mich wieder an sich gezogen und flüsterte in mein Haar.

»Haselnuss also. Fräulein Gillian. Hmmm.«

In mir tobte ein Sturm der Gefühle und ich hatte plötzlich seltsamerweise das dringende Bedürfnis einen Moment alleine zu sein.

»Ähm. Also. Ich muss schnell mal für kleine Shawn-Mendes-Fans.« Williams Miene wirkte einen Moment lang geradezu enttäuscht, was ich irgendwie süß fand.

»Ich bin auch gleich wieder da. Versprochen.« So entließ er mich aus seiner Umarmung und ich arbeitete mich durch die Menge zu den Toiletten, die auf der gegenüberliegenden Seite des Raumes lagen. Ich verzog mich in eine Kabine und atmete tief durch. Gut, diese Nähe, dass er mich küsste, das alles hätte ich jetzt nicht so erwartet, aber es fühlte sich ganz richtig an.

Ich wusste nicht, was das war oder was das werden sollte, aber ich war von William so angezogen, dass ich mich ohnehin nicht wirklich dagegen hätte wehren können. Was hätte ich dafür gegeben, jetzt mit meiner Issymama sprechen zu können. Ich führte einen stillen Dialog mit ihr. Dann holte ich tief Luft. Mein Puls hatte sich wieder halbwegs normalisiert. Die paar Minuten Reflexion taten mir gut und ich trat aus der Kabine ans Waschbecken.

Völlig versunken, wusch ich meine Hände und vergaß völlig meine Umgebung. Ein Geräusch ließ mich aufschrecken und ich realisierte erst spät, wer da aus der Nachbarkabine trat. Jamie trat unangenehm nahe neben mich, sodass ich unweigerlich zur Seite wich, um ein wenig Abstand zwischen uns zu bringen.

Sie schwieg und beobachtete mich mit unergründlicher Miene. Ihr Ausdruck war schwer zu deuten, ich suchte nach Bosheit und Gehässigkeit, aber fand keine Anzeichen davon. Im Gegenteil, sie kaute sogar auf ihrer Unterlippe herum. Sofort fuhr ich meine innerliche Abwehr hoch und wollte nichts anderes, als zu verschwinden. Da legte sie eine Hand auf meine Schulter. Ganz sanft. Ich erstarrte bei der Berührung. Sie schluckte.

»Lilly, ich weiß, ich habe Scheiße gebaut.« Glitzerten da Tränen in ihren Augen? Oh Mann, sie war wirklich gut, aber noch einmal würde ich nicht auf sie hereinfallen. Ich starrte sie nur böse an. Sie sah auf den Boden, dann hob sie den Blick wieder.

»Also, ich weiß, dass ich die Letzte bin, von der du das hören willst aber, aber ...«

Sie brach ab. Jetzt produzierte sie einen gehetzten Blick nach rechts und links. Tolle Vorstellung. Mein Geduldsfaden war bis zum Zerreißen gespannt.

»Jetzt spuck's schon aus, wenn du was zu sagen hast.« Sie leckte sich über die Lippen.

»Es ist wegen William. Es ist nur, weil ... Ach, na ja, ich gönne dir das wirklich mit ihm und so. Aber bitte, bitte, Lilly, sei vorsichtig.« Verständnislos schüttelte ich den Kopf.

»Ich will nicht, dass dir etwas passiert. Verstehst du? Ja, ich bin vielleicht keine Freundin. Mehr. Aber soweit würde nicht einmal ich gehen.« Mit dem Fuß tappte ich auf der Stelle.

»Was meinst du damit? Mach schon.«

Wieder blickte sie sich nach allen Seiten um.

»Dachte ich es mir doch. Er hat nichts davon erzählt, nicht wahr?« Sie wartete keine Antwort von mir ab, kniff kurz ihre Lippen zusammen und fuhr dann fort.

»Also, du solltest wissen, dass er eine Verurteilung wegen Körperverletzung hat. Bitte pass auf dich auf, ja?«

Sie drehte sich um und checkte ihre Frisur im Spiegel. Plötzlich war die ganze Besorgnis aus ihrem Gesicht wie weggeblasen. Sie sah mich nur vielsagend an und wandte sich zum Gehen. Ich schüttelte nur den Kopf. Das konnte ich jetzt nicht glauben.

»So ein ausgemachter Blödsinn«, murmelte ich. Jamie hielt inne und wandte sich halb über ihre Schulter zu mir um. »Wenn du mir nicht glaubst, dann frag ihn doch selbst.«

Ihr Ton war spitz. Dann verließ sie die Toiletten endgültig.

So eine verdammte Giftschlange. Ich wusste nicht, was ich tun sollte. Die Ungewissheit begann bereits leise in meinem Hinterkopf zu nagen.

Ich würde ihn einfach selbst fragen. Genau. Nichts leichter als das. Als ich wieder bei William ankam, leerte sich mein Kopf allerdings rasend schnell, in dem Moment, in dem er mich von hinten umarmte und sein Gesicht in meinem Hals vergrub.

Sehr gut. Ich war froh, dass er mein Gesicht nicht sehen konnte. Als er meinen Hals mit federleichten Küssen bedeckte, vergaß ich selbst meinen eigenen Namen. Trotzdem rotierte das Gift des Zweifels in meinen Gedanken unaufhörlich im Hintergrund.

16

Ich lag auf meinem Couch-Bett, das im ausgezogenen Zustand jetzt dauerhaft als meine Schlafstätte fungierte. Die Mühe, es immer wieder in den Originalzustand umzubauen, machte ich mir nicht mehr. Mit hinter dem Kopf verschränkten Armen lag ich ganz still da und starrte aus dem Fenster in die Nacht hinaus. Aufgewühlt klopfte mein Herz immer noch wie wild in meiner Brust. Mit bewusst langsamen Atemzügen versuchte ich mich zu beruhigen.

Unweigerlich tauchten die letzten Erlebnisse vor meinem inneren Auge auf. Auf der einen Seite war mir durch Jamie etwas ganz Widerliches zugestoßen, das ziemlich an meinem Glauben an das Gute im Menschen rüttelte.

Andererseits tauchte William wie aus dem Nichts in meinem Leben auf und stürzte mich in einen Rausch der Gefühle, der mein Herz weit öffnete.

Er hatte mich nach diesem Wahnsinnskonzert natürlich noch nach Hause gebracht. Es war ganz klar gewesen und wieder stellte ich verwundert fest, wie natürlich wir miteinander umgingen.

Als ob wir uns schon seit Jahren kannten.

Das klang zwar selbst in meinem Kopf richtig kitschig, aber war eine Tatsache. Später, als wir aus dem Taxi ausgestiegen waren, hatte er meine Hand nicht mehr losgelassen.

Wahrscheinlich wäre ich sonst schnurstracks nach oben geflüchtet. Er nahm dann noch meine andere Hand in seine und zog mich ganz nah an sich. Unsere Nasenspitzen berührten sich ganz leicht und ich musste kichern. Er gab mir einen sanften Kuss auf eben diese. Dann einen auf die Wange rechts und dann links.

Schließlich fand sein Mund meinen und was sehr vorsichtig begann, endete in einem sehr intensiven und aufregenden Kuss. Wieder durchzuckte mich der Gedanke, warum ich mich in dieser absolut ungewohnten Situation so traumwandlerisch sicher bewegte.

Mein Denkvermögen war mittlerweile zu einem einzigen genießerischen *Mmmhhh* zusammengeschmolzen.

Dieser Ton entschlüpfte mir auch und William beantwortete das seinerseits mit einem leichten Stöhnen. Meine Arme lagen um seinen Hals und ich fuhr mit den Fingern durch seine wunderbar weiche Sturmfrisur. Seine Hände streichelten mich sanft am Rücken und am Nacken, wir standen ganz eng aneinander geschmiegt und es wurde immer intensiver, bis er mich etwas abrupt von sich schob.

»Okay. Wow«, stieß er ein wenig atemlos hervor.

Seine Augen waren ganz dunkel und ich konnte wieder diesen Sog spüren, den er auf mich ausübte. William presste die Lippen aufeinander und rieb sich mit einer Hand den Nacken.

»Lilly. Lilly. Ich muss jetzt glaub ich, schnell nach Hause. Sonst kann ich für nichts mehr garantieren.« Er strich mir kaum spürbar mit den Fingerspitzen über die Wange und das hinterließ ein angenehmes Prickeln auf meiner Haut. Einerseits fand ich diese Unterbrechung absolut doof, denn ich wollte unbedingt, dass er für nichts mehr garantieren konnte. Allerdings schätzte ich es, dass er von sich aus ein wenig auf die Bremse trat. Auf mich prasselten so viele neue Eindrücke ein, dass ich insgeheim dankbar für eine kleine Pause war.

»Danke, William.« Er hob die Augenbrauen.

»Wofür?« *Dass mein erster richtiger Kuss so unfassbar schön war? Dafür, dass meine Gefühle gerade Achterbahn fahren? Dass ich mich gerade wieder lebendig fühle und nicht einfach nur traurig? Ach, einfach alles.* Ich fuhr mir mit dem Zeigefinger über die Unterlippe.

»Das war schön. Richtig schön. Mir passiert so was nicht jeden Tag«, murmelte ich dann etwas verlegen. Halb erwartete ich eine Neckerei, als ich wieder zu ihm aufsah, aber zu meiner Überraschung lächelte William mich voller Warmherzigkeit an.

»Wir könnten ja ausprobieren, ob das bei weiteren Malen auch so schön ist?« Er grinste ein wenig schief und zwinkerte mir übertrieben zu. *Bitte, sehr gerne, nichts lieber als das.* Diesmal zog ich ihn zu mir und er riss für einen Moment die Augen auf, als unsere Lippen sich trafen. Wieder versank die Welt in einem Strudel der Gefühle und Empfindungen. Schwer atmend, lösten wir uns voneinander. Ich nickte zufrieden.

»Hat funktioniert. War mindestens genauso schön.« William nahm mein Gesicht in seine Hände und sah mich ganz ernst an.

»Weißt du eigentlich, wie wunderschön *du* bist, Lilly? Alles an dir fasziniert mich. Es ist fast ein wenig schwer zu glauben, dass du in Echt existierst.«

Ich musste ein wenig kichern. Vor allem aber über mich selbst, weil ich noch vor wenigen Wochen verständnislos den Kopf geschüttelt hätte über so viel Kitsch, und jetzt schmolz mein Herz bei jedem einzelnen Wort wie Eis in der Sommersonne.

Alles eine Frage der Perspektive.

Ob man das Grinsen je aus meinem Gesicht entfernen können würde, war zweifelhaft. Ehrlich gesagt, war mir das aber in diesem Moment herzlich egal. Es war mittlerweile sehr spät geworden und wir lösten uns schweren Herzens endgültig voneinander. Wobei das nicht ganz stimmte.

William kam noch bis nach oben zur Haustür und wir probierten aus, ob ein Kuss im Haus und in jedem Stockwerk noch immer so wahnsinnig gut sein konnte. Wir kamen zu dem Ergebnis, dass der Ort wohl unwichtig war. Nach drei weiteren Feldversuchen, die vor der Tür stattfanden, schlüpfte ich endlich leise in die Wohnung. Auf Zehenspitzen schlich ich durch den Flur. In meinem Zimmer trat ich ans Fenster und sah zur Straße hinunter. Ich erkannte William, der sich im Kreis drehte und mit ausgebreiteten Armen die Straße entlang ging. Mein Herz hüpfte bei diesem Anblick.

An Einschlafen war nicht zu denken, aber Musik zu machen war auch keine Option, denn das wäre nun wirklich zu laut gewesen. Ich entschied mich dafür an einem Liedtext weiterzuarbeiten, der mich eigenartigerweise von William weg und hin zum Wolf führte. Eigentlich hätte ich jetzt einen kitschigen Liebestext von mir erwartet, aber erstaunlicherweise entstanden Zeilen, die das Thema Eltern, Liebe und Unterstützung beinhalteten. Worte und Phrasen kamen und gingen, ich notierte sie alle, stellte um, summte leise die Melodie dazu und hielt die besten davon auf einem neuen Papier fest. Es kam alles aus meinem Bauch, meine Logik war durch meine aufgewühlte Gefühlsebene ohnehin lahmgelegt. Wenn sich eine Zeile richtig anhörte, dann war sie das auch, es waren reine Emotionen, die da aus mir hinausflossen.

Beim Texten hatte ich sonst immer wieder Probleme, mich für etwas zu entscheiden, und kam schwer zu dem Schluss, was gut genug war, um endgültig in einem Lied zu bleiben. Heute war dies nicht der Fall. Im Gegenteil, die sachliche Stimme, die sonst meine Kreationen bewertete, war heute völlig in den Hintergrund verbannt worden. Kein Wunder bei dem Geknutsche, da musste jede Vernunft irgendwann kapitulieren, dachte ich mit einem versonnenen Lächeln.

In den frühen Morgenstunden war das Adrenalin dann endlich abgeklungen und ich war in einer Art Halbschlaf weggedämmert.

Als mein Handywecker klingelte, hatte ich das Gefühl, ich hatte nur wenige Minuten geschlafen. Meiner guten Laune konnte das aber keinen Abbruch tun. Ich verpasste mir mehrere Minuten lang eine heiß-kalte Wechseldusche und drückte mir einen dreifachen Espresso aus der Maschine.

Was mir dann im Spiegel entgegenblickte, war erstaunlicherweise sehr erfreulich. Die erwarteten dunklen Ringe und hängenden Augen blieben aus, die sonst das Resultat von manch früheren durchwachten Nächten waren. Was mir da aus dem Spiegel entgegensah, sprühte regelrecht vor Energie. Das ging auch an Arvo nicht unbemerkt vorbei, als er mich aufmerksam musterte.

»Du strahlst ja heute richtig, Lilly.« Der Versuch, ein geheimnisvolles Gesicht zu machen, misslang ordentlich und wir brachen beide in herzhaftes Lachen aus.

»Was immer dich so zum Strahlen bringt. Halte es fest. Es ist schön, dich so zu sehen.« Er war einfach so bedingungslos voller Verständnis und Liebe, ich konnte nicht anders und musste ihn spontan umarmen. Schon halb aus der Tür betrat Oma die Küche und warf mir nur einen flüchtigen Blick zu.

»Verliebt? Hm?« Sie schmunzelte über ihren Brillenrand. Ich nahm meine Beine in die Hand und rief noch:

»Wer weiß? Tschö, ich muss los«, über meine Schulter. Vor diesen beiden konnte man aber auch nichts verheimlichen. Der Fahrtwind kühlte mein glühendes Gesicht ab, denn bei Omas Kommentar war mir natürlich sofort die Röte ins Gesicht geschossen.

Einigermaßen beruhigt kam ich im Büro an und begrüßte Donna fröhlich. Sie sah auf, blickte wieder auf ihren Bildschirm, nur um mich eine Sekunde später eingehender zu inspizieren. Donnas Prüfblick der Sonderklasse.

»Sind denn heute alle so gut aufgelegt? Liegt etwas in der Luft? Sogar der Wolf hat noch gar nicht herumgebrüllt.« Sie kniff ihre Augen zu schmalen Schlitzen und ich verkrümelte mich, so schnell ich konnte. Wahrscheinlich stand *Ich habe William geküsst, und zwar mehrmals* quer über mein Gesicht geschrieben.

Donna schickte mich dann den ganzen Vormittag von einer Aufgabe zur nächsten und ich sah William nur einmal ganz kurz im Flur. Nervös lächelnd begann ich von einem Fuß auf den anderen zu treten, da hatte er mich schon in eine Ecke gezogen und drückte mir blitzschnell einen Kuss auf den Mund.

»Mittagspause geht heute nicht, muss durcharbeiten, aber dann am Abend, ja?« Ich nickte nur heftig, lächelte ihn ein wenig entrückt an und er verschwand wieder im Studio. Zumindest war das der Beweis, dass ich unsere Annäherungen nicht geträumt hatte. Der Gedanke war mir nämlich schon ein paar Mal gekommen, so unwirklich kam mir das alles vor. Jamie begegnete mir wieder auf der Toilette und ich fragte mich, ob sie diese »zufälligen« Treffen eigentlich plante. Zuzutrauen wäre es ihr.

In meinem Wolke-Sieben-Schwebezustand fühlte ich mich zum Glück stark und unangreifbar, sodass ich es schaffte sie ganz wunderbar zu ignorieren. Sie zog sich die Lippen mit Lipgloss nach und strich danach mit dem Zeigefinger über die Augenbrauen. Mit einem Seitenblick zu mir sprach sie zu ihrem eigenen Spiegelbild:

»Sieht so aus, als ob ihr alles klären konntet. William und du?« Ich hob nur das Kinn und zupfte unnötigerweise eine Haarsträhne vor und zurück.

»Wüsste nicht, was dich das angeht.« Jamie runzelte die Stirn und dann wurde ihre Miene doch tatsächlich sorgenvoll.

»Lilly, hör zu.« Ihr Ton wurde jetzt richtig eindringlich.

»Ich will nur, dass dir nichts passiert. Verstehst du?«

Mit großer Überwindung und Kraftanstrengung sah ich ihr jetzt direkt und fest in die Augen.

»Wirklich? Ist das so? Ich bin mir da nicht so sicher.«

Dann drehte ich mich auf dem Absatz um, flüchtete regelrecht aus der Toilette und nahm dankbar jede weitere Aufgabe von Donna entgegen. Ich hatte mich zwar gut gewehrt, wie ich fand, aber jetzt fühlte ich mich ganz ausgelaugt und schwach.

In dem Moment beschloss ich, auch mit William heute Abend über diese seltsame Behauptung zu sprechen. Ich würde ihn später einfach zur Rede stellen und damit basta.

Was konnte schon Schlimmes passieren? Seine frühere heftige Reaktion auf etwas, von dem ich keine Ahnung hatte, verdrängte ich in den hintersten Winkel meines Herzens. Wir waren uns schließlich nähergekommen, da teilte man auch unangenehme Erlebnisse und Geheimnisse, oder? *In Büchern und Filmen war das zumindest so. Mit meiner Mama war das auch so gewesen. Bis auf die winzige Kleinigkeit, dass sie mir verheimlicht hatte, dass der Wolf mein leiblicher Vater ist.* Schnell schüttelte ich diese trübsinnigen Gedanken ab.

Am Ende des Tages lungerte ich unentschlossen an der Rezeption herum. Leider war ich mir überhaupt nicht mehr sicher, wie ich das Thema am geschicktesten ansprechen sollte.

Plötzlich legten sich zwei Arme von hinten auf meine Taille. Donna sah auf und schmunzelte wissend in sich hinein. William legte seinen Kopf auf meine Schulter und gab mir einen Kuss auf die Wange. Ich lief natürlich feuerrot an, aber strahlte auch wie ein Weihnachtsbaum.

»Steht dir gut, die Farbe«, bemerkte Donna beiläufig, immer noch ganz konzentriert auf ihren Bildschirm. Im Augenwinkel konnte ich jedoch erkennen, dass sie schmunzelte.

Hand in Hand verließen wir das Büro und mein Herz wurde ganz leicht. William und ich alberten die ganze Zeit nur herum, blieben unvermittelt stehen und küssten uns heftig und ausgiebig. Es war mir ganz egal, was die Leute dachten. Ich war zum ersten Mal verliebt und das war verdammt schön. Wir kauften uns Eiscreme und saßen uns gegenüber auf einer kleinen Mauer.

»Okay, jetzt müssen wir mal die ganzen Details klären.« Ich sah ihn mit hochgezogenen Augenbrauen an. *Was für Details? War jetzt ein guter Zeitpunkt die heikle Frage zu stellen?*

»Lieblingsband, Lieblingsinstrument, Lieblingslifekonzert.« *Oh, verstehe.*

»4 Non Blondes, Gitarre, Shawn Mendes MTV unplugged. Nein warte, Shawn Mendes Geheimkonzert in Berlin. Aber das war jetzt nicht nur

wegen der Musik. Jetzt Du«, antwortete ich, wie aus der Pistole geschossen.
William grinste breit.

»Metallica nein, Blink 182, Gitarre, Shawn Mendes Geheimkonzert in
Berlin. Aber das war jetzt nicht nur wegen der Musik.« Lachend schüttelte
ich den Kopf und hob gespielt drohend den Finger.

»Hey, das gilt nicht.« Schon hatte er mich an sich gezogen und küsste
mich eine kleine Ewigkeit. Geschmolzenes Eis tropfte bald über meine
Finger. Mit geröteten Wangen legte ich meine Hand an seine Brust und
schob ihn ein Stück von mir.

Meine Gedanken waren eine einzige Wattewolke und ich musste ein
wenig Abstand zwischen uns bringen. Ich schleckte rundum mein Eis ab
und sah ihm direkt in die Augen.

»Okay. Das war aber noch kein echtes Detail. Du musst mir etwas
erzählen, was du sonst nicht so schnell mit jemandem teilst.« Über sein
Gesicht huschte ein Schatten und ich beeilte mich weiter zu sprechen.
Es kostete mich überraschenderweise nur ganz wenig Überwindung und
einmal angefangen, kam mir der Satz ganz leicht von den Lippen.

»Ich fange an. Der Tod meiner Mama hat mich ziemlich mitgenommen.
Es ist noch gar nicht lange her. Krebs.« Erwartungsvoll sah ich ihn an.

William schien zu überlegen, denn er rieb sich am Nacken und biss auf
seiner Unterlippe herum. Dann räusperte er sich.

»Mein Vater hat einen Selbstmordversuch hinter sich. Es ist schon ein
paar Jahre her, aber ich habe mich damals echt schlecht gefühlt. Lange
war ich überzeugt, es hätte etwas mit mir zu tun. Was natürlich Quatsch
war.« Ich nahm seine Hand und drückte sie sanft, aber mit Nachdruck.
Seltsamerweise war die Stimmung weder peinlich noch gedrückt. William
streichelte mit seinem Daumen meinen Handrücken und hob dann meine Finger zu seinen Lippen, wo er jeden einzelnen küsste. Dazwischen
schleckte er von seinem Eis und seine Lippen fühlten sich ganz kühl an.
Das ging mir durch und durch und ich konnte nicht anders, als vor mich
hinzugrinsen. Das hatte doch gut funktioniert.

William war die ganze Zeit so gut aufgelegt gewesen, dass ich jetzt meinen ganzen Mut zusammenkratzte und das heikle Thema ansprach. *Jetzt oder nie.*

»William.«

»Hm?« Er war immer noch mit meinen Fingerspitzen beschäftigt.

»Also. Es gibt noch etwas, was ich dich fragen möchte.« Er robbte näher.

»Ja, ich muss auch unbedingt wissen, wie dein Eis schmeckt.« Schon knutschten wir wieder los und mein Gehirn schmolz wie das Eis in meiner Hand. Kichernd schob ich ihn wieder sanft von mir.

»Es ist etwas Ernstes.«

Er setzte sich kerzengerade auf und machte ein gespielt besorgtes Gesicht. Beinahe musste ich losprusten, aber beherrschte mich im letzten Moment.

»Also«, begann ich wieder zögerlich. »Jamie hat heute tatsächlich etwas erwähnt.« Dass ich den Gedanken schon länger mit mir herumtrug, ließ ich besser unter den Tisch fallen, entschloss ich. Er presste die Lippen aufeinander und sah jetzt auf einmal sehr verärgert aus. Echt verärgert.

Er blickte kurz zur Seite, schien sich zu sammeln und fixierte mich mit diesen unglaublich dunkelblauen Augen.

»Bevor du etwas fragst. Vertraust du mir?« Ich runzelte die Stirn.

»Äh, ja, natürlich«, antwortete ich. Er sah wieder über meine Schulter in die Ferne. Da war wieder dieser Blick, der mich schwer verunsicherte.

»Musst du dann wirklich etwas fragen?« Ich wurde noch unsicherer. *Meinte er dasselbe wie ich? Und was, wenn nicht? Ich musste doch fragen dürfen? Klarheit für mich.* Vor allem, da wir … Da wir jetzt … Diesen Gedanken wollte ich nicht zu Ende denken. Denn ich wusste ja selbst nicht, was wir waren.

Ich wandte meinen Blick ab und seufzte. Ich musste Klarheit erlangen, sonst würde mich das ewig verfolgen. Das konnte und wollte ich nur von ihm persönlich erfahren. Mit leiser Stimme fuhr ich also fort.

»Nun ja. Ja. Bist du wirklich wegen Körperverletzung verurteilt worden?«, flüsterte ich. Er stierte mich lange und intensiv an. Dann rieb er sich am Nacken, nahm sein Eis und knallte es auf den Boden.

»Ja. Ja, bin ich. Okay?« Dann fluchte er und steigerte sich weiter in einen richtigen Wutanfall. Ich berührte ihn sanft am Arm, aber er schlug meine Hand weg. Nicht fest, aber genug, um mein Innerstes zu verschrecken.

»Ja. Ich bin ein Kleinkrimineller und verurteilter Verbrecher. Zufrieden?« Gehetzt sah er zu mir und wieder über meine Schulter. Er streckte seine Hand nach mir aus und berührte ganz sachte mein Kinn. Dann ließ er sie wieder sinken.

»Ach, das hat doch alles keinen Sinn.«

Damit lief er mit langen Schritten davon, die Hände in den Hosentaschen vergraben und den Kopf eingezogen, wie ein geprügelter Hund. Wie vom Donner gerührt, saß ich auf dem Mäuerchen, das Eis tropfte und rann mir mittlerweile über die ganze Hand.

Was war ich nur für eine dumme Kuh? Warum hatte ich so unbedingt nachbohren müssen? Ich hätte das Thema einfach auf sich beruhen lassen sollen. Er hätte mir bestimmt irgendwann ganz von selbst davon erzählt. Ja, zugegeben, Jamies Gift hatte ständig in meinem Hinterkopf gekreist. Was ist, wenn etwas passiert? Würde er mir etwas antun? Ich hatte das nicht ernsthaft geglaubt. Was sollte denn passieren? Gut, er hatte ganz schön heftig reagiert, aber ich las in seiner Miene nur Verzweiflung, Wut und Trauer. Keine Aggression, ich hatte keine Sekunde Angst vor ihm gehabt. Langsam stand ich auf, warf das Eis in einen Papierkorb und säuberte meine Hand notdürftig an einem Busch mit großen Blättern. Dann machte ich mich auf den Weg nach Hause.

17

Seltsamerweise war mir nicht zum Heulen zumute, obwohl mich Williams heftige Reaktion ziemlich erschreckt hatte. Trotz allem war ich mir sicher, dass das jetzt nicht das Ende bedeuten würde. Ein wenig warten konnte ich, auch wenn mir das nicht unbedingt leicht fiel. William würde sich schon wieder einkriegen und wir würden in Ruhe über alles reden.

Ich war über mich selbst erstaunt, mit welcher Gelassenheit ich auf seine hitzköpfige Antwort reagierte.

Wie war das noch mal? Sich nicht von der ersten Welle beeindrucken lassen? Vielleicht färbte Donnas Ausgeglichenheit doch etwas auf mich ab. Alles was ich wollte, war den Hintergrund der Geschichte zu erfahren, um ihn besser verstehen zu können. Ich konnte nur hoffen, dass er sich bald wieder beruhigte.

Zu Hause angekommen, fand ich Oma und Arvo wieder einmal in Aufbruchstimmung.

Die Koffer standen fertig gepackt im Flur.

»Wir fliegen morgen schon mit dem ersten Flieger«, erklärte Arvo mir. Er musterte mich aufmerksam.

»Alles in Ordnung mit dir? Heute Morgen hat aber eine ganz andere Lilly die Wohnung verlassen.«

Ich plumpste erschöpft auf den Küchenstuhl und erzählte ihnen kurz und knapp alles von William. Ich konnte Oma mit ihrem Röntgenblick und Arvo mit seinem verständnisvollen Nicken nur wenige Minuten standhalten. Beide reagierten ganz unterschiedlich, aber gaben mir mehr oder weniger denselben Rat.

»Gib ihm etwas Zeit.« Tja, Zeit hatte ich. Manchmal wurde ich aus den beiden nicht schlau. Sie schienen beinahe immer ein offenes Ohr für meine Probleme zu haben, eine Lösung ließen sie mich aber allein finden. *Da musst du ganz alleine durch.* Blabla. *Ach, Issymama.*

Du hättest ganz anders reagiert. Oder vielleicht doch nicht? Blödes Erwachsenwerden. Manchmal wollte ich einfach wieder klein und unverantwortlich sein. Tja, daraus wurde wohl nichts. Jedenfalls hatte ich den heutigen Abend frei und wollte mich ganz meiner Musik widmen. Schon immer war meine geliebte Gitarre der beste Weg, meine Gefühlsstürme zu bewältigen. Liebevoll strich ich über die glatte dunkelblaue Oberfläche.

Schon als Teenager, wenn die Hormone das Ruder übernahmen, ich meine sonst engelsgleich geduldige Mutter zur Weißglut gereizt hatte und mein Leben einfach zu viel für mich wurde, war das Instrument meine beste Zuflucht gewesen. Mit etwa vierzehn Jahren hatte ich angefangen Liedtexte zu den Melodien zu schreiben, die in solchen Gemütsverfassungen aus mir herausströmten. Es war wie eine Welle, die mich mitnahm und weitertrug in eine andere Welt. Jedes Mal fühlte ich mich danach irgendwie geordneter, wenn ich meinem inneren Chaos Ausdruck in einem Lied verleihen konnte. Manche dieser Kompositionen waren so haarsträubend, blieben am besten in einer Schublade versteckt und dienten wirklich nur einer Art Psychohygiene. Einige Songs waren aber selbst in meinen Ohren ganz passabel und ich feilte meist sogar später weiter daran herum. Jetzt war so ein Moment, an dem ich das dringende Bedürfnis verspürte, in mich hineinzulauschen und alles hinauszulassen, was mich verwirrte und bewegte.

Wieder kreisten meine Gedanken erst um William, aber nach einer Weile fühlte ich mich immer mehr zum Wolf gezogen. Was er wohl für ein Vater gewesen wäre, wenn er denn je von mir erfahren hätte?

Hätte er uns nur finanziell unterstützt? Wäre er ein Wochenend-Papa oder ein Vollzeit-Vater gewesen? Ich suchte nach den Textfetzen, die ich in der Nacht davor auf das Papier gekritzelt hatte. Die Akkorde flossen ganz von alleine ineinander. Es war wie immer erstaunlich. Die Welle kam, riss mich mit und ich genoss, wie mich schon nach wenigen Minuten ein Gefühl der Leichtigkeit erfasste.

Über mehrere Stunden versank ich völlig in dem Song und nannte ihn der Einfachheit halber *Wolf*. Das Lied begann mir langsam sogar selbst zu gefallen. Erschöpft und müde stellte ich fest, dass es schon Mitternacht war. Mathilda und Arvo hatten sich schon vor Stunden in ihr Schlafzimmer zurückgezogen. Vage erinnerte ich mich, dass sie vor einiger Zeit ihren Kopf durch die Tür streckten und mir eine gute Nacht wünschten. Ich kuschelte mich in mein Kissen und schloss zufrieden die Augen. Völlig unvermutet, oder vielleicht nicht ganz so unvermutet, musste ich ganz heftig an Mama denken und versuchte erfolglos die Tränen zu unterdrücken.

Der Impuls kam ganz plötzlich und machte mir auch bewusst, dass ich doch streckenweise gar nicht mehr an sie gedacht hatte. Prompt stellte sich ein Schuldgefühl ein, das den Tränenstrom gleich verdreifachte.

So heftig, wie der Ausbruch mich überrollte, so schnell war er dann aber auch wieder vorbei. Seltsamerweise stellte ich fest, dass sich der Knoten in meinem Bauch ein wenig gelöst hatte.

Es war das erste Mal, dass ich das Gefühl hatte, dass ich eventuell doch irgendwie und irgendwann einmal mit dem Tod meiner Mutter umgehen könnte.

Der Schmerz war natürlich ständig im Hintergrund vorhanden, aber mein Leben ging trotzdem weiter. Was auch immer ihn auslöste, es würde immer Momente geben, an denen der Verlust so übermächtig werden würde, dass ich dem nachgeben müsste. Das war aber auf eine seltsame Weise in Ordnung so. Auf diese Weise war Mama ständig bei mir. Mit diesem tröstlichen Gedanken schlief ich schlussendlich ein.

»Lilly, Lilly. Hör zu. Wir gehen jetzt, aber da war noch was in der Post für dich.« Omas Stimme drang durch einen dichten Nebel an mein Ohr. Verschlafen blinzelte ich ins Halbdunkel.

»Mhm«, murmelte ich. Oma Math stand vor meinem Bett und streichelte meine Wange.

»Lilly, Schatz. Ich lege dir etwas auf den Tisch, ja? Es scheint sehr wichtig zu sein.«

Ich nickte langsam und gähnte herzhaft. Vage registrierte ich noch, wie sich beide leise verabschiedeten und kurze Zeit später nahm ich noch wahr, wie die Tür ins Schloss fiel. Dann schlummerte ich sofort wieder ein. Mein Handywecker spielte eine sanfte Melodie und ich streckte mich lang und ausgiebig. Wie immer fühlte ich mich angenehm ausgelaugt, wenn ich an einem Lied gearbeitet hatte. Mein Körper war müde, aber mein Herz war voller Musik, Töne und natürlich William. Mit nackten Füßen tappte ich in die Küche und machte mich an der Kaffeemaschine zu schaffen.

Es war ein Genuss die Zeitung zu studieren, die Arvo immer so ordentlich auf dem Tisch drapierte. Mittlerweile hatte ich einen routinierten Ablauf und war eigentlich erst, nachdem ich geduscht und mir die Zähne geputzt hatte, so richtig wach. Vollständig angezogen, holte ich mein Handy aus dem Zimmer, als mein Blick auf ein kleines Päckchen fiel. Plötzlich erinnerte ich mich auch wieder an Omas morgendlichen Überfall. Das hatte ich völlig vergessen.

Die Handschrift, mit der mein Name auf das Papier geschrieben war, fuhr mir sofort in den Magen.

Mensch, Mama. Musstest du das wirklich noch einmal machen? War der Anhänger nicht genug? Diese Nachrichten aus dem Jenseits waren einfach zu nervenaufreibend für meinen Geschmack.

Mit zitternden Fingern öffnete ich das Papier.

Ein schmuckloser USB-Stick kam zum Vorschein. Ich zerriss die Verpackung in ihre Einzelteile, aber das war alles, was ich fand.

Kein Brief oder Begleitschreiben. Die Adresse von Oma war aber eindeutig von Mama eingetragen worden. Ihre Handschrift kannte ich nur zu genau. Kopfschüttelnd stopfte ich den Stick in meine Hosentasche. Auch wenn ich darauf brannte, ihn sofort in einen Computer zu stecken, musste ich jetzt wirklich zur Arbeit. Obwohl der Mikrofonvorfall nicht meine Schuld gewesen war, konnte und wollte ich mir kein Zuspätkommen leisten.

Mit Höchstgeschwindigkeit flitzte ich mit dem Fahrrad zum Potsdamer Platz. Oben im Büro angekommen, musterte mich Donna.

»Na, schon Ärger im Paradies?« Wie konnte sie nur so einfach durch mich hindurchsehen? Ich zuckte nur mit den Schultern und beschloss zu schweigen. Sie lächelte mitfühlend.

»Na, William sieht aus, als hätte er kein Auge zugetan und du hast auch einiges von deinem gestrigen Strahlen verloren. Das war nicht so schwer zu interpretieren. Komm, der Wolf braucht dich. Das wird dich schön ablenken.«

In der Tat. Das lenkte mich gewaltig ab. Dieser Satz fuhr mir mitten in den Magen. Der Wolf hatte mich noch nie gebraucht und hatte noch nie nach mir gefragt.

Donna führte mich zu seinem Büro, klopfte, wartete aber keine Antwort ab und öffnete die Tür. Zaghaft trat ich ein und stand ein wenig unschlüssig im Raum. Der Wolf kam aus dem hinteren Teil seines Büros und fuhr sich durch die Haare.

»Lilly, nicht? So. Wir müssen das hier alles umräumen. Aufräumen. Sortieren.« Er machte eine weitausholende Geste auf ein riesiges Regal, das vollgestopft war mit Preisen, Zeitungen aber auch Aufnahmebändern und CDs.

»Donna sagt, du hast einen guten Ordnungssinn. Denk dir ein System aus. Aber nichts darf verloren gehen, verstehst du?«

Ich nickte heftig, brachte aber kein Wort heraus. Ein Teil von mir wollte ihn anschreien und ihm mitteilen, dass er mein Vater sei und was wir alles versäumt hätten. Ein sehr versteckter, kleiner Teil. Der überwiegende andere Teil begann sofort ganz emsig systematisch das Regal auszuräumen und am Boden in unterschiedlich große Stapel zu sortieren. Wolf vergrub sich hinter seinem Laptop und setzte seine Kopfhörer auf. Ich stellte erfreut fest, dass ich ihn von meiner Position aus ziemlich gut unbemerkt beobachten konnte.

Er schien erst sehr konzentriert auf etwas auf seinem Bildschirm zu sein, sprang aber dazwischen immer wieder auf, lief aus dem Büro, kam kurz darauf wieder und dann begann er die gleiche Prozedur von vorne.

Irgendwann kapierte ich, dass er ständig irgendetwas hörte, da er augenscheinlich kabellose Kopfhörer trug.

Meine Aufräumtätigkeit war nicht kompliziert und verschaffte mir die Zeit und Möglichkeit, den Wolf immer wieder aus dem Augenwinkel zu beobachten. Aus der Nähe betrachtet war er längst nicht die imposante Kunstfigur, die er auf Fotos und bei Videos immer präsentierte. Vor allem im alltäglichen Umgang mit Donna war er ausgesprochen höflich und freundlich.

Gut, zugegeben, er konnte in Wutausbrüche der Sonderklasse explodieren, aber so richtig Angst hatte ich nie bekommen, auch wenn er richtig laut herumbrüllte. Er war tatsächlich die Sorte *Hunde, die bellen, beißen nicht,* entschied ich. Um die Mittagszeit erinnerte Donna ihn an einen Außentermin und er verschwand. Donna sah mich inmitten des Chaos sitzen und stemmte die Hände in die Hüften. Ich hob abwehrend die Hände.

»Glaub mir, das hat System. Du kannst das nur noch nicht erkennen.« Sie schüttelte nur den Kopf, schmunzelte aber und verließ das Büro.

Meine Knochen waren ganz steif und schmerzten ein wenig nach den vielen Stunden in der unbequemen Haltung im Schneidersitz und ich erhob mich, um mir ein wenig die Beine zu vertreten.

Ich machte mich auf den Weg in einen der Aufnahmeräume, die um diese Zeit meist unbesetzt, aber allesamt mit einem Computer ausgestattet waren. Alle Mitarbeiter schienen zur Mittagspause ausgeflogen zu sein, denn nichts rührte sich. Gut so, denn das hatte ich insgeheim gehofft.

Mit zittrigen Fingern zog ich den Stick aus meiner Hosentasche und schob ihn in den vorgesehenen Schlitz. Das Symbol für die erkannte externe Software tauchte auf dem Bildschirm auf und trug den Namen *Für meine Lilly*. Ich musste schwer schlucken, holte tief Luft und klickte auf *Datei öffnen*. Es gab nur eine einzige Videodatei. *Noch einmal tief einatmen. Oh, Mama. Sonst war sie nie so dramatisch gewesen.*

Das Video begann und zeigte Mama in unserer Küche auf einem Stuhl sitzend. Sie hatte es tatsächlich geschafft mit ihrem Handy einen Film aufzunehmen, realisierte ich überrascht.

Es schien niemand sonst im Raum zu sein und sie sah direkt in die Kamera. Es konnte nicht lange her sein. Sie sah genauso aus wie vor wenigen Wochen. Man konnte die Krankheit nur in Spuren erkennen. Nur, wenn man sie gut kannte. So wie ich. Sie räusperte sich und begann leise zu sprechen.

»Lilly. Nach langem Hin und Her habe ich mich nun doch dazu entschlossen, dir die ganze Geschichte zu erzählen. Ich weiß, das war eine Bombe, die ich da platzen ließ, aber ich konnte zu jenem Zeitpunkt einfach nicht mehr und ausführlicher erzählen. Sei's drum, mir ist schon klar, dass du die Wahrheit verdient hast. Es ist jetzt mehr als überfällig, dass du mehr über deinen Vater erfährst. Und wenn schon, dann persönlich von mir. Auch wenn das hier ein wenig unpersönlich ist, aber ich musste mich absichern. Ich bin nicht sicher, wie viel Zeit ich ...«

Sie brach ab, schluckte schwer und blickte an die Zimmerdecke. Dann sammelte sie sich einen kurzen Moment. Es war offensichtlich, dass sie das viel Überwindung kostete.

»Wie du ja weißt, hat Mathilda mich von klein auf bei jedem Filmdreh, jedem Auftritt und jedem Konzert dabeigehabt. Für mich war dieses Leben eine tolle Welt und ich liebte jede Minute davon.«

Halt, halt, wie war das bitte, ich musste mich verhört haben? Sie hatte es geliebt? Hatte sie diesen Teil ihres Lebens nicht einfach nur verabscheut und gehasst? Ich schüttelte verwundert den Kopf. Sie lächelte wissend, als ob sie meine Gedanken lesen konnte.

»Jetzt wunderst du dich bestimmt. Aber es ist wahr, ich war faszieniert von den Künstlern, der wilden Energie, der Freiheit und dem unkonventionellen Leben, das wir führten. Als Teenager allerdings konnte ich das vor Mathilda selbstverständlich niemals zugeben. Ich bin mindestens so starrköpfig wie sie und habe immer lauthals getönt, ich werde bald Buchhalterin oder Beamtin, nur um sie zu ärgern. Wir sind regelmäßig vor allen Leuten aneinandergeraten und es war mir egal. Sollten doch alle sehen, wie schrecklich sie war.«

Sie grinste richtig breit und der Teenager, den sie hier erwähnte, blitzte das erste Mal für mich so richtig durch. Dann wurde ihr Tonfall ganz sanft und ein wenig schwermütig.

»Ja, und an diesem schicksalsträchtigen Tag auf dem Coachella Musikfestival waren wir uns wieder einmal besonderslautstark in die Haare geraten. Ich war schon richtig frustriert, weil sie meiner Meinung nach nie genug für mich da gewesen war. Immer gab es etwas, das wichtiger war als ich.

Nun ja, du kennst sie ja selbst ein bisschen. Mittlerweile bin ich ein wenig nachsichtiger geworden. Trotzdem bin ich überzeugt davon, dass meine Weise, die ich für dich gewählt habe, die richtige Art war aufzuwachsen. Auch wenn ich jetzt nicht mehr lange für dich da sein kann.«

Es folgte eine lange Pause und wir, Mama im Video und ich davor, rangen sehr um unsere Beherrschung. Ein Geräusch hinter mir schreckte mich auf und ließ mich die Pausetaste drücken. Ich wandte mich langsam um und war mir sicher, dass jemand hinter mir stehen würde.

Bei meinem Glück konnte das nur Jamie sein, dachte ich und fuhr innerlich alle meine Schutzmechanismen hoch. Erleichtert stellte ich fest, dass es William war. Mit den Händen in den Hosentaschen vergraben stand er da und biss auf seiner Unterlippe herum. Dann rieb er sich am Nacken und deutete mit dem Kopf in Richtung Bildschirm.

»Stör ich dich bei etwas?« Ich seufzte und blinzelte. Eine Träne hatte sich jetzt doch an die Oberfläche gearbeitet und rollte mir über die Wange.

»Nein. Ja. Ich weiß auch nicht.«

Es kam ein wenig zu trotzig heraus. Ich wollte nicht sauer auf ihn sein, aber ich war in diesem Moment sehr verletzlich. Seine Miene änderte sich schlagartig und er sah mich mit großen Augen ganz bestürzt an. Er hatte wohl feine Antennen, wie es in mir gerade aussah.

»Ich kann auch später wiederkommen«, sagte er, aber trat Schritt für Schritt auf mich zu. Wortlos drehte ich mich wieder zu dem Video. Alles schrie in mir, dass er hier bleiben solle und ich mich an ihn anlehnen und festhalten konnte. Ich wusste ja ungefähr, was jetzt kommen würde. Mama würde nichts auslassen und die Geschichte über meinen Vater in allen Einzelheiten hier und jetzt darlegen. Ich könnte ihn einfach wegschicken, überlegte ich, aber da machte William schon einen weiteren Schritt auf mich zu.

Er setzte sich tatsächlich neben mich. So nahe, dass ich seinen Duft einatmen konnte und mir sofort unsere Küsse und Nähe wieder in den Kopf schossen. Mein Finger schwebte unentschlossen über der Tastatur. Dabei vermied ich tunlichst William anzusehen.

Vertraust du mir?, hallte seine Frage in meinen Gedanken und so gab ich mir einen Ruck. Ich starrte weiter auf den Bildschirm, als ich mit eindringlichem Ton fortfuhr.

»Du musst aber schwören, dass das, was du da jetzt hörst, unter uns bleibt. Unbedingt. Ja?«

Ich spürte, dass er mich ansah.

Mein Blick blieb weiter nach vorne auf das Standbild des Videos geheftet. Im Augenwinkel erkannte ich, dass er eine Hand auf seine Brust legte.

»Ehrenwort.« Ich drückte auf *Play*.

Mama seufzte und holte tief Luft.

Ihr Blick schien irgendwo in der Ferne zu hängen. Dann schüttelte sie sanft den Kopf und blickte wieder fest in die Kamera.

>*»Um da anzuschließen, wo ich das letzte Mal sozusagen abgebrochen hatte. Der Wolf und ich saßen also auf der Couch.«*

Bei der Erwähnung vom Wolf bemerkte ich eine körperliche Reaktion von William, aber ich beschloss mich nur auf die Videobotschaft zu konzentrieren. Mamas Miene wurde ganz weich und ihre Augen glänzten bei der Erinnerung. Ich stellte mit Erstaunen fest, dass diese Gefühle wohl noch ganz stark waren, aber anscheinend die ganze Zeit über fest verschlossen in ihrem Herzen geblieben waren.

>*»Er war der erste Mensch, der mir zuhörte. So richtig, wenn du verstehst, was ich meine. Oder so kam es mir jedenfalls vor. Ich erzählte ihm alles. Und wenn ich sage alles, dann meine ich alles. Ich fing bei meinen frühesten Kindheitserinnerungen an. Er saugte meine Geschichten und Erlebnisse in sich auf und ich konnte sehen, wie er alles an mir einfach nur wunderbar fand. Er war damals noch nicht sehr bekannt, aber hatte schon immer eine tolle Ausstrahlung. Ich konnte es nicht sofort zugeben, aber ich war ihm im selben Moment mit Haut und Haaren verfallen. Da waren immer Groupies und Mädchen, die etwas von ihm wollten.*

Aber diese Couch, auf der wir saßen, war wie eine Insel, auf der in diesem Moment nur wir zwei existierten. Das erste Mal fühlte ich mich verstanden und wirklich gesehen, in dieser verrückten Welt, die ich einerseits liebte, aber deren Oberflächlichkeit und Unbeständigkeit ich auch von Grund auf verabscheute.

Wir saßen dort stundenlang, tranken nur Saft und aßen Chips. Keiner von uns hatte Lust auf Drogen oder Alkohol. Er erzählte mir von seinem Leben und wie schwer er es hatte sich als Musiker einen Namen zu machen. Aus heutiger Sicht ist das wohl schwer vorzustellen, aber lange Zeit konnte er noch so viele Klinken putzen und Demobänder verschicken, niemand wollte ihn unter Vertrag nehmen. Damals gab es noch kein Internet und Youtube, na ja, du weißt ja. Ich denke, deshalb ist er so ein großer Unterstützer von unbekannten Künstlern.

Er hat nie vergessen, wie schwer es für ihn war. Tja, und als wir dann einen kitschigen Sonnenaufgang miteinander erlebten, war es ganz selbstverständlich, dass wir zusammengehörten. Ich verbrachte die ganze Woche bei ihm und war bei allen Auftritten dabei. Diese Details erspar ich dir jetzt aber.«

An dieser Stelle kicherte sie wie ein Teenager und ich musste auch schmunzeln.

William nahm meine Hand und drückte sie leicht. Ich konnte ihn nicht ansehen, aber ließ meine Hand in seiner liegen.

Es fühlte sich so gut an, er war da an meiner Seite bei einem so aufwühlenden Moment.

Er hatte seine eigenen Gefühle hintenangestellt und war einfach nur für mich da. Dafür war ich ihm dankbar. Mama strich sich ein paar Haare glatt, die davor schon glatt waren. Diese Geste war mir so vertraut, dass es doppelt wehtat, sie zu sehen.

»Nun gut. Mir war wichtig, dass du weißt, dass du ein absolut gewolltes Kind der Liebe bist. Ja, ich weiß, das klingt jetzt schon wieder furchtbar kitschig, aber es ist nun mal so. Ich liebe Wolf immer noch und ich bereue nichts. Allerdings fragst du dich jetzt bestimmt, warum ich ihm nichts davon erzählt hatte.«

Wieder rang sie um ihre Fassung. Sie blinzelte.

»Oma hatte eine wiederkehrende Rolle in einer Fernsehserie, die sie nicht absagen konnte und vor allem nicht wollte. Sie musste nach dieser Woche auf jeden Fall wieder nach Deutschland zurück.
Ich war ja schließlich noch unter ihrer Obhut und so sehr ich mich auch geweigert hatte, ich musste das Coachella Festival, ob es mir nun passte oder nicht, wieder verlassen. Offiziell war ich noch minderjährig und da hatte ich keine Wahl. Ganz alleine in Amerika zu bleiben, war zu dieser Zeit unvorstellbar. Außerdem hätte Mathilda mich eigenhändig zum Flughafen geschleppt. Keine schöne Vorstellung, das kann ich dir sagen. Wolf und ich schworen uns die ewige Liebe und er wollte sich sofort wieder melden, wenn er zurück war.«

Ich hielt das Video an, weil ich ein Geräusch hinter uns wahrgenommen hatte. William schien es auch so zu gehen und wir wandten uns beide um, aber es war niemand zu entdecken. William stand auf und schloss die Tür mit Nachdruck. Als er wieder neben mir saß, drückte ich auf die Play-Taste.

»Was jetzt folgte, waren ein paar unglückliche Zufälle, verpasste Anrufe, verzögerte Briefe, nenn es Schicksal oder Bestimmung. Vor allem hatte Wolf eine Chance bei einem amerikanischen Label bekommen und er blieb noch einige Wochen länger als geplant in Amerika. So, nun zum wichtigsten Teil.

Als ich herausfand, dass ich mit dir schwanger war, war ich einerseits überglücklich und wollte nichts anderes, als mit dem Wolf zu leben, andererseits hatte ich mir schon sehr früh geschworen, dass mein Kind, sollte ich jemals eines bekommen, unter keinen Umständen so aufwachsen würde wie ich.

Ich wollte dir ein geordnetes Leben ohne permanente Umzüge bieten. Du solltest nur eine Schule besuchen, einen Freundeskreis behalten, Drogen und Alkohol wollte ich so gut es geht von dir fernhalten. Mathilda war weder schockiert noch böse, aber sie konnte oder wollte mich auch nicht richtig unterstützen. Sie hatte angeboten, dass wir einfach mit ihr mitreisen. Diese Idee war jedoch das Allerletzte, was ich mir für dich als Zukunft vorstellte.

Ich setzte alles daran Arbeit zu finden und konnte die Ausbildung zur Sprechstundenhilfe machen. Der damalige Doktor Grimm Senior war so ein Schatz, dass er mir als junges Mädchen, in meiner Situation, diese Chance gab.«

Sie sah wieder in die Ferne, verloren in dieser Vergangenheit, die in ihr so viele unterschiedliche Gefühle auslöste.

Dann gab sie sich wieder einen Ruck.

»Wolf rief mich aufgeregt an und erzählte von einer tollen Chance, die er hatte und das war für mich die Weggabelung, an der ich mich entschied, ihn aus meinem und deinem Leben herauszuhalten. Er hatte eine Rolle in einem Film bekommen und gleichzeitig durfte er die Musik dazu beisteuern.

Der Film, wie du ja weißt, schlug ein wie eine Bombe und begründete auch seinen Erfolg als Musiker. Ich bin immer noch überzeugt, dass ich mich damals richtig entschieden hatte. Ich habe ihn schlichtweg angelogen und es hat mir das Herz gebrochen. Glaub mir, es war nicht einfach, mein Schatz. Aber ich konnte und wollte dich nicht an diese oberflächliche Welt verlieren. Solltest du mit ihm in Kontakt treten, dann zeig ihm den Anhänger, dann wird er verstehen und dir bestimmt Glauben schenken. Ach, und bitte pass auf mit diesem Schmuckstück. Es war mir nie ganz geheuer. Ich glaube ja nicht an so etwas, aber da steckt eine ganz ungewöhnliche Energie drin. Falls er noch mehr Beweise braucht, erzähl ihm die ganze Geschichte und sag ihm, dass du weißt, dass der Buchstabe J, den er auf seiner Brust tätowiert hat, von dem alle glauben, dass er für Janis Joplin steht, eigentlich ein I ist und er für Issy steht. Das sollte reichen. Ich hoffe, du musst keine Bluttests oder etwas ähnlich Anstrengendes durchmachen. Falls du es ruhen lassen willst, ist das auch in Ordnung. Ich hoffe, du kannst mich ein wenig besser verstehen, auch, warum ich dir nie etwas davon gesagt habe. Zum Teil war das auch sehr egoistisch von mir, was mir erst in den letzten Wochen so richtig bewusst geworden ist. Aber du hast ja gesehen, was passiert ist, als ich versucht habe, dir alles zu erzählen. Ich hoffe, dieses Video erreicht dich zu einem guten Zeitpunkt. Ich würde dich jetzt liebend gern in den Arm nehmen und wir könnten gemeinsam darüber streiten, Wagenräder Pizza essen und Tonnen von Cola trinken.

Na, vielleicht machen wir das ...«

Jetzt war es um ihre Haltung geschehen, sie wischte sich die Tränen aus dem Gesicht und stand auf. Hier endete das Video abrupt und nur ein unscharfes Standbild blickte mir entgegen. Meine Wangen waren nass von Tränen, die jetzt in Strömen unaufhörlich mein Gesicht hinabrollten. Erleichtert registrierte ich, dass William nichts sagte oder fragte. Ich wollte ohnehin nichts hören, aber ich war doch verdammt froh, nicht allein hier zu sitzen. Er machte instinktiv genau das Richtige, indem er schwieg und nur meine Hand fest in seiner hielt. Langsam beruhigte sich mein Atem ein wenig und ich wandte mich zu William. Er lächelte mich voll

Mitgefühl an und wischte mir mit dem Daumen die Wangen trocken. Dann küsste er meine Nase, leckte sich über die Lippen und verzog das Gesicht.

»Salzig. Brrr.«

Das entlockte mir nun doch ein zaghaftes Lächeln. Er rieb sich am Nacken. Seine Miene wirkte jetzt entschlossen und ernst.

»Okay. Also gut.«

Meine Augenbrauen hoben sich. Im Stillen hoffte ich inständig, dass er das Thema Wolf auf sich beruhen ließ. Ich war noch nicht so weit, darüber zu reden. Er überraschte mich hingegen völlig, als er langsam mit leiser Stimme zu sprechen begann. Zuerst schleppend, als ob er sich überwinden musste. Dann immer flüssiger.

»Meine Freunde; also in der Schule gab es eine Gruppe von Jungs, die allen möglichen Blödsinn aufführten. Wir waren immer gemeinsam unterwegs und stachelten uns zu den dümmsten Dingen an. Einer filmte den ganzen gefährlichen Quatsch natürlich noch. Mutproben und so eine Scheiße. Wir versuchten auch Actionszenen von Filmen nachzuspielen, die wir gut fanden. Es ist nie etwas Schlimmes passiert, weil wir einigermaßen aufpassten, oder vielleicht einfach nur Glück hatten. Aber Stefan, mein damaliger bester Freund und ich, wollten immer weiter über die Grenzen hinausgehen. Wir wollten mehr Realismus, mehr Authentizität mehr ...

Ach, was weiß ich. Es sollte alles ganz echt aussehen. Was für ein ausgemachter Schwachsinn.«

Williams Gesichtsfarbe wurde ganz blass bei der Erinnerung. Sichtlich nervös spielte er mit meinen Fingern. Das schien eine ganz unbewusste Geste.

»Einmal stellten wir eine Szene nach, in der ich Stefan mit einem Skalpell die Halsschlagader durchtrennen sollte. Wir hatten alles mit Styropor präpariert, aber ...«

Meine Augen wurden groß und ich schlug mir vor Entsetzen die Hand vor den Mund.

»Ich bin irgendwie abgerutscht oder das Styro war zu klein, jedenfalls habe ich ihn tatsächlich voll erwischt. Es war ganz fürchterlich, überall Blut, Geschrei und Panik.«

Williams Brustkorb hob und senkte sich immer schneller und ich konnte klar sehen, dass ihn die Bilder immer noch sehr verfolgten. Zitternd atmete er durch und blickte an die Decke.

»Es sollte einfach nur ein dummer Jungenfilm werden, aber endete in einem totalen Desaster.« Er ließ seinen Kopf zwischen seinen Schultern sinken und fuhr fort.

»Und hat er ... Ich meine, ist er ...«, warf ich ein.

»Stefan hat zum Glück mit knapper Not überlebt. Aber es war haarscharf und seine Eltern wollten oder konnten nicht verzeihen. Sie haben mir Absicht unterstellt, was Stefan versucht hat zu klären, aber wir mussten irgendwann aufgegeben. Sie waren blind vor Angst um ihren Sohn und wollten, dass jemand dafür bezahlt. Es wurde ein richtiger Rachefeldzug. Dagegen hatten wir nicht die geringste Chance. Schließlich war es ja auch meine Schuld. Deshalb bin ich dann auch aus Hamburg weggezogen.« Er sah mich schuldbewusst von unten an. Sein Tonfall war jetzt ganz sanft.

»Entschuldige bitte, dass ich gestern so durchgedreht bin. Ich wollte einfach nicht, dass du mich mit diesem Blick ansiehst.«

»Welchem Blick?« Ich versuchte möglichst neutral zu gucken. Er presste die Lippen zusammen.

»Ist schon gut. Irgendwann hätte ich es dir ohnehin erzählt.«

Er betrachtete wieder eingehend seine Schuhe. Ich streckte zaghaft meine Arme aus und nahm sein Gesicht sanft in beide Hände, hob es an, sodass er gezwungen war, mir in die Augen zu sehen und blickte ihn lange an.

Es war, als führten wir ein stummes Zwiegespräch. Diese tiefblauen Augen, die so viel Reue und Bitterkeit ausdrückten. Ich versuchte mein Mitleid in den Hintergrund zu drängen und bemühte mich einfach nur für ihn da zu sein, so wie er das eben für mich getan hatte. Der Kuss, der unweigerlich darauf folgte, war so zärtlich und sanft, und ich legte all mein Verständnis und meine Zuneigung hinein. Voller Glück spürte ich, wie er mir dieselben Gefühle erwiderte.

Als wir uns schließlich voneinander lösten, lehnte ich mich zufrieden an seine Schulter.

Wortlos nahm ich den Stick aus dem Computer.

18

William und ich sprachen nur sehr wenig an dem folgenden Abend, was ich als äußerst angenehm empfand. Einmal mehr erstaunte er mich mit seinem Fingerspitzengefühl. Am Ende des Arbeitstages wartete er an der Rezeption auf mich und sah mich ernst an.

»Ich bringe dich nach Hause.« Mir kamen beinahe die Tränen, obwohl ich keinen richtigen Grund dafür fand.

Ich denke, es war sein Tonfall, der keine Widerrede zuließ und mich gleichzeitig voller Fürsorge umhüllte. Gemeinsam fuhren wir zu mir nach Hause und vor der Haustür sah mich William fragend an, aber ich war schon in die Wohnung getreten und deutete ihm einfach nur mit dem Kopf mir zu folgen. Nachdem Oma Math und Arvo ohnehin unterwegs waren, musste ich auf niemanden Rücksicht nehmen und das kam mir in diesem Moment sehr gelegen.

Wir bestellten Pizza und Cola und machten es uns vor dem Fernseher gemütlich. Ganz selbstverständlich nahm William mich in den Arm und ich kuschelte mich an ihn. Was für ein wahnsinniges Gefühl das war. Mein Herz raste, dann beruhigte ich mich wieder einigermaßen, aber als ich meinen Kopf ein wenig anhob, bemerkte ich, dass William mich ansah und nicht den Fernseher. Da war es um meine Ruhe geschehen. Ich tauchte wieder ein in einen Strudel der Empfindungen, mir wurde beinahe ein wenig schwindelig, als ich meine Augen schloss und ich seine Lippen auf meinen spürte. Das blieb dann unsere Hauptbeschäftigung und deshalb bekamen wir von dem Film nicht viel mit. Ich glaube, es war irgendwas, das im mittleren Westen spielte.

Dann waren da noch Banditen samt ihren Pferden und irgendwo war auch Jesse James dabei, aber wer wusste das schon, denn eigentlich küssten wir uns fast die ganze Zeit. Das war im Moment der ideale Zeitvertreib, denn wir wollten beide nicht unbedingt über das reden, was uns in Wirklichkeit bewegte. Zumindest wollte ich das nicht. William schien mit dieser Entscheidung offensichtlich auch sehr zufrieden zu sein. Ich fühlte mich mittlerweile so wohl in seiner Gegenwart, dass ich mir kaum vorstellen konnte, wie mein Leben sich ohne ihn anfühlte. Wenn wir nicht gerade herumknutschten, schlugen wir einen heiteren Tonfall an und ich vergaß meine eigentlich verzwickte Situation Stück für Stück.

Völlig war sie nicht auszublenden. Als ich ein wenig später von einem Toilettengang zurückkam, gab es einen komisch peinlichen Moment, denn William saß kerzengerade auf der Couch und fixierte mich ein wenig schuldbewusst.

»Also, ist es in Ordnung, wenn ich bei dir übernachte? Also, ich gehe natürlich nach Hause, wenn es dir nicht ... Aber wenn ich bleiben darf, wäre das ...? Ich könnte ja hier im Wohnzimmer schlafen? Nur, wenn das für dich in Ordnung geht.«

Er war wirklich süß, wie er den Gentleman gab. Mir war sehr klar, auf was er hinaus wollte und ich war ihm überaus dankbar, dass er das so locker ansprach. Es war ja nicht schwer für ihn zu kombinieren, dass er mir den ersten Kuss gab, mein erster Freund und so weiter war, mein Erster in so ziemlich allen solchen Dingen. Erst war ich verlegen, aber dann blickte ich ihm in die Augen und da war mit einem Mal jede Befangenheit verschwunden.

»Es wäre sehr schön, wenn du über Nacht bleibst. Du kannst auch sehr gerne bei mir im Bett schlafen. Wenn wir unsere Klamotten erst mal anlassen, wäre das genau mein Tempo.«

Irgendetwas machte er mit mir, denn, dass ich so flüssig und humorvoll über so ein Thema reden konnte, war mir selbst neu.

Er grinste breit. Woher ich den Mut nahm, so mit ihm zu reden, war mir nicht klar, aber er schien eine mutige Seite in mir anzustoßen.

»Geht klar.«

Er sah so erleichtert aus, wie ich mich fühlte. Ich plumpste wieder neben ihm auf die Couch und wir machten da weiter, wo wir davor aufgehört hatten. Wir schafften es dann nicht mehr in mein Zimmer, sondern schliefen im Wohnzimmer vor dem laufenden Fernseher ein. Offensichtlich fühlte er sich genauso pudelwohl in meiner Gegenwart wie ich in seiner.

Am nächsten Morgen genossen wir die Zweisamkeit in der Küche. Langsam kam auch wieder diese Leichtigkeit zurück, die uns auf eine spezielle Weise verband und wir alberten fröhlich herum. Ich trank gerade genussvoll den letzten Schluck meines Kaffees, als William mich wieder in seine Arme zog. Spielerisch trommelte ich auf seine Brust.

»So schaffen wir es aber nie zur Arbeit.« Er küsste sich bereits an meinem Hals hinunter, was mir leichte Schauer über den Rücken rieseln ließ.

»Vielleicht wollen wir das ja auch gar nicht«, murmelte er irgendwo in die Kuhle meines Schlüsselbeins hinein. »Ist viel zu schön hier. Ja, genau hier.« Ich seufzte.

Wie sollte man da standhaft bleiben? Williams Gesicht tauchte wieder vor meiner Nase auf und blickte mich ernst an.

»Nur, um es erwähnt zu haben, wenn du reden möchtest, ich bin jederzeit da, ja? Und wenn nicht, dann lassen wir das so stehen, in Ordnung?« Er rieb sich den Nacken.

»Das ist schon eine irre Geschichte. Also, du weißt, was ich meine.« Ich lächelte ihn dankbar an und küsste seine Nasenspitze.

»Danke. Merke ich mir. Und, äh … ebenfalls. Ich meine, wenn du das Bedürfnis hast zu reden und so.«

Er nickte mit ernster Miene. Das war mein Stichwort, ich schaffte es endlich mich aus seiner Umarmung zu winden und flüchtete ins Badezimmer. Nach einer halben Stunde waren wir beide geduscht und ich zumindest in frische Klamotten gesprungen. Wir machten uns gemeinsam auf den Weg zum Plattenlabel.

Als wir am Potsdamer Platz ankamen, bemerkte ich entzückt, dass William keine Anstalten machte, den Arm von meiner Schulter zu nehmen. Wie am Vorabend auch bei Donna an der Rezeption, schien er kein Problem damit zu haben, unsere körperliche Nähe ganz öffentlich zu zeigen. Oben angekommen, erwartete uns Donna schon mit heftigem Winken.

»Kommt, kommt. Er hat eine große Ankündigung zu machen.«

Ich sah William an, der zuckte aber nur mit den Schultern. Mein Magen krampfte sich zusammen und eine vage Vorahnung überkam mich.

Wir schlenderten Hand in Hand hinter Donna ins große Konferenzzimmer. Als ich mich umsah, stellte ich erstaunt fest, dass alle Mitarbeiter versammelt waren. Meine Hand krampfte sich um Williams und er drückte sie.

Zumindest das fühlte sich gut an und gab mir buchstäblich etwas zum Festhalten. Wir drängten uns in einen Winkel des Raumes.

Der Wolf stand am hinteren Ende des Tisches und er wirkte, nun ja, richtig nervös. Das war eine Gefühlsregung, die ich davor von ihm noch nie gesehen hatte. Er räusperte sich und sah Donna an. Diese nickte ihm zu und schloss die Tür leise von innen. Mit einem Mal war es mucksmäuschenstill und alle schienen den Atem anzuhalten. Der Wolf blies die Luft aus und tat dann noch einen tiefen Atemzug.

»Guten Morgen zusammen. Es gibt Neuigkeiten. Neuigkeiten einer ganz anderen Art. Bevor das jetzt überall bekannt wird, wollte ich euch das aber persönlich mitteilen. Ihr alle hier seid nun mal so was wie meine Familie.«

Er sah sich unnötigerweise suchend um und als ich seinem Blick folgte, erkannte ich, dass Jamie genau vor ihm saß und er sie jetzt warm anlächelte. In meinem Bauch begann sich langsam aber sicher die vage Vorahnung zu einem dicken Knoten zu verbinden. William ließ meine Hand nicht los, im Gegenteil, er hielt sie noch fester als zuvor.

»Also, unsere Jamie hier, na, ihr kennt sie ja alle. Neuerdings auch Gewinnerin des Newcomer Wettbewerbs.«

Wolf kratzte sich am Kopf, lachte nervös und deutete in ihre Richtung. Fröhlich zustimmendes Gemurmel. Mein Mund wurde ganz trocken. Im Stillen betete ich, dass es nur um den Newcomer Song ging. Sollte sie doch das verdammte Lied haben, wenn ich nur ... Weiter kam ich nicht, denn Wolf hatte Jamie die Hand gereicht und sie neben sich gezogen.

»Also, Leute. Jamie ist ... Ja, wer hätte das gedacht, dass ich auf meine alten Tage noch Vater werde. Jamie ist meine Tochter.«

Allgemeines Gemurmel und erstaunte Geräusche.

In meinem Magen befand sich jetzt ein tonnenschwerer Stein. Jamie blickte treuherzig und mit feuchten Augen in die Runde. Als ihr Blick mich streifte, blitzte es eindeutig, aber sie war mit einem Wimpernschlag wieder in ihre Tochterrolle zurückgekehrt.

Mein Atem ging immer schneller. Ich klammerte mich weiter an William und presste meine Lippen aufeinander. Instinktiv wollte ich aufschreien. Ein paar Mitarbeiter waren nähergetreten und umringten den Wolf und Jamie. Wolf erzählte irgendwas und scherzte mit den Umstehenden. In meinen Ohren brauste es.

Ich nahm alle Geräusche wie durch Watte wahr. Meine innere Stimme schrie weiterhin.

So eine verdammte Lügenscheiße. Du kannst dieser Schlampe doch keinen Glauben schenken.

Zwei starke Arme legten sich um meine Schultern und zogen mich sanft nach hinten. Mein hektischer Atem beruhigte sich minimal durch diese Geste und ich war dankbar, dass er mich festhielt. Im Moment war ich nicht sicher, wie ich reagieren würde, denn heiße Wellen von Zorn und Enttäuschung überkamen mich. Ich starrte meinen leiblichen Vater bitter an und machte dabei eine interessante Feststellung.

Der Wolf schien sich nämlich nicht außerordentlich wohl in seiner neuen Vaterrolle zu fühlen. Jedes Mal, wenn Jamie ihn ansah, hob er ungläubig die Brauen, schüttelte den Kopf ein ganz klein wenig und wich ihrem Blick aus. Dann fing er meinen Blick auf und stockte für eine Sekunde. Vielleicht bildete ich mir das aber auch nur ein.

Ganz klarer Fall von Wunschdenken.

William behielt mich weiter in einer starken Umarmung, was mir zumindest die Kraft gab einfach dazustehen.

Einerseits wollte ich zu Wolf laufen und ihn schütteln, andererseits hatte ich einen starken Impuls mich umzudrehen und einfach davonzulaufen. Als Häufchen Elend in der Ecke zu sitzen, erschien mir ebenfalls als durchaus passable Reaktion. Jamie spielte mit den Fingern an dem Anhänger herum und zeigte ihn stolz herum. Fiel denn niemandem auf, dass sie ihn nicht direkt berührte? Wolf nickte und fuhr sich nachdenklich über das unrasierte Kinn. Jamie lächelte ganz besonders töchterlich. Der Klumpen in meinem Bauch machte Anstalten sich in Form von Galle auf den Weg nach oben zu machen. Jetzt wurde mir bewusst, woher der Ausdruck »Zum Kotzen« kam, denn genau so fühlte ich mich.

»Das war der erste Beweis.« Es folgte ein Wimpernklimpern der Sonderklasse. Der Wolf schüttelte wieder langsam den Kopf. Er sah irgendwie immer noch so ungläubig aus. Dann jedoch nickte er und nahm das Schmuckstück vorsichtig und fast zärtlich in die Hand.

»Dieser Anhänger ist etwas ganz Besonderes. Der hat schon so einiges bewirkt.« Jamie schmiegte sich an Wolfs Seite.

»Tja, Leute. Jetzt wird sich natürlich einiges verändern, da ich jetzt Vater bin. Ihr wisst schon, Pflichten und so.« Donna runzelte ihre Stirn. »Wie bitte?«

»Na ja, ihr wisst schon, Jamie muss jetzt mal ordentlich auf Rockstar erzogen werden. Na, die ganzen Drogen und Alkohol, und was man mischen sollte und was nicht. Was für eine Verantwortung aber auch.« Dabei grinste er so teuflisch, dass Donna ihm in die Seite boxte.

Jamie sah ihn mit großen Augen an, bis es bei ihr durchsickerte, dass er nur Witze machte. Allgemeines Gelächter. Mir fiel auf, dass er zwar die

Tochtersache enthüllt hatte, aber mehr nicht. Die Geschichte von Issy und ihm wollte er scheinbar nicht mit seiner sogenannten Familie teilen. Mir wurde das ganze jetzt zu viel und ich beschloss mir irgendeine Tätigkeit außerhalb dieses Raums zu suchen. Egal, was. In dem Moment ließ mich die Frage, die Martin stellte, aber innehalten.

»Warum erfahren wir das denn erst jetzt?« Er hatte eigentlich leise und direkt zu Wolf gesprochen, aber der Raum war augenblicklich wieder totenstill und Wolfs Augen weiteten sich. Er war gezwungen doch ein wenig mehr auszupacken. Er kratzte sich am Kinn und schlug einen neutralen Ton an.

»Tja, ich wusste es bis jetzt ja selbst nicht.« Kurz blickte er zur Zimmerdecke. »Außerdem habe ich auch erfahren, dass die Mutter meiner Tochter, also Jamies Mutter, leider vor kurzem unerwartet verstorben ist.« Sein Blick streifte mich und ich konzentrierte mich augenblicklich auf meine Schuhspitzen. Sonst wäre ich Jamie wahrscheinlich an den Hals gesprungen. Dieses fiese Miststück. Meine Issymama war meine Mutter. Meine ... Das aus dem Mund von Wolf zu hören, versetzte mir wieder einen heftigen Stich und ich war froh, dass William mir immer noch Halt gab. Meine Finger krampften sich um seine, aber er gab nicht nach.

Wolf machte eine Pause und hatte sichtlich Probleme, so offen über diese emotionalen Ereignisse seines Lebens zu sprechen. Issys Tod schien ihn selbst nach Jahren der Trennung zu bewegen. Eine Reaktion, die mich außerordentlich verwunderte.

Jamie war am Höhepunkt ihrer Schauspielkunst angelangt, denn sie stand nur stumm da und einzelne Tränen liefen ihr über die Wangen. Wieder einmal fragte ich mich, ob sie das so antrainiert hatte, dass sie es jederzeit abrufen konnte. Überraschenderweise fuhr der Wolf jetzt mit seiner Geschichte fort. Er nahm Jamies Hand, aber vermied Augenkontakt.

»Ich hatte lange und oft versucht mit Issy in Kontakt zu treten, aber sie hat es erfolgreich verhindert.« Meine Augen wurden groß. Kurz sah er zur schniefenden Jamie, aber wie ein Magnet landete sein Blick auch schon wieder bei mir.

Es war mir ein wenig unangenehm und ich hatte beinahe das Gefühl, dass er sich zwingen musste Jamie direkt anzusehen. Allerdings konnte das auch schon wieder mein Wunschdenken sein.

»Ich stand sogar einmal vor ihrer Wohnung und sang Lieder vor ihrem Fenster, wie ein Barde. Na ja.« Er lachte in sich hinein, schüttelte den Kopf und wischte das Gesagte mit einer Handbewegung fort. »Sie hat mir sehr klar zu verstehen gegeben, dass sie nichts mehr mit mir zu tun haben wollte. Und von einem Kind ...«

Jetzt glitt sein Blick zu Jamie und er legte seinen Arm um sie.

»Na ja, ist lange her das Ganze.« Jamie schmiegte sich an ihn und tupfte sich die Augen trocken. Er hatte es versucht ... Mir blieb beinahe die Luft weg. Ich wurde richtig wütend auf meine Mutter. Sie hatte einfach für und über mich hinweg entschieden, mir keinen Vater zu geben. Wie oft hatte ich mir ausgemalt, dass er plötzlich dagestanden wäre und ... Keine Ahnung, eben Vatersachen mit mir gemacht hätte. Abwechselnd hatte ich ihn vermisst, gehasst, geliebt, ihm verziehen und schlussendlich aufgegeben und alle Gefühle so gut es ging vergraben. Wolf blickte wieder mit Wehmut zur Zimmerdecke.

Vorsichtig schielte ich auch dahin, aber konnte nichts von Bedeutung erkennen.

Dann aber übernahm eindeutig der Rockstar das Ruder.

»So, Leute. Das war die große Neuigkeit.«

Er hatte sich scheinbar wieder gefasst, für einen Moment trafen sich unsere Blicke wieder und ich konnte den tiefen Schmerz in seinen Zügen erkennen. Er hatte meine Mama wirklich geliebt. Dann rutschte er endgültig wieder in seine gewohnte Rockstarpose. William drückte meine Hand und holte mich wieder in die Wirklichkeit zurück.

Sogar Donna stand vor Jamie und begutachtete den Anhänger ein wenig misstrauisch, wie mir vorkam. Keinem fiel auf, dass Jamie immer darauf achtete, das Silber nicht direkt zu berühren. War im Grunde ja auch egal. Wolf lachte. »Und für euch Zweifler ... Na ja. Es gibt natürlich auch eine DNA Probe, ihr kennt ja meine unzähligen Kinder, die dann keine waren. Dieses Mal jedenfalls schon. Tja, wer hätte das gedacht.«

Eine DNA-Probe? William flüsterte in mein Ohr.

»Bist du in Ordnung? Durchhalten, Lilly.« Nein, ich war so was von nicht in Ordnung. Am meisten ärgerte ich mich über mich selbst. Warum schrie ich mir die Wahrheit nicht einfach hier und jetzt aus der Seele und schleuderte beiden diese Ungeheuerlichkeit ins Gesicht?

Einatmen, Ausatmen.

Wir brauchten einen Plan. Der Gedanke an Mathilda, Arvo und William gab mir Kraft. Langsam beruhigte sich mein Puls, als William mich aus dem Raum zog und mein Gesicht in seine Hände nahm.

»Wir werden das auflösen. Ja? Aber nicht so. Sie ist viel zu gerissen, wer weiß, was sie noch auf Lager hat.«

Ich nickte. Jetzt wurde mir mit einem Mal eiskalt.

Ich bin eine Schlange auf der Lauer. Ich musste es laut aussprechen, auch wenn es ein wenig doof klang.

»Ich bin eine Schlange auf der Lauer. Wir brauchen einen Plan. Ich kann nicht mehr einfach so weitermachen.« William sah mich verdutzt an und wenn ich nicht so verbissen geguckt hätte, hätte er bestimmt gelacht.

»Woher hat sie eigentlich den Anhänger?«, fragte er mit leichter Verwunderung in der Stimme. Ich schüttelte nur den Kopf.

»Sie hat ihn mir einfach weggenommen, das Miststück. Wie in der Grundschule und ich habe mich nicht einmal gewehrt.« Bei der Erinnerung graute es mir, ihr gegenüberzutreten. Ich atmete noch einmal tief ein und aus.

»Okay. Lass uns diesen Tag einfach irgendwie herumkriegen und dann überlegen wir am Abend, was wir tun können, ja?« Er zog mich ganz fest an sich und es fühlte sich wirklich wunderbar an, bis eine Stimme hinter uns zischte.

»Ach, wie süß die junge Liebe zwischen dem Landei und dem Jugendverbrecher. Da hat unsereins natürlich keinerlei Chancen. Na ja, ich habe mittlerweile auch ganz andere Pläne.«

Ich konnte fühlen, wie William sich versteifte und im Begriff war, sich ihr mit Heftigkeit entgegenzuwerfen. Sehr ritterlich, aber das war nicht der Plan. Ich schob ihn sanft zur Seite, nahm all meinen Mut zusammen und erwiderte so süffisant, wie ich konnte:

»Mal sehen, wie lange dein Glück hält. Ich bin noch lange nicht fertig mit dir, meine Liebe.« Innerlich schlotterte ich, aber ich konnte sehen, dass in Jamies Augen Unsicherheit aufflackerte. Hochmütig hob sie das Kinn.

»Mal sehen, wie du das anstellst. Ist ja ein wenig schwer darüber zu reden, nicht?«

Die Boshaftigkeit triefte ihr regelrecht aus dem Mund und sie machte Gänsefüßchen in der Luft, bei dem Wort *reden*. Aber sie hatte eindeutig an Selbstbewusstsein verloren. Das gab mir genug Kraft, William noch einen fetten Kuss auf den Mund zu geben und ruhigen Schrittes zu Donna zu gehen. Am liebsten hätte ich mich hinter der Rezeption auf dem Boden zusammengerollt und den ganzen Tag nur geheult, stattdessen erkundigte ich mich gespielt gelangweilt, was denn für Aufgaben für mich anstanden. Selbst Donna, die das kleine Schauspiel mitbekommen hatte, starrte mich eine Sekunde länger an als üblich und schickte mich in Wolfs Büro, wo ich das Chaos weiter sortieren sollte.

Jamie warf ihre Locken mit einem Schwung über die Schulter und stolzierte an der Rezeption vorbei. William strahlte mich mit Bewunderung an und ich verzog mich schnell zu Wolf ins Büro. Im Vorbeigehen streckte er noch einen Daumen nach oben und verschwand im Tonstudio.

Der Wolf kam kurze Zeit später in sein Büro und verschanzte sich hinter seinem Computer. Von dem ganzen Drama hatte er augenscheinlich nichts mitbekommen. Zum Glück konnte ich mich auf den Boden setzen. Wie ein Ballon, dem man die Luft ausgelassen hatte, lehnte ich mich kraftlos an das Regal hinter mir. Für einen Moment schloss ich die Augen und langsam kehrten meine Lebensgeister wieder zurück. Blinzelnd öffnete ich meine Lider. Mir entschlüpfte ein leiser Schrei, als ich direkt in Wolfs Gesicht blickte. Er war nur eine Armlänge von mir entfernt und musterte mich kritisch. Sein markanter Duft umhüllte mich in einer Wolke, die schwer ohne Reaktion auszuhalten war. Seine dunklen Augen waren den meinen so erschreckend ähnlich und ich fragte mich, ob er das Gleiche dachte wie ich.

»Lilly? Alles in Ordnung?« Ich schluckte.

War das meine Chance? Sollte ich ihm hier und jetzt alles beichten?

Abgesehen davon, dass mir wahrscheinlich auch hier die Stimme wegbleiben würde, fand ich, dass das nicht der richtige Zeitpunkt war. So kurz nach seiner großen Enthüllung. Mal angenommen, ich würde es tun, wie würde er das aufnehmen, wenn ein zweites Mädchen, das er kaum kannte, die mehr oder weniger gleiche Geschichte erzählte. Warum sollte er mir glauben und nicht Jamie? Außerdem gab es eine DNA-Probe. Nein, er musste da selbst draufkommen.

Oder ich würde Jamie mit hieb- und stichfesten Beweisen komplett entlarven müssen. Also lächelte ich nur schwach, unterdrückte den Impuls seine Wange zu berühren und murmelte etwas von:

»Schwacher Kreislauf, kein Frühstück, geht schon wieder.« Er sah mich weiterhin besorgt und für meine Begriffe viel zu lange an, akzeptierte meine Erklärung schlussendlich und verschwand wieder hinter seinem Schreibtisch. Betont fröhlich machte ich mich an die Arbeit und pfiff ganz leise das Lied der Schlümpfe. Ich vermied mich zum Wolf umzudrehen, aber ich hätte schwören können ihn kichern zu hören. Mittlerweile hatte ich verschieden große Stöße und Stapel angelegt.

Es gab Demo CDs, Demo Bänder, Festplatten, Ansammlungen von Dokumenten, Fotos, Zeitungsausschnitte und so weiter. Es war endlos. Seit Jahren war hier ohne System nur gehortet worden. Die Arbeit war anfangs ein wenig aussichtslos, aber trotz allem wirklich interessant. So erfuhr ich zumindest einige Details über Wolfs frühe Karriere, die so nicht im Internet zur Verfügung standen.

Am späten Nachmittag lichtete sich das Chaos langsam, aber sicher. Ich hatte die ganze Zeit über unbewusst vor mich hin gesummt und sah auf, als ich mich beobachtet fühlte. Der Wolf saß mit schräg gelegtem Kopf da und starrte auf seinen Bildschirm. Die Kopfhörer ruhten um seinen Hals. Er schien etwas intensiv zu betrachten.

Mir wurde erst jetzt bewusst, dass ich Mamas Lied laut gesummt hatte. Nervös blickte ich noch mal zu Wolf, aber er schien mich gar nicht wahrzunehmen. Dann streckte ich meine Beine durch, kreiste meinen Nacken, stand auf und verließ das Büro. Kurz hob ich die Hand im Gehen, sagte aber nichts. Wolf war ganz offensichtlich in seiner Welt gefangen.

William lehnte an der Rezeption, alberte mit Donna herum und beide kicherten. Als ich mich ihnen näherte, zog er mich sofort in seine Arme. Donna lächelte nur in sich hinein. Es war toll, wie offen er mit seinen Gefühlen umgehen konnte.

Das kam irgendwie unerwartet, nach all der Verschlossenheit davor. Eigenartigerweise bestärkte mich das wiederum darin, dass ich alles schaffen konnte. Die Logik darin war mir nicht ganz klar, aber die Wirkung war die richtige.

»Was machen wir zwei Hübschen heute noch?«, murmelte er in mein Haar. Ich kicherte und mutierte zum albernen verliebten Mädchen, das ich wohl ab jetzt war.

»Also, ich Hübsche muss noch bei Amy vorbei, hübsch Tische abräumen. Du Hübscher könntest mich vielleicht dabei beobachten? Wär das 'ne hübsche Idee?« Er lachte.

»Eindeutig zu viele Hübschheiten, aber ja, gerne. Ich hole noch meine Gitarre. Vielleicht macht Amy ja wieder eine spontane Open Mic Night.« Donna sah mich schon die ganze Zeit an. Ihr Blick war wie immer etwas schwer zu deuten.

»Was sagst du zu der großen Enthüllung von heute morgen?«

Prüfend musterte sie meine Reaktion. Ich runzelte die Stirn. Warum fragte sie ausgerechnet mich nach meiner Meinung? Diese Frau war mir ein Rätsel. Sie schien immer irgendeine Ahnung zu haben. Etwas nervös biss ich mir auf der Oberlippe herum, strich mir eine Haarsträhne hinters Ohr und dann zuckte ich mit den Schultern.

»Keine Ahnung. Schön für die beiden, nehme ich an.« Ich versuchte einen möglichst neutralen Tonfall anzuschlagen. Donna hatte wieder diesen Röntgenblick aufgesetzt.

»So, so. Nimmst du an.« Zu meinem Glück kam William in genau diesem Moment zurück, nahm mich bei der Hand und wir machten, dass wir aus dem Büro kamen.

Im Aufzug wollte er mich schon wieder küssen und ich gab beinahe nach, denn es war einfach ein zu schönes Gefühl. Mit dem Zeigefinger auf seinen Lippen bremste ich ihn.

»Sag mal, glaubst du, Donna weiß etwas? Von Mama und mir und, na ja, du weißt schon, was ich meine, oder?« Er hob die Augenbrauen.

»Keine Ahnung. Ich denke nicht. Wie kommst du darauf?« Ich schüttelte den Kopf.

»Ich weiß auch nicht. Nur so ein Gefühl. Sie hat immer so einen Blick drauf, als ob sie mehr weiß, als sie zugibt.«

»Hm.«

Der Rest verschmolz wieder in einem Kuss, der mich meine Gedanken völlig vergessen ließ.

Bei Amy war noch nicht viel los und ich saß an der Bar, William mir gegenüber. Er hatte die Gitarre in der Hand und wir spielten *Erkenne den Song an den ersten drei Akkorden*. Es machte total Spaß, nicht zuletzt, weil ich meistens richtig lag. Aus Übermut und vor allem, weil außer uns niemand im Lokal war, schnappte ich mir die Gitarre.

»Ich bin dran. Es steht einhundert zu null.«

Meine Augen sprühten und ich stimmte die ersten drei Akkorde an. William war allerdings genauso gut wie ich im Ausmachen von Liedern, bis ich plötzlich Mamas Song spielte. Es war ganz automatisch passiert. In Williams dunkelblauen Augen konnte ich versinken und vergaß alles um mich herum. Keine Angst oder Panik überfielen mich, im Gegenteil, ich wurde in seiner Gegenwart ganz ruhig und ausgeglichen. Als ich fertig war, sah er mich mit großen Augen an. Amy klatschte in die Hände und nickte mir anerkennend von der Bar aus zu. William starrte mich immer noch an, dann kniff er die Augen zusammen.

»Ist das nicht Jamies Lied? Das Lied, das ...«

Ich nickte bedächtig und sah ihn betrübt an. »Aber warum kannst du ...« Langsam schienen seine Rädchen ineinander zu greifen und er verstand. Ich presste die Lippen aufeinander.

Das Schönste an diesem Moment war, dass ich ihm nichts direkt erklären musste, denn er begriff von ganz allein, was passiert war.

»Das ist ... Das ist ...«, stotterte er, überwältigt von so viel Unverfrorenheit. Ich holte tief Luft.

»Die traurigen Details kann ich dir leider nicht erzählen, aber ich denke, du kannst es dir selbst zusammenreimen.« Er schüttelte voller Unverständnis den Kopf und fuhr sich durch die Haare.

»Ich hatte immer ein seltsames Gefühl bei Jamie, aber, aber das ist schon bodenlos. Sie geht ja richtig mit System vor. Seit wann kennt ihr euch eigentlich schon?«

Ich zuckte hilflos mit den Schultern.

»Na, eigentlich erst seit ein paar Wochen. Sie hat mich am Potsdamer Platz angesprochen, kurz nachdem ich nach Berlin gekommen war. Ich war da nur ganz zufällig, aber sie hat wohl einen guten Riecher für ... für Menschen wie mich. Meine Oma Math nennt sie einen Energievampir.«

William war jetzt aufgesprungen und lief aufgeregt hin und her. Dabei rieb er sich am Nacken.

»Hm. Auf jeden Fall brauchen wir einen Plan.«

Ja, allerdings, ein Plan musste her. Wir sahen uns angestrengt in die Augen, aber mir wollte nichts einfallen. Ich war auch von Natur aus eher ein netter Mensch. Boshaftes Kalkül lag mir nicht wirklich. Dann blieb William abrupt stehen.

»Okay. Ich hab's. Es scheint simpel, aber könnte funktionieren. Du solltest das Lied hier spielen. Dein Lied. Wir müssen den Wolf irgendwie dazu bekommen zuzuhören. Vielleicht kannst du noch etwas dazu erzählen oder so. Ich meine eine Geschichte, die Jamie nicht kennt. Die nur deine Mama kannte?«, schlug William vor.

»Denkst du das reicht, um eine DNA-Probe zu entkräften?«

William sah mich erstaunt an.

»Genau. Woher hatte sie die denn?« Schuldbewusst kratze ich mich an der Nase.

»Ich hab mich überrumpeln lassen. Sie hat mir mehr oder weniger ein Wattestäbchen in den Mund gesteckt.« Seine Augen wurden immer größer.

»Dann erst recht, Lilly. Wolf wird das erkennen. Er ist nicht doof. Ja, die Probe ist vielleicht eine harte Nuss, aber wir sollten es zumindest versuchen. Du musst auftreten und das so machen, als ob er gar nicht da wäre.«

Tja, das war lieb gemeint. Ich seufzte.

»Da haben wir leider nur ein Problem.« Er sah mich fragend an. »Ich kann das nicht. Auftreten ist keine Option für mich. Nicht mehr.« Es schüttelte mich allein bei der Vorstellung. Er schien etwas in meinem Gesicht lesen zu wollen.

»Aber hast du mir nicht gerade etwas vorgespielt?« Ich wand mich unter seinem prüfenden Blick.

»Ja, schon, aber das war was anderes. Vor einer Menschenmenge geht das nicht. Außerdem habe ich den ...«

William legte seine Hand wie einen Trichter an sein Ohr, denn den letzten Teil hatte ich nur mehr unhörbar geflüstert.

»… den was?« Das war mir jetzt ein wenig peinlich, weil ich selbst nicht so recht daran geglaubt hatte. Ich verdrehte die Augen.

»Diesen Anhänger, den Jamie mir gestohlen hat, der war eine Art Talisman, der mir geholfen hat meine Angst zu überwinden. Ich weiß, das klingt total blöd, aber keine Ahnung, warum es funktioniert hat. Es hat eben einfach funktioniert«, sprudelte es aus mir heraus.

Dass mir das Ding auch die Sprache verschlug, wenn es darum ging von Jamies Verrat zu erzählen, ließ ich jetzt einmal aus.

William sah nicht aus, als ob er das lächerlich fand, im Gegenteil, er klang ganz ernst.

»Gar nicht blöd. Blöd ist nur, dass sie das Teil jetzt hat.« Es arbeitete ganz gewaltig in seinem Kopf, man konnte beinahe die Rädchen dabei beobachten, wie sie sich drehten. Amy trat zu mir und bat mich, ihr zur Hand zu gehen. Schließlich war ich zum Arbeiten hier. Insgeheim überkam mich ein ganz warmes Gefühl im Bauch, William dabei zu zusehen, wie er sich anstrengte, nur um mir zu helfen.

Die Zeit verging wie im Flug, während ich mich voll und ganz den Gästen, beziehungsweise deren verlassenen Tischen, widmen musste. Eine ganze Weile später stand ich wieder hinter der Bar und räumte eine Fuhre Gläser in die Spülmaschine. William beugte sich zu mir. In seinen Augen glitzerte es.

»Ich habe eine Idee.« Kopfschüttelnd winkte ich ab.

»Ich betrete keine Bühne.« Er rutschte von seinem Stuhl und ging zu Amy. Misstrauisch beobachtete ich, dass sie zu mir sah, dann wieder zu William und dann nickte. Panik und Wut krochen in mir hoch. William kam mit einer weiteren Gitarre in der Hand auf mich zu.

»Vertrau mir einfach, ja?« Er stellte jetzt zwei Stühle auf der kleinen Bühne auf und setzte sich auf einen der beiden. Einer war so platziert, dass man mit dem Rücken zum Publikum saß, der andere stand direkt gegenüber.

Er setzte sich, wies mit der Hand auf den anderen Stuhl und reichte mir seine Gitarre. Mikrofone waren nicht eingeschaltet. Dann begann William zu spielen.

Wie immer etwas Klassisches. Ich seufzte und setzte mich ihm mit verschränkten Armen gegenüber, die Tische und das Publikum in meinem Rücken, die Gitarre demonstrativ an mein Bein gelehnt. Mein Puls war mittlerweile auf hundertachtzig, meine Hände schwitzten und meine Stimme reduzierte sich auf ein heiseres Krächzen.

Auf meinen Panikanfall konnte ich mich wieder ganz hervorragend verlassen, dachte ich sarkastisch. William spielte unentwegt und sah mich an. Er lächelte und spielte und spielte.

»Was soll das bringen?«, flüsterte ich, hob meine Augenbrauen und deutete mit dem Kopf in Richtung der Tische hinter mir. Es waren in etwa sechs Personen anwesend, die nicht wirklich das Geschehen auf der Bühne verfolgten. Sie unterhielten sich angeregt, ohne richtig auf uns zu achten. William änderte nichts von dem, was er tat. Ermunternd sah er mich an und spielte. Ich seufzte. Er tat mir fast schon leid, wie er sich da abmühte.

Ich wischte mir beide verschwitzten Hände an der Hose ab. Da passierte mit einem Mal etwas sehr Seltsames.

Ich lehnte mich zurück und konzentrierte mich auf Williams blaue Augen und sonst nichts. Meine Wahrnehmung veränderte sich und verschwamm. Wie von selbst nahmen meine Hände die Gitarre und rückten sie in Position. Bedächtig und zaghaft brachte ich einen Akkord zustande, der mit seinen Tönen harmonierte. William lächelte mich an.

Ich schielte nach rechts und links, aber nichts Außergewöhnliches passierte. Erstaunlicherweise produzierte ich noch einen Akkord und noch einen. William wechselte in ein Solo und ich begleitete ihn. Es war unfassbar. Die ganze Nervosität und Panik verflüchtigte sich langsam, aber sicher. Schließlich begann er die ersten Akkorde von Mamas Lied anzuspielen und ich übernahm die Führung.

Kurz hatte ich einen Kloß im Hals, weil meine Issymama so plastisch vor meinem inneren Auge auftauchte, die Tränen wollten schon ausbrechen, aber dann begann ich zu singen. Laut und klar.

Der Kloß löste sich mit dem ersten Ton in Nichts auf und ich sang und spielte all meine Trauer und Angst, Panik und Wut aus vollem Halse in die Welt hinaus.

William strahlte mich an und sogar die wenigen Gäste im Raum waren verstummt. Als wir gemeinsam endeten, applaudierten alle im Raum hellauf begeistert. William sah so stolz aus, dass ich den Kopf schütteln musste. Allerdings klebte mir selbst ein fettes Grinsen im Gesicht. Ganz ohne Hilfe oder dem Talisman hatte ich meine Ängste überwunden.

Gut, ein wenig Hilfe schon, aber es war eher ein Schubsen in die richtige Richtung gewesen. Gespielt und gesungen hatte ich ganz allein. Am schönsten war, dass ich ein wohliges Kribbeln spürte, das mir das Gefühl gab, dass Mama mir in diesem Moment ganz nahe war.

19

Als ob ein Damm gebrochen war und ich all die Jahre aufholen müsste, in denen ich nicht aufgetreten war, spielte ich die ganze Nacht hindurch. Amy beschwerte sich zwar scherzhaft, dass sie mich eigentlich nicht zur Unterhaltung eingestellt hatte, sondern zum Gläser Abräumen, aber ihre Miene war ganz weich und stolz. Allerdings waren da wirklich so viele Auftritte in meinem Leben, die ich versäumt hatte und ich konnte gar nicht mehr aufhören, wie eine Flut folgte ein Song dem anderen.

William übernahm kurzerhand meinen eigentlichen Job im Lokal, was ich nur am Rande mitbekam. Ein wenig verlegen grinste ich ihn an, als er mir einmal ein Glas Wasser brachte. Dankbar und gierig trank ich es in einem Zug aus, denn meine Kehle war ganz vertrocknet.

Zwischendurch war die Bar richtig belebt gewesen, aber für mich hatte es keinen Unterschied mehr gemacht.

Nach einer kleinen Ewigkeit sah ich mich im Raum um und bemerkte erstaunt, dass die Bar mittlerweile fast leer war. Amy und William saßen an einem Tisch und unterhielten sich. War die Zeit etwa so schnell vergangen? Als ich mich erhob, zitterten meine Knie ein wenig, als ob ich einen Marathonlauf hinter mich gebracht hätte. Stolz grinsend, näherte ich mich William und gab ihm einen Kuss. Wie immer sagten wir nichts, denn wenn ein Moment so speziell war, tat ein Blick mehr als tausend Worte. William erhob sich, packte seine Gitarre ein und ich bedankte mich unterdessen bei Amy. Diese hob die Augenbrauen hoch.

»Du dankst mir? Ich habe *dir* zu danken, Lovie. Das war ein toller

Abend, alle Gäste haben das bestätigt.« Sie formte mit Daumen und Zeigefinger einen Kreis und spreizte die anderen Finger ab.

»Erstklassig, Lilly!«

Mir schoss die Röte ins Gesicht, weshalb ich William bei der Hand nahm und ihn zum Ausgang zog. Völlig glücklich beseelt gingen wir nach Hause. Wenn man Tanzen und im Kreis Herumhüpfen als Gehen bezeichnen konnte. Zwischendurch fiel ich William um den Hals und wir küssten uns. Noch nie in meinem Leben hatte ich mich so frei und stark gefühlt. Es war etwas ganz Neuartiges und ich genoss es in vollen Zügen.

Als wir vor dem Haus meiner Oma ankamen, bemerkte ich sofort die erleuchteten Fenster. William sah mich fragend an, aber ich zog ihn die Treppe hoch bis in den fünften Stock. Ich zögerte nur eine Sekunde und betrat dann Hand in Hand mit ihm die Wohnung. Vom Flur aus rief ich nicht zu laut: »Oma, Arvo? Seid ihr noch wach? Ich habe noch jemanden mitgebracht.«

Arvos Stimme tönte aus dem hinteren Teil des Appartements.

»Hallo, Liebes, wir sind in der Küche.«

Ich sammelte mich kurz, aber ich war mir sicher, Oma würde das mit William völlig in Ordnung finden.

Im Gegenteil, sie hatte mich doch immer wieder ermutigt Erfahrungen zu machen, erinnerte ich mich an so manches Gespräch in Niederzwehren. Mama hatte das meist abgeblockt und da für mich das Thema Jungs ohnehin immer so fern gewesen war, bestand meine Reaktion meist aus einem unverbindlichen Lächeln. Im Stillen betete ich, dass sie keine peinlichen Kommentare zum Thema Verhütung oder Ähnlichem fallen ließ. Meiner Oma war alles zuzutrauen. Wir traten in den Raum und diesmal sah sogar Mathilda sofort von ihrem iPad auf. Ich räusperte mich und stellte ihnen William in möglichst lockerem Tonfall vor.

»Mathilda, Arvo, das ist William. Wir arbeiten zusammen. Und ...« Ich kam ein wenig ins Stocken, weil wir ja *uns* noch nicht so richtig definiert hatten. William streckte die Hand aus und schüttelte zuerst Mathildas, dann Arvos Hand. Oma hatte natürlich wieder einen Röntgenblick der Sonderklasse aufgesetzt.

»Und ich bin ihr ...«

Er warf mir einen kurzen unsicheren Seitenblick zu.

Ich lächelte ihn einfach nur an, strahlte aber umso mehr bei den Worten, die er jetzt folgen ließ.

»Ich bin ihr Freund.« Er nickte jetzt, als ob er unsere Aussage so besiegeln würde. Oma starrte unaufhörlich über ihre Brille hinweg. Sanft schob ich William auf einen Stuhl und dann wurde es selbst mir zu bunt.

»Oma Math. Hör auf ihn so zu durchbohren. Er ist das noch nicht gewöhnt.« William hielt sich gut, schmunzelte und rieb sich nur einmal flüchtig den Nacken. Oma blinzelte, löste ihren Blick und sah schließlich mich an. Ein schelmisches Grinsen breitete sich auf ihrem Gesicht aus. Oje.

Ich wappnete mich innerlich auf alle möglichen unangenehmen Fragen. Jetzt saß ihr eindeutig der Schalk im Nacken.

Betont unschuldig hob sie ihre Augenbrauen.

»Oh. Entschuldige bitte. Natürlich.« Überrascht bemerkte ich, dass das wohl alles war, denn übersetzt hieß das, William hatte die Bestandsprobe positiv absolviert. Arvo legte eine Hand auf Omas Schulter. Sie wechselte kurz einen Blick mit ihm und ich wunderte mich ein wenig über ihre Reaktion, denn das schien ihre Laune mächtig zu verfinstern. Sie sah wieder hinunter auf das Tablet und wischte hektisch darauf herum, bis sie fündig wurde und es zu mir umdrehte.

Ein Foto vom Wolf prangte mir entgegen.

Geheime Enthüllung, war da in großen Lettern zu lesen.

Verloren geglaubte Tochter aufgetaucht. Identität wird noch überprüft. Details hier und dann folgte ein Link. Ein kleines Foto von Jamie war quer in die Ecke eingestellt und darunter stand: *Ist sie die verlorene Tochter?* Omas Fingernagel tippte auf Jamies Foto und dann fixierte sie mich mit ihrem Stahlblick.

»Das ist doch diese Tussi, die so unaussprechliche Dinge tut und dir mächtig auf den Geist geht, nicht?« Kurz sah ich zu William, dann zu Arvo und schließlich wieder zu Oma Math. Wie immer hatte es keinen Sinn, die Wahrheit vor den beiden zu verbergen. Nickend atmete ich durch, lehnte mich zurück und erzählte, was ich konnte. Jedes Mal, wenn mir die Stimme versagte, ergänzte William die Geschehnisse. Ich nickte ihm erleichtert zu, denn ich war mir nicht sicher gewesen, ob das funktionieren würde. Ich kramte den USB-Stick aus meiner Hosentasche und schob ihn über einen speziellen Adapter in das iPad.

Mathildas und Arvos Augen wurden immer größer, als sich das Video abspielte. Oma nickte und fuhr liebevoll über Mamas Standbild auf dem Screen.

»Oh, meine Issy. Ich hatte das immer geahnt, aber sie verschloss diesen Teil gut vor mir und es war nichts aus ihr herauszubekommen.«

Sie schluckte schwer, als sie zu mir sah. »Ich hatte sie anfangs direkt damit konfrontiert, aber das führte alles nur dazu, dass sie überhaupt nicht mehr darüber sprach.«

Sie seufzte für ihre Verhältnisse lang und zittrig. Das war so ungewöhnlich, dass mich ihre offen gezeigten Emotionen auch ins Wanken brachten.

»Wem erzählst du das?« Die Welle von Traurigkeit, die mich jetzt erfasste, konnte ich aber gerade gar nicht gebrauchen. Wir waren schließlich auf dem Kriegspfad. Mit großer Kraftanstrengung suchte ich Williams Blick und fand die Ruhe und Bestätigung, die ich jetzt nötig hatte.

»Was jetzt her muss, ist ein Plan, um mit dieser Schlange fertig zu werden«, weihte ich sie nun auch in den letzten Teil unserer Überlegungen ein. Oma Mathilda sah Arvo an und beide nickten zustimmend.

»Allerdings, allerdings. Jetzt ist auch Schluss damit, dass du das alles alleine bewältigen sollst. Das ist eine Nummer zu groß und wir müssen alle zusammen helfen.« Arvo schüttelte ungläubig den Kopf.

»Das ist ja richtiggehend krank. Wenn das deine Mutter wüsste ...« Mathilda sah ihren Mann lange an.

»Das Herz würde ihr zerspringen«, beendete sie flüsternd und sehr leise seinen Satz. Dann fuhr sie aber mit fester Stimme fort.

»William hat Recht. Wolf muss auf die richtige Fährte gebracht werden. Einfach zu ihm zu gehen und ihm zu sagen, dass *du* seine Tochter bist, bringt nichts. Vor allem diese verdammte DNA-Probe ist schwer zu widerlegen. Außerdem, wer weiß, was sich diese Jamie noch alles einfallen lässt. Sie scheint uns ja immer mindestens einen Schritt voraus zu sein. Wir müssen also mehr als zwei Schritte schneller werden.« Dankbar nickte ich und fühlte mich ganz warm umhüllt von so viel Zuneigung und Unterstützung. Das war jetzt wohl ganz Omas Gebiet. Sie rieb sich sogar die Hände. Wir überlegten und planten die halbe Nacht. Arvo ließ sich sogar dazu überreden, eine Pizza zu bestellen.

Den Wolf in Amys Bar zu lotsen war der einfachere Teil. Jamie in Sicherheit zu wiegen und ihr das Gefühl zu geben, dass sie alles unter Kontrolle hatte, war weitaus schwieriger.

Am Ende hatten wir aber alle das Gefühl, dass es klappen könnte und gingen zufrieden ins Bett, obwohl wir nur ein paar wenige Stunden Schlaf übrig hatten.

William schlief ganz selbstverständlich bei mir in meinem Zimmer, das wurde nicht einmal kommentiert. Auf der Couch angekommen, widmeten wir uns wieder dem ausgiebigen Ausprobieren, ob Küsse immer noch gleich faszinierend und aufregend waren.

Wir kamen zu dem Schluss, dass sie es immer noch waren. William fuhr mir mit dem Finger zärtlich über die Nase.

»Weißt du eigentlich, dass du ihm wahnsinnig ähnlich siehst?« Erstaunt setzte ich mich auf.

»Ja? Finde ich nämlich auch. Das scheint nur niemandem aufzufallen. Jamie sieht ihm so ähnlich wie, wie ...«

Ich sah mich im Raum um, fand aber keine Worte. Ich wandte mich wieder William zu.

»... Na, wie du, zum Beispiel? Nämlich gar nicht, oder?« Er grinste.

»Na, diese Geschichte war ja wohl der größte Blödsinn des Jahrhunderts.« Da musste ich trotzdem noch einmal nachhaken.

»Ja? Ist sie das? Du bist ganz sicher nicht mein ...«, ich brach ab und näherte mich seinem Gesicht mit hochgezogenen Brauen.

»Dein ...?«,

erkundigte sich William gespielt unschuldig. Unsere Nasenspitzen berührten sich, er grinste unverschämt und küsste mich stürmisch.

»Fühlt sich so der Kuss eines Bruders an?« Ich schüttelte den Kopf.

»Nein. Aber ... Na ja.« Er wurde wieder ernst.

»Das war wohl so ein Sommerloch, wo die Presse nichts gefunden hatte. Nein. Ich kenne meine Eltern. Wenn du sie sehen würdest, würdest du sehr gut erkennen, dass ich meinem Vater wie aus dem Gesicht geschnitten bin. Er kommt aus Island und meine Mutter aus Hamburg.« Inzwischen hatte ich mich wieder an seine Brust gekuschelt. Jetzt mischte sich noch der bekannte Duft von Omas Waschmittel zu seinem eigenen unwiderstehlichen Geruch und ich fühlte mich das erste Mal zu Hause, an dem Ort, an dem ich mich gerade befand. Vielleicht hatte der Begriff ja mehr mit Menschen, als mit Orten zu tun, überlegte ich. William sah mich ganz zärtlich an.

»Wir schaffen das, Lilly. Ganz bestimmt.«

Er küsste mich sanft und alle Gedanken versanken in diesem angenehmen Gefühlswirbel, der mich jedes Mal erfasste, wenn William mir so nahe war. Arvo hatte ihm noch ganz fürsorglich ein T-Shirt in die Hand gedrückt, was ich unheimlich süß fand. Beide, Mathilda und Arvo, hatten William ohne Vorbehalte ins Herz geschlossen, was er ihnen extrem hoch anrechnete. Vor allem wegen seiner Vergangenheit war er immer ein wenig auf der Hut, wenn er jemand Neues kennenlernte. Allerdings hatte Mathilda ein wirklich bewegtes Leben hinter sich oder besser ihr ganzes Leben war immer noch sehr aufregend. Nichts konnte diese Frau so schnell aus der Fassung bringen. Am allerwenigsten irgendwelche dummen Ereignisse aus der Vergangenheit. Da hatte sie wahrscheinlich selbst genug haarsträubende Geschichten im Gepäck, die ich gar nicht im Detail wissen wollte. Außerdem hatte meine Oma Math eine untrügliche Menschenkenntnis und Vorurteile waren ihr und Arvo so gut wie fremd.

Am nächsten Morgen fanden wir uns alle am Küchentisch ein und befanden den Plan auch bei Tageslicht und mit Kaffee noch für durchführbar und gut. Oma fasste noch einmal zusammen:

»Lilly, du suchst weiter nach handfesten Beweisen im Büro, etwas, was mit Issy und Wolf zu tun haben könnte. Zeitungsausschnitte oder Briefe, was auch immer.«

Ich nickte bemüht, aber machte mir keine großen Hoffnungen.

»Außerdem spielst du die Rolle des schwachen Opfers weiter. Auch wenn das keine leichte Aufgabe wird.« Sie sah mich über den Rand ihrer Brille an und ich nickte noch einmal mit Nachdruck.

»Ja. Oma Mathilda. Opfer, wird weiter gespielt.« Ernsthaft sah sie zu William.

»Was immer sie mit dir vorhat, ist nicht klar, aber ich würde mich einfach darauf einlassen. Sie muss sich in absoluter Sicherheit wägen. Ist das klar?«

William presste die Lippen aufeinander, aber nickte auch.

»Ich werde mein Bestes geben.«

Zufrieden wandte sie sich an Arvo.

»Ja, und wir zwei werden ein wenig unsere Beziehungen spielen lassen und den Wolf zum richtigen Zeitpunkt an den richtigen Ort lotsen. Wäre doch gelacht, wenn wir diesem Miststück nicht das Handwerk legen.« Sie legte beide Hände auf meine Schultern und spontan fiel ich ihr in die Arme. Kurz spannte sie sich an, um mich eine Sekunde später umso fester an sich zu drücken.

»Wir schaffen das, Lilly. Gemeinsam schaffen wir das«, murmelte sie in mein Ohr. Ich richtete mich auf und straffte meinen Rücken. Mit dem

Wissen und dem guten Gefühl, dass all diese wunderbaren Menschen hinter mir standen, machte ich mich mit William auf den Weg ins Büro. Er verschwand eilig im Tonstudio, nicht ohne sich gebührend von mir zu verabschieden.

Noch etwas im Gefühlsrausch, fuhr ich mir über die Wangen und brachte meinen verrutschten Pferdeschwanz wieder in Position.

Jamie kam den Flur entlang und ich versuchte nicht allzu selbstbewusst aufzutreten. Sie trug meinen Anhänger gut sichtbar über einer Bluse mit Kragen.

Sie beugte sich vor, sodass das Schmuckstück direkt vor meinen Augen baumelte und grinste boshaft dazu. Ich ballte meine Hände und musste mich sehr zurückhalten, um ihr nicht einfach hier und jetzt eine zu knallen. Über meine eigene heftige Reaktion verwundert, realisierte ich, wie sehr ich meinen Anhänger wieder zurückhaben wollte. Deshalb strich ich mir eine unsichtbare Haarsträhne hinter mein Ohr und sprach sie an.

»Jamie. Ich weiß nicht, warum du das alles hier tust, aber gib mir bitte wenigstens meinen Anhänger wieder. Der bedeutet mir wirklich viel.« Ich konnte ihr kaum in die Augen sehen, aber das unterstützte nur das Bild des hilflosen Mädchens, das sie von mir hatte. Ihre dunkelbraunen Augen sahen mich warmherzig an. Es war mir schleierhaft, wie sie diesen ehrlich wirkenden freundlichen Gesichtsausdruck hinbekam. Sie legte die Hand vorsichtig über das Schmuckstück und für einen Moment glaubte ich sogar, sie würde allen Ernstes erwägen ihn mir zurückzugeben, denn sie zog ihren Ärmel über ihre Finger. Dann änderte sich ihre Miene blitzartig und ihr Tonfall wurde heiter bis belustigt.

»Nö. Tut mir echt leid. Ich hab es mir anders überlegt. Brauch ich noch.«

Fieses Miststück. Sie zuckte mit den Schultern und ging in Richtung von Wolfs Büro. Das verschaffte mir einen Stich in der Magengegend, aber ich biss die Zähne aufeinander. Donna erschien hinter der Rezeption.

»Lilly. Was war das denn eben? Was sollte das eben mit dem Anhänger?«

Wie immer hatte sie viel mehr mitbekommen, als ich dachte. Die Lippen aufeinandergepresst, überlegte ich kurz, ob ich einen Versuch wagen sollte. Schaden konnte es ja nicht. Vielleicht hörte die Hemmung mit der Zeit irgendwann auf.

»Ja. Also, Jamie hat …«

Tja. Falsch geraten. Meine Stimme verendete in einem Krächzen und ich täuschte eine Art Hustenanfall vor. Mit dem Finger auf meine Kehle deutend, versuchte ich mich an einer Erklärung.

»Verschluckt.«

Dann räusperte ich mich.

»Schon in Ordnung, Donna. Aber danke.« Misstrauisch fixierte sie mich mit ihren klaren grünen Augen und ich lenkte schnell ab.

»Ich mach dann mal mit meinem Sortierungsprojekt weiter, ja?« Sie nickte langsam und bedächtig, musterte mich weiterhin skeptisch und ich machte, dass ich davonkam. Als ich das Büro betrat, stand Jamie hinter Wolf, der wie immer an seinem Tisch saß und zeigte auf etwas am Bildschirm. Sie bemerkte mich sofort, tat aber so, als ob sie sich nur auf ihn konzentrierte. Vertraulich legte sie ihm eine Hand auf die Schulter und er sah sie warmherzig lächelnd an.

Das war wirklich schwer zu ertragen und ich konzentrierte mich ganz schnell auf meine Stapel am Boden. Wolf hatte allerdings sehr wohl gesehen, dass ich hereingekommen war und begrüßte mich freundlich.

»Hey, Lilly. Meisterin aller Stapel und Stöße. Alles in Ordnung?« *Ja, ja, klar, alles in bester, feinster Ordnung. Glaub diesem Miststück neben dir kein Wort, bitte.* In Wirklichkeit nickte ich nur und machte mich gleich an die Arbeit.

»Oh, hallo, Lilly«, flötete jetzt auch Jamie mit zuckersüßer Stimme. Dass ihm dabei nichts auffiel, war mir schleierhaft. Er ging wohl voll auf in seiner neugefundenen Vaterrolle und der Gedanke verursachte ein scharfes Ziehen in meiner Brust. Ich schüttelte nur unmerklich den Kopf und verdrängte alle Gefühle, die in mir hochstiegen.

Jamie und er hingen den ganzen Vormittag über irgendwelchen offensichtlich sehr spannenden und lustigen Sachen vor dem Computer, was schwer war völlig zu ignorieren, mir im Großen und Ganzen aber ganz gut gelang. Gegen Mittag verschwanden beide aus dem Büro. Als sie gegangen waren, wurde mir schlagartig bewusst, dass die Tatsache am schmerzhaftesten war, dass er es ganz augenscheinlich sehr genoss, eine Tochter zu haben. Er hatte auch ein paar Mal so etwas in der Art formuliert. Ich versuchte nicht jedes Wort, dass sie wechselten, mitzuhören, aber es war beinahe unmöglich, als er sagte:

»Ach, Mensch, Jamie, was hab ich nur verpasst all die Jahre?« Was diese dann mit einem ergriffenen Seufzen und glänzenden Augen quittierte.

Einmal brachte Wolf sie in Verlegenheit und ich spitzte meine Ohren, als er fragte: »Aber, jetzt mal im Ernst, hast du selbst denn keinen Verdacht geschöpft, hat Issy nie darüber ... also ... über mich gesprochen?«

Schlaue Jamie, redete sich hervorragend heraus. Oder hatte ich ihr wirklich so viele Details erzählt?

»Ach, na ja. Keine Ahnung. Versucht schon ...«

Jetzt warf sie mir einen triumphierenden Seitenblick zu.

»Aber ich hatte keine Chance bei dem Thema. Was ich auch veranstaltet hatte, sie blieb hart. Erst jetzt ... in den letzten ...«

Dramatischer Blick, tränenerstickte Stimme.

Er winkte ab.

»Lass mal. Ist schon gut,« brummte er.

Im Grunde hatte Jamie damit genau ins Schwarze getroffen. Ich doofe Kuh hatte ihr natürlich Unmengen an Hinweisen gegeben. Den Rest hatte sie sich ganz dreist zusammengereimt. Jetzt, wo ich alleine war, entspannte ich mich etwas.

Die unzähligen Zeitungsausschnitte, die überall dazwischen steckten und achtlos gesammelt worden waren, wollte ich noch einmal genauer in Augenschein nehmen.

Vor allem die richtig alten Exemplare.

Ich hatte sie schon alle nach Jahreszahl sortiert und viele davon in Alben eingeheftet, die mir Donna extra dafür gebracht hatte.

Die meisten waren aus Musikmagazinen oder handelten von seiner kurzen, aber erfolgreichen Schauspielkarriere.

Donna betrat unvermittelt das Büro und hielt einen weiteren Stoß alter vergilbter Zeitungen in der Hand.

»Hier, die lagen noch bei mir in einer Schublade.« Das sah nach sehr früher Anfangszeit aus und es juckte regelrecht in meinen Fingern vor Neugier. Meine Hände zu Donna ausgestreckt, nahm ich das Papier entgegen. Bingo.

Ich bemerkte nicht einmal mehr, wie Donna das Zimmer wieder verließ. Fieberhaft durchblätterte ich eine Ausgabe des Rolling Stone Magazins aus dem Jahr 2000. Zwei Doppelseiten berichteten über das Coachella Musikfestival und eine Viertelseite war dem Wolf gewidmet. Das war schon etwas Besonderes gewesen, dass er da auftreten durfte, sonst hätten sie nicht so ausführlich über ihn berichtet. Mit zitternden Fingern strich ich über die dort abgebildeten Fotos. Eines zeigte ihn in gewohnter Rockstarmanier auf der Bühne. Das andere aber bildete eine Gruppe von Leuten, offensichtlich seine Band, ab. Sie standen alle nebeneinander und er hatte den Arm über eine Frau mit wilden rotblonden Locken gelegt. Sie strahlten sich gegenseitig an, während die anderen Personen in die Kamera sahen.

Meine Mama auf dem Coachella Festival. Oh, Issymama.

Mein Puls schoss nach oben und die Tränenflut machte sich bereit. Ich drückte das Magazin an mein Herz und eine Welle der Einsamkeit überrollte mich. Wie konnte sie mich nur allein zurücklassen?

Bevor ich dieser Gefühlsregung allerdings nachgeben konnte, holten mich herannahende Stimmen aus dem Flur sehr schnell wieder in die Wirklichkeit zurück. Die Tränen heftig zurückblinzelnd, rollte ich das Magazin zusammen, steckte es hinten in meinen Hosenbund und schob mein T-Shirt darüber.

Jamie musste wirklich einen Raubtierinstinkt haben, denn sie kam direkt auf mich zu und riss mir die anderen Zeitungen förmlich aus der Hand. Entzückt suchte sie darin nach dem Wolf und kicherte, als sie ihn fand. Er lachte gutmütig und murmelte etwas von guten alten Zeiten, bis er anfing, gezielt nach etwas zu suchen.

»Wo sind die denn auf einmal aufgetaucht? Da gab es doch noch ein Foto von ... Hm ...« Er blätterte jetzt auch hin und her, dann sah er mich an.

»Waren das alle Zeitungen oder Magazine?« Direkt anlügen konnte ich ihn nicht und so nickte ich nur vor mich hin. Jamie legte ihren Kopf schief und musterte mich prüfend. Hektisch begann ich diverse CDs in das vorgesehene Regal hinter mir einzuräumen. Immer darauf bedacht, meinen Rücken von Wolf und Jamie abgewandt zu halten. Wolf hatte so einen seltsamen Blick drauf und Jamies Augen waren ganz schmal.

»Lilly. Kommst du mal bitte.« Donna rief von draußen nach mir. Erleichtert stand ich auf und murmelte:

»Entschuldigt bitte, Donna ... Ihr versteht.« Ich bewegte mich langsam rückwärts aus dem Raum, was ein wenig seltsam aussah, aber ich wusste mir nicht anders zu helfen. Bei Donna angekommen, sah ich in ihr Gesicht, aber sie sah ganz unschuldig aus.

»Ja?«

»Ach, eigentlich brauche ich nichts. Ich dachte, du brauchst Luft.« Mit offenem Mund starrte ich sie an. Diese Frau war und blieb mir ein Rätsel. Ich gab mir einen Ruck und reichte ihr das Magazin, das mittlerweile ganz rund gerollt und angewärmt von meinem Rücken war. Sie nickte verschwörerisch und versteckte es hinter einem Kalender, der auf ihrem Tisch stand.

»Ich werde darauf aufpassen, wie auf meinen Augapfel.« Ich musste lächeln, weil sie so ernst dreinblickte.

»Danke, Donna.«

Der Nachmittag verlief dann relativ unspektakulär, außer dass ich dieses riesige Regal tatsächlich ganz und gar fein säuberlich nach Objekten und Farben geordnet und sortiert wieder eingeräumt hatte. Leise verabschiedete ich mich und der Wolf blickte von mir zum Regal. Staunend lächelte er mich an.

»Interessantes System. Vor allem die Farben.« Ich nickte nur und zuckte mit den Schultern.

»Macht mir Spaß so was«, erwiderte ich und bewegte mich auf leisen Sohlen in Richtung Tür.

»Lilly, sag mal. Ich wollte dich schon seit langem etwas fragen.«

»Ja?« Ich wandte mich ihm erwartungsvoll zu.

Etwas auf dem Bildschirm hatte ihn abgelenkt, denn er starrte jetzt unbeweglich darauf. Dann schlug er mit einem Mal mit der flachen Hand auf den Tisch, sodass ich vor Schreck zurückzuckte.

»So eine Scheiße aber auch. Donna!«, brüllte er lauthals und sogar Jamie wich einen Schritt zurück. An die Wand gepresst blieb ich stehen und verharrte bewegungslos. Donna kam mit erhobenem Haupt in den Raum. Wolf drehte den Laptop in ihre Richtung und deutete auf den Bildschirm, auf dem ein Video lief.

Er klickte auf etwas und man konnte die Musik hören. Ich erkannte den Song, es war eines seiner Lieder, aber dann doch auf schräge Art verändert. Auf ungute schräge Art.

»Scheiß Internet. Früher wäre das alles nicht so einfach gewesen. Ich hasse das. Ich hasse das.« Er hatte sich zum Fenster gedreht und stützte frustriert die Arme an den Fensterbalken ab. Donna sah sich das Video mit stoischer Miene an und blieb unfassbar ruhig.

»Ich werde es an unsere Anwälte weiterleiten. Die nehmen das dann in Nullkommanichts vom Netz. Du weißt ja, wie das geht.« Der Wolf nickte ergeben, drehte sich aber nicht um.

»Solche kleinen Scheißer. Verdammtes Pack. Sollen sich doch mal selbst was einfallen lassen und nicht meinen Kram verunstalten.«

Oh, darum ging es. Jamie hatte in dem Moment, ebenso wie ich, verstanden, was eigentlich los war, warum er sich so aufregte und versuchte ihn zu beruhigen. Wie eine Katze schlich sie um ihn herum und lenkte seinen Blick auf sich.

»Ach, aber ist das nicht irgendwie auch Werbung für dich? Ich meine, es ist ja trotzdem dein Lied?« Langsam drehte er sich zu ihr. Erwartungsvoll lächelte sie ihn an. In seiner Miene spiegelte sich blankes Unverständnis.

»Darum geht es doch gar nicht. Es ist mein kreatives Eigentum, verstehst du? Niemand darf sich das einfach aneignen. Ich ... Ach, vergiss es.«

Oh mein Gott, wenn er wüsste.

Ich verstand ihn mit jeder Faser meines Herzens. Ich überlegte fieberhaft, ob ich vielleicht doch etwas erwähnen sollte.

Genau das hat Jamie auch gemacht. Sie hat mein ... mein ... Lied gestohlen. Es ist mein geistiges Eigentum.

Bevor ich aber nur den Mund aufmachen konnte, was ja wahrscheinlich ohnehin zwecklos gewesen wäre, sagte Jamie etwas Sonderbares. Ihr Tonfall war leidenschaftlich und sie steigerte sich regelrecht in eine flammende Rede.

»Ha. Anwälte sind dann aber meiner Meinung nach nicht genug. Weißt du, was ich mit so jemandem machen würde? Ich würde ihn öffentlich bloßstellen. So richtig mit allem Drum und Dran. Sieh dir zum Beispiel dieses Lied an, stell dir vor, es würde immer erfolgreicher, dann lass sie doch machen. Erst, wenn es sie richtig schmerzt, dann würde ich zuschlagen und ihnen alles wegnehmen.«

Triumphierend starrte sie in seine Augen. Der Wolf runzelte die Stirn und sah sie lange an. Er hatte sich jetzt vollständig beruhigt. Es war beinahe ein wenig unheimlich. Dann rieb er sich das unrasierte Kinn und sagte: »So, so. Würdest du das?« Dann fand sein dunkler Blick mich und mein Magen flatterte nervös.

Es war völlig unklar, was in ihm vorging. Wusste er doch etwas? In ihren Augen blitzte es böse. In diesem Moment wunderte es mich sehr, was sie dazu trieb, diese Dinge auszusprechen.

Wirklich, Jamie? Sie war sich ihrer Sache anscheinend sehr, sehr sicher.

»Ja, das würde ich allerdings. Nicht wahr, Lilly? So eine Straftat gehört verfolgt und bloßgestellt. Am besten so groß und öffentlich wie möglich.« Unsicher blickte ich von Jamie zu Wolf. Was sollte ich denn bitte darauf antworten?

»Ich denke schon«, murmelte ich. »Vielleicht kommen sie aber auch selbst darauf, dass sie einen Fehler gemacht haben? Ist ja immerhin möglich.«

Mein Glaube an das Gute im Menschen war einfach unerschütterlich. Ich konnte und wollte das nicht aufgeben. Sogar bei Jamie, die allem Anschein nach eine Person war, die höchstwahrscheinlich nicht mehr zu retten und durch und durch böse war. Der Wolf musterte mich schon wieder mit schmalen Augen und ich nuschelte eine unverständliche Entschuldigung.

Beide waren wohl zu sehr in ihren Gedanken versunken und reagierten zum Glück nicht auf meine fadenscheinige Ausrede. Mein zweiter Versuch, das Büro zu verlassen, war also von Erfolg gekrönt und ich machte mich schleunigst aus dem Staub. Bei Donna angekommen, stützte ich mich an der Rezeption ab.

»Alles klar bei dir?«, erkundigte sich diese besorgt. Ich nickte und in dem Moment erinnerte ich mich, dass ich mit William bei Amy verabredet war.

»Oh, ja. Alles klar. Ich treffe mich mit William«, gab ich zurück und konnte nicht umhin, so glücklich auszusehen, wie mich dieser Gedanke machte. Heute hatte ich keine Schicht, aber William meinte, wir sollten unbedingt noch einmal ausprobieren, ob meine Auftrittsangst tatsächlich verschwunden sei.

Routine sei der beste Weg das herauszufinden. Immer und immer wieder auf der Bühne zu stehen, wäre seiner Meinung nach die wirkungsvollste Methode. Ich verabschiedete mich von Donna und machte mich auf den Weg.

Seufzend hatte ich Williams Idee zugestimmt und betrat die Bar mit entsprechenden Bauchschmerzen. Der Knoten in meinem Magen wurde nämlich nicht weniger. Mir war überhaupt nicht wohl bei dem Gedanken, schon wieder öffentlich aufzutreten. Ja, der eine Abend war toll gewesen, aber konnte ich das noch einmal? Um mich abzulenken, ging ich Amy dann doch ein wenig zur Hand, aber dann zog mich William, genau wie gestern, auf die Bühne.

Zugegeben, ich war nervös, allerdings längst nicht mehr so wie beim ersten Mal. Das Adrenalin pumpte bereits durch meine Adern, aber nach anfänglicher Panik und verschwitzten Händen fühlte ich Aufregung und unbändige Energie, die hinauswollte. William positionierte sich wieder gegenüber von mir und begann zu spielen. Diesmal benötigte ich viel weniger Zeit und als er schließlich seine Gitarre neben sich stellte, nickte ich ihm nur zu.

Es war gut so.

Ich konnte das.

Mehr als das, es war der Wahnsinn. Ich drehte mich auf meinem Stuhl langsam in Richtung Publikum, da selbst ich es etwas befremdlich fand, den Leuten nur meinen Rücken zu präsentieren.

Von ihnen bekam ich dann ohnehin nicht viel mit, aber immer, wenn mein Magen sich zusammenkrampfte, stellte ich mir vor, Mama wäre da. Zwischen zwei Liedern ergriff ich sogar das Mikrofon.

»Hallo. Vielen Dank für eure nette Reaktion. Es fällt mir nicht leicht hier zu sitzen und zu spielen. Aber vor so einem tollen Publikum macht es richtig Spaß. Deshalb erzähle ich euch auch etwas, das mein Leben bewegt und verändert hat.«

Jetzt verließ mich doch der Mut und ich suchte Williams Augen. Er lehnte ganz gelassen an der Bar und unsere Blicke verhakten sich. Es war, als ob ich es nur William erzählte. Auf einmal ging es wieder ganz einfach.

»Meine Mama Issy ist vor kurzem in ein anderes Universum übergetreten. Auch wenn sich das jetzt verdammt esoterisch anhört, ist es nicht so und doch irgendwie schon. Sie ist nie ganz weg, immer bei mir, ein Teil von mir.«

Ich musste kurz nach oben sehen, denn es war einfach verdammt schwer über das Thema zu sprechen.

Gegen aufkommende Tränen ankämpfend, zwang ich mich aber weiterzumachen.

»Das Verrückteste ist, dass ich meine Arbeit verloren habe, aus meinem Haus geschmissen wurde und außerdem habe ich nach Jahren erfahren, wer mein leiblicher Vater ist.«

So in einem Satz zusammengefasst, klang das mehr als abgefahren. Manche Leute hatten die Augenbrauen gehoben, andere sahen eher mitleidig aus.

»Mein Vater also. Eine Tatsache, die mir mein ganzes Leben lang als ein gut gehütetes Geheimnis präsentiert worden war und die hat einen Song entstehen lassen, den ich jetzt hier spielen möchte. Eine Art Premiere also.«

Ich zupfte die ersten zwei Akkorde und fügte hinzu: »Für meinen Papa, Liebe auf der Couch, kitschige Sonnenaufgänge, verpasste Chancen, ungewollte Schwangerschaften mit gewollten Kindern und ein tätowiertes J, das eigentlich für I steht.« Ich musste grinsen und über mich selbst lächeln.

Wenn mir jemand vor ein paar Wochen gesagt hätte, dass ich in einer Bar singen, spielen und sogar noch Geschichten erzählen würde, dann hätte ich ihn eindeutig für übergeschnappt erklärt. Dann versank die Welt wieder um mich herum. Für die ersten paar Sekunden suchte ich Williams Blick, der meinem tapfer standhielt, mich festhielt und dann flog ich los. Das Lokal war mittlerweile richtig voll und ich bekam stürmischen Applaus, als ich meine Vorstellung beendete. Als sogar *Zugabe* gerufen wurde, beruhigte ich die Menge mit einer beschwichtigenden Geste meiner Arme.

»Für meine Mama Issy habe ich natürlich auch einen Song geschrieben.

Wenn manchen von euch der Song seltsam bekannt vorkommt, tja, wie soll ich das am besten formulieren? Sagen wir so: Lasst euch da mal nicht täuschen.«

Das Gefühl, das mir vom Publikum entgegenschwappte, war fast schon ekstatisch. Rundherum blickte ich in leuchtende Augenpaare, die wiederum in mein strahlendes Gesicht blickten. Es war wie ein großer Energiekreislauf. Unter großem Applaus kam ich schlussendlich von der Bühne und drängte mich zu William durch.

»Große Klasse, Lilly. Wahnsinn.«

Er umarmte mich fest und innig. Ich holte tief Luft und nahm noch einige Komplimente entgegen. Ein junger Typ erwähnte, dass doch hier der Wolf manchmal vorbeikommen würde, und das wäre doch eine tolle Chance, wenn er mich hier entdecken würde. Grinsend sahen William und ich uns an und ich nickte nur. In diesem Moment musste ich mir eingestehen, dass mir das alles ziemlich egal war.

Mit freudiger Überraschung bemerkte ich Oma und Arvo an der Bar, die beide ein Bier in der Hand hielten. Sie winkten mir zu und ich kämpfte mich zu ihnen durch. Sie konnten Mama natürlich nicht ersetzen, aber sie waren ein wunderbarer, ungeahnter neuer Rückhalt in meinem Leben. Ganz anders als meine Mama eben. Ich begriff auch, dass konstanter Rückhalt nicht unbedingt bedeutete, permanent physisch anwesend zu sein.

An wichtigen Wendepunkten Unterstützung zu bieten, war genau so viel wert. Mit Erstaunen erkannte ich, dass auch Donna gekommen war. William umarmte mich von hinten und schmiegte sich in meine Halsbeuge. Ja, ich fühlte mich rundum wohl in diesem Moment. Eine Frage schwirrte jedoch wie eine aufgeregte Hummel in meinem Kopf hin und her. Hatte es geklappt? War er gekommen? Hatte er mir zugehört?

Alle waren gekommen, außer Jamie und der Wolf. Sofort hegte ich den Verdacht, dass Jamie irgendwie Wind davon bekommen und den ganzen schönen Plan damit zunichte gemacht hatte.

20

Oma Math, Arvo und Donna waren schon nach Hause gegangen und ich half Amy nun doch noch ein wenig aus, weil das Lokal so brechend voll war.

Mit meinem Tablett bewaffnet, trat ich an einen Tisch in der Ecke und bemerkte geschockt, dass Jamie alleine dasaß und mich anstarrte. Wann war sie gekommen? Hatte sie mich spielen gehört? Unsicher räumte ich die Gläser ab und wollte mich schon umdrehen, als sie meinen Unterarm packte.

»Glaub ja nicht, dass dir das irgendetwas bringen wird.« *Also doch.* Ihr Tonfall war so leise und bedrohlich, dass mir die feinen Härchen im Nacken buchstäblich zu Berge standen. Ich versuchte meinen Arm mit einem Ruck zu befreien, aber ihr Griff hielt mich eisern fest. Ihr Blick war durchbohrend, die Lippen fest zu einem schmalen Strich zusammengepresst. Alles an ihr signalisierte mir einen Angriff.

»Mein Angebot steht immer noch. Ich werde ein paar schöne Gerüchte über dich verbreiten. Mal sehen, wie lange du noch im Label arbeiten wirst. Vielleicht fällt mir auch eine schöne Krankheit ein, die Amy nicht so gern im Lokal haben will und die William ein wenig auf Abstand bringt. HIV oder so was Nettes?« Ihr Tonfall war so schneidend, dass mir jetzt auch noch ganz unwillkürlich eine Gänsehaut über die Arme lief. Wie sollte ich jetzt darauf reagieren? Im Grunde war es mir doch egal, denn die Leute, die mir wichtig waren, würden ihr Gift ohnehin nicht schlucken. Allerdings galt es im Moment, sie in totaler Sicherheit zu wiegen. Das bedeutete nicht auf Angriff zu gehen, sondern ich musste jetzt unbedingt verschreckt reagieren. Es fiel mir wirklich verdammt schwer eine deftige Antwort hinunterzuschlucken. Deshalb starrte ich sie mit geweiteten Augen an.

»Jamie. Bitte, tu das nicht. Ich tu auch alles. Ich … Bitte …« Mein Zögern und Stottern war anscheinend sehr glaubwürdig und verfehlte seine Wirkung nicht im Geringsten.

Ihre Miene hellte sich merklich auf. Es war erstaunlich, wie sympathisch sie plötzlich wirkte.

»Alles, sagst du, ja?« Sie sah sich scheinbar suchend im Lokal um und ihr Blick blieb an William hängen.

Na, klar. In diesem Punkt war sie sogar für mich durchschaubar. Sie nickte mit dem Kopf in seine Richtung.

»Was ist mit ihm. Gib ihn mir wieder zurück.« Ihre Stimme klang honigsüß. *Ihn zurückgeben? Was war er denn? Ein Bleistift, den ich mir ausgeliehen hatte? Wie dreist war sie eigentlich?* Außerdem hatte sie ihn nie gehabt, dachte ich trotzig. Jetzt musste ich meinen Schock nicht spielen.

»Was? William? Nein, ich kann nicht …« Ihre Stimme klang jetzt ganz bestimmt und triefte vor Bosheit.

»Entweder freiwillig oder ich erzähle ihm von deinem Techtelmechtel mit dem Wolf. Leider habe ich dich dabei erwischt, wie du dich halb nackt an seinen Hals geworfen hast. Blöd, so was. Warum hast du das nur gemacht?«

Ich schüttelte nur ungläubig den Kopf. Sie hatte meinen Arm die ganze Zeit nicht losgelassen und verstärkte ihren Klammergriff sogar noch. Ihre Fingernägel gruben sich dabei in meine Haut.

»Wenn du ihm die Wahrheit erzählst, fallen mir noch ein paar weitere interessante Geschichten ein. Und glaub ja nicht, dass ich das alles nicht beweisen kann. Ich habe genug Kontakte, die auch ganz schnell Fotos beschaffen und das im Internet zirkulieren lassen können.« Jetzt musste ich schlucken. Davon war ich überzeugt. Auch wenn ich keine richtige Angst vor ihr hatte, unheimlich war sie mir alle Mal.

Was bewegte einen Menschen dazu, so abgrundtief böse zu sein? »Lass mich los.« Ihre Krallen lockerten sich keinen Millimeter.

»Haben wir einen Deal?«,

zischte sie durch die Zähne und lächelte dabei so fröhlich, was mich auf ein neues verwunderte, wie unglaublich überzeugend sie ihre wahren Emotionen überspielen konnte.

Ich biss auf meiner Unterlippe herum und nickte. Augenblicklich ließ sie mich los und lehnte sich entspannt zurück. Die Locken fielen ihr sanft über die Schultern und sie fuhr wieder in diesem honigsüßen Ton fort.

»Würdest du Will bitte sagen, dass ich ihn kurz sprechen möchte.« Man, was für ein bescheuertes Queen Bee-Verhalten, das sie jetzt an den Tag legte.

Mir wurde richtig übel im Magen, aber mir blieb nichts anders übrig als mitzuspielen. Mit hängenden Schultern schlich ich zur Bar zurück und räumte die Gläser ein.

William wollte mich schon umarmen, als ich ihm bedeutete, Abstand zu halten. Als er mich irritiert ansah, flüsterte ich in sein Ohr.

»Jamie ist da und will, dass ich mit dir Schluss mache. Wir müssen jetzt so tun, als ob wir uns streiten oder so. Und dann möchte königliche Hoheit dich sprechen. Also geh rüber zu ihr und tu so, als ob sie die Einzige wäre, die dich glücklich machen kann.«

Einen Moment sah er noch verwirrt aus, dann packte er mich an beiden Oberarmen und schüttelte den Kopf.

»Verstehe«, sagte er, aber seine Miene war so finster, dass ich automatisch vor ihm zurückwich. Mit einem Ruck ließ er mich los und presste seine Lippen aufeinander.

Meine Reaktion auf ihn musste ich nicht spielen. Ich hatte ihm gegenüber doch erwähnt, dass wir nur so tun als ob, hatte er mich falsch verstanden? Angstvoll streckte ich die Hand nach ihm aus, aber er schlug sie weg. Seine Miene war grimmig, beinahe furchterregend, aber sein Ton dagegen sanft und einfühlsam. Meine Augen wurden immer größer, als mir der Inhalt dessen, was er mir zuflüsterte, so richtig bewusst wurde.

»Lilly Gaesegg, du bist mir der liebste, tapferste und mutigste Mensch, mit dem ich Fake-Schluss mache. Du bist stark und schön und einfach wunderbar. Auch, wenn das jetzt kitschig klingt, Lilly, ich habe mich Hals über Kopf in dich verliebt.«

Williams Augen sprühten, er musste sich sehr bemühen weiterhin böse zu gucken und senkte schließlich seinen Blick.

Verstohlen sah ich mich um, aber niemand schien überhaupt bemerkt zu haben, was vor sich ging. Mit einem Seitenblick spähte ich zu Jamie, aber die war eindeutig viel zu weit entfernt, um etwas verstanden zu haben. Sie saß allerdings so, dass sie die ganze Szene sehr wohl mitbekam und ein zufriedener Ausdruck breitete sich auf ihrem Gesicht aus. Das hatte wohl geklappt. Mir hatte es im wahrsten Sinne des Wortes die Sprache verschlagen.

Dann drehte William sich auf dem Absatz um und schnappte sich noch eine Bierflasche. Wie zufällig ging er zu dem Tisch, an dem Jamie saß und setzte sich mit dem Rücken zu ihr, als ob er sie gar nicht bemerken würde. Er stützte seine Arme auf seinen Oberschenkeln ab und ließ den Kopf hängen. Erst langsam drang der Inhalt dessen, was er gerade zu mir gesagt hatte, in meinen Kopf.

Ich musste mich wegdrehen, weil mein Grinsen mich sonst sofort verraten hätte. Ich kniete mich unter die Bar, weil ich vor lauter Glück fast explodierte. Leise flüsterte ich:

»Und weißt du was? Ich mich auch in dich ...« Nach ein paar Atemzügen hatte ich mich wieder gefangen, die Lachtränen wischte ich mir allerdings nicht ab. Vorsichtig lugte ich hinter der Bar hervor und konnte erkennen, dass sich Jamie inzwischen um William kümmerte. Trotz aller positiven Gefühle verspürte ich einen heißen Stich Eifersucht in meinem Magen und verbarg diese Gefühlsregung nicht. Jamie hob den Kopf und sah mir hoheitsvoll entgegen. Amy bemerkte sehr wohl, was hier vorging, sah mich mit gerunzelter Stirn an und legte mir den Arm um die Schulter.

»Geh doch heim, Lilly. Hm?« Ich strich mir ein paar unsichtbare Strähnen hinter die Ohren und konnte meinen Blick kaum von Jamie und William lösen.

»Danke, Amy.« Langsam packte ich meine Sachen zusammen. Draußen angekommen, atmete ich tief durch. Das gehörte alles zum Plan, redete ich mir immer und immer wieder gut zu. Wir waren zwar nicht sicher gewesen, wie weit Jamie gehen würde, aber William *zu erobern* war eindeutig eine Möglichkeit gewesen.

Das war jetzt tatsächlich eingetroffen. William hatte mir auch schon davor immer wieder versichert, dass er damit auf jeden Fall umgehen konnte und Jamie glaubwürdig auf Distanz halten würde, sie aber trotzdem in Sicherheit wägen könnte. Mit mulmigem Gefühl ging ich nach Hause, ständig auf mein Handy sehend, aber William schickte mir keine Nachricht. Wir hatten ausgemacht, falls er mit Jamie unterwegs wäre, sollte ich keine Nachrichten schicken, die uns verraten könnten. Er sollte die Kommunikation mit uns auf ein Minimum beschränken.

Tja, erkläre das einmal meinem Herzen, dachte ich gereizt.

Am nächsten Morgen weckte mich Arvo unerwarteterweise.

»Musst du nicht zur Arbeit?«, fragte er, nachdem er mich sanft wachgerüttelt hatte. Wenige Minuten später erschien ich missmutig in der Küche.

»Na, was für eine Laus ist dir denn über die Leber gelaufen?«, wollte Arvo wissen und stellte mir einen aufgeschnittenen Apfel vor die Nase. »Ist etwas schiefgegangen?«, fragte er bestürzt. Ich nippte an meinem Cappuccino und starrte auf das Obst vor mir.

»Nein. Oder ja. Oder ich weiß es nicht. Jamie hat mich, so wie wir das ja auch erwartet hatten, bedroht und mich unter Druck gesetzt mit William Schluss zu machen.« Arvo sah mich mitfühlend an.

»Eigentlich hat mir William dann auf eine etwas seltsame Art eine ganz süße Liebeserklärung gemacht …«, unglücklich brach ich ab und holte tief Luft. Arvo sah mich fragend an.

»Aber dann hab ich die beiden miteinander gesehen und … Ach …« Ich vergrub meinen Kopf in meinen Armen. Warum war ich nur so schrecklich unsicher?

»Hm«, machte Arvo und strich mir über das Haar.

»Ich weiß, ich sollte ihm vertrauen, aber er hat sich die ganze Nacht nicht gemeldet und diese Schlange, vielleicht konnte er ihr ja nicht widerstehen, und ...«, brach es nuschelnd aus mir heraus.

»Hm. Schon. Für mich klingt das aber, als ob William sich ganz an unseren Plan hält. Und du sagst, er hat dir davor noch versichert, dass alles in Ordnung ist zwischen euch?«

»Ja«, schniefte ich in meinen Ärmel. Das Bild von Jamie, die tröstend über Williams Rücken streichelte, bekam ich einfach nicht aus meinem Kopf. Arvo sah sich um und steckte mein Handy an das Ladegerät. *Oh, natürlich.*

Deshalb hatte ich keine Nachrichten bekommen. Schweigend kaute ich an den Apfelstücken herum, bis das Telefon wieder Strom hatte.

Und wirklich. Sofort traf eine Nachricht ein. Sie war von William. ☺ *Ein Smiley? Wirklich? Was sollte denn das bedeuten?*

Das war nun doch ein wenig karg und beruhigte mich nur ein ganz kleines bisschen. Arvo sah auf die Nachricht und zuckte mit den Schultern.

»Na, ich würde das auf jeden Fall positiv deuten. Vertrau ihm. *Ich vertraue ihm jedenfalls.*« Ich nickte. Es würde mir ohnehin nichts anderes übrig bleiben. Im Büro wurde es nicht besser. Donna empfing mich mit einem besorgten und gleichzeitig mitleidigen Blick.

»Kann ich Jamie glauben, dass du und William ...« Viel spielen musste ich nicht, denn meine Fantasie war schon wieder etwas wild geworden. Ich nickte nur traurig und ergeben.

»Gib mir bitte möglichst viele Aufträge außer Haus, ja? Ginge das irgendwie, bitte?«, flehte ich sie an. Sie sah mich immer noch so mitleidig an, aber sammelte sich ziemlich schnell.

»Das trifft sich gut. Wolf hat nämlich ganz spontan und unerwartet beschlossen, nun doch bei diesem Benefizkonzert mitzuspielen. Normalerweise macht er das nämlich nicht. Weiß der Himmel, was ihn dazu bewogen hat, sich jetzt dafür zuentscheiden. Die Veranstalter sind natürlich ganz aus dem Häuschen. Sagt dir die Mercedes Benz Arena etwas?«

Meine Augen wurden groß und ich nickte. *Na klar sagte mir die was. Er würde vor mindestens fünfzehntausend Menschen auftreten. Wahnsinn.*

»Wir nehmen mein Auto«, sagte Donna, schwebte davon und mir blieb nichts anderes übrig, als ihr zu folgen. Wir standen im Aufzug, als sich die Türen langsam schlossen. Im letzten Moment sah ich William auf uns zugehen. Mir blieb jedoch keine Zeit, in irgendeiner Weise zu reagieren, außer die Augenbrauen zu heben. Donna sah mich prüfend an. Dann schüttelte sie den Kopf und ließ ihren Blick über mein Gesicht wandern.

»Ich glaub euch kein Wort.« Ich versuchte besonders unschuldig drein zu gucken und hob die Schultern.

»Bei was oder wie genau kann ich dir denn helfen?«, lenkte ich unser Gespräch wieder zu unserer eigentlichen Aufgabe. Donna erklärte mir den ganzen Weg zur Arena, auf was wir achten müssten.

»Das wirklich Eigenartige ist, dass der Wolf eigentlich solche großen Veranstaltungen seit Jahren wie die Pest meidet. Hm, hm, hm?« Ich sah sie mit einem Seitenblick an.

Was sollte ich jetzt darauf antworten? Ich hatte doch bitte nicht die geringste Ahnung, welche Beweggründe er haben könnte. Mit einem Schulterzucken deutete ich auf die grüne Ampel, denn mittlerweile sah mich Donna über ihre Sonnenbrille schon eine ganze Weile an.

»Äh, grün?!«, versuchte ich sie aus ihrer Erstarrung zu lösen. Sie trat aufs Gaspedal, nickte nur und wollte das Thema aber anscheinend nicht fallen lassen.

»Sehr merkwürdig. Sehr, sehr merkwürdig. Warum, glaubst du, hat er schon seit Jahren nicht mehr in der Arena gespielt und dieses Benefizkonzert zuerst, ohne zu überlegen, abgesagt?«

Ihr Tonfall machte mich ganz verrückt, denn es implizierte auf verrückte Weise, dass ich etwas darüber wusste.

»Äh. Werbung vielleicht?«, versuchte ich mich an einer Theorie. Donna tippte sich an die Unterlippe und schüttelte den Kopf.

»Nein, du hättest sehen sollen, wie er heute Morgen plötzlich mit einem Grinsen vor meinem Schreibtisch aufgetaucht ist, dass ich so schon lange nicht mehr bei ihm gesehen habe.« Ich hob meine Augenbrauen, Schultern und Hände, um zu bekräftigen, wie ahnungslos ich war. Sie schien aber ohnehin irgendwie in ihrer eigenen Überlegung zu stecken. Zum Glück endeten die Fahrt und somit auch das seltsame Gespräch, denn wir erreichten unser Ziel.

Wir parkten direkt vor der beeindruckenden Veranstaltungshalle und Donna schob ein Schild in die Windschutzscheibe, auf dem *Musikmanagement Wolf* stand. Ich kletterte ebenfalls aus dem Wagen und hielt ehrfürchtig inne.

Das riesige Stadion erschlug mich fast mit seiner Größe. In großen silbernen Buchstaben prangte da *Mercedes Benz Arena*, darunter bogen sich die vergitterten Seitenwände. Schön war sie ja nicht, wie ich fand, aber in jedem Fall spektakulär und sehr imposant. Wir betraten einen Seiteneingang. Donna schien sich hier bestens auszukennen, denn sie marschierte gewohnt forsch durch Türen und verzweigte Gänge und wie immer im Lauftempo, dem ich kaum folgen konnte. Zwei Männer in Security Uniformen kamen uns entgegen und nickten ihr zu. Sie kannte natürlich alle Menschen, die hier arbeiteten. In Donnas Windschatten sog ich alle Eindrücke in mich auf und konnte mir gar nicht vorstellen, wie man in so einem riesigen Stadion überhaupt spielen konnte. Unbegreifliche Dimensionen, die da auf mich einstürzten.

Mir wurde mit einem Mal wieder bewusst, was für ein Superstar der Wolf war, wenn er bei so einem Konzert eine Art Ehrengast war. Donna war mittlerweile in einem Teil des Gebäudes angekommen, in dem mehrere Büros aneinandergereiht lagen. Sie ging sicheren Schrittes bis zu dem Zimmer am Ende des Flurs. Blindlings folgte ich ihr und rannte beinahe in sie hinein, als sie ganz unerwartet stehen blieb.

»Donna!«, rief eine angenehme Frauenstimme.

Eine sehr kleine schwarzhaarige Frau asiatischer Abstammung, mit akkurater Pagenkopffrisur, trat hinter einem großen Schreibtisch hervor und begrüßte sie herzlich mit einer kleinen Umarmung.

Ihr derber bayrischer Dialekt stand in krassem Gegensatz zu ihrem Äußeren, aber ich hatte den Verdacht, dass sie das sehr bewusst einsetzte.

Wir ließen uns auf die zwei eleganten Stühle nieder, die vor dem großen Schreibtisch standen und ich bestaunte so ziemlich alles, was da an den Wänden hing. Poster, Bilder, Aufnahmen mit Unterschriften und Widmungen von ganz großen Künstlern. Von U2 bis Shawn Mendes, Herbert Grönemeyer bis Adele.

Mein Mund stand offen und ich kam mir jetzt wirklich vor wie das Landei aus Niederzwehren, das ich nun mal war. Donna und Mei, so hieß die Dame, die den Ablauf des Konzerts mit ihr durchging, waren völlig vertieft in Details und mich beschlich das Gefühl, dass ich leider absolut nutzlos war.

Warum hatte sie mich überhaupt mitgenommen? Dennoch war es für mich wirklich interessant, was sie alles durchsprachen und ich spitzte die Ohren, um nichts zu verpassen. Nach etwa dreißig Minuten hatten sie alle Punkte abgehakt und wollten noch die Bühne besichtigen, die wohl gerade im Begriff war, aufgebaut zu werden.

Diese Bühne stand in der Mitte des ovalen Stadions und es gab nur einen langen Laufsteg von und zum Podium.

»In drei Tagen ist hier alles fertig. Ich brauche dann noch die Titel und technischen Parameter, na, wie immer, du weißt ja.«

Donna nickte wissend und tippte etwas auf ihr iPad ein. Mei blickte auf ihre Uhr und schien auf einmal ein wenig unter Strom zu stehen.

»Alles klar, Donna? Ich habe gleich noch einen Skypecall mit Eds Management und Shawn Mendes hat auch zugesagt. Alles last minute, wie immer. Keine Ahnung, warum die alle so zögerlich waren. Schließlich geht es um krebskranke Kinder, oder?« Im Gehen hatte sie sich von uns entfernt und unaufhörlich weiter geplappert. Jetzt klingelte ihr Handy und sie hob mit entschuldigender, wenn auch sehr wichtiger Miene ab.

Staunend hörte ich noch, dass sie in perfektes Englisch wechselte und dann war sie schon um die nächste Ecke verschwunden.

»Wow«, sagte ich nur und war schwer beeindruckt. Donna lächelte.

»Ja, nicht wahr? Und wir ganz vorn dabei! Schon toll, oder?« Fragend hob ich die Augenbrauen, aber dann wurde mir klar, dass wir sozusagen als Entourage galten und uns somit das ganze Konzert über im Backstage Bereich bewegen durften.

Ich musste grinsen, denn ich stellte mir Mamas Gesicht vor. Wenn das meine Mutter wüsste ...

Donna hatte noch ein paar Gespräche mit dem verantwortlichen Licht- und Tontechniker zu absolvieren, deshalb kamen wir erst am späten Nachmittag wieder im Büro an.

Was mich da erwartete, ließ den Knoten in meinem Magen allerdings mit aller Heftigkeit zurückkehren.

Jamie stand an der Rezeption und schmachtete William an. Als sie uns bemerkte, verhärtete sich ihr Mund und ihr Blick wurde kühl. William war mit dem Rücken zu uns gewandt und ich konnte seine Miene nicht erkennen. Sofort änderte sich Jamies Gesichtsausdruck von leicht säuerlich auf zuckersüß. Sie klimperte mit ihren Wimpern.

»War schön gestern, nicht wahr, Babe?« Sie streckte ihren Rücken durch und reckte sich wie eine Katze. William brummte etwas Unverständliches. Was hatten sie denn gestern getan? Meine Fantasie ging natürlich sofort mit mir durch. Beim Näherkommen fiel mir auf, dass William sich eingehend mit seinem Telefon beschäftigte, was Jamie aber nicht daran hinderte, an ihm herumzufummeln. Das machte mich wirklich ärgerlich. Plan hin oder her.

»Donna, brauchst du noch etwas von mir?«, erkundigte ich mich in der Hoffnung, dieser blöden Vorstellung schnell zu entkommen. Jamie wandte sich jetzt mir zu und lächelte mich breit an. Ich musste ganz schnell weg von hier. Mit schlecht unterdrücktem Ärger hämmerte ich erbost auf den Knopf, um den Aufzug zu holen.

»Ach, Will, Babe, erzähl doch Lilly, was wir gestern Schönes gemacht haben.« Jetzt wurde ihr Grinsen richtiggehend teuflisch.

Fieses Miststück.

Mir blieb die Spucke weg. Zum Glück öffnete sich die Aufzugstür unter Ankündigung durch den Dreiklang. William tat so, als ob er sie nicht gehört hatte und blickte irritiert auf.

»Ah, was? So ein Quatsch.« Kurz beugte er sich zu Donna und vermied mich dabei anzusehen. Das tat weh. Jamie schien jetzt die Lust verloren zu haben, mich zu quälen und warf ihre luftig weichen Locken nach hinten.

»Also, kommst du?« Damit stöckelte sie an mir vorbei, direkt in den Lift hinein und drückte innen auf den Knopf. Kurz fixierte sie mich, sagte aber nichts. William folgte ihr und sah dabei nur auf den Boden. Er hatte wieder diese verschlossene Miene aufgesetzt, die mir noch sehr von unseren ersten Begegnungen präsent war. Die Aufzugstür schloss sich und mein Herz zog sich schmerzhaft zusammen. Ich stand ein wenig verloren da, bis Donna ihren Kopf hob und mich angrinste.

»Alles okay, Lilly, geh doch nach Hause.«

Ich biss auf meiner Unterlippe herum, drehte mich unschlüssig um und murmelte leise: »Danke, Donna.«

Die Bürotür vom Wolf ging plötzlich krachend auf und er stürmte auf die Rezeption zu.

Donna und ich hoben beide das Kinn und erwarteten die Attacke mit gefasster Miene. Bei meinem kurzen Kontrollblick erkannte ich, dass Donna sich anscheinend kurz vor einem Lachanfall befand und die Lippen angestrengt aufeinander presste. Wolf kam eine Armlänge vor mir zum Stehen und fing meinen Blick auf.

Er streckte seinen Zeigefinger in meine Richtung und deutete auf mich. Oder mein Gesicht? Es war nicht ganz klar, was er damit bezwecken wollte. Erst jetzt bemerkte ich ein Papier in seiner anderen Hand. Er sah mich an und es schien ihm bei meinem Anblick wieder einmal die Sprache verschlagen zu haben. Ich wechselte einen Blick mit Donna, die aber nur mit den Schultern zuckte. Wolf rieb sich über sein unrasiertes Kinn.

»Gillian. Lilly, nicht wahr ... Ja ...«, es klang, als ob er eher zu sich selbst sprechen würde. Dann hob er das Papier in seiner Hand und tippte mit dem Finger auf seine Oberlippe. Ich wartete gespannt, was jetzt folgte, aber er wandte sich an Donna.

»Donna. Ich brauche dich in meinem Büro. Jetzt sofort. Die gesamte Belegschaft soll zu diesem Konzert ...«

Damit drehte er sich um und verschwand mit langen Schritten wieder in Richtung Büro und aus meiner Hörweite. Donna lächelte und schüttelte leicht den Kopf. Elegant tänzelte sie ihm nach und beugte sich noch einmal zu mir.

»Oh, und, Lilly, das ist für dich. Sehr romantisch.« Sie drückte mir etwas in die Hand.

Es war ein klein zusammengefalteter Zettel.

Ich sah erstaunt Donna an, die mir noch über die Schulter hinweg zuwinkte.

»Von William«, flötete sie kichernd.

Schon war sie verschwunden, als ich das Papier auseinander faltete und mir nur eine Zeile entgegen sprang.

There's nothing holding me back konnte ich da lesen. Es war ein wenig wie Balsam auf meinen irrationalen eifersüchtigen Gefühlen, aber lange nicht genug, um mich zu beruhigen. Was sollte denn das nun wieder heißen? Ja, natürlich, es war das Lied, das er für mich gespielt hatte. Schon klar.

Er liebte wohl kryptische Nachrichten. Warum war ich nur so schrecklich unsicher? Ich seufzte.

Gedankenverloren drückte ich wieder den Knopf mit dem Pfeil, der nach unten zeigte, um den Aufzug zu holen.

Mit gemischten Gefühlen fuhr ich auf meinem Fahrrad nach Hause, nur um herauszufinden, dass Oma und Arvo schon wieder irgendwo unterwegs waren.

Als mein Telefon klingelte, wollte ich dem Impuls nachgeben und es einfach nur ignorieren. Ein Blick auf das Display zeigte mir jedoch Frau Jupiters Namen und so hob ich ab.

»Hallo, Frau Jupiter. Wie geht es Ihnen beiden?«

»Lilly, meine Liebe, ich wollte dir zur Abwechslung einmal gute Neuigkeiten vermelden. Jakob ist zu Hause und es geht ihm schon recht gut. Er wird langsam ziemlich unleidig und raunzt und brummt. Ist das nicht wunderbar?«

Bei dieser Vorstellung musste ich unfreiwillig lächeln.

»Er will immerzu in den Laden oder Schuppen. Also ich denke, wir sind jetzt auf dem aufsteigenden Ast.«

Ich freute mich ehrlich mit ihr.

»Das sind wirklich gute Nachrichten. Wunderbar, wirklich, Frau Jupiter.«

»Ich denke, wir werden dann auch vielleicht wieder den Laden aufsperren. So einmal oder zweimal die Woche für den Anfang. Wie ist denn deine Wohnsituation? Du bist immer noch bei deiner Oma in Berlin, nehme ich an?« Ich nickte und bemühte mich um eine Antwort.

»Ja, bin ich. Es geht ordentlich.«

Die Lüge kam schwer von meinen Lippen, da diese Frau immer so gut zu mir war, aber es hatte keinen Sinn sie mit Details zu belasten.

»Ich suche noch nach einer geeigneten Lehrstelle, aber sonst ist alles paletti.« Frau Jupiter wiederholte meine Sätze anscheinend für Herrn Jupiter ein wenig lauter und ich wartete ab, als sie rief:

»Sie sucht noch eine Lehrstelle, aber sonst geht es ihr gut.«

Im Hintergrund konnte ich ein Brummen wahrnehmen und mit einem Mal fühlte ich mich völlig ausgelaugt und todmüde.

»Also bestellen Sie Ihrem Mann liebe Grüße, ich muss jetzt los.«

»Natürlich, meine Liebe. Wir werden Jakob noch einmal erinnern seine Berlinkontakte abzuklappern. Das wäre doch gelacht ... Was sagst du ... Ja ... Eben. Also. Mach es gut, Lilly.« Den letzten Teil des Satzes bekam ich nur mehr halb mit und ich verkroch mich unter meiner Decke.

Trotz der bleiernen Schwere kam mein Kopf nicht zur Ruhe. Das Gespräch hatte eine hartnäckige Gedankenkette ausgelöst, die kaum zu unterbrechen war. Was wäre denn, wenn ich wieder zu den Jupiters zurück könnte? Wollte ich das denn? Wollte ich Berlin verlassen? So sehr ich mich in den ersten Tagen zurückgesehnt hatte, die Vorstellung einer Rückkehr in meine alte Heimat war längst nicht mehr so erstrebenswert.

So weit weg von William? Ein wenig erschreckt stellte ich fest, dass ich mich wohl in meiner neuen Umgebung fühlte, mehr noch, beinahe zuhause. Beinahe.

21

Mein Herz blieb stehen. Nicht im lyrischen Sinne, sondern ganz real. Mein Herz blieb stehen, stolperte und machte dann doppelt so schnell weiter.

Was war gerade eben passiert? Ich stand im wahrsten Sinne des Wortes neben mir und versuchte zu begreifen, was sich hier vor meinen Augen abspielte.

Im Hintergrund nahm ich unscharf das Meer von Tausenden von Menschen wahr.

Die Scheinwerfer schwenkten einmal im Kreis, fanden mich immer wieder und blendeten mich im Sekundentakt. Das Publikum heulte in gewohnter Wolfsmanier, tobte, pfiff und applaudierte. Ich wandte mich um und sah in Oma Maths Gesicht. Ungläubig registrierte ich ihre sanfte Miene.

All ihre Härte und Verschrobenheit schienen von ihr abgefallen zu sein und sie nickte mir zu. Ich merkte kaum, dass mir die Tränen in Strömen die Wangen herabliefen. In diesem Moment war mir das aber ganz egal. Aber erst der Reihe nach. Denn eigentlich hatte alles ziemlich unspektakulär und recht frustrierend angefangen.

Die letzten Tage im Label waren vollgefüllt gewesen mit den Vorbereitungen für Wolfs Auftritt am Samstag. Seine Roadies waren gekommen und hatten alle Instrumente der Band abgeholt. Routiniert waren sie hereinspaziert, hatten mit Donna geschäkert und waren dann nach und nach voll bepackt wieder verschwunden. Die Stimmung war auf seltsame Weise irgendwie unwirklich gewesen und im Label summte und brummte es wie in einem Bienenstock.

»Ah, ich liebe diese Phase so kurz vor einem Konzert«, strahlte Donna mich an und hielt mich mit eintausend kleinen Aufgaben ordentlich auf Trab, was ich als perfekte Zerstreuung empfand.

Dankbar nahm ich jede noch so unbedeutend scheinende Kleinigkeit an und erledigte alles ohne Verzögerung.

William hatte ich so gut wie nie angetroffen und wenn, dann immer mit Jamie im Schlepptau. Er hatte mir hier und da wieder einen Smiley geschickt und mich versteckt angelächelt, aber schlau wurde ich nicht daraus. Er spielte die Rolle des verlassenen Freundes für meine Begriffe wirklich zu perfekt. Denn so dumm es auch war, es nervte mich gewaltig, dass er da so glaubhaft mitspielte.

Mir war der Widerspruch in meinem Kopf durchaus bewusst, aber wir waren uns doch gerade erst nähergekommen und es fiel mir eben nicht leicht, das so locker hinzunehmen. Was mir nur wieder bewies, wie wichtig mir William im Laufe der letzten Wochen geworden war. Zum Glück hatte ich genug zu tun und verschob und verdrängte alle Grübeleien, so gut es eben ging, in den hintersten Winkel meines Herzens.

Dann war endlich der Samstag da und ich saß bei Donna im Auto. Wir fuhren gemeinsam zum Stadion. Es war noch recht früh am Tag, dennoch hatte sich schon eine Vielzahl von Gästen eingefunden, die vor dem Eingang kampierten und auf den Einlass warteten.

Ich empfand einen gewissen Stolz, als wir so einfach an all dem Sicherheitspersonal vorbeigingen, unsere Backstage-Pässe gut sichtbar um den Hals gehängt.

In den Fluren, den Garderoben und hin zur Mitte des Stadions war bereits die Hölle los.

Auf der riesigen Bühne wurden Instrumente aufgebaut, Kabel verlegt und Technik installiert, die so kompliziert aussah, dass ich nur vermuten konnte, wofür sie eingesetzt wurde. Gleichzeitig wurden Licht, Effekte, Instrumente und Mikrofone getestet.

Es fühlte sich wie das totale Chaos an, hatte aber eine geheime Struktur, einen mir noch ein wenig unerschlossenen Rhythmus, dem alle folgten. Die allgemeine Stimmung war gut, es wurde fröhlich gescherzt und es gab immer wieder eine herzliche Begrüßung für Donna und ein freundliches Lächeln für mich, was ein angenehm aufgeregtes Kribbeln in meinem Bauch entstehen ließ. Ich hielt mich an Donna, die uns fast schlafwandlerisch und doch völlig trittsicher durch das Geschehen manövrierte.

Mehrere Buffets wurden aufgebaut und ein verführerischer Duft stieg in meine Nase.

Im Vorübergehen konnte ich ein paar Namensschilder der Künstler an den Garderobentüren erhaschen und konnte es kaum glauben, hier dabei zu sein. Wann konnte man schon so ein Aufgebot an Stars aus nächster Nähe sehen? Neugierig sog ich die wunderbare Atmosphäre mit jeder Zelle meines Körpers in mich auf.

Wolfs Musikmanagement hatte ein kleines Büro ganz in der Nähe seiner Garderobe. Donna und ich gingen noch einmal den Ablauf durch. Wolf hatte fünf Songs geplant. Es waren allesamt ruhige, ältere Lieder, die aber vom Veranstalter gewünscht waren, da es ja vor allem darum ging, Spenden zu akquirieren. Offensichtlich musste man da an Menschen mit solider Finanzlage appellieren und das war nun mal eher die ältere Generation, die diese Lieder mit positiven Gefühlen verbanden. Ich war im Raum, als ihn Donna vor ein paar Tagen um die Playlist für das Benefizkonzert fragte und positiv überrascht über seine Antwort.

»Schon klar. Das ist ja keine Promotour für mich, nicht wahr? Wir tun, was wir können, um zu helfen.«

Donna nickte hoheitsvoll und sah danach hochzufrieden aus. Ich fand das einen äußerst löblichen Zug von ihm. Wäre ich ein Star, hätte ich es wohl auch so gehandhabt. Nicht ohne Stolz schoss mir ein Gedanke ein, den ich schnell wieder verdrängte:

Das ist mein Papa. Einer von den Guten. Dann folgte natürlich sofort die Stimme der Vernunft.

Und wer weiß davon? Nicht mal er selbst. Kindisch, so was. Mach dir mal nichts vor.

Ein Klopfen an der Tür riss mich aus meinen Gedanken.

Einer der Roadies streckte seinen Kopf herein und verkündete, er müsste noch einmal ins Studio zurück, denn da gab es ein bestimmtes Kabel, das immer wieder ausfiel. William tauchte mit einer großen silbernen Kiste in der Hand hinter ihm auf. Er sah den Roadie nur an. Mein Herz machte einen Sprung und ich musste mich sehr bemühen, ihm nicht entgegen zu hüpfen.

»William, guter Junge. Komm«, sagte der Roadie anerkennend und schlug ihm mit Schwung auf den Rücken, dass dieser einen Schritt nach vorne geschubst wurde.

William störte das aber nicht im Geringsten, denn er zuckte nur mit den Schultern, schenkte mir noch ein strahlendes Lächeln und hetzte dem Mann hinterher. Wie einen Laserstrahl spürte ich Donnas Röntgenblick förmlich in meinem Rücken. Ich würde ihr jetzt einfach alles beichten. Zumindest die Teile, die ich erzählen konnte. Donna würde das alles verstehen. Langsam wandte ich mich zu ihr um und wappnete mich innerlich, denn ihr Tonfall war lauernd.

»Seid ihr denn wieder …« Ich atmete auf, als ihr Handy in genau diesem Moment klingelte. Zum Glück tat es das heute ohnehin im Dreiminutentakt. Etwas überwältigt plumpste ich auf die Couch und schielte in den Flur, in den sie mit stakkatoähnlichen Schritten abrauschte.

Es gab wohl nur Notfälle heute. Einen Moment lang saß ich einfach nur da und überlegte, was als Nächstes zu tun war. Ohne Donna war das ein wenig schwer zu entscheiden. Von draußen nahm ich die typischen Geräusche eines Soundchecks wahr. Das dumpfe, aber laute Dröhnen des Schlagzeugs, vor allem der Basstrommel, dann wieder jemand, der ins Mikrofon zählte. Das Kribbeln in meinem Bauch stieg um ein weiteres Level an. Donna war mittlerweile außer Sichtweite und ich begann nervös meine Finger zu kneten.

Plötzlich hielt ich es nicht mehr aus, hier untätig im Raum herum-zusitzen und sprang auf. Erst lief ich den Flur in die Richtung, in der ich Donna vermutete. Sie war tatsächlich nur eine Ecke weiter, redete gleichzeitig in ihr Telefon und mit Mei, die genau vor ihr stand und et-was in ihr Tablet eingab. Es war erstaunlich, wie schnell sie zwischen den beiden Gesprächspartnern hin- und herwechselte, wobei mich bei dieser Frau einfach nichts mehr verwunderte. Als ich an ihnen vorbeikam, ver-suchte ich ihr mit Handzeichen zu deuten, dass ich mich in Richtung Bühne bewegte. Donna nickte und ich schmunzelte, denn sie hatte ganz offensichtlich auch das noch registriert. Als ich mich durch die Gänge schlängelte, versuchte ich so wenig wie möglich im Weg zu sein, denn immer wieder liefen Bühnenarbeiter, Techniker, Manager und Musiker hektisch an mir vorbei.

Endlich sah ich das Ende eines Seiteneingangs und vor mir eröffnete sich das riesige Oval der Arena. Langsam und mit Genuss ließ ich meinen Blick einmal im Kreis herumwandern. Die Plätze auf den endlosen Reihen waren natürlich noch leer, aber auf und um die Bühne wurde geschäftig aufgebaut, Kabel verlegt und unzählige andere Technik installiert.

Mein Magen kribbelte jetzt durchgehend vor Aufregung bei der Be-triebsamkeit. Was für eine Vorstellung, auf dieser Bühne vor vollem Haus zu spielen! Mir war es beinahe schon zu viel, das alles nur schon aus der Nähe zu betrachten.

Hey, Mama. Stell dir vor, wo ich bin.

Es schwang ein wenig Wehmut mit bei dem Gedanken, aber es durch-strömte mich auch Stolz und ein gewisses Gefühl von Stärke.

Ich war ziemlich sicher, dass ich dieses Konzert, wenn mein Leben noch in Niederzwehren verankert wäre, verpasst hätte.

So musste sich ihr früheres Leben abgespielt haben. So in etwa musste sie sich gefühlt haben. Ein Zigeunerleben, von Auftritt zu Auftritt. In diesem Augenblick konnte ich Oma Math besser verstehen als je zuvor. Diese aufregende Show-Welt hatte eine absolut magische Anziehungskraft auf mich. Meine Issymama konnte ich allerdings auch verstehen, und, dass sie mich davor beschützen wollte. Gut, ein wenig zu viel Schutz aus heutiger Sicht.

Bei solchen Überlegungen löste sich ein tiefes Seufzen aus meiner Seele. In diesem riesigen Stadion kam ich mir auf einmal ganz winzig und klein vor.

Vor allem wurde mir klar, dass weder Mamas noch Omas Weg der richtige für mich war. Mein Weg, mein ganz persönlicher Lilly-Weg, den ich noch nicht so richtig vor mir sah, war der richtige. Den musste ich aber erst finden. Langsam wanderte ich zu den Treppenaufgängen und stieg die Stufen hinauf zu den Rängen. Ich sah mich um, aber es schien niemanden zu stören und deshalb setzte ich mich auf einen Sitzplatz der ersten Reihe. Nicht weit davon wurden in abgegrenzten Zonen VIP-Tische eingedeckt und wichtig aussehende und komplett in schwarz gekleidete Kellner liefen mit noch wichtigerer Miene hin und her. In dem Moment, in dem ich mich entspannt zurücklehnen wollte, hauchte ein:

»Hallo, Lilly.« in mein Ohr. Die zuckersüße Stimme war so nahe und ließ mich herumfahren.

Natürlich. Jamie. Zähne zusammenbeißen, Lilly.

Ich riss mich mühsam zusammen und versuchte mich an einem möglichst stoischen Gesichtsausdruck.

»Hallo, Jamie.« Sie stand neben mir und sah mich lange an, auch nachdem ich mich schon wieder auf das Treiben auf der Bühne konzentriert hatte. Ich fixierte das wilde Gewusel dort, als ob es nichts Interessanteres auf der Welt gäbe und als ich ihren Blick immer noch wie einen Nadelstich auf meiner Haut spürte, presste ich heraus:

»Was willst du, Jamie? Was willst du noch von mir? Du hast doch schon alles. Ich habe nichts mehr, was du mir wegnehmen kannst, okay?« Es brach völlig unerwartet aus mir heraus. War wohl nichts mit dem Zähne Zusammenbeißen. Aus dem Augenwinkel erkannte ich, dass sie mich mit belustigter Miene betrachtete und weiterhin schwieg. Zu allem Überfluss setzte sie sich auf den Stuhl genau neben mir. Ich konnte ihre Körperwärme spüren und ich registrierte, dass es mir richtig unangenehm war.

Fast flüsternd begann sie zu erzählen. Es hörte sich an, als ob sie eigentlich zu sich selbst sprach.

»Weißt du, was das Schlimmste ist?« Sie machte eine lange Pause. *Immer ein Drama mit dieser Frau.*

Ich schüttelte instinktiv den Kopf, wollte aber eigentlich gar nicht auf sie reagieren.

»Das Schrecklichste für mich wäre, wenn ich von dieser Welt gehen und sich niemand an mich erinnern würde.« Ich starrte weiter stur geradeaus.

Na, den Gefallen würde ich ihr tun, denn ich würde sie bestimmt so schnell nicht vergessen. Aber was wollte sie noch von mir? Mein Schweigen beirrte sie nicht im Mindesten, denn sie fuhr weiter fort, schüttelte ihre braunen Locken über eine Schulter und lachte leise. Es war ein Lachen, das einen das Herz einfrieren ließ.

Freudlos, traurig und einsam.

»Ich kann mich erinnern, dass ich als kleines Mädchen bei unzähligen solcher Veranstaltungen im Fernsehen mitgefiebert habe. Weißt du, so wie die Oscars oder irgendwelche Musikpreise. Der Preis war mir im Grunde egal, aber die Anerkennung, ja die Anerkennung. Mannomann. Lilly. Was hätte ich nur gegeben, auf so einer Bühne stehen zu dürfen.«

Mit einem vorsichtigen Seitenblick schielte ich zu ihr und nahm ungläubig ihr strahlendes Grinsen wahr. Wie ein Kleinkind vor dem Weihnachtsbaum. Sie fuhr sich mit der Zunge über die Lippen. »Und jetzt bin ich endlich so knapp davor.«

Knapp davor? Knapp vor was?

Ich hatte Mühe zu verstehen, was sie da von sich gab, aber sie schien mich gar nicht mehr richtig wahrzunehmen. Jamie warf ihre perfekten Locken in den Nacken und begann eine Haarsträhne auf den Zeigefinger aufzudrehen. Ihr Tonfall änderte sich in sarkastisch, ja sogar richtiggehend bitter.

337

»Wenn dir deine Mutter dreimal am Tag erzählt, dass du der Grund für ihr verpfuschtes Leben bist und alles viel besser wäre, wenn du nicht auf der Welt wärest ...«

Ihre Stimme brach. Jetzt wandte ich mich ihr zu und schenkte ihr die Aufmerksamkeit, die sie verlangte. War das wieder eine ihrer ausgeklügelten Lügen? Allerdings hatte ich das Gefühl, dass diese Geschichte die Wahrheit war. Sie war einfach zu unschön und es machte auch keinen Sinn mir das jetzt zu erzählen. Aber wer wusste das schon bei dieser Verrückten. Jamie schien vergessen zu haben, dass ich neben ihr saß und ich ließ sie einfach weiter plappern.

»Kein Vater weit und breit. Es ist nicht einmal klar, wer es ist. Kann doch wirklich sein, dass der Wolf mein Vater ist, oder nicht? Irgendwann ist er bestimmt auch in den Osten gefahren und hat ein Konzert gespielt. Meine Mutter hatte sich keine Gelegenheit entgehen lassen. Also warum nicht er?«

Es klang ein wenig, als ob sie sich selbst zu überzeugen versuchte. In ihren Augen standen tatsächlich Tränen. Sie tupfte sich ihre Augen mit ihrem Ärmel trocken. Was für ein trauriges Leben.

Gut, ich war auch ohne Vater aufgewachsen, aber ich hatte die beste Mutter gehabt, die man sich vorstellen konnte.

Trotz ihrem Übermutterbeschützerinstinkt. Außerdem hatte ich auch noch eine wilde Oma und Arvo. Arme Jamie, war ja klar, dass sie sich so ...

Halt, nein, bremste ich mich ab. Das entschuldigte niemals ihr widerliches Verhalten. Sie hatte mir alles genommen, was mir wichtig war, und doch fühlte ich mich augenscheinlich weniger einsam und traurig als sie.

Interessanter Gedanke.

Nun ja, vielleicht lag es an der Tatsache, dass sie alles, was sie besaß, von mir gestohlen hatte. Wer weiß, was sie davor noch alles angestellt hatte? Wahrscheinlich war ihr ganzes bisheriges Leben ähnlich verlaufen.

Immer auf der Suche nach einem Opfer, dem sie alles nehmen konnte.

Sie hatte noch nie etwas Eigenes gehabt, etwas, das aus ihrem ureigenen Selbst entstanden war. Dieser Gedanke breitete sich warm und stark in meinem Bauch aus und gab mir Kraft. Denn ich hatte meine Musik, meine Oma, Arvo und William. Und ich hatte auch meine Issymama, irgendwie, auf unbestimmte Art war sie nach wie vor ein Teil von mir. Jamie sog jetzt scharf die Luft ein und beugte sich zu mir. Ihr Gesicht kam ganz nahe an meines.

Ganz das alte Miststück, blitzten ihre Augen vor Bosheit. Sie legte einen Finger unter mein Kinn.

»Tja. Starte keine dummen, naiven Versuche, es bringt ohnehin nichts. Ich werde dir immer, immer einen Schritt voraus sein, kleine Lilly.« Ergeben nickte ich, denn was sollte ich erwidern. Sie erhob sich und im Umdrehen schoss sie noch einen Pfeil ab.

Ihr Tonfall war betont gelangweilt.

»Ach, und William, den hätte ich gar nicht mehr gebraucht, aber er ist ein netter Zeitvertreib.«

Die Lippen fest aufeinander gepresst saß ich da und ballte die Fäuste. Das war eindeutig zu viel. Ich sollte sie jetzt einfach ignorieren und abziehen lassen. Aber die Wut brodelte und kochte in mir und ich konnte mich nicht mehr zurückhalten. Zu lange hatte ich meine Emotionen unterdrückt. Jetzt explodierte ich, sprang auf und ging mit zwei großen Schritten auf sie zu. Meine Augen mussten förmlich sprühen vor Zorn, denn Jamie wich instinktiv vor mir zurück. Mein Tonfall war, im Gegensatz zu meinem offensichtlichen Ärger, aber gefährlich leise und kontrolliert.

»Du blöde Schlampe. Weißt du was? Du tust mir leid, auch wenn das ganz dumm und naiv von mir ist. Du bist ein armes, armes Wesen. Musst du mir wirklich alles nehmen, weil du selbst leer, oberflächlich und hohl bist?«

Ich spuckte auf den Boden und sie trat tatsächlich einen weiteren Schritt vor mir zurück.

»Du bösartiges und bemitleidenswertes Geschöpf du, aber ich stehe nicht mehr zur Verfügung. Ich habe alles, was du nicht hast. Und das wirst du auch nie, nie bekommen.«

Damit schubste ich sie zur Seite und stapfte wütend davon. Keine Ahnung, wie sie reagierte, es war mir auch egal, ob das jetzt den Plan zerstörte. Das hatte verdammt gut getan und ich bereute es nicht. Blindlings lief ich mit schnellen Schritten in den Seitengang zurück, ohne mich umzudrehen. Drama konnte ich auch, denn Oma Maths Blut floss durch meine Adern.

Jemand packte mich am Handgelenk und zog mich fest in seinen Arm. William. Er vergrub seinen Kopf in meinem Hals.

»Das war nicht gerade schlau, aber ich kann dich verstehen. Sie hat es verdient. Oh, Mann, wie sehr ich dich vermisst habe, Fräulein Gillian«, nuschelte er irgendwo in meine Haare. Ich sog seinen unvergleichlichen Duft tief ein, aber schob ihn dann von mir, weil ich in sein Gesicht sehen wollte. Seine dunkelblauen Augen sahen mich ernst an. Er nickte und rieb sich den Nacken.

»Ja, ich gebe ja zu, das war der dümmste Teil des Planes. Mir sind auch langsam die Ausreden ausgegangen, warum ich immer verschwinden musste.« Meine Unterlippe bebte. Er küsste mich auf die Wangen, bedeckte mein ganzes Gesicht mit Küssen und fand schließlich meinen Mund. Durch die ganze Euphorie, dass ich Jamie die Meinung gesagt hatte, verstärkten sich die Gefühle, die jetzt durch meinen Körper schossen, um ein Vielfaches. William ließ nicht los und hielt dem Sturm stand. Offensichtlich genoss er das auch. Als wir uns atemlos voneinander lösten, musste ich lächeln. Es war in Ordnung so. Vorsichtig spähte ich über Williams Schulter, aber Jamie war mir zum Glück nicht hierher gefolgt.

William nahm meine Hand, verflocht seine Finger mit meinen und zog mich wieder zurück in Richtung des Backstage-Bereiches. Mein Herz klopfte noch weiter wild in meiner Brust und ich ließ William einfach gewähren. Dieser ging zielstrebig auf einen der Tische in der Nähe eines Buffets zu.

»Hey, man«, begrüßte er einen jungen Mann, der mit dem Rücken zu uns gewandt stand und sich jetzt zu uns umdrehte.

»Hey hey, how are you?«, antwortete dieser mit einem gewinnenden Lächeln. Gebannt starrte ich in Shawn Mendes' Gesicht. Aus der Nähe wirkte er noch viel jünger. Er streckte mir die Hand hin.

»Hi, I am Shawn, nice to meet you.«

Ich zwang mich zu einem Lächeln und nahm seine Hand.

»I know«, war alles, was ich gepresst hervorbrachte.

Er lachte und sah wieder auf William.

»Is that the girl you told me about?«, und als William nickte, legte Shawn Mendes seinen Kopf schief und musterte mich noch etwas genauer.

Er suchte irgendetwas in meinen Augen, lächelte mich dann aber entwaffnend an. Ich knuffte William in die Seite und zischte:

»Was genau hast du ihm denn erzählt?«

William grinste schelmisch.

»Nur Gutes, Süße. Nur Gutes.« Shawn grinste auch und es wirkte extrem sympathisch. Dann kam eine sehr streng aussehende Dame mit blondem Pferdeschwanz und Headset herangestürmt und blieb direkt vor Shawn stehen. Sie ignorierte uns vollkommen und sprach ihn an.

»Shawn. You have ten minutes.« Er nickte uns zu. »Nice to meet you, Lilly. Gotta run, you know ...«

Und weg war er. William lächelte, zog mich schon wieder in seine Arme und küsste mich, direkt am Buffet vor allen Leuten. Mir fiel auf, dass niemand auf uns reagierte, aber ich lief natürlich trotzdem knallrot an.

»Komm. Ich weiß den idealen Ort, von dem wir alles sehen können.« William hatte wieder die Führung übernommen und ich folgte ihm, seine Hand immer in meiner.

Wir durften tatsächlich überall durch, was mich immer noch ein wenig verwunderte, aber durch unsere *all access* Pässe wurden wir wirklich in alle Bereiche eingelassen. Wir standen schlussendlich ganz nahe an der Bühne und konnten alles perfekt beobachten. Wolfs Auftritt war erst in zwei Stunden, davor gab es noch Moderationen und immer wieder Spendenaufrufe. Wir konnten von unserem Platz aus alles bestens beobachten, ich entspannte mich endlich und genoss dieses ganze Drumherum und anschließend dieses absolute Wahnsinnskonzert.

Shawn Mendes hatte fünf Lieder zum Besten gegeben. William und ich saßen auf dem Boden, er hatte mich von hinten fest umschlungen und nicht mehr losgelassen.

Alle fünf Lieder lang. Davor war ein Kabarettist aufgetreten, der so eine riesige Masse an Menschen mit Leichtigkeit im Griff hatte. Jetzt aber war endlich Wolfs Auftritt an der Reihe. Als er die Bühne betrat, brauste riesiger Applaus auf. Ich freute mich für ihn, mit ihm. Er hatte nur *die kleine Band* dabei, wie er es nannte. Er selbst saß auf einem schlichten Barhocker und hatte die Gitarre geschultert.

Wie auch immer er das machte, das Publikum schien auf jede seiner Handbewegungen sofort zu reagieren.

»Hallo, Berlin!«, rief er. Und die Masse antwortete: »Hallo, Wolf.« Es folgte lautes Wolfsgeheul, was er mit einem sympathischen Lachen quittierte.

»Ihr seid unglaublich.« Es wurde ganz still im Stadion. Er deutete auf die Spendensumme, die an der Seite projiziert wurde und die stetig nach oben kletterte. Er machte dabei eine Rockerpose, den Kopf gesenkt, die Hand mit dem Zeigefinger auf die Projektion gerichtet. Dann richtete er sich auf und heulte wieder wie ein Wolf. Die Antwort kam prompt. Dann nahm er das Mikrofon in die Hand und stand auf.

»Danke euch. Ihr seid die Besten. Ich weiß nicht, wie ich das erklären soll, wahrscheinlich ist es eigentlich ziemlich einfach. Manchmal, wenn ich ein Konzert spiele, dann ist das sehr schwer für mich. Keine Ahnung, ob ihr euch das vorstellen könnt, aber ich habe so etwas wie Auftrittsangst. Vielleicht nur noch ein wenig, aber vor allem ihr, ihr seid immer der Wahnsinn. Ihr seid für mich da, als Künstler aber auch als Mensch. Ihr seid da und singt euch die Seele aus dem Leib, kennt jede Textzeile und unterstützt mich und dann ist es ganz einfach. Also Danke für euren unglaublichen Support. Danke.«

Die Menge brach wieder in ekstatisch tobenden Applaus aus. Auch William und ich standen auf und klatschten im Takt des ersten Liedes, das er jetzt anstimmte. Er hatte keine wilden Rocksongs, sondern ruhige Lieder gewählt. Umso erstaunlicher war, wie er das Stadion im Griff hatte. Wie ein riesiger Chor sangen wir alle mit ihm, wenn er rief: »Jetzt ihr. Singt. Singt, so laut ihr könnt!«

Gänsehaut überzog meinen Körper und ich sang, sang, so laut ich konnte. Es war einfach unglaublich. In diesem Moment verstand ich auch, warum meine Mama sich in den Wolf verliebt hatte. Er war unheimlich charismatisch und ein Musiker durch und durch. Seine Stimme hatte etwas ganz Besonderes und schien mich im Tiefsten meines Herzens zu berühren.

Immer wieder erhaschte ich Williams Blick und mir wurde abwechselnd warm und kalt, was ich aber als angenehm empfand. Seine ganze Verschlossenheit schien sich komplett aus dem Staub gemacht zu haben, in dem Moment, in dem er mir in die Augen sah. Meine Welt war beinahe perfekt.

Laut Liste hatte Wolf nur noch ein Lied zu spielen. Ich grinste William an, als ich aus dem Augenwinkel wahrnahm, dass Jamie an uns vorbeistöckelte. Sie hatte sich schwer in Schale geworfen und ignorierte uns völlig. Obwohl ich sicher war, dass sie uns sehen musste, fixierte sie starr das Geschehen auf der Bühne. An der Rampe, die zur Bühne führte, blieb sie stehen und kreiste ihren Kopf, wie ein Boxer, der in den Ring stieg.

Kurz durchzuckte mich Eifersucht, aber dann ließ ich einfach los. Wolf hatte die Menge wieder so weit beruhigt, dass man beinahe eine Stecknadel hätte fallen hören können.

»Mein letztes Lied wird ein anderes sein.« Der Wolf holte so tief Luft und sein breiter Brustkorb hob sich sichtlich.

Ich warf einen fragenden Blick zu William, der hob aber nur die Schultern. Meine Aufmerksamkeit wanderte zu Donna, die davon überhaupt nicht beeindruckt schien.

Wie immer war sie der Welt einen Schritt voraus. Jetzt erklangen die ersten Töne der Bassgitarre von *Hallelujah*, dem Song von Leonard Cohen, und eine Woge Applaus brandete über die Bühne. Der Wolf hatte wenige Lieder gecovert, aber dieses war eines seiner ganz großen Erfolge geworden. Aber statt zu singen, sprach er das Publikum an. »Danke. Ihr seid die Besten, ehrlich.«

Die Menge beruhigte sich etwas, aber einige Fans riefen durcheinander. Man hörte Sätze wie *Du bist der Beste, der Größte, we love you.* Der Wolf schmunzelte in sich hinein und der Schalk saß ihm im Gesicht, als er aufsah.

»Das hab ich gehört.«

Lautes Lachen im Publikum war die Antwort. Dann fuhr er in etwas ernsthafterem Tonfall fort: »Vielen Dank, Freunde! Wir sind wirklich privilegiert, dass wir in Momenten wie diesen hier zusammen sein können und für euch spielen dürfen, wenn so viele Teile der Welt in Chaos, Zerstörung und Hass versinken.«

Es folgte wieder die stürmische Antwort der Leute.

»Um es mit Leonards Worten zu sagen:
Läute die Glocken, die noch klingen.
Vergiss die trivialen Gaben.
Da ist ein Riss, ein Riss in allem.
Das ist der Spalt, durch den das Licht einfällt.«

Mir lief ein Schauer über den Rücken, denn er hatte die Worte mit so viel Gefühl vorgetragen, dass es mich scheinbar von Kopf bis Fuß durchströmte. William drückte mich fester an sich, was mir zeigte, dass es ihm ähnlich ging.

Die Band spielte weiter leise und eindringlich die Melodie von Hallelujah im Hintergrund.

»Wie ihr wisst, gab es ja einige Gerüchte um meine angebliche Tochter. Wir mussten ein wenig, nun ja, ein wenig recherchieren, aber jetzt würde ich euch gerne jemanden vorstellen.«

Er kratze sich am Kopf und kaum hörbar murmelte er: »Der Spalt, durch den das Licht einfällt.«

Jamie bewegte sich mit kleinen trippelnden Schritten auf ihren hochhackigen Schuhen in Richtung Wolf, schwebte förmlich über den Steg und kam beinahe bei ihm an. Der aber hatte das Mikrofon abgelegt und ging mit betont langsamen Bewegungen an ihr vorbei.

Er ging an ihr vorbei?

Verwundert sah ich zu William, der nur die Schultern hob und meine Hand drückte.

Plötzlich hielt der Wolf mitten in seinem Gang inne und wandte sich von hinten zu Jamie. Es sah so aus, als ob er ihr etwas zuflüsterte. Kurz verdeckte er ihr Gesicht und ich konnte nicht erkennen, was vor sich ging. Erst, als er sich wieder von ihr abwandte und etwas in seine Hosentasche gleiten ließ, sah ich ihren siegessicheren Gesichtsausdruck, der eine Sekunde später einem leicht irritierten Blinzeln wich.

Denn der Wolf kam nun mit langen entschlossenen Schritten in meine Richtung.

Er kam in meine Richtung?

Als ich das realisierte, fuhr mir der Schreck in die Glieder. Meine Hand klammerte sich an Williams Finger.

Der allerdings schob mich eindeutig in Richtung Wolf und befreite mit sanfter Gewalt meinen eisernen Griff Finger für Finger. Mein Herz blieb stehen, um dann in doppelter Geschwindigkeit weiterzurasen. Das Schlagzeug setzte nun ein, begann einen Rhythmus zu spielen und Wolf begann im Takt zu klatschen.

Die Scheinwerfer kreisten wie wild hin und her, nur um endlich auf mir zur Ruhe zu kommen. Mit der Hand schirmte ich meine Augen ab, denn ich konnte für einen Moment nur noch Umrisse erkennen.

»Komm, Lilly.«

Der Wolf sah mich mit seinen dunklen Augen an und ich bewegte mich mit unsicheren Schritten, wie in Trance, auf ihn zu.

In seiner Miene lag all der Schmerz, all die langen Jahre der Trennung, eine Sehnsucht nach Issy, die mich magisch anzog. Vielleicht interpretierte ich das aber auch nur in diesem Moment. *Wunschdenken.* Doch er nahm meine Hand und zog mich Schritt für Schritt langsam über die Rampe. Wir passierten Jamie, die immer noch wie paralysiert auf demselben Fleck stand.

Dann ging alles sehr schnell.

Mit einem fast unmenschlichen Kreischen fühlte ich, wie mir jemand in die Haare griff und mich daran zu Boden riss. Ich gab sofort nach, denn der Schmerz fuhr heftig in meine Kopfhaut, ich stolperte und fiel auf meinen Allerwertesten. Na, was für ein wunderbarer Auftritt vor Tausenden von Menschen. Die Menge reagierte mit einem langgezogenen: »Ohh«.

Zum Glück hatte Jamie meine Haare gleich losgelassen. Verdattert wandte ich mich um und sah, wie sie mit ausgebreiteten Armen auf den Wolf zustakste. Ihre Augen hatten einen wilden unnatürlichen Glanz angenommen.

Sie nahm mich überhaupt nicht mehr wahr und stolperte beinahe über mein ausgestrecktes Bein, das ich instinktiv zurückzog. Fassungslos sah ich, wie Jamie ihre Hände zu Fäusten auf und zu ballte und ein paar meiner Haarsträhnen im Scheinwerferlicht langsam zu Boden schwebten. Der Wolf hatte seine stoische Gelassenheit allerdings nicht verloren. Im Gegenteil. Er schmunzelte und schüttelte den Kopf. Nur ich konnte verstehen, was er in leisem und eindringlichem Tonfall zu Jamie sagte.

»Hör auf, Jamie. Es ist vorbei.«

In seiner Stimme schwangen eine Endgültigkeit und Kälte, die selbst mir das Blut in den Adern gefrieren ließ, mit. Jamie blieb abrupt stehen und starrte ihn mit einem seltsamen Lächeln an, das ganz unbeweglich und unheimlich in ihrem Gesicht verharrte. Langsam schienen seine Worte zu ihr durchzusickern. Ihre ganze Haltung änderte sich schlagartig und ihre Augen standen augenblicklich voller Tränen. Sie sah aus wie ein Kleinkind, dem man das Spielzeug weggenommen hatte.

»Aber, aber du glaubst ihr doch nicht, oder? Irgendeiner, so einer dahergelaufenen Landpomeranze.« Sie griff an ihr T-Shirt, wo sie die Kette vermutete, aber da war nichts mehr.

Der Wolf sah sie mittlerweile mitleidig an und richtete dann seinen Blick auf mich. Jamies Brustkorb hob und senkte sich heftig und ich erwartete schon, dass sie jeden Moment in Tränen ausbrechen würde. Da kannte ich sie wohl noch immer schlecht. Was jetzt folgte, ging stundenlang oder besser tagelang viral im Internet. Ob Jamie sich das mit dem Ruhm so vorgestellt hatte, war fraglich. Mit einem Schritt zur Seite trat sie dem Wolf direkt in den Weg und warf sich ihm an die Brust. Ich konnte sie nicht verstehen, aber es klang abwechselnd einschmeichelnd, zuckersüß und dann wieder flehentlich.

Als er sie mit leicht angewiderter Miene von sich schob, stampfte sie mit den Beinen, wie ein kleines Kind.

Dann begann sie zu kreischen und zu heulen.

Das Publikum amüsierte sich prächtig und antwortete mit Pfiffen und Johlen. Jamie fiel jetzt auf die Knie, riss die Augen auf und schmachtete den Wolf an.

»Du bist mein größtes Idol, du bist alles, was ich habe. Bitte, ich tue alles.« Sein Ausdruck war immer noch kalt und er machte eine winzige Kopfbewegung zur Seite.

Ich war die ganze Zeit über weiterhin, absolut überwältigt von der Szene, auf dem Boden sitzen geblieben, unfähig mich zu bewegen. Jetzt stand der Wolf direkt vor mir, lächelte mich wieder auf diese ganz spezielle Weise an und reichte mir die Hand.

Im Publikum wurde immer lauter gejohlt und gepfiffen. Als ich schließlich neben ihm auf die Füße kam, wurde mir bewusst, wie klein ich war, aber es war seltsamerweise ein gutes Gefühl. Ich empfand eine Art Schutz, der von ihm ausging und mich vollständig umhüllte. Jamie klammerte sich mittlerweile um seine Füße und kreischte und heulte abwechselnd.

Der Wolf rollte mit den Augen, bis endlich zwei Sicherheitsleute mit schwarzer Sonnenbrille auftauchten und sie links und rechts unter den Armen packten.

Sie wehrte sich nach allen Kräften, strampelte, biss und schlug um sich, aber hatte keine Chance gegen diese ausgewachsenen Bullen. Wolf würdigte sie keines Blickes mehr und konzentrierte sich ausschließlich auf mich. Sein Fokus war so intensiv, dass ich sogar ein wenig die Menschenmassen vergaß, die nur wenige Meter von uns entfernt lärmten. Der Wolf schob mich sanft in Richtung Mitte der Bühne bis zu seinem Stuhl. Ich stand jetzt inmitten der Mercedes Benz Arena vor Tausenden von Leuten, die wie wild applaudierten, heulten, Wolfs Namen riefen und dabei regelrecht ausrasteten. Mein Körper war wie elektrisiert und mein Herz hämmerte so stark in meiner Brust, dass ich fürchtete, dass man das sehen konnte. Wolf legte seinen Arm um mich.

»Meine Tochter Lilly.«

Wieder brandete Applaus auf. Jemand hatte einen zweiten Stuhl herangetragen und mein Vater drückte mich sanft darauf.

Mein Vater.

Alles verschwamm um mich.

Er begann einen Akkord zu spielen. Und dann noch einen.

»Ihr werdet gleich selbst hören, dass dieses Mädchen hier meine Tochter ist. Dieses Lied, das wir euch gleich präsentieren werden, ist für Issy. Für Liebe auf der Couch, kitschige Sonnenaufgänge, verpasste Chancen, ungewollte Schwangerschaften mit gewollten Kindern und ein tätowiertes J, das eigentlich für ein I steht.«

Er klopfte bei dem letzten Teil seines Satzes leicht auf seine linke Brust und grinste gelassen. Na, wunderbar, für ihn war das natürlich keine große

Sache. Mein Mund stand offen und ich starrte ihn ungläubig an. Der Wolf grinste jetzt breit von einem Ohr zum anderen. Er war also doch in der Bar gewesen und hatte mich spielen gehört.

Er hatte das alles so geplant. Mir blieb die Luft weg. Der Schlagzeuger hielt den Takt, Wolf wiederholte die ersten Akkorde und begann zu singen. Er vollzog eine Art Frage- und Antwortspiel und ließ das Publikum den Anfang meines Liedes für ihn ein ums andere Mal wiederholen. Ich fiel beinahe vom Stuhl. Wolf aber hielt meinen Blick eisern fest. Seine Stimme schien mich zu rufen, zu kitzeln, zu locken ihm zu folgen. Die Menschenmasse um mich herum wurde unwichtig und ich sah nur in die Augen meines Vaters, die mir zu sagen schienen: Es ist in Ordnung. Ich bin jetzt da.

Ich gehe auch nicht weg. Innerlich schickte ich ein Stoßgebet ins Nirgendwo und murmelte:

»Oh, Issymama.«

Schlussendlich konnte ich gar nicht anders, stimmte in den Singsang mit ein und begann plötzlich die erste Zeile von Mamas Lied zu singen. Wolf begleitete mich und fand die zweite Stimme und es war ganz einfach und leicht, als ob wir schon seit Jahren zusammen Musik gemacht hätten. Eine Einheit, die nur zusammen wirklich vollständig war. Jedenfalls für mich galt das in diesem Moment. Die Band harmonierte ebenfalls mit uns und mit all dem Adrenalin, das in meinem Körper brauste, sang ich am Ende aus vollem Hals in einem Stadion voller Menschen.

Alles, an das ich mich konkret danach erinnerte, war Wolfs Blick. Voller Wärme und Verständnis lag jener beinahe ununterbrochen auf mir. Am Ende standen wir Hand in Hand da, der Applaus fegte uns fast von der Bühne und ich schwebte mindestens einen Meter über dem Boden.

Donna erwartete uns an der Seite der Bühne und umarmte mich. Oma und Arvo waren auch hier, wie auch immer sie das geschafft hatten. Oma sah mich prüfend an, lachte dann aber ausgelassen.

»Wenn das deine Mutter wüsste ...« Das brachte mich zum Kichern und wir umarmten uns innig.

Dann war da natürlich William.

Der Ausdruck seiner dunkelblauen Augen voller Wärme und Stolz grub sich tief in mein Herz ein. In meinem Kopf wirbelte alles durcheinander. Mein Vater, der Wolf, ob ich mich je daran gewöhnen würde? Mein Vater, mein Papa, wie auch immer, nahm mich bei der Hand und zog mich in Richtung der Garderoben.

»Komm, Lilly, wir haben noch so viel nachzuholen.«

Ich suchte Williams Blick und er wedelte nur lachend mit der Hand. Wolf schloss die Tür seiner Garderobe hinter sich und auf einmal waren wir allein. Die Stimmung war aber komischerweise überhaupt nicht unangenehm oder angestrengt. Wolf fuhr sich über das Kinn, schnappte sich zwei Flaschen Wasser, reichte mir eine davon und plumpste auf das Sofa. Mit der Hand klopfte er auf den Platz neben sich. Er sah mich mit diesem etwas zu intensiven Blick an und schüttelte leicht den Kopf.

»Du siehst ihr wahnsinnig ähnlich.«

Meine Augenbrauen schossen hoch, denn ich war da ganz anderer Meinung und er hob abwehrend die Hände.

»Ja, schon klar, das ist nicht so offensichtlich. Ich meine eher deine gesamte Mimik, Handbewegungen und so etwas. Erstaunlich.« Sein Blick wurde ganz weich. »Du vermisst sie bestimmt sehr, nicht wahr?« Damit kippten mir beinahe die Knie weg und ich ließ mich neben ihn fallen.

»Ja. Sehr ...«, mehr brachte ich nicht heraus.

»Wir können auch später reden ...«

Er sah dabei so treuherzig aus, dass ich beinahe lauthals losgelacht hätte. Der coole Rocker Wolf, wer hätte das gedacht?

»Nein, natürlich. Reden ist gut.«

Dann begann ich zu erzählen und er hörte zu, stellte Fragen und kommentierte erstaunt bis verwirrt.

Er wollte alles von Mama wissen, jedes einzelne Detail. Er sog alles mit unglaublichem Interesse in sich auf. Von meinem und Mamas beschaulichen Leben in Niederzwehren, sie die Sprechstundenhilfe und meine Arbeit als Instrumentenmacherin. Ein warmes Lächeln stahl sich auf sein Gesicht.

»Du reparierst Instrumente? Wirklich?«

Beinahe ungläubig schüttelte er den Kopf. Ich nickte heftig.

»Ja. Nun ja, ich bin mittendrin, meine Lehre ist im Moment sozusagen in Pause.«

Dann berichtete ich noch von meinen aktuellen Gründen, die mich nach Berlin geführt hatten und er kam aus dem Staunen nicht mehr heraus.

»Ganz schön etwas los bei dir, Mädchen.«

Es so am Stück zu hören, machte es selbst für mich ein wenig abwegig, aber es fühlte sich auch an, als ob eine Last von mir genommen würde. Vor allem, als mein Vater dann etwas von Kontakten und er kenne genug Leute murmelte, hüpfte mein Herz in meiner Brust. Ich hatte jetzt einen Rockstar zum Vater, da würde sich bestimmt auch noch eine Lehrstelle finden.

»Aber im Grunde wollte sie, dass du herausfindest, wer ich bin, oder?« fand er dann wieder zum Thema Issy zurück.

»Ja, das denke ich auch«, stimmte ich ihm zu.

Sie hatte krampfhaft versucht, alles besser oder anders zu machen und hatte dann doch bereut, ihn von mir fernzuhalten.

Denn im Grunde hatte sie es bereut, sonst hätte sie einfach weiter geschwiegen und ihr Geheimnis niemals gelüftet. Zumindest war das nun meine Theorie. In Wolfs Gesicht konnte ich ablesen, wie er jede meiner Erzählungen mitlebte.

Besonders, als es dann um ihre Krankheit und ihren Tod ging, war er sehr mitgenommen. Er schluckte schwer und musste seine eigenen Emotionen sichtlich verdrängen, so nahe ging ihm das anscheinend.

Nach ein paar Momenten sammelte er sich wieder und erzählte mir dann von sich und wie er versucht hatte, mit Mama in Kontakt zu treten. Er räusperte sich und ich kannte ihn noch zu wenig, um genau zu erkennen, was in ihm vorging, aber die Emotionen hatten ihn sichtlich überwältigt.

»Also, nach Coachella war ich dann wirklich abgelenkt. Ich weiß noch, dass es ein Telefonat mit Issy gab, das sich ein wenig seltsam angefühlt hat, aber ich ...«, er brach ab und fuhr sich über sein Kinn.

Jetzt erst wurde ihm bewusst, dass das damals wohl ein entscheidender Moment gewesen war.

»Ich war völlig vereinnahmt von meinen Angeboten und Aufträgen. Ich hätte spüren müssen, dass ... Ach ...«

Er schüttelte den Kopf, aber dann straffte er seine Schultern.

»Ja, sei's drum. Einmal bin ich in Berlin ganz zufällig in sie hineingelaufen. Das ist erst ein paar Jahre her und sie hat mir nur erzählt, dass sie weit weg im Süden wohne und verheiratet sei.« Meine Augen wurden groß.

»Wirklich?« Ich konnte mich erinnern, dass wir vielleicht vier- oder fünfmal bei Oma zu Besuch waren.

»Ja, es war am Postdamer Platz. Rückblickend, na ja ... Sie war schon überzeugend.«

Oh, Issymama. Ja, wenn sie etwas nicht wollte, dann hatte man keine Chance bei ihr.

»Versteh mich nicht falsch. Ich liebe mein Leben und meine Karriere und das lief auch alles, so wie ich mir das als kleiner Junge mit Gitarre und großen Träumen immer gewünscht hatte.«

Er grinste mich an und ich konnte mir den jungen Wolf jetzt richtig gut vorstellen.

»Aber Issy vergessen? Niemals. Ich hätte natürlich intensiver suchen können, aber ich wusste ja nichts von dir und sie wollte mich sehr eindeutig nicht in eurem Leben haben.«

Ich nickte nur, dann sah ich ihn fest an.

»Aber trotzdem wollte sie, dass wir uns finden. Zwar auf ungewöhnliche Art, aber auch irgendwie typisch für sie.«

Wolf grinste schief und presste die Lippen aufeinander.

»Das ist schon eine irre Geschichte.«

»Das ganze Jamie-Drama hätten wir uns allerdings gerne ersparen können«, murmelte ich dann vor mich hin. Eine Frage brannte mir noch auf der Zunge.

»Wann hast du eigentlich gemerkt, dass Jamie ... Na ja ... Dass ich ...« Er fuhr sich durch die Haare.

»Als wir dieses Video gesehen haben. Die Leute, die mein Lied gestohlen haben, erinnerst du dich? Etwas war mir schon davor seltsam vorgekommen, aber als sie mir den Anhänger gezeigt hat, musste ich gestehen, war ich kurz überzeugt.«

Ich nickte. Na klar, es war ja *sein* Anhänger. Dann zog er die Seite des Rolling Stone Magazins hervor, faltete sie auf und tippte auf die Aufnahme. »Das hier lag dann auch ganz plötzlich auf meinem Schreibtisch.«

Ich zog meine Augenbrauen hoch und murmelte.

»Donna ...« Er nickte, grinste und fuhr fort.

»Ich wusste es schon davor, aber als ich dich dann bei Amy singen hörte, waren alle Zweifel ausgeräumt. Außerdem, wenn man ein wenig genauer hinsieht, na ja, du siehst *mir* nämlich wirklich ziemlich ähnlich.«

Ich nickte lächelnd und ein wenig verlegen.

»Oh, und das ...«, er zog etwas aus seiner Hosentasche und ließ es in meine Hand gleiten. Der Anhänger.

»... der gehört eindeutig dir.« Sein Lächeln war so liebevoll, dass mir ganz warm ums Herz wurde. Ungläubig schüttelte ich den Kopf. »Aber wie?« Er grinste fast wie ein kleiner Junge.

»Na, so schwer war das nicht. Als sie sich schon auf dem Gipfel ihres Triumphs glaubte, war es leicht ihr das Ding abzunehmen.« Vage erinnerte ich mich an den Moment, an dem er auf der Rampe an ihr vorbeigegangen war, aber dann doch kurz stehen blieb.

Das war so eine ritterliche und irgendwie väterliche Geste, dass ich schon wieder beinahe zu heulen begann. Diesmal aber vor Freude. Schnell versuchte ich mich abzulenken.

»Und was wird jetzt aus Jamie? Ich meine ...« Er schüttelte den Kopf.

»Ich denke, das erledigt das Internet für uns. Sie werden sie kurz zerfleischen und dann ignorieren.« War das genau die richtige Strafe für dieses Miststück? Dann überlegte ich laut:

»Ja, das wird ohnehin das Schlimmste für sie, wenn man sie dann einfach vergisst.«

Er lehnte sich entspannt zurück und verschränkte die Hände hinter dem Kopf.

»Außerdem habe ich eine einstweilige Verfügung erlassen, dass sie sich dir und mir nicht näher als fünfzig Meter nähern darf. Und Hausverbot im Label.«

Wow. Er meinte das wohl ganz ernst. Das war wohl die gerechte Strafe auf allen Ebenen. Ich seufzte, denn tief in meinem Inneren hatte ich doch noch gehofft, dass sie die Kurve kratzen würde. Mein Glaube an das Gute im Menschen war nun einmal unerschütterlich. Der Wolf hatte mein Mienenspiel genau beobachtet.

»Zerbrich dir nicht den Kopf über sie. Es ist hart, ich weiß, denn ich bin ihr genauso auf den Leim gegangen wie du. Zumindest für eine Weile.«

Ich nickte und lächelte.

Jetzt wurden seine dunklen Augen ganz groß und er deutete mit seinem Finger zwischen uns hin und her.

»Wir beide, wir haben so viel aufzuholen. Da ist kein Platz für so etwas.« Das stimmte. Es klopfte. William streckte seinen Kopf herein. Wolf grinste ihn an.

»Komm. Übernimm mal. Sie ist schon ganz heiser. Ich muss mich ohnehin noch den Presseheinis widmen.«

Er stand auf, berührte sanft meine Wange und seine Miene wurde so weich und liebevoll, dass mir ganz schwindelig wurde.

»Du siehst ihr so ähnlich.«

Kurz schien es, als ob ich einen verdächtigen Glanz in seinen Augen erkennen konnte, aber dann streckte er den Rücken durch und ging in gekonnter Rockstarmanier zur Tür. William setzte sich zu mir. Es klopfte abermals und Oma und Arvo traten vorsichtig ein.

»Na?« Ich strahlte die beiden an.

»Alles in Ordnung?«, erkundigte sich Oma und ich nickte.

»Ja. Mehr in Ordnung war es schon lange nicht mehr.« Die beiden sahen sich an und lachten. William legte seinen Arm um mich und gab mir einen Kuss auf die Schläfe. Das Adrenalin schien ganz langsam nachzulassen, ich sank an seine Schulter und er nahm mich fest in den Arm.

Oh, Issymama, wo immer du auch bist, ein Teil von dir wird immer bei mir sein.

Oma Math stand nun vor mir und strich mir über den Kopf.

»Da wird sich einiges verändern in deinem Leben. Aber das ist auch gut so, denke ich. Stillstand ist ungesund.«

Dann klingelte Arvos Handy und er deutete Oma Math das Gespräch mitzuhören.

Beiden stand bald der Mund weit offen und ich war wenig überrascht, als sie mir ein paar Minuten später eröffneten, dass sie einen schwer zu erreichenden Interviewpartner endlich treffen könnten, aber sofort abreisen müssten.

»Du bist ja in guten Händen, Gillian-Lilly.«

Damit umarmten wir drei uns noch einmal innig und Arvo und Oma Math flogen regelrecht aus der Garderobe.

Ich saß ganz still neben William, genoss seine Nähe und konnte nicht glauben, wie mein Leben sich so komplett gedreht hatte.

Es fühlte sich aber gut und richtig an. Neu, wenig beschaulich, eher aufregend aber vor allem mit Menschen, die mich liebten und unterstützten.

Meine Issymama würde immer bei mir sein, und auch wenn der Gedanke an sie immer ein Loch in meinem Inneren bedeutete, hatte ich so viel dazu gewonnen. Ich sah ihn eindeutig und klar vor mir, den Spalt, durch den das Licht einfällt.

♫ DANKSAGUNGEN ♫

Mein liebster Teil in einem Buch sind die Danksagungen. Bei den kleinen Insider Scherzen kann man sich so ein schönes Bild machen, wie das Buch entstanden ist. Außerdem ist es die perfekte Gelegenheit die Menschen zu erwähnen, ohne die so ein Werk in dieser Form erst mal gar nicht entstanden wäre.

Diesmal beginne ich bei meiner Mama, die mir als Kind immer geriebene Karotten vor die Nase gestellt und zur Ablenkung die Gänsemagd als Kassette abgespielt hat. Die Geschichte wurde schnell zu meinem Lieblingsmärchen und bildet die Grundlage zu meinem Buch.

Meine Mama ist auch immer eine der ersten Testleserinnen, die ihren inneren Lektor dann schnell ausschaltet und sich zum Glück voll auf den Inhalt konzentrieren kann. In diesem Fall schicke ich auch viele Dankesgrüße an meinen Papa, wo auch immer er im Universum gerade herumfliegt. Zum Glück konnte er mein zweites Werk noch lesen.

Außerdem eine dicke Umarmung an Maria Timmelmayer, die immer ein offenes Ohr für meine Sorgen und wirren Gedanken hat. Sie ist meine Testleserin der alerallererersten Stunde für jedes meiner Werke. Mein Bruder Philipp, der die gesamte männliche Zielgruppe verteidigt und sich trotz des befremdlichen Genres (»Das ist einfach nicht meins.«) tapfer durchkämpft und mir wertvolle Rückmeldungen gibt.

Vor allem gebührt mein großer Dank natürlich der Testlesergruppe, die ich über Facebook gefunden habe:

Katja Atzinger (die auch einen wunderbaren Facebook Blog: L'Amour des livres – betreibt) und Vanessa Wuzynski, die beinahe so akkurat wie eine Lektorin über die Geschichte gegangen ist. Silke Hillegeist, die selbst textet und deren Leidenschaft zu Vancouver uns zusammengebracht hat.

Birgit Schipke, Elvira Huber, Lisa Dukat und Irene Feichtmeier – euer Feedback war Gold wert, hat mich oft zum Schmunzeln gebracht und vor allem hat es die Geschichte noch viel besser gemacht.

An dieser Stelle möchte ich auch gerne zwei Frauen erwähnen. ohne die ich mir mein Autorinnenleben nicht mehr vorstellen kann: Gaby Albers und Amélie Opalka: You are truly my sister(s) from another mister.

Bei meinem ersten Buch, Zeitenchaos, habe ich völlig meine Familie vergessen und das hole ich hiermit nach. Ich knuddel euch alle drei ganz fest, weil ihr mich (beinahe) immer Schreiben lässt und meinen Weg ins Autorinnen-Dasein (fast) immer ernst nehmt. Vor allem, weil ihr der emotionale Boden unter meinen Füßen seid, auf dem ich sicher und voller Liebe stehe. Danke dafür.

Das tolle Cover wollen wir auch nicht vergessen, das die wunderbare Florin Sayer-Gabor gezaubert hat. Ich finde, sie hat die Elemente und Stimmung einfach perfekt visuell umgesetzt.

Zu guter Letzt geht mein Dank auch an meine Lektorin Claudia Fluor, die sich mit solcher Freude und Engagement an das Manuskript gemacht hat, dass ich mich erneut in die Geschichte verliebt habe.

Zu alleraller Letzt danke ich meiner großartigen Bookstagram Community auf Instagram und Facebook.

Ich bin immer noch überwältigt, wie positiv und ausnehmend freundlich ich und mein erstes Buch bei euch aufgenommen wurde. Übrigens – beide, Claudia und Florin, habe ich über Bookstagram gefunden.

♫ Ein Lied, mein Leben und ... mein Bloggerteam ♫

Vor wenigen Monaten war ich eine Autorin mit ein paar Manuskripten und viel Hoffnung im Herzen. Jetzt veröffentliche ich mein zweites Buch und darf es gemeinsam mit einem unglaublich tollen Team vorstellen. Diese fleißigen Bloggerinnen sind einfach der Wahnsinn und deshalb möchte ich sie hier erwähnen. Vielen Dank für eure unermüdliche und immerwährend begeisterte Unterstützung meiner Werke.

@victorias_bibliophilie @michelles.moonlight.world
@Mindfulbookpalace @claudia_dia_gerlach @lese.glueck @sasaray_2
@nicoles_reise_ins_unbekannte @haesslicherhase @buch_liebe2020
@buch_maus20 @hexemel82 @alisbuecherwelt @_beas.welt
@danimausi77 @Love.books4ever @miras_kleine_hobbywelt
@Maikes.privatbibliothek @Gilasbuecherstube @magical_book_world
@Kathiliest @aresto.momentum @mamipower1985buecherlesen
@_sirious_ @lesen.mit.romantik @bucherwurm_05 @pitti1972
@jasminhoran22 @biblio.manin @Buecher_schnack @debby.books
@a.court.of.books.and.dreams @literalllicious_books @federspule
@jadranka.loves.books @astrid_liest.und.testet @dorakelis_liest
@kathi_lovebooks @buch.katy @book_sstagram @lilis_library
@Julisbooksandteas @reading.angels @isa_loves.books @isa_loves.books
@_chrln.wsnt @frederike_459 @mybookishdiary @Bookish_lu
@erleseneseiten_buchblog @rosis_diarylove @books.are.my.life20
@gabrielesowa @Christycandlesandbookscorner @calia04 @janines.world
@sunny.in.stories @nicoleleseecke @mama_liest_vor

♫ Vergleich mit dem Märchen

»Die Gänsemagd« ♫

Das Märchen von den Gebrüdern Grimm ist nicht allzu bekannt und deshalb habe ich mich gefragt, warum ich es immer noch als meine Lieblingsgeschichte empfinde. Also habe ich etwas tiefer gegraben und bin zu dem Schluss gekommen, dass es im Grunde um eine Person geht, der eine schreckliche Ungerechtigkeit widerfährt und sie sich aber nicht mit konventionellen Mitteln verteidigen kann. Sie muss also über sich hinauswachsen, sich weiter entwickeln und lernen zu sich selbst zu stehen.

Natürlich musste ich die Figuren an unsere heutige Zeit anpassen und Inhalte dazu erfinden. Vor allem der Grimm'sche Prinz hat eigentlich nichts mehr mit William zu tun. Im Märchen ist die Gänsemagd eher passiv und so habe ich sie in meiner Geschichte vom inaktiven Mädchen zur starken Frau heranreifen lassen.

Gillian/Lilly – die Königstochter/Gänsemagd
Jamie – die Kammerjungfer
Wolf – der König
Magischer Anhänger – Taschentuch mit Blutstropfen
Kombination aus Oma Math, Arvo und William -
Pferd Fallada/Kürdchen: dies sind Menschen, die Lilly
auf dem Weg zur Wahrheit unterstützen
Videonachricht der Mutter - Ofenrohr

Ein Originalzitat aus dem Text lautet:
**»Wenn das deine Mutter wüsste.
Das Herz würde ihr zerspringen«**

Lust auf Mehr von Tini?

Zeitreisen – London – Romantasy

Tini Wider
Zeitenchaos

ISBN: 978-3-948711-01-6

408 Seiten

Hals über Kopf flüchtet Pepper vom klein-karierten, einengenden Dorf und vor allem ihrem Jetzt-Ex-Freund in die Großstadt London, was eigentlich schon immer ihr Plan gewesen war.

Doch dann, ohne offensichtlichen Regeln und Gesetzen zu folgen, wird sie von einer scheinbar harmlosen Taschenuhr einen Tag in der Zeit zurückgeschleudert.

Was vorerst spannend und aufregend erscheint endet in einer Katastrophe, die Pepper unbedingt wieder rückgängig machen muss. In all dem Chaos trifft sie ständig auf Noah, einem jungen Mann, der definitiv die Schmetterlinge in ihrem Bauch flattern lässt und dem sie irgendwie nie ausweichen kann. Zufall?

Bei dem Versuch wieder alles richtig zu stellen, erleben Pepper und Noah ein London in verschieden Jahrzehnten, in welche sie diese seltsame Uhr katapultiert. Nach mehreren Hindernissen schaffen sie es wieder zurück in ihre Zeit, doch jetzt findet Pepper sich unvermutet in den Armen ihres Ex-Freundes wieder...

Taschenbuch und eBook auf Amazon oder direkt beim Verlag

https://1suhlerkinderbuchverlag.net/produkt/Buch/zeitenchaos-tini-wider/

BUCHEMPFEHLUNG

Fünf Inseln · Drei Götter · Eine Legende · Bist du bereit?

Zoe S. Rosary
Naturgewalten

»Alles, was ich für dich will, für mich und die Söhne und Töchter auf den Inseln, ist: Überleben! Gib mir dein Wort!«

Aus Angst vor Pjeros Rache beschließt Ayeleth, seinem Regime ein Ende zu setzen. In Begleitung der Elemente reist sie Merano hinterher und erfüllt freiwillig seine unfairen Bedingungen, damit er sie mit nach Cosya nimmt.

Doch das Leben dort ist völlig anders, als sie es erwartet hat. Wieder einmal wirbeln ihre Gefühle und Gedanken durcheinander. Merano setzt unterdessen alles daran, Jarik aus Ayeleths Gedankenwelt zu vertreiben.

Er will ihr Herz gänzlich für sich gewinnen und fordert dazu sogar die Götter heraus. Schnell muss er feststellen, dass sein Versprechen, Ayeleth vor Pjero zu schützen, hart auf die Probe gestellt wird. Neben all dem beschäftigt ihn Ayeleths Warnung mehr denn je: Thalassoas angekündigter Untergang.

eBook und Taschenbuch auf Amazon verfügbar

www.zoe-rosary.com   contact@zoe-rosary.com

BUCHEMPFEHLUNG

Der Zauber der Elemente, eine dunkle Macht
& ein gefährlicher Weg

Carolin A. Steinert
Ardantica II
Das Artefakt
444 Seiten

Durch den Nebel des Vergessens

Unheimliche Hilferufe und sonderbare Träume quälen Leyla und lassen eine furchtbare Ahnung tödlicher Gefahr in ihr aufsteigen.

Wenn sie sich nur daran erinnern könnte, was in den vergangenen Monaten geschehen war. Ihr sonst so strukturiertes Leben scheint vollkommen aus dem Ruder zu laufen, als sie unerwartet Magie benutzt und eine bruchstückhafte Erinnerung an Naurénya ihre ganze Aufmerksamkeit verlangt. Kopfüber stürzt sich die junge Studentin erneut in ein Abenteuer. Schon bald wird ihr klar, dass sie sich im Wettlauf gegen die Zeit befindet und dass weit mehr als nur ein Leben auf dem Spiel steht.

Teil II – Jetzt erhältlich als E-Book und Taschenbuch

Mehr Infos unter www.buch-fantasy.de

BUCHEMPFEHLUNG

Liebe kann man nicht lernen· Sie kommt von selbst, wenn man dafür bereit ist·

Aaliyah Abendroth
VerRockt nach Dir
Das Artefakt
384 Seiten
ISBN: 9-783748184744

Frech, romantisch, mitreißend –

diese Rockstar Romance ist wie ein Backstagepass: Du wirst glauben, selbst mit Jason Hatchley auf Tour zu sein – und dich hoffnungslos in ihn verlieben.

Jessie hat einen Plan: Sie will ihre Lehre als Veranstaltungstechnikerin erfolgreich abschließen. Dass sie hinter der Bühne zufällig auf den weltberühmten, mörderisch heißen Rockstar Jason Hatchley trifft, steht nicht auf ihrem Plan – und schon gar nicht, dass sie sich in ihn verliebt. Schließlich weiß sie, wie Rockstars ticken. Doch abseits des Scheinwerferlichts ist Jason völlig anders als erwartet – herzlich, charmant und ohne jegliche Starallüren. Soll sie es wagen und ihm ihr Herz schenken? Alles deutet darauf hin, dass er ihre Gefühle erwidert. Doch gerade, als sich ihre geheimsten Träume zu erfüllen scheinen, funkt die Realität dazwischen.

https://www.aaliyah-abendroth.com/

Triggerwarnungen

Dieses Buch enthält fiktive Schilderungen von Erlebnissen, die ggfs. Auslösereiz bei Betroffenen sein können.

Folgende Liste wurde gewissenhaft erstellt, dennoch kann keine Garantie für Vollständigkeit übernommen werden:

Tod der Mutter durch Krebs – Beschreibung, als die Mutter die Diagnose erhält, Dialog zwischen Mutter und Tochter danach, Tochter am Krankenbett. Der Eintritt des Todes ist nicht beschrieben, aber nahe dran.

Mobbing – Jamie droht Lilly mit Lügen unter Druck zu setzen.